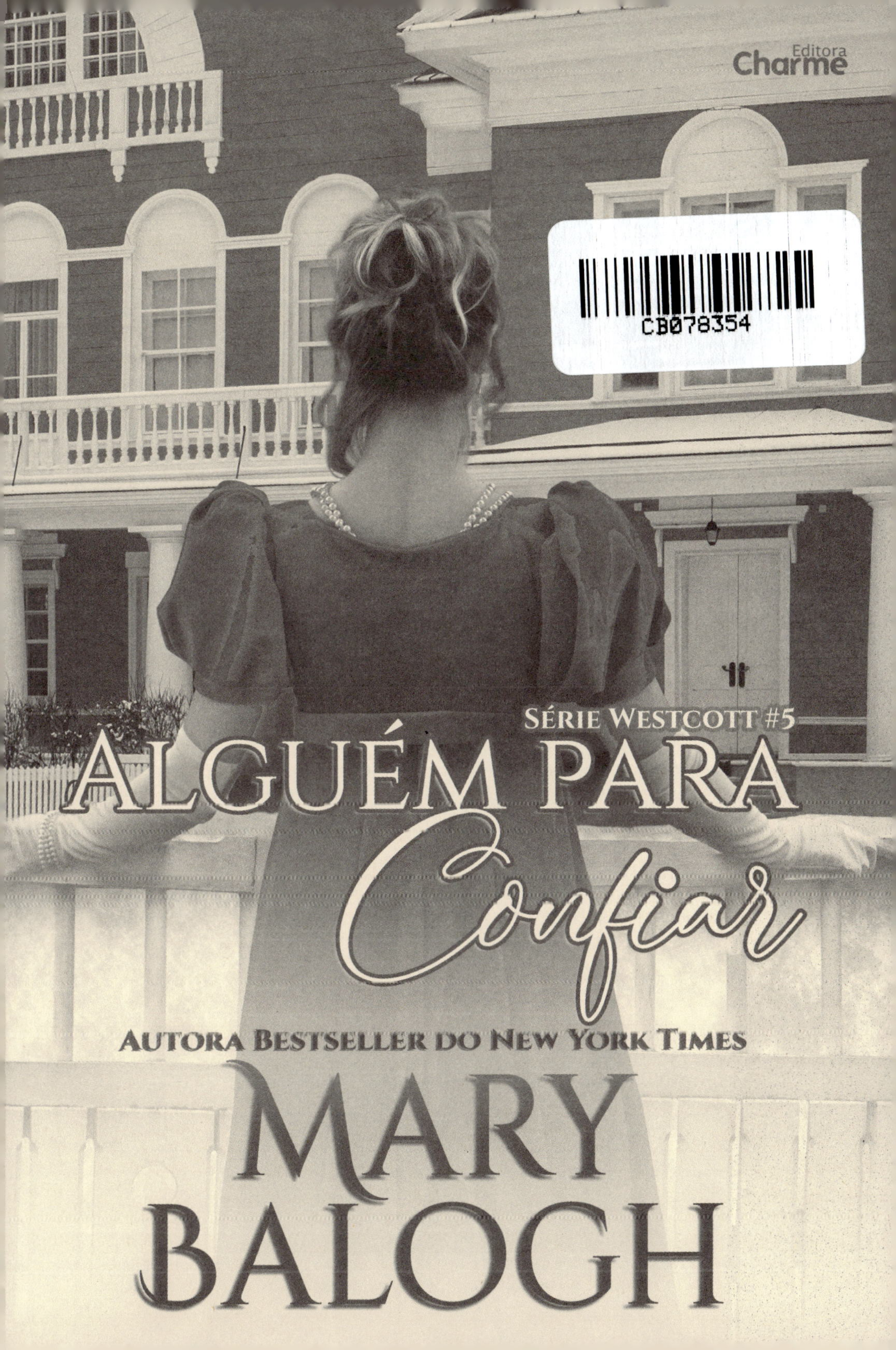

Editora Charme

Série Westcott #5

Alguém para Confiar

Autora Bestseller do New York Times

Mary Balogh

1ª Impressão 2024

Produção Editorial - Editora Charme
Capa e Produção Gráfica - Verônica Góes
Tradução - Monique D'Orazio
Revisão - Equipe Charme
Imagem - AdobeStock

CIP-BRASIL. CATALOGAÇÃO NA PUBLICAÇÃO
SINDICATO NACIONAL DOS EDITORES DE LIVROS, RJ

B156a

Balogh, Mary
Alguém para confiar / Mary Balogh ; tradução Monique D'Orazio. - 1. ed. - Campinas [SP] : Charme, 2024.
320 p. ; 22 cm.

Tradução de: Someone to trust
ISBN 978-65-5933-190-1

1. Romance americano. I. D'Orazio, Monique. II. Título.

24-95366 CDD: 813
CDU: 82-31(73)

Gabriela Faray Ferreira Lopes - Bibliotecária - CRB-7/6643

Editora Charme

www.editoracharme.com.br

MARY BALOGH

AUTORA BESTSELLER DO NEW YORK TIMES

SÉRIE WESTCOTT #5

ALGUÉM PARA *Confiar*

TRADUÇÃO
MONIQUE D'ORAZIO

Editora Charme

A Família Westcott

(Os personagens da árvore genealógica que aparecem em *Alguém para Confiar* são mostrados em negrito.)

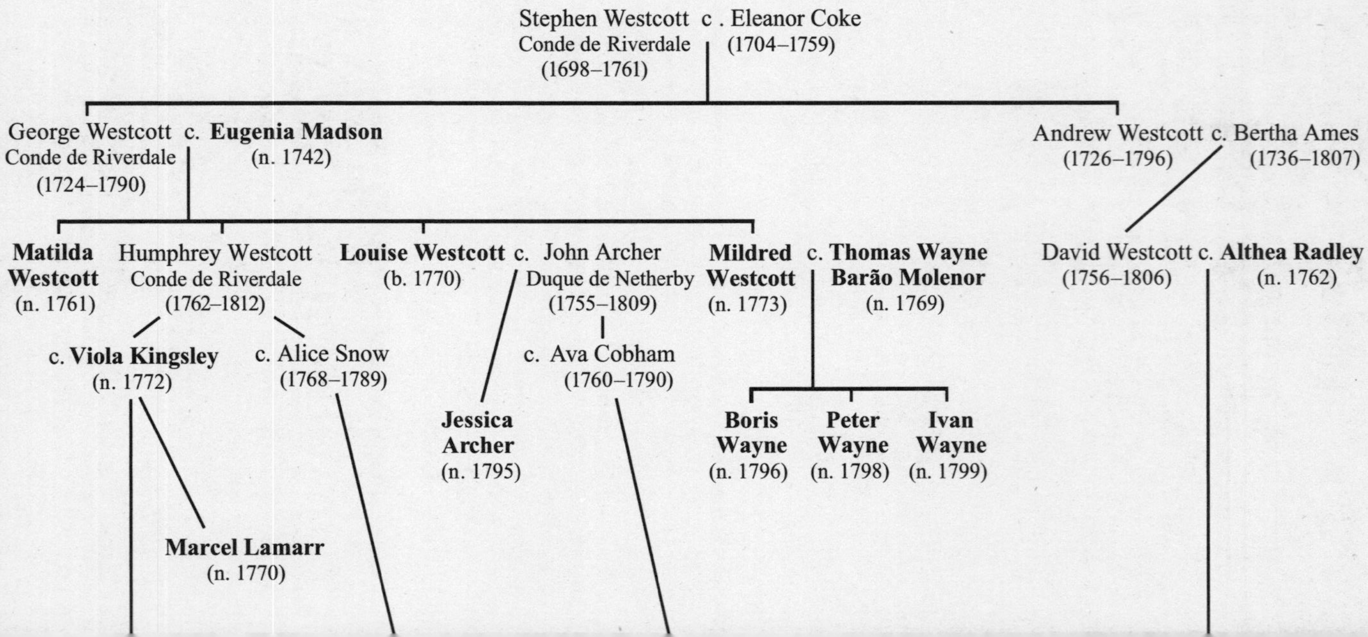

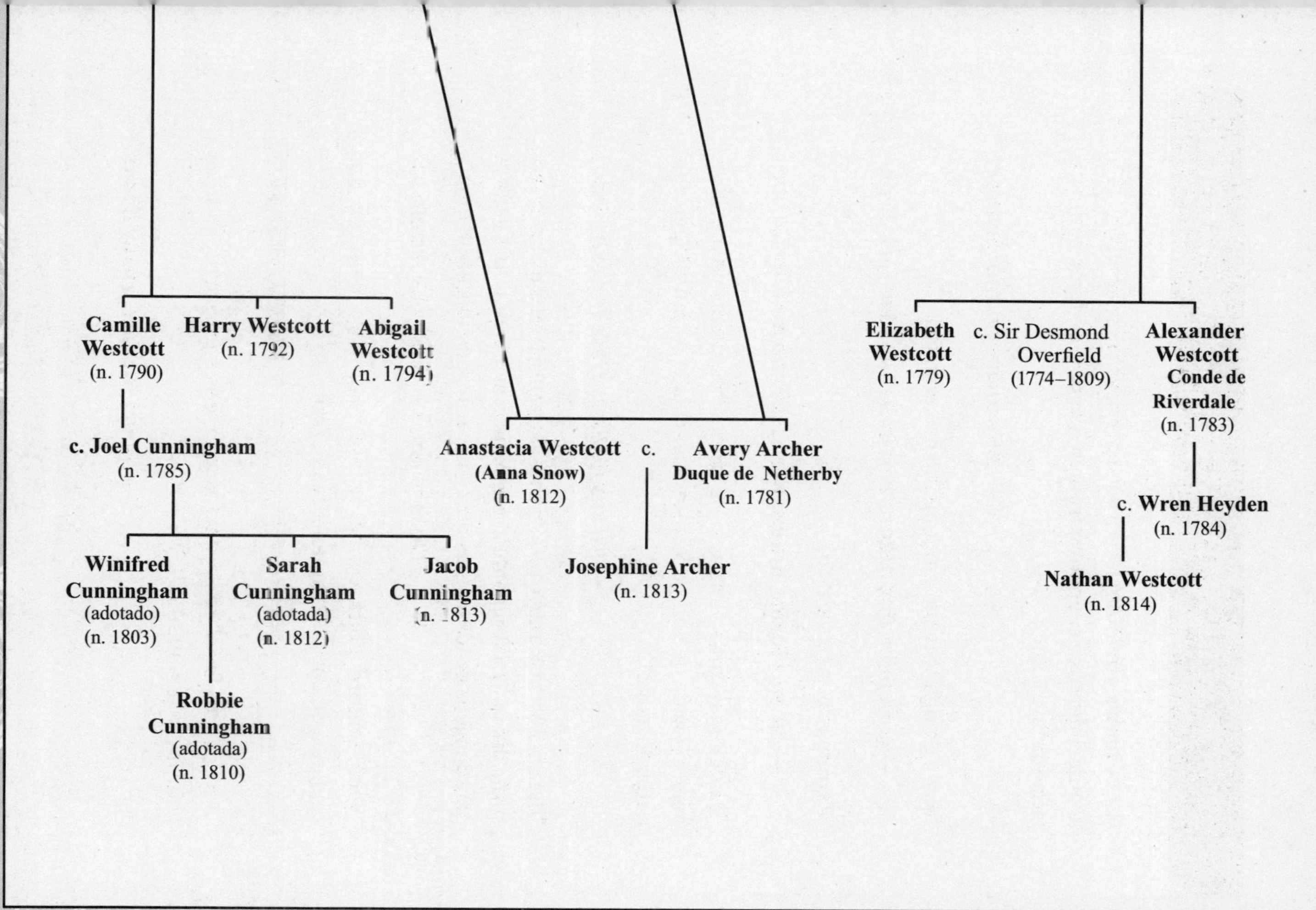
Camille Westcott
(n. 1790)
Harry Westcott
(n. 1792)
Abigail Westcott
(n. 1794)
c. Joel Cunningham
(n. 1785)
Winifred Cunningham
(adotado)
(n. 1803)
Robbie Cunningham
(adotada)
(n. 1810)
Sarah Cunningham
(adotada)
(n. 1812)
Jacob Cunningham
(n. 1813)
Anastacia Westcott
(Anna Snow)
(n. 1812)
c.
Avery Archer
Duque de Netherby
(n. 1781)
Josephine Archer
(n. 1813)
Elizabeth Westcott
(n. 1779)
c. Sir Desmond Overfield
(1774–1809)
Alexander Westcott
Conde de Riverdale
(n. 1783)
c. Wren Heyden
(n. 1784)
Nathan Westcott
(n. 1814)

ELOGIOS À PREMIADA AUTORA MARY BALOGH

"Uma autora esplêndida, cuja voz narrativa traz personagens e acontecimentos em um tom irônico que nos lembra o estilo de Jane Austen."

— Milwaukee Journal Sentinel

"Mary Balogh toca profundamente nosso coração."

— Joan Johnston, autora best-seller do New York Times

"Extremamente divertido."

— Janelle Taylor, autora best-seller do New York Times

"Balogh mais uma vez parte de tropes narrativos conhecidos, mas os enche de compaixão, inteligência emocional e perfeita autenticidade."

— Kirkus Reviews (resenha estrelada)

"Esta história tocante e totalmente cativante transborda humor sutil, diálogos inteligentes, sensualidade de tirar o fôlego e personagens coadjuvantes que você deseja conhecer melhor."

— Library Journal (resenha estrelada)

"Você sempre pode confiar em Balogh para oferecer um romance de época belamente bem escrito."

— Publishers Weekly

"Adorei este livro! Li de uma vez só, e me fez sorrir muito e chorar um pouquinho."

— Smart Bitches Trashy Books

1

Não havia nada como um Natal em família para fazer uma pessoa sentir o coração aquecido — ah, e também um pouco saudoso. E talvez até um pouco melancólico.

Brambledean Court, em Wiltshire, era o cenário de uma reunião assim pela primeira vez em muitos anos. Todos os Westcott estavam lá, desde Eugenia, a septuagenária condessa viúva de Riverdale, até seu mais novo bisneto, Jacob Cunningham, o bebê de três meses do casal Camille Westcott e Joel Cunningham. Todos haviam sido convidados por Alexander Westcott, o atual conde de Riverdale e chefe da família, e por Wren, sua esposa havia seis meses.

A casa ficara desabitada por mais de vinte anos antes de Alexander herdar o título, e já era um pouco decadente naquela época. Quando ele chegou, estava ainda mais deteriorada, e o parque ao redor adquirira um ar triste de abandono geral. Foi um desafio formidável para Alexander, que levava suas responsabilidades a sério, mas não possuía a fortuna necessária para realizá-las. Esse problema tinha sido resolvido com seu casamento, já que Wren era extremamente rica. A fortuna que ela trouxera para a união permitira-lhes reparar os danos dos anos e restaurar, por um lado, a casa e o parque, e, por outro, as fazendas, à sua antiga glória e prosperidade. Porém, como se sabe, Roma não foi construída em um dia, tal qual a condessa viúva não hesitou em comentar após sua chegada. Ainda havia muito a ser feito. Muito mesmo. Pelo menos a casa agora tinha um ar de lugar habitado.

Havia alguns outros convidados além dos Westcott e seus respectivos cônjuges e filhos. Havia a sra. Kingsley, de Bath, com seu filho e nora, o reverendo Michael e Mary Kingsley, de Dorsetshire. Eram a mãe, irmão e cunhada de Viola, uma ex-condessa de Riverdale, cujo casamento de mais de vinte anos com o falecido conde fora exposto de forma escandalosa como bigamia após a morte dele. Houvera muitas complicações em torno desse episódio desagradável, mas tudo tivera um final feliz para Viola. Afinal, nesse exato dia, véspera de Natal, ela se casara na igreja do vilarejo com

Marcel Lamarr, o marquês de Dorchester. Os recém-casados estavam na casa agora, assim como os filhos gêmeos de Dorchester, de dezoito anos.

E Colin Handrich, barão Hodges, irmão de Wren, também estava presente. Pela primeira vez em seus vinte e seis anos, ele experimentava um verdadeiro Natal em família e, após se sentir um pouco desconfortável no dia anterior, apesar de ter sido calorosamente recebido por todos, agora estava apreciando muito.

A casa estava agitada com atividade. Houvera o casamento naquela manhã — um evento totalmente inesperado, era preciso acrescentar. O marquês irrompera sobre eles sem aviso prévio na noite anterior, armado com uma licença especial e um pedido urgente de casamento para Viola, apenas alguns meses depois de ter rompido o compromisso de forma espetacular e escandalosa durante a festa de noivado em sua própria casa. Mas essa era outra história, e Colin não estivera lá para presenciá-la em primeira mão. O casamento fora seguido por um café da manhã festivo, veloz e impressionantemente organizado pela criadagem já sobrecarregada de Riverdale, sob a supervisão de Wren.

Aquela tarde tinha sido de tentativas risonhas de adicionar novas peças às decorações do evento da noite anterior. Havia por toda parte, ao que parecia, ramos de pinheiro perfumados, azevinho, hera e visco, sem mencionar fitas, sinos, laços e todo o restante do aparato associado às festas de dezembro — na sala de visitas, nas escadas, no corredor, na sala de jantar. Um ramo de azevinho, feito sob a orientação de Lady Matilda Westcott, a solteirona filha mais velha da condessa viúva, havia sido pendurado no lugar de honra do teto da sala de visitas e causava risos, assobios e rubores desde o dia anterior, sempre que os convidados se beijavam ao passar por baixo. Um tronco de Yule seria trazido naquele dia e posicionado na grande lareira no salão principal, pronto para ser aceso à noite.

E, a todo momento, enquanto se movimentavam, subiam e se empoleiravam, alfinetavam e se equilibravam, picavam os dedos, beijavam-se e ruborizavam, cheiros tentadores subiam das cozinhas abaixo: pudins de Natal, biscoitos de gengibre, tortas de carne, presunto de Natal, entre outras delícias.

E havia a neve como uma maravilha e distração constantes, atraindo-os para cada janela disponível muito mais vezes do que era necessário, para se assegurarem de que não parara de cair e que não estava derretendo antes de tocar o solo. Fazia dias que a neve estivera ameaçando, até que finalmente começara durante o casamento, naquela manhã. Continuara com vigor durante todo o dia desde então, a ponto de agora estar provavelmente na altura dos joelhos.

Neve, e em quantidades tão copiosas, era uma raridade na Inglaterra, em especial no Natal — segundo não paravam de dizer um para o outro a tarde toda.

E agora, naquela noite, os cantores da vila haviam percorrido o caminho até a entrada da mansão para entoar cânticos de Natal. O tronco de Yule fora aceso, a família se reunira e os cantores tinham chegado, contra toda expectativa — exclamando, batendo os pés, balançando cachecóis, sacudindo luvas e esfregando narizes vermelhos para deixá-los ainda mais vermelhos — e então ficando quietos, cada vez mais autoconscientes, observando ao redor a família e os amigos reunidos no grande salão para ouvi-los.

Eles cantaram por meia hora, e sua plateia ouviu, vez ou outra juntando-se a eles. A condessa viúva e a sra. Kingsley estavam sentadas em cadeiras de madeira estofadas e ricamente entalhadas, perto da grande lareira para se beneficiar dos troncos incandescentes que crepitavam ao redor do tronco de Yule. Proporcionava mais um efeito de alegria do que calor real ao resto do salão, porém os demais estavam felizes em permanecer de pé até que os cantores chegassem, ao fim de seu repertório, e todos aplaudissem. Alexander fez um breve discurso desejando a todos um feliz e saudável Ano-Novo. Então todos começaram a circular, misturando-se, conversando e rindo alegremente enquanto copos de vinho quente com especiarias e bandejas de tortas de carne quentes eram trazidos das cozinhas e oferecidos primeiro aos cantores e depois aos hóspedes da casa.

Após algum tempo, Colin se viu em pé no meio de tudo isso, sozinho por um momento, conscientemente desfrutando da atmosfera calorosa e festiva da cena ao seu redor. Do que ele podia observar, não parecia haver uma nota dissonante entre a multidão feliz — se ignorássemos a impaciência com que a condessa viúva afastava o xale pesado que Lady Matilda tentava enrolar em seus ombros.

Era assim que uma família deveria ser.

Era assim que o Natal deveria ser sempre.

Era um ideal de perfeição, é claro, e os ideais não eram frequentemente alcançados, assim como também não eram sustentáveis por muito tempo, mesmo quando alcançáveis. A vida nunca poderia ser felicidade inabalável, mesmo para uma família unida como aquela. No entanto, às vezes, havia momentos em que era, e aquele, certamente, era um deles. Merecia ser reconhecido, apreciado e saboreado.

E invejado.

Ele sorriu para as três jovens senhoritas do outro lado do salão, as cabeças juntas, tagarelando, rindo e lançando olhares furtivos na sua direção. Não era de todo surpreendente. Ele não era excessivamente convencido, mas *era*, de fato, um jovem cavalheiro solteiro em posse de um título e de fortuna. Cavalheiros solteiros acima dos vinte anos estavam em falta ali em Brambledean. De fato, ele era o único, com exceção do capitão Harry Westcott, filho de Viola, que retornara das guerras na Península dois dias antes — também de forma inesperada — a fim de recrutar soldados para seu regimento. Infelizmente para as três senhoritas, no entanto, o capitão era irmão de uma delas e primo da outra. Apenas Lady Estelle Lamarr, filha do marquês de Dorchester, não tinha parentesco com ele por sangue, embora tivesse se tornado sua meia-irmã naquela manhã.

Quando viram Colin sorrir, todas baixaram a cabeça, e, acima do burburinho geral, ele pôde ouvir uma delas dando risadinhas. Ora, por que ele não parecia e se sentia satisfeito com o que via — e lisonjeado com sua atenção? Todas eram notavelmente bonitas de maneiras diferentes, mais jovens que ele e solteiras, pelo que ele sabia. Todas eram elegíveis, até mesmo Abigail Westcott, filha de Viola e do falecido conde de Riverdale, cujo nascimento fora declarado ilegítimo quase três anos antes, após a revelação desastrosa sobre a bigamia de seu pai. Colin não se importava com esse suposto estigma sobre o nome dela. Lady Jessica Archer era meia-irmã do duque de Netherby e filha do ex-duque e de sua segunda esposa, a mais nova das irmãs Westcott.

Durante os seis meses desde que Wren se casara com Alexander, não havia sido fácil entender as complexas relações dentro daquela família, mas Colin acreditava que finalmente as dominara, mesmo as conexões por casamento.

Ele estava prestes a passear pelo salão para perguntar às três jovens damas o que tinham achado dos cânticos natalinos, quando sua irmã apareceu ao seu lado e lhe entregou um copo de vinho quente.

— Você vai ter que ficar aqui esta noite, afinal, Colin, graças à neve — disse ela, parecendo satisfeita.

— Mas você já está com a casa cheia, Roe — ele protestou, embora na verdade soubesse que seria impossível voltar para casa naquela noite e ainda mais impossível retornar no dia seguinte. O lugar que ele chamava de casa era Withington House, a quinze quilômetros de distância, onde ele vivia desde o verão. Pertencia a Wren, mas ele tinha se mudado feliz para lá quando ela ofereceu, em vez de ficar em Londres, onde morara durante todo o ano nos últimos cinco anos.

— *Roe* — repetiu ela, suave e afetuosamente. Ela havia sido batizada como Rowena. *Roe* tinha sido o nome de infância de Colin para ela, e ele ainda a chamava assim quando conversavam, mesmo que o nome houvesse sido legalmente alterado para Wren. — Um hóspede a mais não causará nenhum alvoroço e nos deixará a todos muito mais felizes. A mim em particular. Os cânticos natalinos não foram maravilhosos?

— Sim, maravilhosos — ele concordou, embora os cantores tivessem sido mais entusiasmados do que musicais.

— E o casamento esta manhã foi perfeito — falou ela, com um suspiro feliz. — E o café da manhã do casamento depois. E a neve e a colocação de mais decorações e... oh, e tudo. Você já viveu um dia mais feliz que esse?

Ele fingiu pensar, os olhos erguidos para o teto alto do grande salão, o dedo indicador batendo no queixo. Ele levantou o dedo.

— Sim, já vivi, na verdade. O dia em que Alexander veio me visitar em meu apartamento em Londres e descobri que você ainda estava viva, e fui com ele encontrá-la pela primeira vez em quase vinte anos.

— Ah. Sim. — Ela abriu um grande sorriso para ele, os olhos luminosos com a memória. — Ah, sim, de fato, Colin, está certo. Quando olhei para você, e você pronunciou meu nome, e eu percebi que era aquele menininho de cabelos desgrenhados de que eu me lembrava... Foi de fato um dia inesquecível.

Aos seis anos ele tinha sido informado de que Rowena, de dez, morrera logo após sua tia a levar embora de Roxingley, supostamente para consultar um médico sobre a grande marca de nascença avermelhada que inchava um lado de seu rosto e a havia desfigurado horrivelmente. Na realidade, não houvera médico nem morte. Tia Megan havia tirado Rowena de uma casa na qual ela tinha sido isolada e era frequentemente trancada em seu quarto para que ninguém precisasse olhar para ela. Tia Megan tinha se casado logo depois com Reginald Heyden, um rico cavalheiro conhecido seu, e os dois haviam adotado Rowena Handrich, alterado seu nome para Wren Heyden e a criado como sua própria filha. Colin, enquanto isso, tinha ficado profundamente triste pela sua amada irmã e companheira de brincadeiras. Ele só descobrira a verdade naquele ano, quando Alexander o procurara logo após se casar com ela.

Wren era adorável, apesar das marcas arroxeadas no lado esquerdo do rosto onde antes ficava o inchaço vermelho quando ela era criança. E ela estava mais bela do que nunca nos últimos dias. Alexander não tinha perdido tempo em engravidá-la.

— O Natal era um momento feliz para você quando era menino, Colin? — O rosto dela assumiu um ar saudoso enquanto o encarava.

Ele tinha crescido como parte de uma família — com sua mãe e seu pai, um irmão mais velho e três irmãs mais velhas. Roxingley Park era uma propriedade grandiosa onde sempre havia uma abundância das coisas boas da vida — isto é, das coisas materiais. Seu pai tinha sido um homem rico, assim como Colin era agora. Os Natais vinham e iam, mesmo depois da suposta morte de Rowena, a mais nova de suas irmãs, e da morte real de seu irmão Justin, nove anos depois. Mas ele não se lembrava desses eventos como ocasiões familiares calorosas. Não como essa. Nem perto disso.

— Sinto muito — disse ela. — Você parece melancólico de repente. Tia Megan e tio Reggie sempre tornaram o Natal muito especial para mim e um para o outro. Não como este, é claro. Éramos apenas nós três, mas era muito adorável mesmo assim e cheio de amor. A vida vai melhorar para você, Colin. Eu prometo. E você vai ficar aqui esta noite. Vai ficar o dia todo amanhã e provavelmente todo o dia depois no Natal também. *Com toda a certeza*, na verdade, pois vamos seguir em frente com os planos para nossa festa do dia 26, mesmo que alguns de nossos convidados achem impossível chegar aqui. Este vai ser o melhor Natal de todos. Eu já decidi, e não aceitarei um não como resposta. Já é o melhor, na verdade, embora eu desejasse que tia Megan e tio Reggie ainda estivessem vivos para fazer parte. Você os teria amado, e eles teriam amado você.

Ele abriu a boca para responder, mas Alexander tinha capturado o olhar dela de onde estava, atrás dos refrescos, e ela havia pedido licença para atravessar a multidão de convivas de volta em direção a ele para distribuir mais vinho quente aos cantores antes que eles partissem.

Colin observou o salão outra vez, ainda se sentindo aquecido e feliz — e um pouco melancólico por ter sido lembrado da ruptura que houvera e sempre haveria em sua família. E talvez também pela admissão de que, embora ele fosse agora o barão Hodges e portanto chefe de sua família, e embora contasse com vinte e seis anos e não tivesse mais a desculpa de ser apenas um garoto, ele não havia feito nada para reunir os membros remanescentes — sua mãe, suas três irmãs e respectivos cônjuges e filhos. Não ia a Roxingley desde os dezoito anos, quando retornou para o funeral de seu pai. Também não fizera nada para perpetuar sua linhagem, para criar sua própria família, algo mais parecido com a família Westcott. Estes tinham sofrido problemas suficientes nos últimos anos e, sem dúvida, antes disso também. A vida era assim. Mas seus problemas pareciam fortalecer em vez de afrouxar os laços que os uniam.

Não era assim com a família Handrich.

Seria possível? Era possível? Ele estava pelo menos pronto para tentar?

Fazer algo positivo com sua vida em vez de apenas flutuar de um dia para o outro e mais ou menos se esconder da enormidade que uma atitude implicaria? Seus olhos pousaram novamente no grupo do outro lado do salão. As jovens damas haviam sido acompanhadas pelos três filhos em idade escolar de Lorde e Lady Molenor. Winifred Cunningham, a jovem sobrinha de Abigail, estava com eles também, assim como alguns dos cantores mais jovens. Todos conversavam alegremente, riam e se comportavam como se aquela véspera de Natal fosse o dia mais feliz de todos — como de fato era.

Colin de repente sentiu como se tivesse cem anos a mais que o mais velho deles.

— Um tostão por seus pensamentos — uma voz disse bem perto, e ele se virou para a pessoa.

Ah. Lady Overfield.

A mera visão dela elevou seu humor e trouxe um sorriso ao seu rosto. Gostava dela e a admirava mais do que a qualquer outra mulher de seu círculo de conhecidos, talvez mais do que qualquer outra pessoa, homem ou mulher. Para ele, ela vivia em um tipo de pedestal, acima do nível de outros mortais. Ele poderia até mesmo estar completamente apaixonado se ela tivesse a mesma idade dele ou menos. Embora mesmo assim parecesse desrespeitoso de alguma forma. Ela era seu ideal de feminilidade.

Era a irmã mais velha de Alexander, cunhada de Wren, bela por completo. Colin tinha plena consciência de que outras pessoas poderiam não concordar. Ela tinha cabelos claros, uma figura esbelta e um rosto mais amigável do que abertamente encantador. No entanto, Colin ponderou, suas experiências de vida o haviam ensinado a olhar mais fundo do que as aparências superficiais para descobrir a beleza ou a falta dela. Lady Overfield era talvez a mulher mais bela que ele já conhecera. Havia algo sobre seu comportamento que exalava uma tranquilidade aparentemente inabalável combinada com um olhar cintilante. Mas ela não guardava esses atributos para si mesma. Pelo contrário, direcionava-os para fora, pois queria tocar outras pessoas. Não chamava atenção para si, mas a concedia aos outros. Era a melhor amiga de todos na família, aquela com quem todos se sentiam apreciados e confortáveis, aquela que sempre ouviria e nunca julgaria. Havia sido a primeira amiga de Wren — Wren tinha quase trinta anos na época — e essa amizade permanecia firme. Colin a teria amado apenas por isso.

Ele havia gostado dela desde a redescoberta de sua irmã, mas vinha sentindo uma afeição especial desde o dia anterior. Sentira-se um pouco deslocado entre os membros de uma família unida, embora todos o tivessem recebido bem. Lady Overfield o tinha destacado, no entanto, para oferecer uma atenção especial. Havia conversado com ele a noite toda a partir do local onde se empoleirara, no banco da janela, na sala onde todos estavam reunidos, incentivando-o a falar sobre tópicos que ele normalmente não teria levantado com uma mulher, e apenas fazendo alguns apontamentos para que ele continuasse a falar. Colin logo relaxou. Também se sentiu honrado, pois, para ela, ele devia parecer pouco mais que um menino desajeitado. Ele imaginava que ela devia ter por volta de trinta e poucos anos em contraste com os seus vinte e seis. Não sabia quanto tempo fazia que ela era viúva, mas devia ter sido muito jovem quando perdeu o marido, pobre dama. Não tinha filhos. Vivia com a sra. Westcott, sua mãe, na antiga casa de Alexander em Kent.

Ela tinha lhe feito uma pergunta.

— Eu estava tentando decidir — disse ele, acenando na direção do grupo de jovens — com qual das três senhoritas eu deveria me casar.

Ela pareceu surpresa por um momento e depois riu com ele enquanto olhava para o outro lado da sala.

— Ah, deveras? — disse ela. — Mas não ouviu, Lorde Hodges, que quando se olha através de uma sala lotada para aquela única pessoa destinada a ser o amor da sua vida, nós não temos dúvidas? Se o senhor olhar e encontrar *três* possíveis candidatas para a posição, então é altamente provável que nenhuma delas seja a escolha certa.

— Ai de mim — emendou ele. — Tem certeza?

— Bem, não *completamente* — ela admitiu. — Todas têm belezas notáveis, não? Devo aplaudir seu gosto. Também observei que elas não são indiferentes aos seus encantos, pois estão lançando olhares furtivos na sua direção e trocando cutucadas e risadinhas desde ontem: ao menos Abby e Jessica. Estelle chegou apenas hoje depois do casamento, porém, parece igualmente impressionada pelo senhor. Mas, Lorde Hodges, está *mesmo* procurando uma esposa?

— Não — respondeu ele, após uma leve hesitação. — Na verdade, não realmente. Eu não estou, mas começo a sentir que talvez devesse estar. Em algum momento. Talvez em breve. Talvez não por mais alguns anos. E que tal essa resposta? Parece-lhe firme e decisiva?

— Admirável — disse ela, rindo novamente. — Tenho certeza de que o mundo feminino jovem e o de suas respectivas mães entrarão em êxtase quando começar sua busca de fato. Já deve saber que é um dos solteiros mais cobiçados da Inglaterra e nem um pouco desagradável aos olhos. A propósito, Wren está radiante de felicidade pelo fato de o senhor ficar aqui esta noite. Ela ficou desapontada ontem quando o senhor insistiu em voltar para casa.

— Acredito que a neve ainda está caindo lá fora, Lady Overfield. Se eu tentasse ir para casa, poderiam só encontrar minhas sobrancelhas acima da neve quando viessem fazer buscas. Parece que estou preso aqui por pelo menos mais alguns dias.

— Melhor aqui do que lá, mesmo que pudesse chegar em segurança em casa. O senhor ficaria preso lá e completamente sozinho no Natal. Só de pensar nisso me dá vontade de chorar. Mas pode me chamar de Elizabeth? Ou até mesmo Lizzie? Meu irmão, afinal, é casado com sua irmã, o que nos torna praticamente irmãos, não é mesmo? Posso chamá-lo de Colin?

— Por favor, Elizabeth — respondeu ele, sentindo-se um pouco desconfortável ao dizer o nome dela. Parecia uma imposição. Mas ela é que havia pedido, uma marca particular de aceitação. Que Natal felicíssimo aquele estava se tornando, e nem era ainda o dia da celebração. Como ele poderia sequer considerar sentir-se melancólico?

— Você deve ser muito grato pela neve — continuou ela. — Agora não terá que perder parte da manhã viajando. A manhã de Natal é sempre uma das minhas favoritas do ano, se não a minha favorita de *todas*. Não é um verdadeiro deleite ter um Natal branco? E isso já foi comentado uma vez ou duas hoje? Mas não consigo me lembrar da última vez que aconteceu. E também nem é só uma poeirinha para brincar com as esperanças das crianças em todos os lugares, mas uma queda expressiva. Eu apostaria na aparição súbita de um exército de bonecos de neve e talvez de damas de neve amanhã, bem como uma horda celestial de anjos de neve. E batalhas de bolas de neve e passeios de trenó... há um trenó antigo na garagem, aparentemente. E podemos descer a colina a bordo de um deles. Existem trenós também, que realmente deveriam estar em um museu em algum lugar, de acordo com Alex, mas que certamente funcionarão tão bem quanto os novos. Há até uma colina, embora não seja muito montanhosa, infelizmente. Mas vai servir. Não se arrependerá de ter ficado.

— Talvez eu escolha passar um Natal mais tradicional em uma cadeira confortável perto do fogo, comendo comidas reconfortantes, bebendo vinho quente e tirando uma soneca.

Ela o olhou, novamente surpresa.

— Oh, você não poderia ser tão desanimado — disse ela, notando o brilho em seu olhar. — Você seria motivo de piada. Um pária. Expulso de Brambledean em profunda desgraça, para nunca mais ser admitido em seus portais, mesmo que seja *irmão* de Wren.

— Isso também significa que nenhuma de suas jovens primas estaria disposta a se casar comigo? — ele perguntou.

— Exato, significa exatamente isso — ela assegurou. — Nem mesmo eu.

— Ah — falou ele, batendo a mão no lado esquerdo do peito. — Meu coração estaria partido.

— Eu não teria pena de você, mesmo que viesse até mim com os pedaços na mão.

— Cruel. — Ele suspirou. — Então é melhor eu estar preparado para sair amanhã e fazer alguns anjos e atirar bolas de neve, de preferência em você. Eu já a aviso, porém, que eu era o principal arremessador do meu time de críquete na escola.

— Que modéstia — disse ela. — Para não mencionar a galanteria. Mas vejo que dois dos criados estão acendendo as lanternas dos cantores. Eles estão prestes a sair. Vamos lá para nos despedir?

Elizabeth aceitou o braço oferecido e eles uniram-se à multidão junto às grandes portas. O nível de barulho aumentou enquanto todos agradeciam novamente aos cantores de natal e os cantores agradeciam a todos em retorno e todos desejavam a todos um feliz Natal.

Colin decidiu que estava *feliz*. Ele era parte de tudo aquilo. Era um membro aceito da família Westcott, mesmo que apenas um membro colateral. Lady Overfield — Elizabeth — havia observado que eles eram praticamente irmãos. Ela havia brincado e rido com ele. A mão dela ainda estava enlaçada em seu braço. Decerto não havia felicidade maior.

Havia uma batalha de bolas de neve e trenós pelos quais esperar pela manhã.

E presentes para trocar.

E ganso recheado e pudim de Natal.

Sim, era muito bom pertencer a um grupo e a um lugar.

A uma família que não era realmente sua.

2

Elizabeth Overfield vinha lutando contra a melancolia nos últimos dias e se repreendia severamente por isso. Esse seria com certeza o Natal mais feliz. Estava passando-o com sua mãe, seu irmão, cunhada e todo o clã Westcott. Os Radley, o lado da família de sua mãe, estariam ali também se não tivessem um compromisso anterior, mas já haviam concordado em vir no ano seguinte.

Era quase um milagre que todos os Westcott estivessem reunidos ali em Brambledean. O grande abalo acontecido dois anos e meio antes poderia facilmente tê-los separado em facções zangadas e amargas. Não obstante, não havia acontecido. Pelo contrário, a família havia se unido e permanecido unida. Viola, a ex-condessa de Riverdale, despojada de seu título, havia se casado ali naquela manhã. Seus três filhos, oficialmente ilegítimos, estavam todos ali também. Assim como Anna, a duquesa de Netherby, a única filha legítima do falecido conde. Nenhum deles parecia ressentir-se de forma alguma com o irmão de Elizabeth, Alex, que havia herdado o título de Riverdale.

Era ilógico, então, estar deprimida.

Depois que os cantores terminaram seus cânticos, Elizabeth olhou ao redor do salão e tentou sentir o clima de felicidade incontestável que todos os outros pareciam sentir. Seus olhos se fixaram em Lorde Hodges, parado temporariamente sozinho no meio da multidão, uma expressão melancólica e quase sombria no rosto. Seu coração se compadeceu dele como havia acontecido no dia anterior, quando sentiu seu desconforto em estar ali entre uma família de pessoas que eram praticamente estranhas a ele. Elizabeth o havia acolhido então e se viu inesperadamente encantada por seu charme tranquilo, olhos azuis sorridentes, sua figura alta, esguia, juvenil e boa aparência loira. Passar algumas horas da noite conversando com ele tinha sido um grande prazer, mas não havia contribuído em nada para elevar seu desânimo geral — ela se viu querendo ser jovem outra vez, como ele era jovem agora e cheio da vitalidade juvenil que um dia também fora sua, até que o passar dos anos e um casamento desastroso a tivessem exaurido dessas características.

Talvez fosse sábio ter ficado longe dele naquela noite. Não desejava desenvolver algum tipo de afeto por ele, certo? Seria quase patético. Aproximou-se dele mesmo assim e foi recompensada com um sorriso e seu caloroso senso de humor. No entanto, sentiu certa solidão nele, como sentira na noite anterior. Aquela não era a família *dele*, afinal. Apenas Wren era algo seu.

A solidão poderia parecer um pouco mais intensa em circunstâncias como essas, quando se estava cercado de amigos — e família no caso dela —, mas nenhum deles era *aquela* pessoa em particular, aquele amor de sua vida de quem ela falara havia alguns minutos. Houve um tempo em que ela pensara ter encontrado esse amor. Até mesmo se casara com ele. Mas acabou que, apesar dos protestos em contrário, Desmond Overfield havia preferido o álcool a ela, e o amor de Elizabeth por ele tinha tido uma morte dolorosa mesmo antes de ele fazer sua passagem dessa vida. Ou talvez nunca tivesse morrido completamente. O amor podia morrer se era real?

Seu estado solitário havia parecido ainda mais agudo como resultado do casamento de Viola com o marquês de Dorchester naquela manhã — uma união que ela acreditava que seria feliz, embora nada nesta vida fosse certo.

A situação de Lorde Hodges — Colin — era bastante diferente da sua, é claro. Ele ainda era muito jovem, estava apenas na casa dos vinte e poucos anos, ela diria. Ela o observava enquanto ele apertava as mãos de alguns dos cantores, parabenizava-os e lhes desejava um retorno seguro para casa através da neve. Alguma jovem teria muita sorte quando ele realmente se decidisse pelo casamento. Ela se sentiu de repente muito mais velha, se não idosa. Será que alguma vez já tinha sido jovem como as três garotas com quem ele mencionara casamento em tom jocoso, minutos antes? Elas, autoconscientes, espiando os jovens cavalheiros, com toda a vida, esperança e felicidade pela frente? Mas é claro que já.

— Que dia maravilhoso está sendo este — Anna disse ao seu lado. — Você acha que amanhã será um anticlímax, Elizabeth?

— Quando há presentes para dar e receber e o ganso para consumir e a cerimônia de Natal na igreja para esperar? E a neve nos chamando para sair? Acho que não será.

Avery, duque de Netherby, marido de Anna, suspirou e estremeceu.

— Você não está pensando em nos forçar a ir lá fora para brincar, está, Elizabeth? — indagou ele.

— Ah, pois ela está — assegurou Colin. — Ela ameaçou me banir permanentemente de Brambledean se eu tentasse insistir em cochilar perto da lareira como todo cavalheiro civilizado deveria fazer no dia de Natal. E ela tem poder, Netherby. Ela é irmã de Riverdale.

Elizabeth sorriu com a brincadeira.

Avery levou o monóculo ao olho e a observou, sua expressão dolorida. Ela piscou alegremente de volta para ele, e todos voltaram sua atenção para a partida dos cantores, que estavam saindo nos degraus recém-varridos, mas descendo na profunda neve branca, seus cachecóis enrolados em torno das orelhas, os chapéus e *bonnets* puxados para baixo, as lanternas erguidas. Uma rajada de vento frio e até mesmo alguns flocos de neve invadiram o grande salão enquanto despedidas, agradecimentos e votos de boas festas eram trocados novamente.

— Como ainda há muito vinho quente na tigela — disse Alex, elevando sua voz acima do burburinho levemente reduzido depois que as portas se fecharam atrás dos aldeões que acabavam de partir —, e como deve fazer seis ou sete horas desde que brindamos pela saúde e felicidade do marquês e da marquesa de Dorchester pela última vez, sugiro que o façamos novamente antes de todos nos recolhermos e encerrarmos a noite. Wren, onde você está? Pode passar os copos enquanto eu os sirvo, por gentileza.

Viola, outrora a condessa de Riverdale, agora Viola Lamarr, marquesa de Dorchester, parecia incrivelmente feliz. Na verdade, ela reluzia como a noiva recém-casada que era. E o marquês a olhava com um brilho nos olhos escuros que deixava Elizabeth se sentindo levemente sem fôlego e... com inveja?

Mas não, não isso. Jamais invejaria a felicidade de Viola. Desejava algo assim para si, apenas. Era esse anseio que sentia. E solidão outra vez.

Houvera vários casamentos na família durante os últimos dois anos mais ou menos, a começar pelo de Anna com Avery. Anna havia morado com Elizabeth por um curto período depois de chegar a Londres do orfanato onde crescera, sem saber que era filha do conde de Riverdale — a filha legítima. Elizabeth havia morado com ela para ajudá-la a se ajustar à sua nova vida e se sentir menos confusa e sozinha. Ela e o secretário de Avery tinham sido as únicas testemunhas em seu casamento. Então Camille, a filha mais velha de Viola, havia se casado com Joel Cunningham em Bath, e Alex se casara com Wren em Londres. Agora Viola, de quarenta e dois anos, se casara com o marquês ali em Brambledean. E os quatro casamentos na família pareciam ter uma coisa em comum, pelo que Elizabeth podia julgar de fora. Todos os quatro haviam acontecido por amor. Todos os quatro tinham boas chances de permanecer uniões felizes no futuro.

— Senhoras? — chamou Colin. Ele tinha ido até a tigela de vinho quente com Wren e voltara com um copo em cada mão, um para Elizabeth e outro para Anna. — Mas nada de beber antes que todos tenham sido servidos e o brinde tenha sido proposto.

— Tirano — repreendeu Elizabeth. — Nem um pequeno gole?

— De jeito nenhum — disse ele, mas seus olhos brilhavam para ela. — Ordens de Alexander. Senhor da propriedade e tudo mais.

— Fico imaginando qual seria a penalidade por desobediência — comentou Anna.

— Você não gostaria de saber — ele lhe respondeu, piscando antes de voltar para a tigela, a fim de ajudar a distribuir os copos.

— Estou muito feliz que Lorde Hodges e Wren tenham se encontrado novamente — falou Anna. — Famílias realmente não deveriam ficar separadas por muitos anos.

Elizabeth sorriu com compreensão para ela e notou que Avery havia passado um braço em torno de sua cintura. A inveja a tomou de assalto uma vez mais. E a solidão. Deveria tomar alguma atitude a respeito. Contava com trinta e cinco anos. Não era jovem, mas certamente não era velha. E tinha perspectivas. Durante as duas últimas temporadas, as quais passara em Londres com a mãe, ela encontrara alguns cavalheiros que haviam demonstrado interesse, tanto novos quanto antigos conhecidos. Era possível que viesse a se casar outra vez. Ela fora veementemente contra se casar de novo após a morte de Desmond. O casamento com ele havia lhe feito sentir um respeito saudável pela liberdade e independência, mas nem todos os homens eram como ele. Nem todos os casamentos eram infelizes ou piores. E havia atrativos no matrimônio.

Um desses cavalheiros, de fato, havia expressado um interesse muito definido. Sir Geoffrey Codaire propusera casamento a ela muitos anos antes, logo depois que ela conhecera Desmond. Ele havia renovado sua amizade com ela durante os últimos dois anos, e o cavalheiro continuava tão sólido de porte físico e caráter como sempre; nem particularmente bonito nem especialmente vibrante em termos de personalidade, mas... bem, sólido e digno. Ele era alguém de quem ela poderia esperar uma companhia tranquila e confortável. Era alguém em quem ela poderia confiar. Cada vez mais, ultimamente, ela considerava aceitar a oferta refeita por ele na primavera. Declinara, mas quando ele perguntou se poderia renovar suas investidas alguma vez no futuro, ela hesitou, e ele insistiu em tomar como um sinal esperançoso e a instou a não responder à pergunta. Ela não o fez, e eles deixaram como estava. Talvez naquela próxima primavera, se ele perguntasse novamente, ela diria sim.

Talvez no próximo Natal já não estivesse mais sozinha. Talvez aquela pontinha de melancolia de que ela não conseguia se livrar fosse banida por um novo casamento, o seu desta vez. Até poderia estar grávida, como Wren estava naquele ano. Às vezes, ela ansiava pela experiência da maternidade.

O reverendo Michael Kingsley, irmão de Viola, foi chamado para propor o brinde, e o silêncio desceu sobre o grande salão quando Alex bateu a concha contra o lado da tigela de vinho quente.

Colin tinha se juntado aos jovens, Elizabeth pôde ver, e estava com Jessica de um lado e o jovem Bertrand Lamarr, o filho do marquês de Dorchester, do outro. Sua mão livre, aquela que não segurava o copo, estava descansando no ombro da pequena Winifred — os jovens tinham sido autorizados a ficar acordados até tarde naquela noite. Ele estava feliz. Estava onde deveria estar.

O reverendo Kingsley pigarreou, e Elizabeth voltou sua atenção para o brinde que ele estava prestes a propor.

O dia de Natal começou cedo, com o café da manhã e a troca de presentes, a maioria dentro de pequenos grupos familiares. Colin foi convidado a se juntar a sua irmã e seu cunhado e à sra. Westcott e Elizabeth na sala de estar privativa de Wren, onde recebeu uma belíssima caneca de vidro multicolorido gravada com seu nome, proveniente da fábrica de vidros de Wren, um novo pingente para seu relógio, da sra. Westcott, e um cachecol de lã macia e vermelho-viva, de Elizabeth. Ele havia comprado porta-cartões de couro combinando para Wren e Alexander, um xale de paisley para a sra. Westcott e um caderno de capa de couro com um pequeno lápis anexado para Elizabeth. Trocar presentes realmente era um deleite, ele descobriu, acompanhado por exclamações de alegria e agradecimentos efusivos e até abraços. Era algo novo para ele, que também trouxera presentes para as crianças.

A maior parte da família acabou no chão do quarto das crianças, onde os pequenos abriram seus presentes e os exibiram para a admiração dos adultos e para brincaram com eles, embora o jovem Jacob, era verdade, estivesse mais interessado em balançar as mãos diante dos sorrisos de sua mãe e seu pai do que em apreciar os novos bichinhos de pelúcia que lhe apresentavam e o chocalho em torno do qual curvaram seus dedinhos. A pequena Sarah Cunningham, de um ano, por outro lado, corria pelo quarto, gritando de alegria ao colocar sua nova boneca no colo da mãe, para então pegá-la de volta, abraçá-la e acariciá-la antes de colocá-la no colo de outra pessoa. Winifred Cunningham agradeceu a todos solenemente por fitas de cabelo, luvas, pulseiras e anéis e então mergulhou em um de seus três novos livros e se perdeu no mundo da leitura. Josephine Archer pulava no colo do duque de Netherby e tentava morder uma das patas de um cachorro de pelúcia.

Os três filhos de Lorde Molenor, que estavam na adolescência e, portanto, não deveriam se qualificar para receber presentes de todos, de acordo com seu pai, exclamavam sobre tacos de críquete, bolas, botas, cachecóis, telescópios e livros — estes últimos não provocaram tentação a nenhum deles para começar a leitura imediatamente. Boris balançou de leve a boneca de Sarah e foi recompensado com um abraço e um beijo antes que ela a arrancasse de suas mãos, a abraçasse e a beijasse, para então a empurrar no colo de sua avó. Depois, todos se reuniram na sala de visitas para a distribuição de presentes aos criados — a primeira cerimônia desse tipo em muitos anos. E, surpreendentemente, considerando o caos aparente da manhã e a profundidade da neve, que ainda caía e parava, caía e parava, todos se dirigiram à igreja da vila a tempo para a cerimônia das onze horas.

O antigo trenó, arrumado para parecer quase respeitável e enfeitado com sinos, que tilintavam quando estava em movimento, fez duas viagens para levar os mais velhos. Todos os outros foram caminhando — isto é, escorregando. Qualquer "palhaçada" — termo de Lorde Molenor — era estritamente proibida no caminho. Ele berrava com terrível ferocidade quando um de seus filhos deslizava um punhado de neve para dentro da gola do casaco do irmão e a vítima girava com um rugido para retaliar. Não houve mais incidentes além de um escorregão desajeitado que fez Lady Estelle Lamarr cair na neve. Quando seu irmão a ajudou a se levantar, ela parecia uma verdadeira dama de neve. O capitão Westcott a ajudou a se limpar enquanto ela ria, constrangida, e suas bochechas vermelhas de frio ficavam certamente mais escarlates.

Colin caminhou com Camille e Joel Cunningham e carregou a pequena Sarah e sua boneca pela maior parte do caminho, já que os braços de Cunningham estavam ocupados com seu bebê, enquanto Winifred segurava a mão de Camille. Colin sentou-se com eles na igreja, que estava cheia de paroquianos, o que o surpreendeu. Não conseguia se lembrar de nenhum Natal em que sua própria família tivesse ido à igreja. Eles, portanto, haviam perdido talvez o serviço mais emocionante do ano, com sua ênfase no nascimento, esperança, amor, alegria e paz. No dia de Natal, era possível acreditar em tudo isso, ou pelo menos em sua possibilidade. Camille segurava

Sarah, que logo se aconchegou contra ela, com a boneca e tudo, adormecida, enquanto Winifred se apoiava no braço de sua mãe com total confiança no poder de sua família de amá-la e protegê-la. Joel balançava suavemente o jovem Jacob em seu colo quando o bebê começava a resmungar e era recompensado com um sorriso desdentado e pálpebras que se fechavam gradualmente.

Decerto era hora, pensou Colin, de confiar na ideia de família. Ou melhor, confiar em sua própria capacidade de criar uma e talvez até atrair para ela os familiares com quem havia crescido. Wren já fazia parte desse grupo. Assim como sua irmã Ruby e o marido Sean — e seus quatro filhos —, mesmo que morassem na Irlanda e ele não os visse muito e Ruby não fosse a melhor escritora de cartas do mundo. Mas ainda havia sua mãe e sua irmã mais velha, Blanche, e seu respectivo marido. Colin não pensaria neles naquela manhã, no entanto. Não queria sentir o coração pesado.

Caminhava entre Lady Overfield e a sra. Althea Westcott, a mãe dela, esta apoiando-se um pouco em seu braço para não escorregar, cair e fazer um papel ridículo — palavras dela. No entanto, foi acolhida pelo trenó em sua segunda viagem da igreja para a casa, e Elizabeth segurou seu braço quando ele ofereceu, primeiro tirando-lhe a mão enluvada do regalo. Ela estava muito atraente em seu manto vermelho e *bonnet* de abas vermelhas, um contraste vívido com o branco da neve e a geada nos galhos das árvores.

— As botas elegantes de cano médio são totalmente inadequadas para toda essa neve, estou descobrindo — disse ela com pesar. — Só podemos esperar que sequem até esta tarde.

— Você ainda está sonhando com guerras de bola de neve, corridas de trenó e outros horrores ao ar livre, não está? — ele perguntou. — Mesmo que estejamos prestes a ter nosso almoço de Natal e quase certamente vamos exagerar?

— Por esse motivo exato — respondeu ela. — Eu suponho que você ainda esteja sonhando com uma lareira tranquila e uma cadeira confortável.

Ele riu. Os olhos dela brilhavam de prazer com o antecipado deleite de congelar brincando na neve.

— Você já considerou se casar de novo, Elizabeth?

Ela virou o rosto na direção dele bruscamente, erguendo as sobrancelhas.

— Perdoe-me muitíssimo — pediu ele. — Provavelmente foi uma pergunta de extrema falta de educação, para não mencionar abrupta. Mas o Natal nos faz pensar em família, filhos e união, e... bem, esqueça que perguntei, se puder. Acabo de dar um vexame. E sem dúvida você também ficou constrangida.

Mas ela riu de novo.

— Não estou constrangida. E, sim, considerei me casar de novo. Durante muito tempo, não. Pensei que seria contente em viver minha vida como uma filha devota para minha mãe em sua velhice. Infelizmente, não é o que ela quer. E devo confessar que me sinto um pouco aliviada. Comecei a olhar ao meu redor.

Dois dos filhos de Molenor haviam feito uma cadeira com suas mãos entrelaçadas, Colin pôde ver, e Winifred estava montada nelas, com os braços ao redor dos ombros dos garotos. Ela estava rindo — algo certamente raro para ela. Winifred era uma mocinha séria, estudiosa e um tanto carola, que crescera em um orfanato em Bath antes de Camille e Joel a adotarem junto com Sarah no ano anterior, quando eles se casaram. Colin se perguntou se ela percebia que estava destinada a ser lançada na neve sem querer, porém de propósito, antes de chegarem em casa.

— Algum sucesso? — ele perguntou a Elizabeth.

— Sim, acredito que sim — disse ela, após hesitar. — Um cavalheiro que conheço há muito tempo me fez uma proposta no início do ano. Recusei na época, mas ele perguntou se poderia renovar o pedido em algum momento no futuro, e eu não disse não.

— Parece uma grande história de amor — falou ele, virando a cabeça e sorrindo para ela.

Mas, de fato, por que ela se casaria por qualquer outra razão que não fosse amor? Ela decerto tinha sido feita para o amor com um homem que a adoraria e contaria suas bênçãos pelo resto da vida.

— Bem, não é, isto é claro — disse ela. — Talvez eu seja um pouco velha demais para o amor romântico. Ou talvez eu não confie tanto quanto já confiei.

— Ora, isso soa puramente triste — responde ele. E estava falando sério. *Eu não confie...*? Será que o amor a decepcionara? Talvez porque tivesse deixado o marido dela morrer? — E velha demais para romance? Diga isso para aqueles dois.

Ele acenou com a cabeça para o marquês e a marquesa de Dorchester. Abigail Westcott estava do outro lado de Dorchester; Lady Estelle Lamarr, ao lado da marquesa. Os quatro caminhavam com os braços entrelaçados. Havia uma aura nos recém-casados naquela manhã que tinha feito Colin sentir-se um pouco incomodado, embora não houvesse nada remotamente impróprio em seu comportamento, apenas um brilho nela e uma intensidade nos olhos dele que não podiam ser colocados em palavras adequadas, mas dizia muito.

— Eles parecem felizes — concordou Elizabeth —, depois de apenas vinte e cinco horas de casamento. E, sim, ambos têm mais de quarenta anos.

— Sempre achei que não precisava considerar nada tão drástico quanto o casamento por muitos anos ainda. Afinal, acabei de completar vinte e seis.

— Drástico? — Ela riu. — Grilhões nos pés e inquilinos para a vida toda e todos os outros clichês que vocês cavalheiros gostam de usar?

— E estabelecer uma família e definir o tom que eu gostaria que tivesse. Estabelecer residência em algum lugar e transformá-lo em um lar. Decidir onde isso seria. Escolher uma noiva, sabendo que devo viver com minha escolha pelo resto da vida, e que ela teria que viver com a dela pelo resto da sua. Ser o chefe da minha família. Assumir a responsabilidade por ela. Tornar-me um homem.

Ele parou subitamente, envergonhado, em especial com aquelas palavras finais. E ela não havia deixado passar despercebido.

— Você se vê como menos do que um homem agora, então? — perguntou ela.

— Não sei ao certo o que quis dizer — falou ele. — Tornar-me decisivo, talvez. Firmar os pés e tomar uma posição sólida, talvez. Saber quem sou e para onde estou indo. Para onde quero ir. Para onde devo ir. Você vai pensar que sou um completo idiota. E provavelmente estará certa.

— Eu não penso nada disso — ela protestou. — Muitos rapazes, e moças, em menor grau, acreditam que sabem de tudo e seguem em frente pela vida, reforçando sua opinião sobre si mesmos com cada ação ignorante e nunca alcançando seu pleno potencial como homens, mulheres e seres humanos. Acho que há vantagens definitivas em saber desde cedo que, na realidade, sabe-se muito pouco e que se deve estar sempre aberto para aprender, mudar e se adaptar. Oh, Deus, escute-me só. Ou, melhor, ignore-me, por favor. Existe alguém em mente agora com quem talvez você esteja começando a pensar em casamento? Ou haverá necessidade de jogar uma moeda para escolher entre as três opções que você estava considerando ontem à noite?

— Nunca vi uma moeda de três lados, infelizmente — disse ele. — Houve alguém na última Temporada, a irmã de um amigo meu. Ela era tímida e não se saía bem com o *ton*. Ofereci-lhe minha companhia em algumas ocasiões e descobri que gostava dela. Acredito que ela gostava de mim. Ocorre que recebi uma carta de seu irmão apenas uma semana atrás, na qual ele me informava de que no Natal anunciariam o noivado dela com um fazendeiro que ela conhece desde sempre e que, aparentemente, amava há anos. Em suma, minha história de amor também não foi grandiosa.

— Minha nossa. Você ficou magoado?

— Quase tenho vergonha de admitir que não. Fiquei feliz por ela e aliviado por mim mesmo, para ser perfeitamente honesto, já que nunca pretendi que minhas atenções fossem interpretadas como cortejo. Obviamente, elas não foram, no entanto. Somos um par triste, patético, Elizabeth. Talvez devêssemos acabar com o nosso sofrimento e nos casarmos um com o outro.

Ele disse isso como uma piada. Mesmo assim, sentiu-se instantaneamente envergonhado por sua própria presunção. Ele e *Elizabeth*?

— Pois bem; há uma ideia que vale a pena considerar — disse ela, com todo o bom humor. — Você disse que tem vinte e seis anos? Eu tenho trinta e cinco. Apenas uma diferença de nove anos. Ninguém sequer comentaria se fosse o contrário: se *você* tivesse nove anos a mais do que eu, quero dizer. Mas temo que, da forma como está, certamente seria comentado. Seria melhor eu não aceitar imediatamente a sua gentil oferta, mas vou colocá-lo em uma lista com algumas outras possibilidades remotas. Talvez até use meu novo lápis e caderno de capa de couro para isso.

— Remota? Ai.

Eles se olharam de soslaio e riram. E, ah, Colin estava *gostando* dela.

— Claro, eu estava completamente ciente da diferença de idade. Ofereci-lhe meu braço apenas porque você é velha e débil. Todos esses nove anos a mais do que eu, sabe... Ah, e ofereci meu braço porque gosto da sua companhia também. Existem certas pessoas com as quais sentimos uma afinidade instantânea, um conforto total, uma facilidade para conversar sobre qualquer assunto, mesmo absurdos, sem ter que recorrer ao clima e à saúde de todos os conhecidos.

— E eu sou uma dessas pessoas? — perguntou ela.

— Sim — confirmou ele. — Com toda sinceridade, Elizabeth.

— Sinto-me tocada — disse ela. — Com toda sinceridade, Colin.

Eles riram novamente, mas o que impressionou Colin foi que ambos estavam sendo sinceros. Nunca tivera uma amiga mulher antes. Boas conhecidas, sim, mas não... Bem, nunca houvera ninguém como Elizabeth antes.

Ele se perguntava se ela sempre fora como era agora, com a serenidade que parecia pairar ao seu redor. Mesmo quando estava brincando e rindo, essa aura estava presente. Talvez ela tivesse nascido assim, capaz de enfrentar as tempestades da vida sem sucumbir ao desencanto ou desespero. Mesmo enquanto pensava nisso, no entanto, ele se lembrava de ela dizer, havia apenas alguns minutos, que talvez não confiasse tanto no amor romântico como antes. E ele pensava no que ela acabara de dizer sobre viver, aprender, mudar e se adaptar. Talvez ela tivesse tido que conquistar essa paz interior que parecia ter alcançado. Mas como? Que experiências perturbadoras havia em seu passado, além da perda de seu marido, é claro? Como havia aprendido a lidar com elas?

Colin nunca aprendera a lidar com as suas. Aprendera apenas a enterrá-las profundamente dentro de si mesmo. Como fugir e se esconder.

— É reconfortante ver uma família colateral começar a se formar, não é? — disse ela, falando sobre as quatro pessoas que estavam caminhando lado a lado à frente deles. — Note que é Abby caminhando ao lado de Marcel, enquanto Estelle está ao lado de Viola.

— Acha que Dorchester fará algo por Abigail Westcott agora que ela é sua enteada? — perguntou Colin. — Talvez a leve para o seio da sociedade e os force a ignorar sua ilegitimidade? Ajudá-la a encontrar um marido digno de sua criação?

— Tenho certeza de que ele faria. *Se* ela desejar, é claro.

— Você acha que ela pode não querer?

— Acho muito possível — respondeu ela. — Todos nós tentamos, sabe, e a maioria de nós tem considerável influência, Alex e Avery principalmente. De fato, não há razão para ela ser ostracizada, embora os mais rígidos certamente sempre considerem que seu nascimento está manchado. No entanto, não tenho certeza se Abby está disposta a permitir que outros a ajudem a se encaixar em uma vida que seria muito semelhante à sua antiga, mas nunca idêntica. Ela é filha de Viola, doce, quieta e digna. Mas eu acredito que ela tenha uma espinha dorsal feita de aço.

— Ah — falou ele. E ela também era uma garota adorável.

— Oh, oh — Elizabeth disse, de repente. — Isso foi completamente previsível.

Um grito e risadas vieram lá da frente, e o rugido da voz furiosa de Molenor, e Bertrand Lamarr estava puxando Winifred para fora da neve enquanto os meninos de Molenor reprimiam o riso e davam desculpas ao pai por deixá-la cair. Molenor obviamente não estava convencido. Ele pegou cada menino pela gola do casaco e os levou a passos rápidos em direção à casa. Enquanto isso, Winifred estava olhando de maneira meio adoradora para Lamarr.

Colin riu.

— Eu amo esta família — ele declarou. — Eu realmente amo, Elizabeth. E amo este lugar, por mais esfarrapado que ainda esteja no momento. E estou amando este Natal. É o único Natal de verdade que já vivi, sabe.

— É mesmo? — ela perguntou. Então seus olhos ficaram travessos. — Já que também é um Natal branco, devo garantir que você venha a amá-lo ainda mais. Porém, deixe para mais tarde. Quero entrar e tirar essas botas antes que meus pés virem blocos de gelo.

— *Mais tarde*, quer dizer jogos ao ar livre, suponho. Humm. Veremos sobre isso, Lady Overfield. Posso lutar bastante quando sou provocado, sabe.

— Cão que ladra não morde — disse ela, rindo enquanto subiam os degraus para a casa, batiam os pés e sacudiam as bainhas de suas vestes exteriores.

— Também sei lutar sujo.

— Com neve? — Ela o precedeu na casa, sorrindo em agradecimento ao serviçal que segurava a porta aberta. — Impossível, Lorde Hodges. É uma contradição em termos.

3

Elizabeth nunca havia entendido bem por que a neve podia transformar adultos em crianças como nenhuma outra condição climática. De fato, todos comiam demais no jantar, ou, se não exatamente empanturravam-se mais do que o habitual, ainda parecia um exagero, pois a ceia consistia de alimentos fortes e gordurosos — o ganso e seu recheio, o molho, o pudim de Natal e o creme, para mencionar apenas alguns. De fato sentiam-se um pouco letárgicos depois e, sem dúvida, teriam se retirado para a sala de visitas e, de lá, subido para seus quartos para o que seria eufemisticamente chamado de descanso — se, isto é, não houvesse a neve lá fora, o que transformou a área externa em um vasto e cintilante parque de diversões branco sob o sol que rompera as nuvens, mesmo que temporariamente. Era um convite com uma atração irresistível.

Todos saíram, com exceção dos bebês Josephine e Jacob — dormindo no berçário —, da condessa viúva e da sra. Kingsley — flanqueando a lareira na sala de visitas — e de Lady Matilda Westcott, que sentia ser seu dever vigiar sua própria mãe e a de Viola, para garantir que não estivessem sentadas na rota de alguma corrente de ar e não tivessem sofrido nenhum mal pela ceia.

Elizabeth estava parada com Anna e Viola nos degraus das portas frontais, observando a cena abaixo com alguma satisfação e com a antecipação de em breve tomar parte dela também. Havia se atrasado, porque sua criada precisara correr escada abaixo a fim de buscar suas botas, que tinham sido colocadas para secar diante do fogão da cozinha. Estavam quentinhas quando ela as calçou.

— Como é bom ver Harry saudável novamente — comentou Anna.

— É mesmo — concordou Viola, parecendo nostálgica enquanto olhava para o filho, que havia se recuperado recentemente de sérios ferimentos sofridos em batalha. — Só gostaria que essa questão de recrutamento pudesse demorar um ano ou mais, embora seja muito egoísmo da minha parte, quando tantos outros homens estão expostos a graves perigos na

Península Ibérica, tanto os franceses quanto os aliados. E ele está muito ansioso para voltar ao seu regimento. Iria hoje, se pudesse. Às vezes me pergunto se as guerras um dia acabarão ou se alguém além da metade feminina da população deseja que elas acabem.

— Mas você é abençoada, Viola — disse Elizabeth —, e todos nós também somos, por ele ter voltado para casa de maneira tão inesperada a tempo para o seu casamento.

O capitão Harry Westcott tentava dirigir os adolescentes, filhos de Mildred e Thomas, na construção de um forte de neve, o que incluía ameias, masmorras e túneis. Ah, e aparentemente a obrigatória donzela em apuros. A menina de dez anos, Winifred, foi "voluntariada" para o papel — embora parecesse uma contradição — por um dos meninos, e ela estava bastante satisfeita com a perspectiva de ser trancada em uma torre com nada além de pão seco e água para sustento enquanto esperava que seu príncipe viesse ao seu resgate. Ninguém ainda tinha se voluntariado para esse papel. Harry tentava, sem muito sucesso, injetar algum senso de engenharia nos construtores e escavadores, enquanto Bertrand Lamarr observava com os braços cruzados, e Jessica e Estelle davam palavras contraditórias de conselho e encorajamento.

As irmãs Abigail e Camille passeavam de braços dados com Colin ao longo da estrada — parcialmente limpa desde aquela manhã. Avery e Joel estavam levando a jovem Sarah e Mary Kingsley, a esposa do reverendo Kingsley, para um passeio de trenó. Sarah dava risadas de alegria e estendia a mão para os sinos tilintantes. Alex e Wren tinham ido até a colina atrás da casa para se certificar de que estava pronta para os trenós quando a ação se movesse para lá. Marcel e o reverendo Kingsley tinham ido com eles. A uma curta distância, Thomas e Mildred — Lorde e Lady Molenor — observavam a ação com a irmã de Mildred, Louise, a duquesa viúva de Netherby.

— Sou deveras abençoada — disse Viola, em resposta às últimas palavras de Elizabeth. — Camille está feliz em sua condição e Harry está são e salvo, pelo menos por enquanto. E Abby... Ela anda solitária. Talvez, agora que estou casada, ela fique menos. Estelle mostra-se extasiada por ter uma meia-irmã e está determinada a que sejam grandes amigas. Acho que Abby está tocada por seu entusiasmo.

Elizabeth observava os três caminhantes, que tinham voltado em direção à casa. Pareciam estar de bom humor uns com os outros. Tentou imaginar Colin e Abby como um casal. Decerto fariam um par de extraordinária beleza. E certamente seriam compatíveis em caráter e disposição. Mas... Compatíveis demais? Isso era possível?

Talvez devêssemos acabar com o nosso sofrimento e nos casarmos um com o outro.

Ela sorriu com um pouco de nostalgia ao lembrar-se dele dizendo aquelas palavras, a caminho de casa após a igreja. Fora um absurdo, é claro. Mesmo assim, era bom saber que ainda era jovem e agradável o suficiente para provocar tal brincadeira. E *por que*, ultimamente, os trinta e cinco anos estavam lhe parecendo quase velhice?

Um grito agudo veio da direção do forte — de Winifred ou Estelle, ou de ambas — seguido por um brado de Thomas, Lorde Molenor.

— Odeio dizer que o avisei, rapaz! — De longe, Harry estava falando alegremente para um Peter ofegante, que cavava para sair de um túnel colapsado. — Mas eu o avisei. Só agradeça que o teto fosse feito de neve, não de tijolos.

Bertrand estava rindo e batendo a neve para tirá-la do garoto.

— Se eu fosse você — disse ele —, ouviria atentamente quando um capitão de infantaria se dignasse a me oferecer conselhos. É quase certo que ele saiba do que está falando.

— Ele é extremamente bonito, não é? — indagou Anna.

— É mesmo. — Elizabeth presumiu que ela estivesse se referindo a Bertrand Lamarr, um jovem extremamente atraente, muito parecido com seu pai. Mas então ela viu que tanto Anna quanto Viola estavam olhando para Colin.

— Ele também é um jovem amável — respondeu Viola. — Foi incrivelmente perverso da mãe dele dizer-lhe, quando criança, que Wren havia morrido. Estou muito feliz que Alexander tenha partido em busca dele depois de se casar com Wren.

— E olhe, tia Viola, como ele e Abigail estão sorrindo um para o outro — disse Anna. — Talvez... Você acha que...?

— Acho que o Natal está lhe deixando sentimental, Anna — falou Viola. — No entanto, talvez...

Ambas riram com bastante alegria.

— O que *você* acha, Elizabeth? — perguntou Anna. — Eles não fariam um lindo casal? E não combinariam um com o outro?

Ele acabara de desviar a atenção e estava rindo de algo com Camille.

— Acho que podemos confiar em Abby para escolher o homem mais adequado para ela quando estiver pronta, independentemente do que possamos pensar ou esperar... ou temer... — opinou Elizabeth. — Acredito que ela escolherá o amor ou nada. E acredito que Lorde Hodges é jovem e charmoso e provavelmente nem está considerando o matrimônio ainda. — Embora ela soubesse que ele estava.

— Você está certíssima, Elizabeth — concordou Viola. — Sobre ambos.

Elizabeth voltou sua atenção para a construção do forte, na qual Harry, Bertrand e até Winifred estavam agora ativamente engajados com os três meninos. Mas, contra toda a razão, seus pensamentos continuaram a girar em torno de Colin. Ela não sabia muito sobre a situação familiar dele, mas sabia que Lady Hodges, sua mãe, era uma pessoa difícil de lidar e havia tornado a infância insuportável para Wren, com sua marca de nascença desfigurante. E sentia que a vida havia sido difícil para as outras crianças também e que não tinham tido uma vida familiar feliz. Havia também o fato de que Colin agora vivia em Withington House, propriedade de Wren, em vez de em sua casa ancestral, e que tinha um apartamento em Londres em vez de viver em sua própria casa na cidade — o que contava uma história toda própria. Assim como o fato de que ele estava passando o Natal ali, em vez de com sua própria família. E ele havia mencionado a ela que nunca experimentara um Natal como aquele.

Sentia-se muito *feliz* que ele estivesse presente. Ele estava certo aquela manhã, a caminho de casa ao voltar da igreja. Eles *realmente* tinham um fácil entendimento um com o outro. Ela se sentia tão confortável com ele quanto com seu próprio irmão. Exceto que havia uma dimensão adicional à sua amizade com Colin. Ela não deveria, mas o achava...

De repente, seu mundo ficou frio, branco e molhado, e ela arfou e levantou os braços, desamparada, para os lados enquanto ouvia risadas.

— Eu avisei que era um exímio arremessador — uma voz lhe disse alegremente, de longe, enquanto ela tirava a neve dos olhos, cuspia-a da boca e tentava evitar que escorresse pelo colarinho. Argh. Oh, argh!

— Oh, pobre Elizabeth — estava dizendo Anna, com risos na voz.

— Isso foi extremamente antidesportivo de sua parte, Lorde Hodges — repreendeu Viola, embora estivesse rindo também. — Elizabeth nem estava olhando.

Camille e Abigail riam alegremente. Assim como os construtores do forte — e Louise e Mildred.

— Um ataque desavergonhado à minha irmã! — a voz de Alex exclamou de algum lugar à direita. — E cheguei a tempo de testemunhá-lo. Isso exige retaliação.

— Uma bola de neve maior e melhor, Alex? — sugeriu Harry.

— Está ameaçando meu irmão, Alexander? — Wren ria alegremente com todos os outros. — Não posso permitir isso, sabe, mesmo que você *seja* meu marido. Dizem que o sangue fala mais alto.

— Você também me avisou que joga sujo — disse Elizabeth, piscando para tirar alguns flocos de neve dos cílios e olhando para o rosto bonito e risonho de Colin a uma curta distância. — Acabou de provar seu ponto, senhor. Bem, a guerra foi declarada. Nomeie seu time e eu nomearei o meu. Como parte lesada, acho que tenho a primeira escolha. Eu escolho Alex.

— Wren — Colin escolheu sem hesitação.

Joel tinha levado uma sonolenta Sarah ao interior da casa para uma soneca vespertina, mas voltou a tempo de se juntar ao time de Colin depois que Elizabeth escolheu a filha da prima Louise, Jessica.

— Thomas — continuou Elizabeth.

— Winifred.

— Camille.

— Bertrand.

— Boris.

— Lady Estelle.

E assim os times foram formados. Elizabeth de repente se sentiu jovem, revigorada e imensamente feliz, apesar dos seus trinta e cinco anos. Colin estava rindo e reunindo seu time ao redor dele.

E a batalha começou.

Seu time teria vencido facilmente, sem dúvida, foi o que Colin protestou quando a luta terminou, com gritos de concordância de suas próprias tropas e das zombarias de Elizabeth. O time dela não havia jogado justo, ele explicou, pois empregaram como *estratégia* todas as coisas desagradáveis e sorrateiras que poderiam ter feito, provavelmente porque tinham o capitão Harry Westcott do lado deles. Delegaram a dois membros do time — a duquesa viúva de Netherby e Lorde Molenor — a tarefa exclusiva de enrolar bolas de neve e estocá-las para que o resto do time só tivesse que pegá-las e arremessá-las. E seus dois enroladores de bolas de neve tinham mãos rápidas.

Da forma como foi, Lady Molenor — que cedo se designou juíza e júri e assim evitou ter que ser uma participante — declarou, após dez minutos ou mais de ação vigorosa, que a luta tinha sido um empate.

Foi um veredicto que não agradou a nenhum dos lados, embora todos estivessem ofegantes e rindo enquanto desta vez lançavam insultos, não bolas de neve. Todos estavam cobertos de neve.

E então a jovem Sarah Cunningham pôs fim à altercação ao voltar para fora, embrulhada até os olhos em roupas quentes. Imediatamente, dez pessoas a convenceram a descer os degraus, demonstrando-lhe como fazer um anjo de neve. Ela desceu e andou entre elas, gritando alegremente no meio desse novo jogo e enchendo-os de neve com suas luvas. Ela mesma não fez anjos, observou Colin. Nem mesmo um querubim de neve.

Então chegou a vez da colina e dos trenós, e eles caminharam até lá para descobrir que Alexander, o marquês de Dorchester e o reverendo Kingsley haviam alisado uma larga pista. Havia cinco trenós, todos parecendo um pouco antigos, mas ainda utilizáveis com suas lâminas recém-afiadas e cordas novas. Logo havia pessoas deslizando colina abaixo, sozinhas, em duplas ou — em um caso — em trios. Mas os meninos de Molenor se deram mal durante aquela descida, pois o trenó jogou o garoto do meio durante o movimento pela colina e depois os outros dois. O pai só fechou os olhos, balançou a cabeça e se absteve de gritar.

Colin estava se divertindo como há muito tempo não se divertia — talvez, na verdade, nunca. Se ele estava meio sério sobre passar a tarde tranquilamente na sala de visitas, aquecendo-se diante do fogo, mordiscando mais doces natalinos e até cochilando, não estava mais nem sequer pensando nisso. Neve daquela profundidade e consistência era um fenômeno raro demais na Inglaterra para ser desperdiçado. E até a manhã seguinte, provavelmente se transformaria em lama.

Ele desceu a encosta com Lady Jessica Archer e então com Lady Estelle Lamarr, depois de tentar uma vez sozinho para ter certeza de que poderia controlar o trenó sem fazer papel de bobo. Cedeu o trenó a outra pessoa por um tempo e depois se ofereceu para levar Lady Molenor, embora esta protestasse que era velha demais para tais brincadeiras.

— E há perigo certo — disse ela com toda a resignação que se esperaria de uma mãe de três meninos agitados. — Olhe só para isso, Lorde Hodges.

Isso era Camille Cunningham descendo com Winifred, enquanto seu marido descia atrás delas com uma Sarah gritando e evitava colidir com elas por pouco, por meras manobras habilidosas, ao som de muitas risadas e gritos de ambos os trenós.

Mas Lady Molenor subiu no trenó mesmo assim e riu durante toda a descida.

— Espero — falou Colin, mais tarde, quando estava ao pé da encosta observando a ação e Elizabeth acabara de descer com o Reverendo Kingsley — não ter ofendido você com a bola de neve no rosto.

— Ah, deixe-me ver. Foi a primeira ou a quarta?

— As de número dois, três e quatro fizeram parte de uma luta justa — respondeu ele. — A primeira não. Espero não tê-la ofendido. Na verdade, eu queria acertar seu ombro.

— O quê? — indagou ela. — Então você não é um exímio arremessador, afinal?

— Quanto às de números dois, três e quatro — continuou ele, ignorando a provocação —, você realmente precisa aprender a desviar, Elizabeth.

— Na terceira vez eu *desviei* e ainda assim levei uma no rosto.

Suas bochechas estavam vermelhas e brilhantes. Assim como o nariz. Seu cabelo, sob o *bonnet* de aba vermelha, estava molhado e começava a se soltar dos grampos. Seus olhos estavam cintilantes; seus lábios, curvados em um sorriso. Ela estava realmente muito bonita, com uma animação que acrescentava à serenidade habitual de seu sorriso. Parecia jovem e vibrante. Mas deveria estar ofendida. Ele havia concentrado nela a maior parte de seu ataque durante a luta, talvez porque ela estivesse concentrando a maior parte do próprio ataque nele e obviamente estava se divertindo muito. Ela havia errado feio com todas as bolas de neve, exceto uma, que se despedaçou, inofensiva, contra seu cotovelo.

— Sim. Obrigado — disse ele, quando Dorchester ofereceu-lhe o trenó com o qual acabara de descer com sua esposa. Os dois se afastaram de mãos dadas. Colin virou-se para Elizabeth. — Vamos?

— Mas posso confiar em você? — ela perguntou.

— Sempre. — Ele bateu a mão enluvada sobre o coração e, lado a lado, subiram a colina.

Fizeram duas descidas juntos. A primeira foi perfeita. O único arrependimento de Colin foi a pista não ser mais longa, mas essa era a colina mais alta do parque e realmente não era ruim. A segunda descida não foi tão bem-sucedida. Bertrand Lamarr, descendo com Abigail, desviou para evitar colidir com sua irmã gêmea e Boris, o filho mais velho de Molenor, e Colin teve que desviar para evitar a ambos. Ele estava na borda externa da pista e atingiu neve fofa antes de chegar ao fundo. Tentou corrigir o curso, mas o trenó tinha outras ideias e foi arando mais adiante, desviando violentamente de um lado para o outro antes de derrubar seus ocupantes na neve profunda perto do fundo. Houve gritos de fora do seu casulo de neve, embora nenhum soasse profundamente preocupado. Elizabeth estava rindo e engasgando — debaixo de Colin. Ele também estava rindo enquanto levantava a cabeça e tentava inutilmente limpar a neve que cobria o *bonnet* e os ombros dela.

— Nunca vou superar essa — disse ele.

— Esqueci de perguntar de que maneiras eu poderia confiar em você — comentou ela. — Tolice a minha.

— Pode me confiar sua própria vida, senhora. — Ele sorriu. — Veja como está ilesa e apenas coberta de neve. Pelo menos, *espero* que esteja ilesa. — Ocorreu-lhe que seu peso poderia estar esmagando-a.

E então aconteceu a coisa mais horrível.

Ele pensou sobre isso depois — na verdade, não conseguia parar de pensar — e se contorcia de intenso desconforto toda vez. O que o possuíra? E o que ela devia pensar, mesmo tendo-lhe assegurado que não pensaria nisso de forma alguma.

Ele a beijou.

O que não teria sido tão ruim, talvez, se fosse um breve, fraternal beijo nos lábios — ou, de preferência, na bochecha — para se desculpar por tê-la derrubado na neve. Se bem que, mesmo assim... mesmo assim seria desrespeitoso a ponto de... Ele não conseguia pensar em uma palavra adequada para completar o pensamento.

Mas esse não era um breve beijo, ou pelo menos não muito breve. E não havia nada de fraternal ali. Foi realmente nos lábios, ou melhor, foi todo calor, umidade e bocas, mais do que apenas lábios e, por uma fração de momento — ou uma eternidade, ele não tinha certeza —, sentiu como se alguém o envolvesse em um grande cobertor aquecido diante de um fogo ardente. Exceto que o calor estava dentro dele, assim como ao redor. E por aquela fração de momento — ou eternidade, ele não tinha certeza —, ele a desejou.

Elizabeth. A viúva Lady Overfield. Uma mulher de trinta e poucos anos.

Elegante, madura, serena e habitante de um universo tão distante de seu próprio mundo inferior de incerteza e imaturidade que...

O que ela pensaria?

Quando ele ergueu a cabeça, não parecia que ela estava pensando em nada. Estava de olhos fechados e parecia um pouco atordoada.

— Ah, diabos — reagiu ele. O que era uma maneira maravilhosa de se desculpar. A neve parecia ter congelado seu cérebro. *Desrespeitosa* nem começava a descrever o que tinha sido sua atitude.

— Temos pernas e cabeças quebradas aqui? — chamou Alexander, alegre o suficiente, considerando suas palavras.

— Foi um pouso espetacular — afirmou Harry, oferecendo a mão para Elizabeth enquanto Colin se levantava apressadamente.

— Se estivéssemos distribuindo prêmios — disse Wren, com neve até os joelhos enquanto limpava o casaco de Colin —, vocês dois ganhariam o troféu de desastre mais espetacular.

— Mas, infelizmente — falou Harry —, vocês recebem apenas a glória.

— Você parece atordoada, Lizzie — notou sua mãe. — Não se machucou, não é?

— Ah, de jeito nenhum — garantiu Elizabeth, rindo. — Nem meu orgulho está ferido. Eu não era a condutora.

— Eu deveria saber que levaria a culpa — declarou Colin. — Bem, podem me culpar. Tenho as costas largas.

— Eu diria — gritou um dos meninos de Molenor, de uma curta distância — que nunca vi nada tão engraçado em minha vida.

O garoto obviamente tinha uma queda por hipérboles — assim como Wren.

— Ah — disse Alexander. — Momento perfeito. O trenó está chegando com algo para nos aquecer.

E realmente estava, e era uma distração muito bem-vinda. Alguns criados, bem agasalhados e sorrindo alegremente, chegaram com dois grandes recipientes de chocolate quente e um de ponche, além de um pote de biscoitos doces e um prato cheio de tortinhas quentes. Todos se deliciaram com a refeição como se estivessem jejuando o dia todo e aqueceram as mãos enluvadas em torno de suas canecas fumegantes, ignorando as alças.

— Devemos ter cabeça de penas — comentou a duquesa viúva. — Passar a tarde tremendo aqui fora quando poderíamos estar quentes e confortáveis lá dentro... E secos.

— Eu não teria perdido isso nem por todo o conforto do mundo, mamãe! — gritou Lady Jessica, embora estivesse inalando o vapor de seu chocolate enquanto falava. — Este é o melhor Natal de todos. Não é, Abby? E ainda podemos esperar pela festa amanhã à noite e por alguns rostos novos.

— É o melhor — concordou sua querida amiga. — Cavalheiros e damas, espero. Amanhã, isto é.

— Ah, ser jovem novamente — disse a duquesa viúva. — Retornarei para a casa. Althea, você vem também?

— Eu vou sim, Louise — respondeu a sra. Westcott. — Embora eu concorde com Jessica. Um Natal em família é sempre adorável, mas um Natal em família com neve, e poder esperar por uma festa no dia 26 é insuperável.

Ela deixou Elizabeth, e Colin tomou seu lugar antes que perdesse completamente a coragem. Caso contrário, ele se veria na situação impossível de ter que evitar tanto a pessoa dela quanto seu olhar pelo resto da vida.

— Elizabeth — iniciou ele —, você me perdoa?

Ela não fingiu não saber do que ele estava falando.

— Pelo beijo? — indagou, sorrindo para ele. — Não há nada a perdoar.

— Não sei o que deu em mim — ele conseguiu expressar. — Eu não... Bem, eu não quis desrespeitá-la. O que você vai pensar de mim?

— Não pensarei nada — ela garantiu —, exceto que você foi rápido o suficiente para saber que um tombo na neve profunda era preferível a uma colisão com outro trenó. E que você me consolou depois com um beijo. Foi tanto apreciado quanto lisonjeiro. E será esquecido a partir deste momento.

— Bem. Raramente me envergonhei mais.

Ela riu e tirou uma das mãos da caneca para apoiar no braço dele.

— Espero não ter estragado seu dia — disse ela, dando um tapinha em seu braço. — Minha mãe estava certa sobre um Natal em família, com neve. Espero que sinta que, de alguma forma, fazemos parte da sua família também.

— Obrigado. Eu sinto. Tem sido uma alegria vir aqui, embora eu ame minha casa também. Você já viu onde moro, Withington House? É um lugar encantador.

— Vi no ano passado, quando Wren ainda morava lá, antes de se casar com Alex. Fui lá no dia seguinte ao primeiro encontro com ela, na esperança de fazer uma amiga, e somos amigas desde então.

— Espero que você retorne antes de voltar para casa — falou ele. — Talvez com Alexander, Wren e sua mãe. Acredito que vocês pretendem ficar por um tempo depois que todos os outros voltarem para casa.

— Sim. Você pretende fazer de Withington seu lar permanente?

A casa pertencia a Wren, mas ela a oferecera a Colin na primavera, quando descobriu que ele morava em Londres, mesmo durante o verão, quando a maioria dos membros da alta sociedade trocava a capital por suas casas de campo. Ele queria comprá-la, mas Wren insistira que ele fosse seu hóspede lá por um ano, ao final do qual poderia tomar uma decisão mais informada.

— Estou inclinado a dizer que sim — disse ele. — Mas não tenho certeza se seria a coisa certa a fazer.

— Oh, não? — Ela levantou as sobrancelhas.

— Não — confirmou ele, pegando a caneca vazia das mãos dela. — Vou ter que pensar sobre isso.

Seria fácil se esconder lá para sempre, em uma casa do tamanho certo para ele, com Wren e Alexander por perto e vizinhos amigáveis. Mas *esconder* era a palavra-chave. Ele era o barão Hodges. Era o chefe de sua família, e tinha deveres e responsabilidades. Se Justin, seu irmão mais velho, não tivesse morrido, ele estaria livre para se esconder tanto quanto quisesse. Na verdade, não haveria nada de que se esconder. Mas Justin havia morrido e, três anos depois, também seu pai. Colin ficara com uma mãe e três irmãs — e o título e tudo o que vinha com ele.

— Ficarei encantada em visitar com Alex e Wren — falou Elizabeth. — Minha mãe também, eu sei.

Não parecia haver mais nada a dizer. Será que ela realmente o havia perdoado? Não ficara enojada? Estava mesmo disposta a entrar na casa dele? Ele realmente a havia *beijado*? Colin olhou para sua caneca e mexeu no resíduo espesso de chocolate no fundo. Não tinha certeza se conseguiria se perdoar. Ao menos não por *desejá-la*. Meu Deus!

Felizmente, Alexander sugeriu naquele momento que eles voltassem para a casa para se aquecerem de modo adequado, e Elizabeth se afastou para caminhar com Abigail e Anna. Colin se demorou alguns instantes para retornar com Camille e Harry, que carregava Sarah.

Ela era terrivelmente linda. Elizabeth, isto é.

4

O perfeito Dia de Natal terminou com uma leve refeição à noite, charadas, alguns jogos de cartas e cantorias ao redor do pianoforte. Ninguém foi dormir muito tarde. Tinha sido um dia agitado, grande parte dele passado ao ar livre, e todos admitiram estar cansados.

— Se você não tomar cuidado, Alexander — advertiu Louise, a duquesa viúva de Netherby —, vai começar uma tradição familiar e ficar preso a nós todos os anos.

— É nossa maior esperança que tudo aconteça exatamente assim — disse ele. — Não é, Wren?

— De fato, sim — concordou ela. — Quase certamente podemos prometer uma casa um pouco menos desgastada até o ano que vem, prima Louise. Mas não tenho tanta certeza sobre a neve. Ainda assim, há o amanhã para esperarmos: um dia um pouco mais relaxado, talvez, com os vizinhos que virão aqui à noite. Se conseguirem chegar, é claro.

— Os cantores vieram na noite passada — lembrou Thomas, Lorde Molenor. — Por que todos os outros não conseguiriam chegar amanhã?

— Também não podemos prometer um casamento todo ano — acrescentou Wren, sorrindo para Viola e Marcel.

Foi mesmo um Dia de Natal quase perfeito, Elizabeth concordou enquanto subia as escadas com sua mãe e a sra. Kingsley. Realmente tinha sido, ela se assegurou depois de se despedir das senhoras e fechar firmemente a porta de seu quarto.

Quase perfeito, de fato.

Exceto que era completamente incapaz de esquecer o terrível constrangimento da tarde. Teve que recorrer a todas as suas forças interiores pelo resto do dia para se manter como a pessoa usualmente alegre e sensata que era. Sua reação tinha sido muito boba; afinal, era *Natal* e eles estavam *andando de trenó* e rindo depois de terem caído numa neve fofa. Não era mesmo surpreendente que tivessem acabado se beijando.

Era?

O último homem a beijá-la, além de alguns beijos familiares na bochecha, havia sido Desmond, e isso já fazia tantos anos que ela não conseguia dizer exatamente quantos. Mas, pelos céus, ele estava morto havia seis anos, e ela o deixara um ano antes disso. Tinha trinta e cinco anos agora e, naquela tarde, ela beijara um rapazola deslumbrante. Não, estava exagerando, até menosprezando-o. Ele não era um rapazola. Tinha vinte e seis anos — definitivamente um homem feito. Mas ele *era* deslumbrante. E ela o beijara tanto quanto ele. Esperava que não mais. Oh, com certeza não tinha feito nada para provocar aquele beijo. Como seria humilhante se tivesse — ou se ele pensasse que ela tivesse.

Ela pousou a vela na cômoda, evitou seu reflexo no espelho e ficou muito grata por ter dado à sua criada a tarde e a noite de folga. Era um alívio estar finalmente sozinha.

Havia reagido àquele beijo com consciência sexual. Ela o desejara como não desejara nenhum homem desde Desmond nos primeiros anos de seu casamento. Certamente nunca sentira o mesmo com Sir Geoffrey Codaire, embora quase tivesse decidido se casar com ele se pedisse sua mão novamente na primavera.

O resto do seu dia havia sido arruinado. Mantivera distância de Colin, tanto quanto possível em uma reunião familiar e sem ser muito óbvia. Mas ela o observava secretamente. Ele tinha se mantido reservado e um pouco tímido no dia anterior. Hoje estava à vontade e se divertindo. Jogou-se com aberto entusiasmo nas charadas. Cantou com todos os outros, ao lado do pianoforte e assistindo à prima Mildred tocar. Beijou Mary Kingsley sob o ramo de visco quando se encontraram embaixo dele no mesmo momento — e nenhum dos dois pareceu consumido por constrangimento ou culpa. Na verdade, eles sorriram e riram, e ele até fez uma reverência de mentira enquanto os membros da família aplaudiam e assobiavam.

Os cabelos de Colin eram loiros, espessos e ondulados, sempre um pouco rebeldes mesmo quando claramente acabavam de ter sido penteados. Seus olhos eram azuis e os dentes, brancos: os superiores da frente ligeiramente tortos — uma imperfeição que, de alguma forma, só aumentava sua atratividade. Era alto, esbelto e ágil e... Oh, e *jovem*.

Elizabeth estremeceu ao largar o xale e o vestido, e então as meias e as roupas íntimas, e vestiu a camisola antes de olhar, com certa apreensão, para a água na jarra do lavatório. A água, é claro, estaria fria. Foi tentada a ir para a cama com o rosto sem lavar, mas finalmente encontrou coragem para o fazer, bem como banhar o pescoço, as mãos e os braços até os cotovelos.

Ela se secou rapidamente e se encolheu dentro do roupão de banho.

A verdade era que tinha se permitido se apaixonar um pouco por Colin Handrich, Lorde Hodges, e isso não seria bom. Meu Deus, ela estava muito perto de ser considerada uma mulher de meia-idade. Alguns diriam que não havia nada de *perto* nisso. Que patético, para não mencionar horrível, seria se alguém suspeitasse. Bem, ninguém suspeitaria porque ela seria mais ela mesma pela manhã.

Levou a vela até a pequena mesa ao lado da cama, tirou relutantemente o roupão de banho e se deitou depois de apagar a vela. Fez então um casulo com os cobertores, puxando-os até as orelhas enquanto se aquecia.

O sono lhe escapava.

Não nevou novamente, mas levaria alguns dias para derreter toda a neve que tinha caído. As estradas estariam lamacentas e escorregadias por um bom tempo. Colin resignou-se a passar pelo menos mais um dia e noite em Brambledean. Não era difícil. Ele estava se divertindo.

Passou a manhã do dia seguinte ao Natal construindo bonecos de neve do lado de fora, apenas para ver sua criação mais artística derrubada e pisoteada pela jovem Sarah Cunningham, enquanto os bonecos dos outros foram deixados intactos. Ele a pegou no colo e a segurou rindo acima de sua cabeça antes de colocá-la no chão e persegui-la com uma bola de neve, que ele finalmente atirou intencionalmente para errar.

Passou então a maior parte da tarde na sala de visitas, conversando com Harry Westcott e o duque de Netherby sobre as guerras e observando Joel Cunningham, sentado um pouco afastado de todos os outros, desenhar primeiro a condessa viúva e depois Lady Matilda Westcott sem que elas percebessem. Ele era incrivelmente talentoso. Ambas as modelos não apenas eram perfeitamente reconhecíveis nos desenhos resultantes; sua essência também parecia ter sido capturada.

— Deve ser gratificante ter tanto talento — comentou Colin, quando Joel fechou seu caderno de desenhos.

Cunningham olhou por cima do ombro para ele.

— Bem, é — concordou —, embora eu não me atribua mérito por isso, apenas por fazer o esforço de usá-lo. Mas todos nós somos talentosos, e de mais de uma maneira. Infelizmente, muitas pessoas não reconhecem seus talentos ou os consideram comuns ou inferiores aos de outras pessoas.

— Agora você nos deixará nos perguntando pelo resto do dia — disse Harry, rindo — quais os *nossos* talentos são. Tem certeza de que todos nós os temos, Joel?

Colin se perguntou o que a consciência da própria ilegitimidade e a consequente perda de seu título, propriedades e fortuna tinham feito ao capitão Harry Westcott. Seu mundo tinha virado de cabeça para baixo. No entanto, ele parecia tão alegre agora quanto na época de quando Colin se lembrava vagamente dele, antes que isso acontecesse. A diferença era que parecia haver um núcleo de dureza nele agora, cuidadosamente escondido de sua família, e que certamente não existia quando ele era um jovem conde despreocupado e rico, espalhando sua semente vez ou outra de forma inofensiva por aí.

Os olhos de Colin pousaram em Elizabeth, que o vinha evitando, se ele não estava enganado. Lamentou profundamente aquele beijo breve e desguardado no banco de neve na tarde anterior, que devia ter causado a reserva dela. Embora ela tivesse sido elegante ao aceitar o pedido de desculpas, devia desprezá-lo, ou pelo menos desejar deixar claro que tal desrespeito não deveria ser encorajado.

Ela capturou seu olhar enquanto ele pensava nisso e sorriu calorosamente. No entanto, não fez menção de se aproximar, e ele manteve distância.

Bertrand Lamarr e sua irmã gêmea, Lady Estelle, tinham montado um jogo de pega-varetas com Lady Jessica Archer no canto da sala de visitas e estavam chamando alguém para se juntar a eles e assim formarem duas equipes. Colin se levantou prontamente. Pelo visto, Lady Estelle seria sua parceira. Ela era uma combinação atraente de timidez e vivacidade. E era realmente muito bela. Também muito jovem. Jovem demais. Com seus dezoito anos, tinha oito a menos que ele. A moça sorriu para ele e corou.

Lady Jessica também estava radiante para Colin, mas não era imune aos encantos do jovem Bertrand, ele havia notado.

— Fui campeão de pega-varetas na minha turma na escola — disse Colin, com um sorriso. — Estejam avisados, vocês dois.

Lady Estelle riu enquanto os outros dois zombavam.

Wren e Alexander tinham decidido usar o salão de baile para a festa no dia 26, embora admitissem que era provavelmente grande demais e fosse, de fato, o cômodo mais desgastado da casa.

— E *isso* diz muito — Alex acrescentou com uma risada triste.

Mas eles tinham convidado quase todos no vilarejo e nos arredores, não apenas os membros da aristocracia de terras, e a sala de visitas simplesmente não seria grande o suficiente, mesmo que apenas metade dos convidados viesse. Assim, um terço do salão de baile tinha sido preparado com mesas para refrescos, enquanto cadeiras haviam sido dispostas ao redor dos dois terços restantes, e todo o ambiente foi decorado com mais folhagens verdes, fitas e laços. Seria iluminado com dezenas de velas, e, em realidade, quem se importava se a sala fosse vista com desdém pelos críticos mais rígidos da sociedade? Sua festa de Natal não pretendia ser um baile da alta sociedade.

O fogo tinha sido mantido aceso por alguns dias nas duas lareiras que se defrontavam no meio do salão de baile e haviam removido o pior do frio. As lareiras continuariam acesas durante a festa, e a presença de um número razoável de pessoas adicionaria mais calor.

Um trio de músicos que tocava para as assembleias da vila tinha sido contratado para proporcionar música para o entretenimento dos convidados e talvez até para alguma dança se alguém estivesse inclinado a isso.

Elizabeth achou tudo bastante aconchegante quando se postou na entrada no início da noite, seu xale de lã fina — um presente de Natal de sua mãe — puxado confortavelmente sobre os ombros. A maior parte da família já estava presente, e os músicos tinham começado a tocar música suave. As duas tigelas de ponche tinham sido abastecidas, assim como alguns dos grandes pratos de comida. E os convidados de fora começavam a chegar.

Vieram em número surpreendentemente grande, considerando o clima, e chegaram cedo. Ali não havia o conceito de chegar no horário elegante. Chegavam a pé e de trenó e, em alguns casos, de carruagem, trazendo consigo histórias arrepiantes de rodas derrapantes.

— Uma festa em Brambledean é uma rara ocasião para as pessoas da região, milorde. — Elizabeth ouviu o vigário dizer a Alexander enquanto ele apertava sua mão. — Muitos não se lembram de algo tão grandioso em suas vidas. O senhor não pode esperar que um pouco de neve os mantenha afastados, sabe.

— Fico encantado em ouvir isso — disse Alexander. — E encantado em ver também. — Ele fez um gesto ao redor do salão de baile.

Muitos dos recém-chegados estavam de bochechas rosadas e um pouco desalinhados depois de andar por todo o caminho encolhidos dentro de casacos, cachecóis e chapéus. Muitos estavam vestidos de forma nada parecida com a pompa que se esperaria ver em um salão de Londres, embora todos estivessem claramente usando seus melhores trajes. Nada disso importava. Todos tinham vindo para se deliciar, e todos pareciam estar deliciados. Assim como a família Westcott, que se propôs a receber deliberadamente os recém-chegados, muitos dos quais pareciam um pouco acanhados e intimidados. Eles circulavam pela sala, conversando com todos que não estavam ainda em grupo, certificando-se de que todos que queriam um lugar para se sentar tivessem um, trazendo comida e bebida para os mais velhos.

E depois de um tempo, começou a dança.

A maior parte eram contradanças, realizadas com habilidade e entusiasmo por todos, preenchendo o espaço de tal forma que Elizabeth pensou, com certo divertimento, que Wren poderia se gabar depois de que a noite transcorrera em meio a um lamentável aperto — o maior elogio que qualquer anfitriã de Londres poderia receber após um baile cheio na Temporada.

Elizabeth dançou com o vigário e dois dos fazendeiros arrendatários de Alexander.

Foi o filho de um dos arrendatários — um jovem que tinha passado alguns meses em Londres mais cedo naquele ano e claramente se achava um homem do mundo — quem pediu uma valsa. Ele o fez após uma breve pausa na dança para todos respirarem e se revigorarem com ponche, rolinhos de linguiça, bolo de Natal e outras delícias. Alexander consultou os músicos, que indicaram seu conhecimento de uma melodia adequada. A maioria dos convidados ficou contente em permanecer à margem com seus refrescos, enquanto alguns casais corajosos tomaram a pista para executar os passos de uma dança ainda não muito praticada no campo. O filho do arrendatário tinha Jessica a seu lado.

Alexander observava ao redor, Elizabeth podia ver, mas Wren estava ocupada servindo um casal de idosos sentados perto de uma das lareiras.

— Lizzie — ele disse, virando-se para ela —, não podemos permitir que a valsa prossiga sem ser dançada, podemos? Vamos mostrar a todos como se faz.

Ela prontamente colocou a mão na de seu irmão. Eles tinham aprendido os passos juntos há alguns anos, e dançavam bem um com o outro. Ela conseguia se lembrar dos dois demonstrando os passos para Anna logo depois que ela chegara a Londres vindo de Bath, embora fosse Avery quem finalmente a tirara das mãos do exigente mestre de dança e a persuadira a relaxar e desfrutar da valsa. Os dois estavam na pista agora, esperando a música começar. Assim como Viola e o marquês de Dorchester e Camille e Joel e vários outros membros da família. Alexander a levou para a pista e eles sorriam calorosamente um para o outro.

— É uma noite maravilhosa — disse ela. — Todos se lembrarão por muito tempo, Alex, mas isso significa que você terá que repeti-la.

— Claro — falou ele. — Não consigo pensar em muitas coisas de que Wren e eu vamos desfrutar mais nos próximos anos do que proporcionar entretenimentos alegres para nossos vizinhos.

Ambos se viraram para olhar com expectativa para os músicos. Mas alguém segurou o ombro de Alexander antes que a música começasse.

— Por que devemos ter nossas irmãs como parceiras para uma dança tão romântica, Alexander, quando há uma alternativa simples? — perguntou Colin. Ele trazia Wren pela mão.

— Por que, não é mesmo? — concordou Alexander e soltou Elizabeth para colocar o braço ao redor da cintura de sua esposa.

— Espero que não se importe — disse Colin meio que se desculpando para Elizabeth. — Mas Wren pareceu bastante desolada quando viu que seu irmão já tinha uma parceira.

— Estou perfeitamente encantada — assegurou ela. — Vou valsar com o rapaz mais bonito do baile.

Ele riu.

— É um *baile*? — indagou ele. — Mas seja ou não, é uma festa muito animada. Foi uma ideia inspirada de Wren e Alexander convidar praticamente a todos. É assim que as festas deveriam ser, especialmente nesta época do ano. O Natal deveria ser para todos. Quero dizer, para todos desfrutarem juntos.

Havia, é claro, os criados, que precisavam trabalhar, mas nenhum sistema era perfeito. E Elizabeth ouvira dizer que Alex estava pagando-lhes o dobro do salário normal nos últimos dois dias e naquele, e lhes daria também quatro dias de folga remunerados.

A música começou então, e Colin colocou um braço ao redor de sua cintura e pegou sua mão direita enquanto ela colocava a outra mão em seu ombro. E, oh, céus. Oh, céus, ela teve que pensar firmemente sobre sua resolução enquanto tentava não se agarrar à mão e ao ombro dele. Concentrou-se por alguns momentos nos passos, mas ele obviamente sabia valsar, e logo ela relaxou e o seguiu em um largo giro em um canto do salão.

... uma dança tão romântica...

Oh, de fato era. Ela sempre pensara assim. Sempre pensara que valsar com alguém especial — com *o alguém* especial — devia ser a experiência mais romântica do mundo. Colin certamente era o rapaz mais bonito na festa. Seus cabelos brilhavam quase dourados à luz das velas e seus olhos azuis sorriam para os dela. Podia sentir o calor de suas mãos e de seu corpo. Percebia o leve cheiro picante de seu perfume. E também percebeu, depois de alguns minutos, algo incongruente — mãos que batiam no ritmo da música, pés que batiam no chão de madeira para adicionar ritmo à melodia suave da valsa. Ela percebeu alguém aplaudindo, e riu. Os convidados reunidos ao redor da área de dança observavam com prazer apreciativo, ela podia ver.

— Lá se vai o romance disso tudo — disse ela.

— Não tenho certeza se não foi aumentado — respondeu Colin, sorrindo para ela. — Escute. A valsa geralmente é um prazer solene, solitário... solitário para cada casal que a dança, é claro. Essas pessoas a transformaram em um prazer comunal. Sinta a alegria, Elizabeth.

E ela sentiu.

Ele a girou com mais entusiasmo do que antes, não mudando tanto o ritmo quanto absorvendo-o e trazendo-o para dentro dela, compartilhando-o com a sala. Elizabeth não estava certa se alguém notaria isso como ela, mas alguém assobiou, e ambos riram. E não eram apenas os dois. Avery e Anna, Alex e Wren, Thomas e Mildred, o filho do arrendatário e Jessica — *todos* os dançarinos haviam capturado a alegria de uma dança de Natal que apenas acontecia de ter uma semelhança próxima com a valsa.

Ela nunca tinha se deleitado tanto. Os olhos de Colin riam nos dela enquanto eles dançavam. Houve aplausos animados quando a valsa chegou ao fim, e Elizabeth, talvez absurdamente, sentiu que decerto nunca tinha sido tão feliz em sua vida.

— Que sorte a minha — comentou Colin, colocando a mão dela em seu braço enquanto a levava na direção das mesas de refrescos — de ter tido a dama mais encantadora do salão com quem realizar uma dança tão memorável. A valsa parecerá bastante monótona quando eu executar os passos da próxima vez em um baile muito elegante do *ton*.

— Que bajulador. — Ela sorriu para ele.

— Oh, mas eu não a chamei de dama mais bonita aqui apenas porque você me chamou de o rapaz mais bonito — ele contrapôs.

— Bem, então, sou muito grata ao senhor.

Ele estava oferecendo uma taça de ponche.

— Seu tom sugere que você não acredita em mim nem por um momento — observou ele, olhando para ela com a cabeça ligeiramente inclinada enquanto ela dava um gole em seu ponche. — Mas você é. Você é equilibrada e bonita por dentro e por fora, e me sinto honrado que tenha concordado em valsar comigo. Por acaso eu a ofendi terrivelmente ontem?

— Não, claro que não — ela se apressou em assegurar. — Não foi mais significativo do que qualquer um dos beijos que vi você trocar sob o ramo de visco.

— Será que não? — questionou ele. — Você fere meus sentimentos. Ainda acho que você deveria se casar comigo e salvar a ambos da tarefa de termos que ir às compras separadamente no mercado matrimonial durante a próxima Temporada.

— Que absurdo você é — disse ela, perguntando-se o que aconteceria se tentasse tomar outro gole de seu ponche. Sua mão estaria firme? Ela decidiu não arriscar. — Para começo de conversa, não irei às compras, como você tão indelicadamente descreve. Se alguém me pedir, talvez eu aceite. Ou talvez diga não e continue minha vida como está. Ficarei muito feliz em permanecer na minha condição, sabe.

— E se eu pedir sua mão? Em Londres, durante a Temporada, é claro? De joelhos? Com um único botão de rosa vermelha na mão?

— Eu o chamaria de absurdo de novo. Antes de aceitar o botão de rosa.

— Você faria isso? Me chamaria de absurdo, quero dizer?

— Sim, com certeza, porque eu ainda seria nove anos mais velha que você.

— E essa é uma barreira insuperável, não é? — insistiu ele.

— Claro que é. Colin, veja o que você fez comigo. Nem consigo beber meu ponche porque você deixou minha mão instável com seu disparate.

— São as palavras da noite? — ele perguntou, pegando a taça de sua mão e colocando-a na mesa ao lado deles. — *Absurdo? Disparate?* Sou apenas um garoto tolo para você?

— Você não é um garoto.

— Então, um homem — disse ele. — Sou apenas um homem tolo?

— Sim, é — insistiu ela —, quando você fala disparates.

Todo o tempo ele estivera olhando muito diretamente nos olhos dela, os próprios olhos sorrindo, talvez com simples alegria, talvez com algo mais. Era impossível saber. Ela estava muito agitada para ler sua expressão. Mas se ele estivesse apenas a provocando, como certamente estava, alguém deveria lhe dizer que às vezes provocar podia ser um pouco cruel. Talvez ela mesma devesse comunicar a ele.

— Colin — ela disse. — Não.

O sorriso desapareceu, e ele moveu a cabeça um pouco mais perto da dela por um momento, analisando-lhe os olhos com os seus.

— Sinto muito — pediu ele. — Realmente sinto muito, Elizabeth. Eu estava apenas brincando. Não quis constrangê-la.

Aí estava. Ela tinha sua resposta. *Eu estava apenas brincando*. E ela se sentia melhor?

— Você não fez nada disso — declarou ela, pegando sua taça novamente com determinação e bebendo. — Agora, se realmente quiser se tornar útil, senhor, pode colocar dois desses rolinhos de linguiça em um prato para mim, já que eu teria que me esforçar para alcançá-los sozinha.

— Sim, senhora.

— Ai de mim — disse ao lado deles a voz lânguida de Avery, o duque de Netherby —, a valsa acabou de sucumbir a uma ignominiosa quase morte, receio. Você concorda, Elizabeth, que talvez nunca mais possa dançá-la sem sentir que está... *fazendo galhofas*?

Ela falou:

— Achei bastante encantadora.

— Pois bem — concordou ele, com um suspiro.

— O que foi *exatamente* o que eu disse, Avery — emendou Anna para ele.

— De fato, meu amor — ele confirmou. — Mas eu pensei que você estava comentando sobre o broche de diamante que me deu no Natal.

— É em forma de coração — constatou Elizabeth, espiando-o acomodado nas dobras de sua gravata. — Como você conseguiu encontrar algo assim, Anna?

— Suponho — respondeu Colin — que a duquesa o tenha mandado fazer por encomenda.

— Que esperteza a sua ter adivinhado, Lorde Hodges — disse Anna. — O *senhor* gostou da valsa?

— Mas é claro. Minha única reclamação é que, depois de Lady Overfield, provavelmente não conseguirei mais aceitar nenhuma outra parceira de dança.

— Oh, céus — disse ela. — Bem, você deve fazer com que ela prometa reservar uma valsa para você em todos os bailes da próxima Temporada.

— Que ideia esplêndida — afirmou ele.

— Lady Overfield, senhora — falou um cavalheiro, aproximando-se de Elizabeth, que se virou para sorrir para ele. Ela o reconheceu como alguém a quem tinha sido apresentada em sua primeira visita a Brambledean na primavera anterior. Não conseguia lembrar seu nome. — Posso ter a honra da próxima dança?

— Mas é claro — respondeu ela, colocando sua taça na mesa. — Será um prazer, senhor.

Ela se afastou da mesa para se envolver em uma vigorosa contradança na qual mais uma vez quase todos abaixo dos cinquenta anos — e alguns acima — participaram. E assim a festa continuou até quase meia-noite, um horário nunca antes praticado para vários convidados, que afirmaram que nenhuma das assembleias da vila jamais continuava além das dez e meia. Mas tinha sido maravilhoso, maravilhoso...

Os elogios vinham de todos os lados enquanto casacos, botas, chapéus, cachecóis e luvas eram colocados, e os sons dos trenós e de algumas carruagens parando do lado de fora penetravam no grande salão. Era meia-noite e meia quando o último dos retardatários desapareceu pelo caminho, andando em grupo encolhido, uma lanterna balançando sobre suas cabeças.

Elizabeth fez seu caminho para a cama logo depois, sem ter certeza se estava feliz porque havia sido uma festa adorável e a culminação perfeita de um Natal memorável, ou se estava triste porque fora provocada e não conseguira levar a brincadeira tão levemente quanto se pretendia.

Mas não. Ela se recusava a ser melancólica e a ser uma estraga-prazeres que não podia suportar uma provocação. Havia sido uma festa adorável, e a melhor parte tinha sido a valsa — ah, e parar na mesa de refrescos depois de ser provocada. A provocação tinha sido a melhor parte da noite e a pior.

Como poderia ser ambos?

Mas estava cansada demais para resolver o dilema em sua cabeça. E em sua cabeça estava tudo isso. Por que perder o sono por causa de uma cabeça confusa?

Ela não perdeu o sono.

Adormeceu com a lembrança da melodia da valsa e dos pés e mãos daqueles que assistiam batendo no ritmo.

E o cheiro de sua colônia.

E suas palavras... *Você é equilibrada e bonita por dentro e por fora, e me sinto honrado que tenha concordado em valsar comigo.*

Absurdo, disparate, absurdo.

Mas ela adormeceu com um sorriso nos lábios.

5

Colin conseguiu deixar Brambledean no dia seguinte, mesmo que as estradas ainda não estivessem ideais para viajar, e seu coche houvesse levado quase uma hora a mais do que o habitual para percorrer os quinze quilômetros até Withington House.

Sentir-se em casa era reconfortante. Ele leu bastante ao longo da semana seguinte e escreveu cartas para vários amigos e para sua irmã Ruby, na Irlanda. Também escreveu uma resposta cuidadosa a um de seus vizinhos em Roxingley, um homem que ele não se lembrava de ter encontrado pessoalmente, e que havia reclamado, não pela primeira vez, sobre a natureza da festa que ocorrera em sua casa durante o Natal, na ausência do senhor barão.

Ele visitou alguns dos vizinhos próximos a Withington, e alguns deles o visitaram. Aceitou um convite para jantar na casa de uma família na véspera de Ano-Novo e ficou tocado ao perceber que sua presença foi muito apreciada tanto pelos anfitriões quanto pelos convidados. O jantar foi seguido por um baile informal, e ele certificou-se de dançar com cada uma das jovens damas. Era bom ser um membro aceito da vizinhança — até mesmo um favorito.

E isso levantou seu espírito no início de um novo ano. Nunca havia uma diferença real entre o último dia de dezembro e o primeiro de janeiro, exceto que vinte e quatro horas haviam se passado, mas o Ano-Novo, escrito significativamente com letras maiúsculas, era uma ocasião simbólica na qual se podia reajustar seu pensamento e hábitos e acreditar que a vida poderia mudar e seguir por caminhos novos e melhores. Sempre havia essa consciência extra, esse novo florescer de esperança e resolução no Ano-Novo.

Ele poderia, se realmente quisesse, assumir o controle de sua vida no ano que acabava de chegar. Poderia se tornar Lorde Hodges de fato, não só no nome. Embora não fosse totalmente justo consigo mesmo, pois levava suas responsabilidades como par do reino a sério. Havia assumido seu assento na Câmara dos Lordes havia cinco anos e era mais fiel do que muitos outros em sua presença quando estavam em sessão.

Mas isso por si só não era suficiente. Ele deveria se estabelecer em Roxingley em vez de ali. Deveria fazer um lar daquele lugar. Deveria torná-lo algo respeitado e respeitável, em vez de algo de que se envergonhasse, algo que poderia causar reclamações de vizinhos. Nunca havia parecido um lar quando ele era criança, mas não havia motivo para permanecer assim. Afinal, agora era sua, e não havia nada intrinsecamente errado com a casa, com o parque ou com as fazendas vizinhas, tanto quanto ele se lembrava. Ele poderia, se realmente quisesse reunir coragem, confrontar sua mãe e Blanche, e deixar claro para elas que as coisas deveriam mudar e que mudariam. Embora ele se encolhesse um pouco com sua escolha de verbo. Seria necessário um *confronto*?

Ele temia muito que sim.

Poderia fazer algo ainda mais decisivo, algo que já vinha considerando. Poderia se casar, estabelecer sua família e criar seus próprios filhos. Poderia trabalhar para moldá-la na entidade que sonhava, algo mais parecido com a família Westcott do que a sua própria. Todo o resto seria muito mais fácil de alcançar se ele fosse um homem casado.

Ou assim imaginava. Quem sabe o oposto fosse verdadeiro.

Mas realmente *queria* viver em Roxingley? Sentia-se feliz ali. Queria ser um homem casado? Gostava de ser solteiro.

Por que o dever e a inclinação entravam tão frequentemente em conflito?

Enviou uma nota para Brambledean, convidando Wren e Alexander para um chá, dois dias após o Ano-Novo. Incluiu a sra. Westcott e Elizabeth no convite, assumindo que ainda estivessem lá. Tinha sentimentos ambivalentes sobre a vinda de Elizabeth, no entanto. Por um lado, gostava dela e a admirava e, às vezes, até temia que estivesse um pouco apaixonado por ela quando realmente não era nada disso. Ele apenas a *amava*, como se fosse sua irmã. Embora, sempre que sua mente raciocinava dessa maneira, ele soubesse que também não era bem isso. Ansiava pela amizade dela, por sua aprovação, por seus sorrisos, por suas piadas, por sua exuberância, por sua serenidade. Por *ela*. Ele se sentia totalmente à vontade em sua companhia. Poderia conversar com ela sobre qualquer assunto que lhe viesse à mente — ou à dela. Sentira sua falta desde que voltara para casa.

Por outro lado, cometera erros terríveis com ela — *duas vezes*. Como se o beijo após o trenó não fosse suficiente, ele a ofendera, a deixara desconfortável, talvez até a magoara com suas brincadeiras na festa no dia seguinte ao Natal, quando sugeriu que ela se casasse com ele. Embora, para ser perfeitamente honesto consigo mesmo, ele também sentiu um pouco de nostalgia depois daquela valsa alegre e *quase* desejasse que fosse possível ser algo sério. Mas ela era uma dama que ele respeitava mais do que qualquer outra, e a tinha constrangido, maldição. Mas ela *gostava* de brincar e rir. Por todos os diabos, a vida podia ser muito complicada às vezes.

Uma parte dele esperava que ela já tivesse voltado para Kent. Outra esperava que não.

Sim, muito complicado de fato.

Elizabeth foi a Withington, já que ela e sua mãe haviam permanecido em Brambledean depois do Ano-Novo. Estava ansiosa para rever Colin, apesar de algum constrangimento remanescente por ter permitido que seu genuíno afeto por ele se desviasse para território proibido. Felizmente, ninguém parecia ter notado qualquer sinal de indiscrição. Ela era, é claro, uma especialista em suprimir sentimentos profundos e sorrir para o mundo.

Ele estava na porta aberta da casa para recebê-los na tarde combinada, apesar do vento cortante de um dia de janeiro. Ele abraçou e beijou Wren. Abraçou Elizabeth e sua mãe e apertou a mão de Alex.

— Eu diria "bem-vindos à minha casa", se não fosse na verdade a casa de Roe... de Wren — disse ele, rindo enquanto ajudava a mãe de Elizabeth a se livrar do pesado manto. — Mas sejam bem-vindos de qualquer maneira. Minha cozinheira tem se superado, se eu for tomar como prova os aromas que têm subido pelas escadas o dia todo. Pretendo enviá-los para casa tão empanturrados que não conseguirão comer nada no jantar hoje à noite. Venham para a sala de visitas e se aqueçam. Acabei de colocar mais carvão na lareira.

A sala parecia aconchegante e um pouco masculina. Havia um monte de almofadas em uma cadeira no canto. Elas já haviam sido arranjadas decorativamente sobre o resto dos móveis da sala. A pequena mesa ao lado da cadeira perto da lareira estava coberta por uma pilha de livros, que pareciam prestes a tombar a qualquer momento, uma pilha desordenada de papéis, e até mesmo um tinteiro e uma pena de escrever equilibrados perigosamente perto da borda, em um dos lados. O restante da sala estava arrumado.

Elizabeth examinou Colin e seus sentimentos naquele primeiro encontro desde o Natal. Ele parecia relaxado e alegre. Abraçou-a sem qualquer autoconsciência aparente. Não evitou seus olhares. Pelo visto, havia esquecido tanto o beijo quanto o desconforto na festa. Era um alívio.

— Por favor, sentem-se — ele se dirigiu a todos. — Sra. Westcott, venha sentar-se perto do fogo. Aqui, deixe-me afastar essas coisas. Eu pretendia fazer isso antes de vocês chegarem, mas me esqueci. — E ele pegou livros e papéis, caneta e tinteiro da mesa lateral e os depositou, após uma olhada ao redor, no chão no canto perto da cadeira cheia de almofadas. — Agora, onde coloquei a toalhinha de crochê que pertence a essa mesa?

O chá foi servido logo depois. Era um verdadeiro banquete de sanduíches, gelatinas e bolos, embora eles não fossem à sala de jantar para fazer a refeição.

— Espero que não se importem — ele disse, explicando-se. — É muito mais aconchegante aqui dentro, especialmente em um dia tão sombrio.

— Estou bastante feliz em tomar chá perto do fogo aqui, Lorde Hodges — respondeu a mãe de Elizabeth. — Tenho certeza de que todos nós estamos.

Wren colocou o chá enquanto Colin servia a comida e insistia que provassem de tudo.

— Minha cozinheira ficará ofendida se devolvermos mais do que algumas migalhas — contou ele. — Ela é uma tirana. Não é, Roe?

— E uma excelente cozinheira — confirmou Wren —, seja de salgados ou doces.

— Por que é que um dia frio de inverno parece menos frio quando o sol brilha? — reclamou mais tarde a mãe de Elizabeth. — Mas, infelizmente, é raro que aconteça em janeiro ou fevereiro. Decerto não hoje.

— No entanto, podemos esperar em março pelas flores da primavera e pelos brotos das árvores — disse Wren. — Às vezes até mais cedo, com os floquinhos de neve e as prímulas.

— Você me mostrou os narcisos na segunda vez que vim, quando morava aqui, Wren — falou Alexander. — Você os chamou de trombetas amarelas da esperança.

— Você nunca vai me deixar superar esse arroubo de fantasia em especial, não é? — indagou ela, fazendo uma careta.

— Ainda não vi os narcisos — comentou Colin —, mas estou ansioso para vê-los. Aquela parte do parque é adorável, mesmo sem eles. Há os bosques, o riacho, a ponte e depois a longa descida até a cerca na borda externa do parque.

— Tia Megan preferia seu jardim de rosas — contou Wren. — Mas eu sempre amei mais os narcisos do que qualquer outra coisa.

— Você gostaria de dar um passeio lá? — Colin perguntou, colocando sua xícara e seu pires vazios em cima de seu prato e se levantando.

Alexander gemeu.

— Outro dia, talvez? — sugeriu. — Quando os narcisos estiverem em flor e houver um pouco de calor no sol?

— O vento faz de hoje um dia particularmente inclemente — disse Wren. — E você acabou de reacender o fogo, Colin. Por que desperdiçá-lo?

— Covardes — ele disse, sorrindo.

— A carapuça serviu — devolveu Alexander.

— Confesso que estou gostando deste cantinho aconchegante que você me deu — falou a mãe dele. — A viagem de volta no coche será fria o suficiente.

— Elizabeth? — Colin se virou para ela com olhos risonhos. — Você também é uma covarde?

A pergunta poderia ter mais de um significado. Ela não tinha nenhum desejo de sair andando pelo parque naquele tempo apenas para olhar um canteiro de narcisos sem narcisos. E não tinha vontade real de ficar sozinha com Colin. Ainda não. Não tão perto dos deslizes de Natal. Só precisava repetir o que todos os outros já tinham dito. Decerto ele não ficaria ofendido ou decepcionado. Decerto não poderia realmente querer sair para caminhar. Mas… ela sentira saudades dele e de suas conversas particulares.

— Não sou — respondeu ela. — Mostre o caminho.

— Você vai conseguir a sua morte, Lizzie — protestou sua mãe.

— Não, ela não vai — retrucou Alexander. — Ela sempre gostou de caminhar ao ar livre faça chuva ou faça sol, mamãe, e sempre manteve teimosamente a boa saúde.

— Eu criei um monstro — disse ela. — Um monstro de boa saúde.

— Espero não ser responsabilizado pela sua morte por pingentes de gelo — falou Colin, alguns minutos depois, enquanto Elizabeth prendia o manto parada no vestíbulo, amarrava as fitas do *bonnet* sob o queixo e enrolava o cachecol de lã pesada, que ele havia emprestado, ao redor do pescoço: o cachecol vermelho-vivo que ela lhe presenteara no Natal. — Como eu viveria a vergonha?

— Talvez você compartilhe do meu destino e nenhum de nós terá que sentir vergonha ou qualquer outra coisa.

— Uma possibilidade distinta — ele concordou, abrindo a porta da frente enquanto ela calçava as luvas de camurça e depois deslizava as mãos no regalo quente.

A presença do regalo a impediu de pegar no braço de Colin. Caminharam lado a lado pelo gramado rumo ao oeste, passando pela casa e pelas treliças laterais que faziam parte do jardim de rosas no verão, depois pelos estábulos e pela casa de carruagens e seguindo na direção das árvores. Não era um grande parque, embora definitivamente merecesse seu título. Era maior do que um jardim.

— É uma bela propriedade — comentou Elizabeth. — Fico feliz que Wren não a tenha vendido quando se casou com Alex.

— Acredito que guarda muitas memórias felizes para ela — disse ele. — Ela morou aqui com nossos tios, que lhe deram todo o amor, segurança e senso de família que lhe faltaram nos primeiros dez anos. Eu queria tê-los conhecido. Vi tia Megan quando ela veio buscar Wren, mas não consigo me lembrar nem do rosto nem de sua voz. E nunca conheci meu tio, porque ela se casou com ele depois que se foi com Wren.

— Creio que parte do charme de Withington — continuou ela — é que tem uma atmosfera feliz.

Elizabeth não sabia muito da história de Wren — nem Wren nem Alex haviam sido muito abertos sobre isso —, mas sabia o suficiente para sentir-se profundamente triste por uma criança que vivera a infância sem os mesmos laços familiares próximos que a própria Elizabeth sempre tivera na vida e achava que todos tinham.

— Sim. — Ele sorriu para ela. — E eu concordo com minha irmã que esta é a parte mais encantadora do parque. Passo bastante tempo aqui. Existe uma sensação de paz. Não sei se é a própria natureza que a cria, ou se Wren teve alguma parte nisso por ter sido feliz, segura e consolada aqui.

Caminhavam entre as árvores, despidas agora pelo inverno. Logo as haviam atravessado e se encontravam parados à margem do riacho, que ainda corria, embora houvesse uma camada de gelo nas bordas externas. Havia uma ponte de pedra de arco único atravessando-o à esquerda deles.

— Está sentindo um frio horrendo? — ele perguntou quando ela retirou uma das mãos do regalo para levantar o cachecol sobre a boca e as orelhas.

— O cachecol ajuda — respondeu ela. — Não, não estou com um frio horrendo... Só congelando.

— Só congelando — ele disse em uníssono com o pensamento dela.

— Como você sabia?

— Porque eu também estou — afirmou ele, e ambos riram. — Já que chegamos até aqui, que tal irmos pelo menos atravessar a ponte e olhar o canteiro de narcisos para que você possa imaginar depois, mesmo que não esteja em Brambledean quando eles florescerem?

— Vamos lá — concedeu ela, deslizando a mão de volta para o calor do regalo.

— Não precisamos descer — ele disse, quando estavam no topo da encosta gramada.

— Depois de termos chegado tão longe? — Ela soltou uma das mãos do regalo novamente para segurar as bainhas do vestido e do manto e correu até a base da encosta, ganhando velocidade à medida que descia. Ela ria quando a cerca conteve seu impulso e virou-se para vê-lo descendo atrás dela.

Ah, por que um homem vestido num grande capote e calçado em botas altas reluzentes e com uma cartola enterrada na testa sempre parecia tão viril? Bem, talvez nem todos os homens parecessem, nem mesmo a maioria, mas Colin Handrich, Lorde Hodges, certamente era.

— Vê? — Ele apontou para a colina. — Está muito despido de qualquer coisa além da grama sofrida.

— Ah, mas eu tenho imaginação. — E ela podia imaginar um tapete de narcisos inclinando-se, as árvores brotando no topo do conjunto de flores, o céu azul acima. — Precisamos do inverno só para ter a primavera.

— Soa como uma filosofia para a vida — disse ele, vindo para ficar ao lado dela na cerca. — Já conheceu o inverno, Elizabeth? Ah, mas que pergunta insensível. Claro que sim. Você perdeu seu marido. Estava muito apaixonada por ele?

— Estava — respondeu ela. — Muito quando me casei.

— Mas não depois? — Ele riu.

— Você não sabia que eu estava vivendo separada dele quando ele morreu? — Elizabeth ficou surpresa que ele não tivesse ouvido isso de Alex ou Wren, mas aqueles dois não eram fofoqueiros.

O sorriso de Colin desapareceu. Ele se inclinou para trás contra a cerca e cruzou os braços sobre o peito.

— Lamento. Não, eu não sabia.

— Eu amava o homem que ele era no fundo do coração. Ainda amo.

Estou convencida de que ele tinha uma doença incurável, embora poucas pessoas compartilhem da minha visão. Por que é, Colin, que de cada noventa e nove homens... ou mulheres, suponho... em cem podem beber até se fartar, e até em excesso em ocasiões, sem que seu caráter seja afetado? Por que podem escolher beber ou não dependendo da ocasião? Por que isso não destrói suas vidas e as de seus entes queridos? E por que é que o restante, um em cada cem, é consumido pela bebida que *ele* acha que está consumindo? Por que precisa bebê-la contra seu melhor juízo e até contra sua própria vontade? Por que o possui como um demônio e às vezes proscreve a pessoa que ele era e deveria ser? Por que o torna cruel, especialmente com a pessoa que ele mais ama nas raras ocasiões em que está sóbrio?

A cabeça de Colin estava virada na direção dela. Elizabeth teve a sensação de que ele a observava atentamente, embora não tenha virado a cabeça para olhar.

— Ele a machucou? — indagou ele, após uma longa pausa.

— Oh, eu sinto muito — disse ela, angustiada. — Não sei de onde tudo isso partiu. Eu nunca falo sobre essas coisas, nem mesmo com minha família. Pelo menos, *quase* nunca. Perdoe-me, por favor. É uma maneira terrível de agradecê-lo por me convidar para o chá.

— Ele a machucou? — Colin insistiu.

Ela suspirou.

— Normalmente eu conseguia esconder os arranhões e hematomas. Às vezes eu inventava resfriados ou dores de cabeça para ficar em casa se houvesse um hematoma ou corte visível. Duas vezes fugi para Riddings Park. Meu pai me mandou de volta na primeira vez, quando Desmond veio atrás de mim, e eu não discuti. Ele estava sóbrio e profundamente arrependido e jurou de maneira muito convincente que tal coisa nunca mais aconteceria. Foi fácil acreditar nele, mesmo que eu já tivesse ouvido isso antes. O fato é que ele realmente queria mudar, e eu ainda o amava. Ou melhor, amava o homem que ele era quando não bebia. A segunda vez foi depois da morte do meu pai, e Alex se recusou a me mandar de volta, mesmo quando Desmond veio sozinho uma vez e depois com um magistrado. Alex bateu nele, isto é, em Desmond, não no magistrado. Foi a única vez que vi Alex ser violento. Eu estava com o braço quebrado e um olho muito inchado e machucado, entre outras coisas. Tenho vivido em Riddings desde então. Desmond morreu no ano seguinte, em uma briga de taverna.

Elizabeth percebeu que Colin havia se movido. Ele estava agora em pé diretamente na frente dela.

— Sinto muito pela terrível dor que você teve que suportar. E não me refiro apenas ao braço quebrado ou ao olho. Mas como você faz isso, Elizabeth? Como mostra... a primavera em seu comportamento? Quase constantemente. Contentamento, serenidade, maturidade, bom senso, bondade... eu poderia continuar. Como faz isso depois de ter atravessado um pesadelo tão terrível?

Era essa a aparência que ela transmitia? Se fosse, ficaria feliz. Ela havia levado muito tempo cultivando essa aparência. E tinha sido pior até do que ele sabia.

— É apenas uma armadura exterior? — ele perguntou. — Você ainda sofre por dentro?

Elizabeth retirou as mãos enluvadas do regalo e as colocou contra o peito dele, deslizando-as sob as camadas de seu capote. Provavelmente não era sensato, mas ela precisava do contato humano e sentia que talvez ele também precisasse. Não podia ter sido uma história confortável de ouvir, e tinha sido errado — e incomum — da parte dela tê-lo feito.

— Todos nós sofremos, Colin. É a condição humana. Ninguém escapa, mesmo aqueles que, aos outros, podem parecer viver vidas encantadas. Mas todos nós temos a escolha de sermos definidos pelos aspectos negativos de nossas vidas ou de fazermos do nosso presente e futuro e de nós mesmos o que queremos que sejam. Embora eu esteja convencida de que Desmond estava sob o domínio de uma terrível doença, também acredito que ele sucumbiu a ela sem tentar lutar o suficiente. Talvez eu esteja sendo injusta com ele. Talvez não houvesse saída para Desmond. Eu não o julgo e, sim, eu o lamentei e ainda lamento, embora duvide que minha família tenha consciência. Eu o amava, entende? Mas recusei ser sugada para o redemoinho sombrio de sua descida para as trevas. Oh, foi um jogo de altos e baixos por alguns anos, porque eu me culpava quando os rompantes de raiva dele apareciam e eu fazia tudo ao meu alcance para mudar quem eu era. Eu me tornei uma criatura encolhida que tentava desesperadamente não o provocar. Entretanto, depois que o deixei, escolhi ser minha própria pessoa, aquela que eu mesma queria ser. Levou um tempo. Muito tempo. Eu havia prometido amá-lo na saúde e na doença, mas acabei por abandoná-lo. A culpa é uma força poderosa. Mas, no final, minha vontade se mostrou mais forte. — Ela achava que sim, de qualquer maneira. Talvez fosse apenas que sua vontade não tivesse sido testada. Ela tremia.

As mãos enluvadas de Colin estavam sobre as dela contra seu peito e ele aproximou-se meio passo. Elizabeth podia sentir o calor de suas mãos e sua força reconfortante. Podia sentir sua proximidade.

— Eu gostaria de ter sua firmeza de caráter — disse ele, seu rosto muito próximo ao dela, e ela teve o pensamento fantasioso de que havia dor no batimento cardíaco que podia sentir fracamente com a mão direita.

— Você também conheceu o inverno, então? — ela perguntou, levantando os olhos para os dele.

Colin fechou os olhos brevemente e baixou o queixo.

— Havia Roe... Wren. Ela tinha aquela grande e desajeitada marca de nascença avermelhada cobrindo o lado do rosto. Ninguém conseguia olhar para ela. Decerto ninguém poderia suportar a ideia de qualquer outra pessoa de fora da casa vê-la, e sempre havia visitantes. Wren passou a maior parte de sua infância no quarto, muitas vezes trancada para que não saísse. Nem a permitiam frequentar a sala de aula porque... ninguém conseguia olhar para ela. Suponho que os criados levavam sua comida e atendiam a outras necessidades, mas eu era o único que passava tempo com ela em seu quarto. Eu a amava e gostava de levar meus brinquedos para ela e de brincar com ela. Costumava ler para ela depois que aprendi a ler. Eu achava que ela estava doente. Toda vez que a deixava, eu beijava a marca avermelhada para que melhorasse. No entanto, nem a estranheza de sua situação nem a horrível injustiça e crueldade me ocorreram na época. As coisas simplesmente eram assim. Se tia Megan não tivesse vindo... Mas ela veio, e o inverno de Roe acabou, ou pelo menos começou a se transformar em primavera.

— E o seu inverno também se transformou em primavera? — perguntou

Elizabeth, mas sentiu que não. A dor em sua voz não era apenas por Wren.

— Não parecia inverno antes de ela partir — prosseguiu ele. — Disseram-me que ela havia ido embora para melhorar, e eu fiquei indescritivelmente triste por perder minha companheira de brincadeiras. Eu esperava fervorosamente que ela voltasse logo, curada e capaz de correr e brincar comigo. E então me disseram que ela estava morta e eu chorei até ficar vazio de lágrimas. Como é possível para uma criança ficar tão profundamente magoada que não pode ser consolada? Eu a tinha beijado para melhorar umas cem vezes ou mais, mas ela não melhorava. Nossa tia a havia levado embora para que um médico a curasse, mas ela morreu. O senso de injustiça me atingiu naquele momento, aos seis anos. Não a injustiça de como ela havia sido isolada, mas a injustiça do... destino. Eu poderia ter chamado de Deus se fôssemos uma família religiosa. Não éramos. Perguntei à minha babá por que não houve funeral. De alguma forma eu sabia sobre funerais. Ela me disse para não ser encrenqueiro, então não perguntei mais. Mesmo assim, eu sofri por Roe pelo resto da minha infância. O luto por ela tornou-se parte de mim. Ela não teve a chance de viver, mas parecia que eu não tinha escolha senão viver.

Elizabeth ouviu-o, chocada. Uma criança em sua família havia sido isolada porque tinha uma deformidade feia, e outra — ele próprio — tivera suas necessidades emocionais ignoradas ou talvez nem percebidas. E por que haviam mentido para ele?

Ele a encarava nos olhos, franzindo a testa.

— Por que mentiram para mim? — ele perguntou.

Oh, Deus. Que resposta havia?

— Ela foi levada para outra casa — disse Elizabeth —, onde era a única criança e podia receber toda a atenção e o cuidado de seus tios. Seus pais talvez tenham pensado que você a esqueceria mais facilmente se achasse que ela estava morta. — Era uma resposta ridícula. A resposta real era óbvia. Quando Wren foi levada embora, eles ficaram felizes em considerá-la morta.

— Desculpe — pediu ele. — Não deveria ter feito uma pergunta tão impossível. Por alguns minutos, voltei a ser aquele menininho. Por que tantas pessoas sustentam o mito de que a infância é o tempo mais feliz da vida de alguém? Não é verdade, é?

— Não para todos — respondeu ela.

— Foi para você? — ele perguntou.

Ela assentiu.

— Sim, foi. Eu tive sorte.

— E então se casou com um canalha.

Ela respirou devagar.

— Não gosto de ouvi-lo ser chamado assim. Ele estava doente. Tenho convicção de que ele estava doente. Eu o amava. — E o odiava pelo imperdoável, o que ela ainda não havia confrontado e talvez nunca o fizesse.

— Sinto muito — disse ele. — E eu entendo. Meu irmão também era um bêbado. A vida não é simples, é? — Ele sorriu de repente e pareceu jovial outra vez. — Talvez eu devesse escrever um livro. Uma obra profundamente filosófica intitulada *A vida não é simples*.

Elizabeth riu.

— Mas lembre-se da analogia original. O inverno *se transforma* em primavera, Colin, e a primavera se transforma em verão. Wren fala com o maior carinho dos tios e dos anos que passou com eles. Ela se tornou uma mulher forte e independente, mesmo que *tenha* se escondido atrás de um véu até o ano passado. E então ela conheceu Alex e está claramente feliz com ele. A melhor parte disso tudo é a que se relaciona com a sua história: Wren sobreviveu e você descobriu. Vocês se reencontraram e têm um relacionamento próximo e amoroso.

Não era exatamente um final feliz, é claro. Ainda havia o resto de sua família, ou os membros sobreviventes pelo menos, que haviam tratado tanto Wren quanto Colin com tal crueldade. E quem sabe o que mais havia acontecido durante sua infância que o levara a viver agora em um apartamento alugado em Londres, quando tinha uma casa na capital, e a passar o Natal com a família Westcott, em vez de com a sua própria?

Ele sorria nos olhos dela, seu rosto ainda perto do seu.

— Você tem uma presença muito reconfortante, Elizabeth. Obrigado. Mas eu a fiz ficar em pé aqui por muito tempo. Você deve estar se sentindo como um bloco de gelo agora.

Por estranho que fosse, ela não estava.

— Não exatamente. Acredito que ainda posso fazer uso dos meus membros. — Ele estava tão perto... Ele estava sorrindo. Ele era tão... adorável.

— Você é muito bela — disse ele. Seus olhos desceram para a boca de Elizabeth e a cabeça aproximou-se um pouco dela. Mas em vez de beijá-la, ele olhou de volta em seus olhos e sorriu outra vez. E ela sentiu alívio e desapontamento. — Se for mesmo sua intenção escolher um marido durante a Temporada este ano, algum homem será muito afortunado.

Ela nunca fora bela ou mais do que ordinariamente bonita, mas o elogio a aqueceu mesmo assim. E não era a primeira vez que ele o fazia.

— Obrigada.

— Mas em cada baile que você comparecer — ele disse, seus lábios quase tocando os dela —, peço que reserve um conjunto de danças para mim.

Como se o cartão de danças de Elizabeth estivesse totalmente ocupado.

— É uma promessa — respondeu ela.

— De preferência uma valsa, como sugerido pela duquesa de Netherby na festa após o Natal — acrescentou ele, e algo aconteceu tanto com a respiração quanto com os joelhos de Elizabeth ao pensar em dançar mais uma vez com Colin. — Na verdade, definitivamente uma valsa.

— Isso pode ser arranjado também — concedeu ela. Estava quase sussurrando, ela percebeu. — Mas acredito que haverá muitas jovens em Londres competindo comigo pela sua atenção.

— Ah, mas nenhuma delas será Elizabeth, Lady Overfield.

Ele poderia tê-la beijado então. Ela sentiu que estava prestes a acontecer. Afastou-se bruscamente dele e se ocupou puxando o cachecol para cobrir a boca antes de enfiar as mãos no regalo.

Colin deu um passo para trás e a observou, com as mãos juntas às costas.

— Vou desafiá-la para uma corrida até lá em cima — disse ele.

— Não duvido nem por um momento — ela concordou, mas correu pela encosta mesmo assim e chegou ao topo, ofegante e rindo, apenas um pouco atrás dele. Colin estendeu a mão para ajudá-la a subir os últimos metros.

Eles voltaram para a casa sem falar, mas era um silêncio agradável.

Quase.

Oh, não, não era nada agradável. Ressoava com um beijo que não acontecera e com palavras trocadas.

Mas em cada baile que você comparecer, peço que reserve um conjunto de danças para mim.

De preferência uma valsa... Na verdade, definitivamente uma valsa.

6

Colin retornou a Londres após a Páscoa, admitindo relutantemente para si mesmo que não faria de Withington sua residência permanente, afinal. Sem sombra de dúvida precisava se estabelecer em Roxingley. Enquanto ele negligenciava a propriedade, sua mãe tinha livre acesso a ela, e se as reclamações de seu único vizinho serviam de julgamento, aquilo não era coisa boa.

Sua mãe sempre gostara de sediar festas suntuosas, mas enquanto o pai de Colin ainda estava vivo, talvez houvesse algum controle sobre o que ocorria nelas e até mesmo sobre quem era convidado. Agora não havia tal restrição. Ele sabia que sua mãe também dava festas na casa de Londres durante a Temporada. *Vulgares* foi uma maneira como ele ouviu serem descritas, certa vez, antes que alguém mandasse o falante calar-se.

Era mais do que hora de Colin fazer algo a respeito da situação.

Se ao menos Justin tivesse sobrevivido... Mas não tinha, e a repetição desse pensamento estava se tornando tediosa.

Deixou Withington depois que o filho de Wren nasceu — um menino rechonchudo, saudável e de cabelos escuros, a quem nomearam Nathan Daniel Westcott, visconde Yardley. A sra. Westcott tinha retornado a Brambledean para ajudar Wren nas últimas semanas da gravidez, mas Elizabeth permanecera em Riddings Park. O pai de uma amiga dela estava à beira da morte, e ela escolhera ficar para ajudar no que podia. Colin ficou desapontado e esperava que ela estivesse livre para ir a Londres quando chegasse a Temporada, como planejado. Talvez não devesse esperar por isso, no entanto. Em verdade, deveria voltar sua mente para a séria tarefa de escolher uma noiva entre as jovens elegíveis que seriam trazidas para a capital em busca de maridos no tradicional mercado matrimonial que era a Temporada.

Ele se perguntava se Elizabeth se lembrava de ter prometido dançar uma valsa com ele em todos os bailes do *ton* que ambos frequentassem.

Colin se instalou em seu antigo apartamento alugado perto do White's Club. Até o verão anterior, tinha vivido lá o ano todo desde que saíra de Oxford, aos vinte e um anos, embora a maioria dos integrantes de sua classe social costumasse fugir do calor do verão para retornar às suas propriedades no campo. Ele havia permanecido mesmo durante o inverno, quando a companhia era escassa.

Retomou a vida com a qual estava familiarizado. Havia seus deveres parlamentares e as comunicações regulares com seu administrador em Roxingley Park e com seu agente de negócios na cidade. Havia seus clubes e as conversas com seus pares. Havia seus amigos íntimos de longa data. Havia seus clubes de boxe e esgrima. Havia passeios a cavalo pelos vários parques.

Mas, naquele ano, teria que prestar mais atenção do que o habitual aos inúmeros convites que chegavam diariamente ao seu domicílio. Sempre frequentara uma variedade de eventos — concertos privados, *soirées*, festas em jardins, cafés venezianos, entre outros. No entanto, geralmente evitava bailes sempre que possível. Gostava de dançar. Até gostava de se misturar com multidões. No entanto, sempre lhe pareceu que os bailes, mais do que qualquer outro tipo de evento social, serviam para cortejar. Era aos grandiosos bailes da Temporada que mães esperançosas levavam suas filhas em busca de maridos. Ele era um barão, um par do reino. Também era jovem e rico, e seu espelho lhe dizia, vaidade às favas, que era razoavelmente bonito. Sempre fora relutante em correr o risco de ser enredado por uma jovem determinada a conseguir um marido com título ou, mais provavelmente, por sua mãe ainda mais ambiciosa. Ele conhecia homens que haviam sido vítimas de tal caça agressiva por parte de esposas.

Não evitaria mais os grandiosos bailes.

Alinhou quatro desses convites em sua mesa de escrita certa manhã, considerou-os cuidadosamente, e se viu perguntando — dentre todas as coisas — em quais deles, se é que em algum, *ela* estaria presente. Elizabeth Overfield, isto é. Sabia que ela estava de volta a Londres com a sra. Westcott. Wren mencionara o fato em sua última carta, mas ele não tinha ideia de quantos bailes do *ton* ela costumava frequentar. Provavelmente não muitos.

Afinal, não era uma jovem recém-chegada ao mercado matrimonial. E já tinha seu pretendente, o homem com quem estava considerando se casar naquele ano.

Ele apenas esperava que o homem fosse digno dela — se é que existia um homem assim. Esperava que ele a valorizasse, pelo menos, e a apreciasse. E a amasse. E a fizesse rir. E levasse embora os resquícios de seu inverno. E...

Bem. Na verdade, não era da conta dele.

Olhou de um convite para outro, sem realmente enxergá-los, mas enxergou em seu lugar Elizabeth limpando a neve dos olhos e então desafiando-o para uma guerra de bolas de neve e começando a escolher seu time. Precisava lhe dar algumas lições sobre como lançar com mais precisão. Ah, e ele havia mentido quando lhe disse que aquela bola de neve tinha sido destinada ao seu ombro. Não tinha. Ele fizera a bola de neve deliberadamente macia, e a mirara exatamente onde ela acertou. Queria dançar com ela mais uma vez — valsar, como tinham feito no dia seguinte ao Natal. Queria valsar com ela em cada baile da Temporada.

Será que ela estaria casada até o final da Temporada?

Ele estaria?

Ele mergulhou sua pena no tinteiro e começou a aceitar os quatro convites.

O sr. Scott faleceu pouco antes da Páscoa — uma semana após o nascimento do bebê de Wren e Alex, na verdade. Araminta Scott, sua filha e amiga de Elizabeth, estava livre para recuperar tanto sua saúde quanto seus ânimos após cuidar dele com grande devoção durante uma doença prolongada. Araminta insistiu, quando Elizabeth ofereceu-se para adiar sua visita a Londres e ficar em casa por mais tempo, que a amiga seguisse com sua própria vida.

— Você já perdeu o nascimento de seu sobrinho por minha causa, Lizzie — dissera. — Não vou deixar você perder também seu segundo... não, terceiro... pedido de casamento de Sir Geoffrey Codaire.

Elizabeth protestou que não estava esperando por tal coisa, mas Araminta ameaçou trancar a porta para sua amiga se ela insistisse em ficar.

Então, ali estava ela, na capital, logo após o início da Temporada. Ela e sua mãe estavam hospedadas na casa de South Audley Street que pertencera ao falecido conde de Riverdale e agora pertencia a sua filha, Anna, a duquesa de Netherby. Esta havia herdado a riqueza de seu pai legítimo assim como Alexander herdara o título. Anna havia persuadido Alexander a viver lá sempre que estivesse na cidade, embora não tivesse conseguido convencê-lo a aceitar a propriedade como presente.

Wren e Alexander viriam para a capital um pouco mais tarde, depois que Wren se recuperasse por completo de seu confinamento e fosse seguro para o bebê viajar. Elizabeth mal podia esperar para vê-lo. O filho de Alex! Seu sobrinho. O primeiro filho da próxima geração de sua família. Nenhum dos dois filhos que ela concebera durante seu casamento com Desmond alcançara o nascimento.

A chegada de Nathan ao mundo a deixava mais consciente do que nunca de sua idade avançada, do prazo limitado de sua fertilidade. Precisava ao menos tentar tornar possível ter um filho. Havia aqueles poucos cavalheiros no ano anterior, especialmente Sir Geoffrey Codaire com sua fidelidade constante a ela ao longo dos anos, seu pedido de casamento no ano anterior e sua intenção expressa de renovar suas atenções em algum momento futuro. O futuro era agora. Deveria esperar que ele fizesse sua oferta novamente e, desta vez, não hesitaria. Ele era um bom homem. Era alguém em quem ela poderia confiar sua pessoa, sua lealdade e seu afeto. Era alguém com quem ela se sentiria feliz em ter um filho antes que fosse tarde demais.

Elizabeth sempre gostava de estar em Londres. Dava-lhe a chance de visitar familiares e amigos que moravam longe dela na maior parte do ano. E havia lojas e teatros, galerias e bibliotecas. Havia concertos para assistir e jantares e festas privadas, e às vezes entretenimentos mais grandiosos, como festas de jardim e *soirées*. E havia o ocasional baile, embora Elizabeth não frequentasse muitos deles. Bailes eram destinados a jovens senhoritas em busca de maridos.

Naquele ano, no entanto, ela prestou mais atenção a esses convites.

Talvez houvesse alguém novo para conhecer. Ou talvez... Bem, talvez ele não tivesse esquecido a promessa que extraíra dela de reservar um número de valsa para ele em cada baile. *Ele* sendo Colin, Lorde Hodges, jovem, vibrante e dolorosamente bonito. Que ridículo uma mulher de sua idade sonhar em dançar com ele em um baile do *ton*. E por que ela sempre se via como uma mulher de idade avançada quando pensava em Colin? Ressentia-se disso.

Ela se perguntava se ele havia tomado uma decisão definitiva de começar uma busca séria por uma noiva naquele ano. Se sim, quase certamente teria esquecido um compromisso impulsivo feito com ela no Natal.

Não importava.

Talvez encontrasse Sir Geoffrey Codaire em um baile. Realmente só lhe restava esperar encontrá-lo em algum lugar naquele ano.

Colin *estava* em Londres. Alex havia lhe dito isso em uma carta de Brambledean. Será que ela ficaria um pouco desapontada se ele houvesse esquecido a promessa que extraíra dela?

Que degradante que a resposta fosse sim.

Ela espalhou quatro convites para bailes enquanto estava sentada na escrivaninha da sala matinal, logo depois que o correio havia sido entregue. Todos seriam bem frequentados. A quais ele iria? Todos? Alguns? Um? Nenhum?

Ela suspirou.

— Há algum convite interessante que devemos aceitar? — sua mãe perguntou, erguendo os olhos de seu tricô. Estava fazendo um par de sapatinhos para Nathan.

— Há nada menos que quatro bailes nas próximas duas semanas — disse Elizabeth. — Não consigo decidir a qual devemos ir. Talvez os quatro?

— Deveras? — Sua mãe ergueu as sobrancelhas. — Está procurando seriamente um marido, então, Lizzie?

— Oh, Deus — alarmou-se Elizabeth. — Com a minha idade, mamãe?

— Meu amor, se eu tivesse sua idade, poderia muito bem sair às compras em todos os bailes disponíveis.

Ambas riram, e Elizabeth pegou sua pena para aceitar os convites. Todos os quatro. Parecia um pouco imprudente.

A casa de Sir Randolph Dunmore em Grosvenor Square foi o local do primeiro grande baile da Temporada — ou assim declarou Lady Dunmore a um grupo de suas amigas, que passaram a notícia para suas respectivas amigas, até que coletivamente esmagaram as pretensões de qualquer anfitriã menor que tentasse reivindicar a honra com algum baile que a precedesse.

Lady Dunmore tinha uma filha para apresentar ao *ton* e casar — a segunda filha. A primeira havia se casado com um rico baronete num prazo de três meses após seu baile de estreia, e Lady Dunmore não esperava menos de Lydia, a beldade reconhecida entre suas cinco filhas. Nenhum gasto foi poupado. O piso do salão de baile foi polido até alcançar a perfeição. Os lustres brilhavam mesmo antes de acenderem as velas. Bancos de flores e cestas suspensas faziam a sala parecer e cheirar como um jardim interno. Um pequeno exército de cozinheiros contratados para a ocasião trabalhou por três dias produzindo todas as iguarias concebíveis, tanto salgadas quanto doces. Uma orquestra de oito peças fornecia a música.

Colin compareceu ao baile na companhia de Ross Parmiter e John Croft, dois de seus amigos mais próximos. John tinha duas irmãs para sustentar, além de uma mãe, tudo com uma fortuna muito moderada, mas estava sempre pronto e disposto a acrescentar uma esposa ao lar — se, é claro, ele se apaixonasse por alguma que fosse jovem o suficiente e se a mesma jovem se apaixonasse por ele. Ele tinha esperança de encontrá-la, mas seus amigos haviam observado que ele se apaixonava e desapaixonava com uma regularidade vertiginosa e nunca realmente fixava seu interesse em nenhuma candidata. Ross gostava de dançar e da companhia feminina e poderia desfrutar de ambos sem muito medo de ser pego desprevenido em uma armadilha matrimonial. Embora seu pai fosse bem-nascido e não fosse de forma alguma empobrecido e desse uma generosa mesada a seu único filho, não havia grande fortuna ou propriedade ancestral lá, ou mesmo um título.

Colin Handrich, barão Hodges, é claro, se encaixava em uma categoria completamente diferente.

Lady Dunmore sorriu com graça para os três cavalheiros quando passaram pela fila de recepção, pois todos eram agradáveis, solteiros e potenciais parceiros de dança para sua filha e as outras jovens presentes. Nenhuma anfitriã desejava ver nem mesmo a mais reles de suas jovens convidadas ficar encalhada durante toda a noite. Mas mostrou uma preferência particular por Lorde Hodges quando o apresentou à sua filha corada, sorrindo de um para o outro como se estivesse imaginando como eles ficariam juntos no altar de uma igreja lotada no dia de seu casamento.

Colin já esperava por isso e aceitava tudo com calma. Era uma mocinha bonita, a srta. Lydia Dunmore, de cabelos escuros, muito esbelta, com uma tez delicada que sugeria que ela havia passado a maior parte de sua vida até então na sala de aula. Usava um vestido branco, como a maioria das jovens damas fazia durante seu primeiro ano. Parecia ter apenas dezoito anos, talvez até menos. Ele não conseguia ver a cor de seus olhos. Ela olhou brevemente para ele por entre os cílios antes de dirigir seu olhar para os próprios sapatos de dança.

— Posso ter a esperança, srta. Dunmore — ele perguntou, porque a mãe dela claramente esperava por isso —, de que seu cartão de dança ainda não esteja completo e eu possa reservar um número com a senhorita esta noite?

— Oh — declarou a mãe, antes que a garota pudesse fazer mais do que olhar timidamente para ele outra vez e abrir a boca para falar —, exceto pelo número de abertura, o qual Lydia vai dançar com o visconde Fettering, seu primo, ela não prometeu nenhuma dança a nenhum cavalheiro. Não teria sido justo preencher seu cartão antes do baile, como ela poderia ter feito três vezes, e assim decepcionar vários de seus convidados. Lydia, meu amor, Lorde Hodges lhe fez uma pergunta. — Ela sorriu de um para o outro.

— Eu ficaria feliz em dançar um número com o senhor, milorde — disse a moçoila.

— O segundo — adiantou-se Lady Dunmore.

— Agradeço pela honra — respondeu Colin à filha, e seguiu seus amigos para o salão de baile.

Estava lotado e zumbindo com o som coletivo de algumas dezenas de conversas. Os músicos afinavam seus instrumentos, uma indicação de que devia estar quase na hora de começar a dançar. Colin reconhecia pessoas onde quer que olhasse, como era de se esperar quando havia vivido em Londres durante cada Temporada de primavera nos últimos cinco anos. No entanto, havia alguns rostos desconhecidos também, a maioria deles pertencentes a jovens recém-saídos da universidade ou vindos do interior sem terem avançado em sua educação, ou as jovens damas recém-liberadas da sala de aula, que tinham vindo para a capital a fim de se familiarizar com o *ton* e arranjar maridos durante sua primeira temporada, se tivessem tamanha sorte.

Era tudo muito como o de sempre, na verdade.

— Parece que há uma safra bastante decente este ano — disse John Croft, alegremente, com certa irreverência, o monóculo na mão, embora não o levasse ao olho enquanto observava todas as jovens damas.

— Já está apaixonado, John? — perguntou Ross Parmiter, piscando para Colin.

— Ainda não — falou John com uma risada, deixando o monóculo se dependurar na fita. — Mas a moça de cabelos castanhos com o coque é um espetáculo, e ela parece estar com Baker. Deve ser uma de suas irmãs ou primas. Dizem que há pelo menos uma dúzia delas. Rá! Uma fornada delas. Engraçado. Acredito que vou dar um passeio até lá e fazer com que Baker me apresente.

O coque, Colin supunha, havia sido construído para dar à garota alguma altura. Ela era incomumente pequena de outra forma. Mas John estava certo sobre sua aparência. Tinha um rosto bonito e animado e, se ele não estivesse enganado de longe, covinhas. Covinhas sempre eram atraentes.

— Eu vou com você — avisou Ross.

Colin também teria ido, mas seu olhar acabara de pousar na sra. Westcott do outro lado da sala, as penas de seu cabelo balançando enquanto conversava com um grupo de senhoras mais velhas. Ela o avistou no mesmo momento, sorriu e inclinou a cabeça. Ao lado dela, Elizabeth, Lady Overfield, conversava com um cavalheiro alto e robusto. Estava elegante com um vestido cor de prímulas, com mangas curtas e bufantes, um decote modesto, uma cintura império, na moda, e uma bainha rendada. Seu cabelo estava arrumado de um modo bonito, mas sem topetes notáveis, ondas ou cachos excessivos — ou penas. Não havia feito nenhum esforço, parecia, para se mostrar glamorosa ou mais jovem do que era. Nunca o fazia, na verdade. Era irônico, então, que a simplicidade de seu vestido lhe desse uma aparência jovial. E beleza, embora ela não precisasse do vestido para conseguir esse efeito.

Ela não o tinha visto. Mas sua mãe tocou seu braço enquanto ele observava e lhe disse algo, e ela olhou pelo salão até avistá-lo. Colin levantou a mão em saudação, e ela sorriu. Ela parecia a primavera, ou o fazia sentir como a primavera ou algum tipo de bobagem poética assim. O cavalheiro também virou a cabeça. Colin o conhecia. Vasculhou em sua mente um nome, mas não conseguiu lembrar de imediato. O homem era um cidadão respeitável, no entanto, um dos membros de um grupo de sujeitos entediantes que se reuniam no White's e falavam sem parar e com conhecimento sobre colheitas, drenagem, gado e outros assuntos agrícolas. Colin ficava fora do alcance de ouvido sempre que podia. Será que era, por acaso, o homem com quem ela...?

Mas com certeza não.

Oh, Elizabeth, não.

Algumas pessoas haviam se movido na frente deles e Colin, olhando para longe, avistou a figura imponente da duquesa viúva de Netherby perto dali, com Lady Jessica Archer, sua filha. Vagou na direção delas enquanto terminavam de conversar com outro casal. Ambas as damas pareciam felizes em vê-lo, e ele conseguiu garantir a mão de Lady Jessica para o terceiro número, o primeiro já tendo sido prometido.

— Seus primos ainda não estão na cidade? — Colin lhe perguntou.

Ela fez uma careta.

— E nem estarão. Abby continua irritantemente teimosa. Avery e Anna se ofereceram para trazê-la. Mamãe se ofereceu. Alexander e Wren se ofereceram, embora ainda não estejam na cidade. Até o tio Thomas e a tia Mildred se ofereceram. E agora ela tem o marquês de Dorchester como padrasto, e ele sugeriu trazê-la com Estelle. Sua própria filha, Lorde Hodges! A *meia-irmã* de Abby. Estelle tem dezoito anos e você pensaria, não é mesmo, que ela pelo menos ficaria toda ansiosa para estar aqui? Mas nada disso. Ela prefere adiar o deleite até o próximo ano. Quer aproveitar um ano inteiro em casa com seu pai e sua nova madrasta, se é que é possível acreditar. É tudo muito enervante para mim. Não que Abby fosse vir de qualquer maneira, suponho, mesmo se Estelle viesse. Ela é minha melhor amiga no mundo, Lorde Hodges, mas às vezes eu seria capaz de sacudi-la até seus dentes tremerem.

Ruborizada e animada como estava, Lady Jessica Archer era realmente muito bonita. E não era uma moça frágil.

— Trouxe Jessica para Londres chorando e esperneando, Lorde Hodges — contou a duquesa viúva, balançando a cabeça enquanto olhava carinhosamente para sua filha.

— Não tanto, mamãe — disse Lady Jessica com um suspiro. — Tenho dezenove anos. Não posso ficar em casa para sempre, posso? Mas talvez seja para sempre se eu esperar por Abby. Talvez possamos envelhecer juntas como solteironas tristes em uma casa de campo remota em algum lugar. — Ela pegou Colin sorrindo e riu, um riso juvenil de alegria.

Sim. Realmente muito bonita. E filha de um duque. Mas talvez seu próprio título de barão fosse considerado muito humilde...

Foram interrompidos pela chegada do par de Jessica para o número de abertura, e Colin olhou ao redor imediatamente para encontrar uma parceira para si. Invariavelmente, havia mais damas do que cavalheiros em tais eventos, e seria deselegante ficar nas laterais e assim condenar uma delas a fazer o mesmo. Ele viu a srta. Cowley, uma jovem que conhecia de vista, ali perto com sua mãe, e sorriu ao se aproximar delas. A garota sorriu de volta com quase alívio escancarado.

John Croft já estava na área de dança com a garota de coque, Colin viu enquanto conduzia sua parceira até a fila de damas antes de tomar seu lugar na fila de cavalheiros oposta. Ross também tinha uma parceira, uma garota alta, que estava rindo com a dama ao lado dela.

O cavalheiro robusto ia se juntando ao final da fila com Elizabeth. Ela dançaria o número de abertura, então. Colin ficou contente com isso. Ela era jovem e atraente demais para passar a noite sentada ou em pé com as mães e acompanhantes. Ele solicitaria a mão dela para uma valsa mais tarde na noite — presumiu que haveria algumas no programa, apesar da presença de várias jovens que não seriam autorizadas a participar até serem aprovadas, provavelmente mais tarde na temporada, por uma das patronesses do Almack's.

Esperava imensamente que ela fosse manter sua promessa. Por enquanto, sentia que viera naquela noite por nenhum outro motivo além desse.

No entanto, tinha outra parceira agora e a estava negligenciando. Sorriu de modo tranquilizador para ela. Aquela não era sua primeira temporada. Ele nem estava certo se era a segunda — parecia que a conhecia havia mais de dois anos. Ela parecia estar sentindo alguma dúvida, até mesmo alguma ansiedade sobre sua elegibilidade. A vida poderia ser cruel para as moças que não encontrassem maridos dentro de um ano ou dois após serem dispensadas da sala de aula. Poderiam ser facilmente jogadas na prateleira e deixadas lá para acumular poeira. E que imagem horrível era essa. Talvez... Mas, não. Ele não sentia atração real pela srta. Cowley, e certamente seria um grande erro se casar com qualquer mulher apenas porque sentia pena dela e queria salvá-la de ser condenada a passar a vida como solteirona e a depender de seus parentes masculinos.

Agora que pensava sobre isso, ele também não sentia atração real por Lady Jessica Archer, embora fosse uma mocinha muito bonita e animada, e ele realmente gostasse dela. Sentiu um momento de diversão ao se lembrar de tê-la visto na véspera de Natal com Abigail Westcott e Lady Estelle Lamarr, suas cabeças juntas enquanto o olhavam de forma autoconsciente e riam. Ele gostara das três. Não sentira atração especial por nenhuma delas.

E para ser justo, não acreditava que tivesse deixado alguma delas desolada e de coração partido após o Natal.

Lançou um olhar pela fileira e notou Elizabeth a observá-lo. Ela ergueu as sobrancelhas, diversão em seus olhos, e ele percebeu que estava sorrindo para o nada — exceto as lembranças.

A srta. Lydia Dunmore, parecendo tanto nervosa quanto empolgada, juntou-se à cabeceira da fila com o visconde Fettering, e a orquestra tocou um acorde. A srta. Dunmore era uma perspectiva interessante — muito bonita e modesta, se seu comportamento na fila de recepção fosse uma indicação precisa de seu caráter. Estava ansioso para dançar o segundo número com ela.

Voltou sua atenção para a srta. Cowley enquanto sorria e se curvava, e ela se curvava para ele.

A dança começou.

7

Sir Geoffrey Codaire havia chegado ao baile dos Dunmore pouco depois de Elizabeth e sua mãe. Após passar pela fila de recepção e olhar com minúcia ao redor do salão, ele se dirigiu diretamente a elas. Prestou seus respeitos e explicou que havia chegado a Londres no dia anterior e viera ao baile naquela noite ao descobrir que elas estariam presentes.

— Mas como descobriu isso, Sir Geoffrey? — perguntou a mãe de Elizabeth.

— Lady Dunmore é minha prima de segundo grau, senhora — explicou ele. — Fiz questão de perguntar quando a visitei ontem se a senhora e Lady Overfield estariam entre os convidados esta noite. Ela me assegurou que sim.

— Isso é muito lisonjeiro, tenho certeza — disse ela, e conversou amigavelmente com ele por alguns minutos antes de retomar a conversa interrompida com sua cunhada e algumas outras damas de seu conhecimento.

Elizabeth, enquanto isso, observava-o com olhos críticos. Como se lembrava, ele era um homem bem-apessoado. Sentiu-se aliviada ao vê-lo, embora desejasse que sua mente tivesse escolhido outra palavra. Isso a fazia parecer desesperada. Também ficou satisfeita ao saber que ele viera apenas porque ela estaria ali. Seu interesse por ela não tinha arrefecido desde a primavera passada, então.

— Fiquei encantado ao descobrir que a senhora estaria aqui esta noite — contou ele, voltando sua atenção para Elizabeth. — Sei que não frequenta muitos bailes. Espero não ter chegado tarde demais para solicitar a primeira dança.

— Não chegou — garantiu ela. Desde que adentrara o baile, não tinha sido exatamente cercada por pretendentes, e parecia que não teria nem mesmo um parceiro para a valsa naquela noite. Colin não viera.

— Então peço que reserve o primeiro conjunto de danças para mim — falou Sir Geoffrey e, naquele exato momento, ela avistou Colin na fila de recepção com outros dois jovens cavalheiros.

Ele *viera*.

Vendo-o fazer reverência para a muito jovem e adorável srta. Lydia Dunmore enquanto a mãe dela olhava carinhosa e especulativamente de um para o outro, não era de se pensar que Colin sequer *considerasse* dançar com ela, Elizabeth. O salão de baile estava cheio de jovens damas, mais do que o usual, decerto, para o início de uma temporada. Em seus trajes de noite em preto e branco, com seus cabelos loiros quase dourados à luz das velas, ele parecia jovem e realmente bastante deslumbrante. E, decerto, extremamente elegível.

— Claro — respondeu ela a Sir Geoffrey. — Obrigada.

Ele permaneceu ao seu lado. Perguntou sobre seu irmão, cunhada e o bebê antes de contar-lhe sobre algumas inovações que havia implementado em suas fazendas durante o verão anterior, apesar dos conselhos contrários dos vizinhos e até de seu próprio administrador. A produtividade de seus campos aumentara significativamente como consequência, enquanto a de seus vizinhos, não. E seus pastos...

— Ali está Lorde Hodges, Lizzie — avisou sua mãe, acenando com a cabeça para o outro lado do salão, suas plumas indicando a direção.

E Elizabeth o viu uma vez mais. Os dois cavalheiros com quem ele havia chegado estavam se afastando e, por um momento, ele ficou sozinho, olhando para ela do outro lado do salão. Ela sorriu para ele e se sentiu inexplicavelmente sem fôlego. E por algum motivo absurdo lembrou-se de ter-lhe dito — como uma piada — na véspera de Natal que, quando se olhava para uma sala cheia de gente e os olhos se fixavam em uma certa pessoa, se *sabia* instantaneamente.

Sabia o *quê*, pelo amor de Deus?

— Hodges? — disse Sir Geoffrey. — Mas, ah, sim. Lady Riverdale é sua irmã, não é?

— É, sim — respondeu Elizabeth. — Ele passou o Natal em Brambledean com nossa família, e todos ficamos muito felizes por isso. Ele é um jovem simpático e divertido. — Mesmo quando jogava uma bola de neve molhada em seu rosto; ela não acreditara nem por um instante na alegação dele de que a primeira bola de neve fora destinada ao seu ombro.

Duas damas, andando de braços dados pelos contornos externos da área de dança, passaram em sua linha de visão, e, depois que elas se foram, ele se virou para se juntar à prima Louise e Jessica, que estavam sorrindo para ele com prazer evidente. Pobre Jessica. No ano anterior, ela havia interrompido sua Temporada de estreia muito bem-sucedida sentindo-se chateada por Abigail não poder estar com ela. No entanto, naquele ano, Abby ainda se recusava a vir para Londres, embora Marcel, o marquês de Dorchester, seu novo padrasto, tivesse garantido que sua influência lhe daria acesso a todos os entretenimentos mais seletos da Temporada. Jessica teria que aprender a viver por si mesma e não se preocupar tanto com a injustiça que a vida havia infligido à sua melhor amiga, especialmente porque, àquela altura, parte disso parecia autoimposto. Abby encontraria seu próprio caminho, fosse qual fosse.

A vida às vezes podia ser cruel com os muito jovens. E com os nem tão jovens também.

Talvez Jessica e Colin...

Mas a dança estava prestes a começar. Os integrantes da orquestra tinham terminado de afinar seus instrumentos, as fileiras estavam se formando para o número de abertura, e a fila de recepção começava a se desfazer. Lady Dunmore procedeu a apresentar sua filha com seu parceiro para aquela primeira dança pública tão importante de sua jovem vida.

— Vamos? — Sir Geoffrey estendeu a mão, e Elizabeth colocou a sua sobre a dele. Colin tinha uma parceira, mas não era Jessica. Ele já a tinha levado para a fila de damas e tomado seu lugar, oposto a ela. Estava sorrindo, mas não para sua parceira ou qualquer outra pessoa, ao que parecia. Não era apenas um sorriso sociável. Havia um genuíno divertimento nele. Se estivesse perto, Elizabeth teria feito a pergunta que fizera quando se juntou a ele no grande salão na véspera de Natal — *um tostão por seus pensamentos.*

Ele virou a cabeça e a viu observando-o. Ela levantou as sobrancelhas como se realmente estivesse fazendo a pergunta, e o sorriso dele desapareceu, deixando-o com uma expressão um pouco envergonhada, mas

Lydia Dunmore tinha chegado à cabeceira da fila com seu parceiro, e um acorde soou para anunciar o início da dança.

Elizabeth fez uma reverência para Sir Geoffrey Codaire.

Haveria apenas duas valsas, Colin descobriu após o primeiro número. Era compreensível, claro. A noite era em honra de uma jovem que ainda não poderia dançar valsa por algum tempo, e havia muitas outras jovens na mesma condição presentes. Ainda assim, o baile teria sido criticado se o programa não incluísse nenhuma valsa. A nova dança tinha rapidamente ganhado popularidade desde que fora introduzida nos salões de baile elegantes, havia pouco tempo. A primeira valsa seria pouco antes do jantar, a outra em algum momento depois. Colin pensou em adiar o prazer o máximo possível e esperar até depois do jantar. Algumas considerações o fizeram decidir de outra forma. E se Elizabeth fosse embora cedo? Ou e se ele aparecesse ao seu lado para reivindicá-la para a segunda valsa, apenas para descobrir que outra pessoa já tinha chegado antes dele? E por que desperdiçar o fato de que a primeira valsa também era a dança da ceia? Ele gostaria de ter a companhia de Elizabeth na ceia. Esperava que ela não desaprovasse sua companhia, mas ela havia concordado em valsar com ele em todos os bailes em que ambos comparecessem.

Ele se aproximou dela assim que o número anterior à valsa terminou e ele devolveu sua parceira ao lado da mãe. Sentiu que Codaire — o nome do homem havia surgido em sua mente mais cedo quando ele nem estava tentando lembrar — também caminhava na direção dela e acelerou o passo para chegar primeiro. Ocorreu-lhe, enquanto o fazia, que ela poderia ficar desapontada, se realmente fosse com Codaire que ela esperava se casar, mas ele não diminuiu o passo. O homem poderia valsar com ela depois da ceia.

Ela estava com as faces coradas e olhos brilhantes.

— Lorde Hodges — disse a sra. Westcott. — O senhor não perdeu uma dança sequer a noite toda. Deve ser o jovem mais procurado aqui esta noite.

— Só posso agradecer, senhora — respondeu ele —, que haja damas suficientes aqui dispostas a dançar comigo.

Ela deu-lhe uma batidinha no braço com o leque.

— As mães delas todas as colocariam em fila para dançar com você se isso não fosse algo pouco educado de se fazer. E suas filhas ficariam mais do que felizes em ali permanecer e esperar. Posso ser um pouco parcial, já que é irmão de minha nora, mas acredito que é o jovem mais bonito no salão. Não é, Lizzie?

Colin riu e esperava não estar corando.

— Você está muito distinto de preto e branco — elogiou Elizabeth, seus olhos brilhando.

— Que é uma maneira educada de dizer que não sou o homem mais bonito aqui? — falou ele. Ela o tinha chamado assim na festa do dia após o Natal, lembrou-se.

— Vi dois ou três que poderiam lhe dar alguma concorrência. Lady Dunmore decerto vai poder se gabar amanhã de ter organizado o primeiro grande evento da temporada até agora, não é?

— Quem ousaria contradizê-la? — perguntou ele. — Ela tem declarado isso, aparentemente, durante a última semana toda. A próxima dança é uma valsa. Você dançaria comigo, Elizabeth?

— Ah, dance, Lizzie — instou a sra. Westcott. — Você sabe como adora a valsa acima de todas as outras danças. E o pobre Lorde Hodges pode estar condenado a ser um figurante se você recusar, pois a maioria das jovens não poderá dançá-la.

— A senhora expôs meu pior medo — disse ele, e ela riu e deu-lhe outra batidinha no braço e voltou seus olhos para a filha.

— Parece que devo fazer minha boa ação do dia e valsar com você, então — respondeu Elizabeth.

Ela não contara à mãe sobre o acordo particular que tinham? Ele se perguntava por que não. As duas pareciam próximas.

— É a dança da ceia — ele lembrou à Elizabeth enquanto a levava para a área de dança.

— Será mesmo? Isso significa que vamos ter que conversar por meia hora durante nossa ceia? Espero que você tenha observações suficientes sobre o tempo para evitar silêncios constrangedores.

— Se eu não tiver, sempre posso recorrer a assassinar a reputação de alguns dos nossos convivas aqui.

— Ah, um homem de infinitos recursos. — Ela riu, e ele se sentiu instantaneamente feliz. Colin adorava aquela risada.

Pararam na área de dança e ficaram frente a frente, sorrindo um para o outro. Ele colocou uma das mãos atrás da cintura dela e levantou a outra para a sua. Ela a pegou e colocou a mão esquerda no ombro dele. Elizabeth cheirava bem — um aroma floral suave com toques de algo mais picante. Ele não era bom em identificar perfumes, apenas em apreciá-los — ou não. A maioria das garotas com quem ele dançava enfatizava demais o floral.

— Eu me pergunto — disse ele — se haverá palmas, batidas de pé e alguns gritos entusiasmados esta noite.

— A pobre Lady Dunmore desmaiaria e nunca mais levantaria a cabeça em público.

A música começou naquele momento, e ele a girou nos passos da valsa, notando, como havia feito no dia após o Natal, como ela era leve em seus braços, como sua coluna arqueava sob a mão dele, como ela acompanhava sua condução sem vacilar e sem fazê-lo temer que acabasse pisando-lhe os sapatos de dança ou que ela fosse tropeçar nos sapatos dele.

Havia outros casais valsando, embora não tantos quanto nas outras danças. A maioria das pessoas muito jovens estava de lado assistindo e tentando não demonstrar anseios. Ross Parmiter valsava com Lady Jessica Archer; John Croft, com a srta. Cowley, a primeira parceira de Colin naquela noite — e, por mais interessante que fosse, olhando para ela como se estivesse prestes a se apaixonar. O salão de baile cheirava como um jardim. O ar fresco soprava pelas janelas francesas abertas ao longo de um lado do salão. A luz das velas dos lustres acima parecia girar com o ritmo da dança.

Entretanto, depois de um ou dois minutos, Colin parou de notar seu entorno. Até esqueceu a facilidade com que dançavam juntos, ele e Elizabeth. Sentia apenas a euforia de valsar com uma parceira que amava a dança como ele e se movia em seus braços como se pertencesse àquele lugar. Ela dançava com um leve sorriso no rosto, mais sonhador do que deliberado, uma espécie de sorriso de Mona Lisa. E era assim que a dança deveria ser sempre, ele pensou. Poderia continuar por todo o resto da noite, até onde lhe dizia respeito. O círculo de seus corpos e o espaço entre eles eram um mundo quente e particular dentro de um mundo maior de cores, música e dança.

Contudo, inevitavelmente a música chegou ao fim.

— Nós combinamos, não foi, Lady Overfield — disse ele, ao pararem de dançar, mas sem se soltarem imediatamente um do outro —, que valsaríamos em todos os bailes da temporada?

— Combinamos sim, Lorde Hodges — ela respondeu, o sorriso sonhador se desvanecendo para ser substituído por seu brilho habitual. — E vou cobrar essa promessa. Você valsa melhor do que qualquer outro parceiro que já tive. Mas, por favor, não diga isso ao meu irmão.

— Meus lábios estão selados. — Ele ofereceu o braço para conduzi-la até a sala de jantar e ficou muito feliz por ter escolhido essa valsa em vez da outra mais tarde. Ele se sentia feliz e despreocupado, como não se sentia desde que deixara o campo. Por um tempo, poderia esquecer o peso de sua tarefa autoimposta de reorganizar a vida e simplesmente aproveitar a companhia de uma mulher elegante e bonita.

E vou cobrar essa promessa. Ele se sentia lisonjeado. Não — ele se sentia *honrado*.

— Vamos fazer com que seja a *primeira* valsa de cada baile, certo? — disse ele.

Os olhos dela sorriram calorosamente quando encontraram os dele.

— Que seja a primeira — ela concordou.

Lady Dunmore devia estar se sentindo muito gratificada, pensou Elizabeth enquanto entravam na sala de jantar. As cadeiras estavam bem próximas em cada lado das duas longas mesas, e todas haviam sido ocupadas, tanto quanto ela podia ver. Várias mesas menores tiveram que ser dispostas ao redor do perímetro da sala para acomodar os convidados restantes. Colin a colocou em uma dessas mesas, e ela ficou secretamente contente.

— Nunca gostei muito de valsar nos bailes de Londres — contou ele, sacudindo seu guardanapo de linho e colocando-o no colo.

— No entanto, é justamente a dança que você se comprometeu a dançar comigo em cada baile da temporada?

— Oh. — Ele olhou para ela, surpreso, e então riu. — Nunca gostei muito, antes desta noite. Sempre foi uma tarefa árdua. Nós nos sentimos obrigados a nos lembrar dos passos e executá-los com precisão e elegância, guiar o parceiro sem pisar em seus sapatos de dança ou colidir com outro casal, e... como se tudo isso não fosse suficiente... conversar com a pessoa também.

— Mas você não conversou comigo — ela apontou enquanto colocava uma variedade de salgadinhos e doces em seu prato a partir da seleção no meio da mesa.

— Não conversei, não é? — ele concordou. — Viu só? Sou um fracasso abjeto, mas me senti confortável o suficiente com você para simplesmente aproveitar a dança. Eu sabia que aproveitaria, no entanto. Por isso pedi para valsar com você em todos os bailes.

Confortável. Não havia muito romance nessa palavra, não é? Mas por que deveria haver?

— E você não pisou nos meus pés nenhuma vez.

Ele fez uma careta.

— Fiz isso uma vez. A primeira vez que valsei em público. Minha parceira era uma verdadeira dama, no entanto. Ela desconsiderou minhas desculpas profusas com a garantia sorridente de que não era nada, mas por toda a meia hora seguinte eu podia ver que ela estava rangendo os dentes em agonia mortal.

Os dois riram enquanto ele enchia seu próprio prato, mas foram interrompidos antes que ele terminasse, quando Lady Dunmore veio apressada até a mesa deles.

— Lorde Hodges — disse Lady Dunmore, parecendo mortificada —, o senhor realmente não deveria estar em uma dessas mesas, afastado dos outros convidados. Há um lugar vago perto da mesa principal. Permita-me colocá-lo lá.

Colin olhou para Elizabeth.

— Estou perfeitamente contente aqui com Lady Overfield, senhora — assegurou ele.

Ela se voltou para Elizabeth, como se a notasse pela primeira vez.

— Ah — disse. — Ora, onde podemos colocá-la, Lady Overfield? Talvez mais perto da sra. Westcott? — Ela olhou ao longo de uma das mesas.

— Por favor, não se preocupe, senhora — pediu Colin, com uma nota mais firme na voz. — Lady Overfield e eu estamos perfeitamente felizes com a companhia um do outro. Somos, afinal, quase irmãos. Minha irmã é casada com o irmão dela.

— Ah, sim, claro — respondeu ela. — Muito bem, então, mas o senhor realmente deveria ter sido direcionado de maneira mais apropriada ao entrar na sala de jantar. — Ela se afastou, claramente irritada com seus criados.

— Eu acredito — falou Elizabeth — que você foi aprovado como pretendente à mão da srta. Dunmore. Está feliz com isso?

Ele pensou.

— Ela parece ser uma jovem doce, embora um pouco tímida. Conseguir que ela contribua com mais de uma ou duas palavras para uma conversa é um pouco como arrancar dentes.

— Mas ela é muito bonita — insistiu Elizabeth.

— Ela é — ele concordou. — Demais.

— Você está fazendo o que pensou em fazer no Natal, então? — ela perguntou. — Está procurando uma noiva?

— Suponho que sim. Parece frio e calculista, mas acho que não se pode ter uma esposa sem primeiro procurá-la.

Ele olhou para Elizabeth.

Por um momento, ela sentiu uma pontada de inveja. Se ao menos tivesse dez ou quinze anos a menos... mas mesmo quando era jovem, não era conhecida por sua beleza. Não teria sido páreo para alguém como a srta. Dunmore. Na verdade, ficou surpresa quando Desmond começou a cortejá-la, pois ele era um homem bonito, muito procurado por outras damas.

— E quanto a Sir Geoffrey Codaire? — perguntou ele. — Ele foi seu parceiro na primeira dança, e eu o frustrei para a valsa. Ele estava vindo em sua direção, e eu corri para alcançá-la primeiro.

— Oh, você não fez isso — protestou ela, rindo. — Que espetáculo teria feito de si mesmo.

Ele sempre parecia particularmente juvenil — e impossivelmente atraente — quando sorria, como agora. Então ele ficou sério outra vez.

— Ele é o homem com quem você vai se casar?

— Céus. Não há nenhuma proposta na mesa. — Ela lançou um olhar para onde Sir Geoffrey estava sentado, conversando com Sir Randolph Dunmore em uma das mesas longas. Por acaso, ela encontrou seu olhar e sorriu.

— Mas houve e haverá novamente? — Colin perguntou. — Foi ele quem a pediu em casamento no ano passado? E me convide a cuidar da minha própria vida se estou sendo ofensivo.

— Ele foi de fato gentil o bastante para pedir minha mão ano passado — admitiu ela. — Se repetirá a oferta este ano, ainda não se sabe. É totalmente possível que aceite minha palavra e se contente em ser meu amigo.

— E você ficaria desapontada?

Ficaria? Não sabia quais outras perspectivas poderia ter. Um dos outros cavalheiros que mostrara algum interesse no ano anterior parecia tê-lo perdido neste. Ele estava ali esta noite e não havia se aproximado dela. Os outros não estavam presentes e talvez nem estivessem na cidade. Além disso, nenhum deles havia entrado em algo que pudesse, de forma honesta, ser descrito como fazer a corte.

— Ele é um cavalheiro digno — afirmou ela.

— E a dignidade é importante para você — emendou Colin. Não era uma pergunta.

— Sim, claro. É de primeira preocupação, na verdade. Se eu me casar novamente, deve ser com alguém em quem posso confiar.

— Confiar para fazer o quê? — perguntou ele, inclinando-se para trás de modo que um criado pudesse lhes servir o chá.

Elizabeth esperou até que o homem tivesse se movido para a mesa seguinte.

— Para permanecer digno pelo resto de nossas vidas. Não posso ser mais específica do que isso, receio.

— Quer que sua vida seja previsível, então.

— Sim, quero. — Ela suspirou. — Parece terrivelmente enfadonho, não? Mas a previsibilidade entediante tem suas atrações, Colin, quando se tem trinta e cinco anos e se experimentou todos os perigos da imprevisibilidade. Eu saberia no que estaria me metendo com Sir Geoffrey e o que esperar.

— Você não quer nenhuma risada? Ou nenhuma alegria?

— A dignidade exclui essas coisas? — perguntou ela. Embora, na verdade, não pudesse imaginar rir com Sir Geoffrey. Ou sentir alegria com ele.

— Você foi feita para a alegria, Elizabeth. Lembra-se do Natal?

Ela lembrava-se bem demais. Destacava-se do restante de sua vida nos últimos anos — talvez de todo o resto de sua vida.

— Nem todos os dias podem ser Natal.

— Talvez devessem ser — contrapôs ele, e ela pensou nostalgicamente em guerras de bolas de neve, descidas de trenó e beijos na neve.

— E quanto a você? — indagou ela. — Você dançou todas as músicas até agora esta noite, cada vez com uma parceira diferente. Encontrou mais alguém além da srta. Dunmore por quem tenha algum interesse especial?

— Gostei de dançar com todas elas, embora mais com você do que com qualquer outra. Não senti a flecha do Cupido penetrar meu coração, se é isso o que quer dizer, nem mesmo com a srta. Dunmore. Na única vez que olhei para o salão de baile e me vi hipnotizado por alguém especial, essa pessoa era você.

Os olhos de Colin estavam sorrindo, e Elizabeth riu. Era uma piada fraca. Mesmo assim, ela se sentiu triste, pois o mesmo havia acontecido com ela quando o avistara na fila de recepção e percebera que ele realmente tinha vindo. Como se a presença dele fosse motivada somente por ela e por sua promessa de dançarem uma valsa juntos. Como se ela tivesse vindo àquele evento por nenhuma outra razão.

Deveria estar pensando em Sir Geoffrey naquela noite e em seu futuro. Deveria estar pensando em segurança, confiança e bom senso, não lamentando ter nascido quinze anos cedo demais.

— Quais qualidades você está procurando? — perguntou ela. — Beleza e doçura de caráter?

— Mais força de caráter, suponho. Ser minha esposa não será fácil.

— Você planeja ser um tirano mal-humorado, então?

— Espero que não. Não, o que eu quis dizer é que ser minha baronesa não será fácil. Não nas circunstâncias.

As circunstâncias eram a mãe dele, supôs ela, e o fato de que ele ainda não havia realmente assumido sua herança e colocado a marca de seu próprio caráter nela.

— Não vou a Roxingley há oito anos — contou ele. — Minha mãe mora lá.

Sim. A moça que ele escolhesse como esposa enfrentaria dificuldades. Precisaria de grande força de caráter. Não seria invejada — exceto por causa do noivo.

— Elizabeth. — Ele se inclinou de leve para a frente sobre a mesa, o sorriso agora desaparecido de seus olhos. — Diga-me como encontrar uma mulher exatamente como você.

O coração dela deu um salto. Seu estômago também. Os olhos de Colin, fixos nos dela, estavam mais sérios do que nunca. Ela pousou a xícara no pires, cuidadosa para não fazer barulho. Estava grata por não ter bebido muito ou comido nada.

— Bem, vejamos. Primeiro, não há ninguém *exatamente* como eu. Há apenas eu. — O que ele via quando olhava para ela? Uma mulher madura que tinha todas as respostas da vida? — Além disso, tenho anos de experiência de vida que as jovens entre as quais você está procurando uma esposa não podem ter. Elas aprenderão, no entanto. Nenhum de nós pode escapar dos altos e baixos da vida, e todos ganhamos muito mais com a experiência do que com qualquer conselho que ouvimos de entes queridos ou lemos em qualquer livro.

Ele a observou por longos momentos antes de dizer algo.

— As meninas são criadas para o casamento, não são? — disse ele. — Para serem esposas e desempenharem os deveres de esposa, incluindo administrar a casa conjugal.

— São.

— Por que não se rebelam?

— Porque somos criadas para acreditar que é isso o que queremos.

— E é? — Ele franziu a testa. — O que *você* queria, Elizabeth?

— Casamento. — Ela sorriu. — E felizes para sempre.

— Sinto muito que não tenha dado certo para você — disse ele, procurando os olhos dela com os seus. — E agora você quer casamento outra vez com um sujeito chato e sólido?

Parecia certa loucura, quando havia coisas como risos e alegria no mundo, mas eram coisas fugazes e nem sempre disponíveis. Solidez de caráter era algo em que se podia confiar.

— Quero minha própria casa — contou ela. — Quero fazer parte de um casal para não me sentir solitária em eventos como os Natais em família. Quero... espero... ter filhos.

— Sua necessidade é emocional, mas você procura segurança e confiabilidade. Minha necessidade é prática, mas eu sonho com o amor.

Eu gostaria de estar apaixonado pela mulher com quem viesse a me casar, mas há muitas outras considerações que suponho serem mais importantes. Sonho com perfeição, Elizabeth. Você não sonha.

Ela se sentiu arrasada. Claro que ela sonhava. Oh, *claro* que sim. Será que ele não entendia que mesmo suas esperanças modestas poderiam estar além do alcance se ninguém a pedisse em casamento? Ninguém em quem ela pudesse confiar, de qualquer maneira.

— Estou sendo um estúpido insensível, não estou? — disse ele, quando ela não respondeu. — Suponho que você preferiria estar perdidamente apaixonada por Codaire, se fosse possível. Fiz você parecer infeliz no meio de um baile, quando deveria estar fazendo você sorrir. Vamos falar de outra coisa. Recebi uma carta de Roe esta manhã... de Wren. Ela me disse que Alexander continua insistindo que o bebê sorri para ele, quando ela sabe muito bem que são apenas gases.

— Ah. Que fofura. Eu os invejo muito.

— Porque estão casados e apaixonados? Porque têm um filho? Eu deveria estar mudando de assunto.

— Perdi duas gravidezes durante meu casamento — contou ela. E, meu Deus, ela não tinha o hábito de falar sobre isso. Nunca *isso*. Nem mesmo com sua mãe.

— Talvez — falou ele, após um breve silêncio, sua voz baixa e gentil sob o burburinho de conversas nas mesas longas, e estendeu a mão para cobrir a parte de trás de uma das mãos dela —, você tenha melhor sorte com Codaire ou com qualquer um dos pretendentes com quem escolha se casar. Você teve vários parceiros de dança esta noite. Todos os solteiros entre eles devem perceber que tesouro perfeito você é.

— Deveras? — Ela sorriu para ele.

— Sim, deveras — ele assegurou. — Sou solteiro e dancei com você. E *eu* percebi.

— O senhor é gentil e galante, milorde — disse ela, com leveza, ainda sorrindo, embora sentisse como se seu coração estivesse prestes a se partir.

— O que eu sou é alguém que está maravilhado com você, Elizabeth.

Quanto mais aprendo sobre você, mais a respeito e admiro. Você tem uma força de caráter incrível. Ainda acho que devo me casar com você. E que você deveria se casar comigo. Isso resolveria os problemas de ambos. Nós podemos confiar um no outro, não podemos?

Os olhos dele estavam cintilando, ela viu quando olhou para eles, mantendo seu próprio sorriso no rosto.

— Acredito que da última vez que me disse que eu podia confiar em você, você me jogou num banco de neve.

— E por acaso você pegou um resfriado mortal ou quebrou todos os ossos do corpo? — perguntou ele. — Ou algum osso?

— Não.

— Pois bem.

Eles se olharam através da mesa, sorrindo e... Havia alguma tensão subjacente no breve silêncio? Ou era apenas da parte dela? Era algo dolorosamente tentador. Algo inegavelmente sexual. E algo impensável. Santo Deus, a irmã *mais velha* dele era casada com o irmão *mais novo* dela.

— Vou manter sua oferta em mente enquanto espero para ver se tenho uma melhor antes do fim da temporada.

— Bem, isso é um golpe mortal para minha autoestima — falou ele, removendo a mão de sobre a sua e recostando-se na cadeira. — Terei que continuar dançando com você e usar todo o meu charme até convencê-la de que sou o único homem para você. Confesse, Elizabeth. Não sentiu isso quando olhou através do salão de baile mais cedo, a pedido de sua mãe, e me viu? Não sentiu a terra tremer? Não ouviu violinos tocarem?

— Bem, meu Deus. Quer dizer que a terra não tremeu *de verdade*? Quer dizer que o violinista não estava realmente tocando uma melodia romântica em vários violinos?

Mas todos ao redor deles estavam se movendo. A dança devia estar prestes a recomeçar. Elizabeth dera uma mordida em um patê de lagosta durante a última meia hora e bebera um terço de uma xícara de chá. Colin não tinha feito melhor. Ele se levantou e ofereceu-lhe a mão.

— Permita-me acompanhá-la de volta ao salão de baile — convidou.

Lady Dunmore esperava por ele na porta. Ela enlaçou um braço no dele.

— Tenho certeza de que já cumpriu seu dever com a família de sua irmã para uma noite inteira, Lorde Hodges — disse ela, acenando graciosamente para Elizabeth. — Venha. Há uma jovem que devo apresentar ao senhor antes que comece a próxima dança.

Colin estava prestes a protestar, Elizabeth podia ver. Ela soltou a mão do braço dele.

— Vá — incentivou ela. — Minha mãe está a poucos passos de distância. — Como se, na sua idade, precisasse da presença constante de uma acompanhante.

Ela observou enquanto ele era levado para conhecer a moça um tanto sem graça que estava na companhia da srta. Dunmore.

Ainda acho que devo me casar com você. E que você deveria se casar comigo. Isso resolveria os problemas de ambos. Nós podemos confiar um no outro, não podemos?

Oh, Colin.

8

Não demorou muito, Colin logo descobriu, para que a notícia de que Lorde Hodges estava à procura de uma noiva se espalhasse. Durante as duas semanas seguintes ao baile dos Dunmore, ele sentiu-se quase como se estivesse constantemente entrevistando candidatas, a maioria delas pressionadas por suas mães. Era realmente bastante vertiginoso e um pouco desconcertante, pois quanto mais pensava em se casar, mais acreditava no que dissera a Elizabeth no baile. Sua baronesa teria que ser uma jovem de extraordinária força de caráter, pois sua mãe não seria uma sogra comum. Não aceitaria de bom grado ter usurpados seu nome ou sua posição como dona de Roxingley e da casa em Curzon Street.

E ele, é claro, teria que ser um marido extraordinário para impedir que sua mãe sobrepujasse a esposa. Teria que ser um homem mais forte do que seu pai havia sido — ou de como ele mesmo fora aos dezoito anos.

Em uma festa de jardim em Richmond, ele levou uma jovem para passear pelas estufas, seguindo sugestão da mãe dela, que não suportava o calor. Por um tempo, ele sentou-se em um pavilhão de verão aberto na companhia de outra jovem, cuja mãe precisava urgentemente conversar com a anfitriã. Mais tarde, no terraço fora da casa, ele se viu sozinho por dez minutos com uma jovem cuja mãe avistara uma amiga antiga e querida que não via há anos.

Logo após a mãe retornar, ele foi apresentado à srta. Madson e a levou para o rio em um dos barcos. Ela era uma garota bonita, de cabelos ruivos, que parecia inteligente e sensata. Não parecia acreditar, como muitas outras jovens, que era antifeminino falar sobre assuntos do momento ou dos livros que havia lido. Colin, remando, relaxou e aproveitou a companhia dela e até a manteve fora um pouco mais do que deveria, considerando que havia uma pequena fila de pessoas esperando sua vez nos barcos. Ele gostou da srta. Madson e se perguntou se ela gostava dele. A irmã mais velha da jovem, que a patrocinava na temporada de debutantes, esperava por ela na margem e lançou a Colin um olhar longo e especulativo.

Na noite seguinte, em uma *soirée*, ele se encontrou duas vezes por vários minutos em um *tête-à-tête* com moças antes de acabar virando páginas de partitura para a srta. Dunmore enquanto ela tocava no pianoforte. A srta. Dunmore era realmente uma beldade, e ele a considerou discretamente encantadora agora que ela havia se recuperado de sua timidez no baile de debutantes. Sua mãe observava de longe, claramente satisfeita que ele estivesse apreciando o desempenho da filha.

A irmã de Ross Parmiter — que acabava de ficar noiva e com quem Colin havia feito amizade no ano anterior — estava em Londres com sua mãe e a srta. Eglington, sua futura cunhada, para comprar roupas de noiva. Colin acompanhou a todas a uma galeria de retratos uma tarde e depois à casa de chás Gunter's para tomar sorvetes. A srta. Eglington era uma jovem amável e modesta. As damas esperavam permanecer na capital por algumas semanas, disse ela quando ele perguntou. Ele aguardava ansiosamente para revê-la.

Participou de mais alguns bailes durante essas duas semanas e dançou com Elizabeth em cada um deles. Colin gostava dessas danças mais do que de qualquer outra. Era adorável dançar com ela e adorável estar em sua *companhia*. Ele podia conversar com ela — ou não — sem qualquer constrangimento ou preocupação em buscar um assunto adequado. Como nenhuma das valsas era a dança que antecedia a ceia, ele sentiu falta da chance de conversar com ela por mais tempo.

Na tarde seguinte ao segundo dos dois bailes, ele foi até a residência na South Audley Street, esperando encontrar as damas em casa, embora soubesse que Wren e Alexander ainda não tinham chegado à cidade. Elas estavam lá, embora a sra. Westcott estivesse ocupada recebendo a sra. Radley, sua cunhada, e outras duas senhoras mais velhas. Quando Colin perguntou a Elizabeth se ela gostaria de caminhar no Hyde Park, ela pareceu feliz em aceitar.

— Eu podia ver uma bela tarde ser desperdiçada pela janela — disse ela depois de terem saído e ela ter-lhe pegado o braço.

Passearam ao longo da margem do Serpentine — eles e o que pareciam ser umas cem outras pessoas. A luz do sol cintilava na água, e as crianças brincavam na margem, algumas delas navegando barcos de brinquedo, algumas sendo chamadas por babás ansiosas, outras passando as mãos na água.

— Esperando pegar peixes — falou Colin.

— Ou fascinadas pela forma como suas mãos mudam de tamanho e forma debaixo d'água. Que diversão as crianças têm explorando seu mundo! — Ela sorriu enquanto observava, e pareceu a Colin que estava com uma expressão nostálgica.

— O que aconteceu com as suas? — ele perguntou, e desejou poder retirar a pergunta antes mesmo de que ela virasse a cabeça e olhasse para ele com as sobrancelhas erguidas. — Você me disse que perdeu duas gravidezes.

Maldita língua descontrolada — algo que parecia acontecer apenas na presença dela. Era uma pergunta terrivelmente íntima de fazer. Podia sentir-se corar. Haviam saído do caminho principal para ficarem mais perto da água. Felizmente, não havia ninguém muito perto. Mesmo assim...

— A primeira vez foi logo após eu descobrir que estava grávida — contou ela. — A segunda vez foi diferente. Ele chegou antes da hora. Muito antes. Quase poderia viver sozinho, mas não por completo. Ele não vingou. Ou nunca viveu. Pelo menos fora do útero, mas ele viveu dentro de mim. Eu o sentia o tempo todo.

— Ele? — indagou Colin, suavemente.

— Sim — confirmou ela. — Ele.

Colin tentou formular um pedido de desculpas, mas era tarde demais agora. Ela não estava visivelmente agitada. Na verdade, estava quase estranhamente controlada, mas parecia haver um mundo de dor em seu pronome escolhido — *ele*, já considerado alguém.

— Foram ambos acidentes — falou ela.

Mas havia algo na maneira como ela dissera isso que o deixou inquieto. Algo defensivo. Havia algo pior na escolha de sua palavra — *acidentes*.

— Foram mesmo?

— O segundo certamente foi. Eu caí da escada. Quebrei o braço e perdi meu filho.

Ela… quebrou o braço. Quantas vezes o havia quebrado, pelo amor de Deus?

— E foi para casa com sua mãe e seu irmão — disse ele, suavemente.

— Sim. Eu perdi o bebê lá alguns dias depois.

— Elizabeth…

— Não — interrompeu ela, puxando-o de volta ao passeio e virando-se para caminhar na direção de casa. — Foi um acidente, a queda da escada. Eu estava tentando fugir dele e fui rápido demais. Ele não me empurrou.

E a primeira vez?

— Você foi para a casa de seu pai na primeira vez? — ele perguntou.

— Sim. Mas ele não sabia sobre a minha… condição. Ninguém sabia além de nós dois. Era muito cedo. Eu tinha acabado de descobrir.

Ela não explicou exatamente quando seu primeiro aborto havia acontecido ou quão diretamente estava ligado à sua razão para fugir de casa, mas não precisava. Havia obviamente uma conexão. Oh, meu Deus, Elizabeth!

— Sinto muito pela intromissão — pediu ele. — E como qualquer tipo de desculpa é inadequada. Não tenho o direito de saber.

— E eu não tinha o direito de falar nada — disse ela, franzindo a testa. — E para um quase estranho, e um homem, diga-se de passagem. Não sei por que disse. Perdoe-me. Na segunda vez tudo foi explicado como um trágico acidente; como de fato foi. Consultei um médico em Londres depois de ter me recuperado, e ele me assegurou que eu ainda poderia ter filhos. Isso foi há sete anos. Mas… Oh, esta é uma conversa *deveras* inapropriada. Vamos falar sobre outro assunto. Você deve saber que se tornou o solteiro mais cobiçado da cidade.

— Sinto-me um pouco cerceado — ele admitiu. — E um pouco lisonjeado. Há muitas jovens adoráveis na capital, Elizabeth.

— Mas quem é especial entre elas? Seu nome é frequentemente

associado ao da srta. Dunmore. Ela é *especial*? E quem mais?

— A srta. Madson é mais sensata. E a srta. Eglington é mais recatada. E... Bem, eu poderia continuar. Nenhuma parece especial a ponto de excluir todas as outras. Talvez eu seja difícil de agradar, o que sugeriria uma horrível arrogância em mim. Não suponho que eu seja particularmente especial para ninguém também. — Ele fez uma pausa e suspirou. — Tenho um sonho, Elizabeth, de ter uma família como a sua. Quero celebrar um Natal como o do ano passado com minha própria família, mesmo que seja muito menor. Tenho uma mãe e três irmãs, cada uma com um cônjuge. Há crianças. No entanto, não funciona como uma família e não tenho certeza se algum dia funcionará. Na verdade, estou bastante certo de que não. Definitivamente não, se eu não trabalhar muito para que isso aconteça. E isso envolve escolher a esposa certa, mas que jovem recém-saída da escola poderia possivelmente lidar com... Bem, com minha mãe?

Ela inspirou para falar, mas não o fez, talvez porque não houvesse nada a dizer.

— Mas já basta sobre mim — disse ele. — E você? Codaire parece ser um pretendente definitivo. Ele exala um ar de propriedade quando está perto de você. Ele é especial, Elizabeth?

— Ele é muito atencioso. É lisonjeiro.

Mas não dissera que ele era especial.

E então ele viu a carruagem que acabava de passar pelos portões do parque para a estrada principal — branca, dourada, ornamentada e puxada por quatro cavalos brancos. Como uma carruagem de conto de fadas conduzindo uma rainha de fadas indo e voltando de seu palácio encantado.

— Lady Hodges — anunciou Elizabeth.

— Sim — confirmou ele. Sua mãe, como se suas palavras de alguns momentos atrás a tivessem invocado.

Eles estavam a alguma distância, e havia muitas outras carruagens e pedestres para se esconderem entre eles. Havia quatro batedores, dois de cada lado da carruagem, cavalos pretos montados por jovens mancebos vestidos de preto. Meu Deus. Oh, meu Deus. Era como um desfile de circo.

Ele poderia morrer de vergonha. E todo o séquito estava chamando atenção, como sempre fazia. Embora ele entendesse que suas aparições públicas fossem raras hoje em dia.

Colin vira sua mãe ocasionalmente durante os últimos cinco anos, pois ela sempre passava os meses da Temporada em Londres. No entanto, sempre fora de longe. Ele não ficava frente a frente com ela, nem falava com ela desde logo após o funeral de seu pai, quando tinha dezoito anos. Decidira então que nunca mais queria vê-la ou falar com ela novamente. Tentara cortar todos os laços, esquecê-la, seguir sua própria vida sem ela. Claro que isso não podia ser feito de modo indefinido. Não quando ele era o único filho restante, o barão Hodges de Roxingley, chefe da família, dono de todas as propriedades e possuidor da fortuna. E sempre havia fofocas, algumas das quais inevitavelmente chegavam aos seus ouvidos — como naquela carta de reclamação após o Natal. Também havia sua consciência, que sussurrava que ela era sua *mãe*, e um filho deveria honrar pai e mãe.

Sua mãe sempre fora sociável, em detrimento de todos os outros aspectos da vida. Ela sempre tinha adorado se cercar de pessoas, na maioria jovens, na maioria homens, que a admiravam e prestavam homenagens exuberantes à sua beleza. Havia rumores de amantes — Lorde Ede, por exemplo, que ainda era um membro fiel de sua corte, embora já não fosse jovem —, mas Colin nunca soubera, nem queria saber, a verdade a esse respeito. Ela sempre adorara se divertir com grandes festas no campo, e às vezes ele e seus irmãos e irmãs — com exceção de Wren — eram trazidos do andar do quarto das crianças a fim de serem exibidos para a admiração dos convidados. Os próprios convidados, Colin entendeu depois de crescer, não eram sempre ou sequer frequentemente escolhidos entre os elementos mais respeitáveis da sociedade.

Os tempos haviam mudado, claro. Ela agora evitava bailes e qualquer entretenimento onde estivesse exposta à luz crua e pouco lisonjeira dos candelabros. Em vez disso, escolhia lugares e ocasiões onde poderia ser vista sob uma luz suave e favorável e manter-se a certa distância daqueles que a observavam. O teatro e a ópera estavam entre seus locais favoritos. Lá, ela podia chegar tarde, depois que todos já estivessem sentados, fazer uma entrada triunfal e sentar-se em seu camarote particular, onde seria vista de longe. Estava sempre acompanhada por jovens que disputavam entre si o privilégio de servi-la. E quase sempre tinha Blanche ao seu lado — a irmã mais velha de Colin — com Sir Nelson Elwood, o marido desta. Blanche era uma parte essencial do cenário — loira e extremamente bela, mas não mais bela que a mãe. E, de longe, frequentemente parecia a mais velha das duas.

Em uma ocasião, Colin testemunhou o espetáculo antes de fugir. Ela causara um alvoroço. Pois, embora agora devesse estar perto dos sessenta anos ou até ter mais, ela parecia uma garota. No entanto, mesmo a distância, era óbvio para ele que o cabelo loiro, bufante, ondulado e arrumado em cachos perfeitos, não era dela, e que a cor juvenil nas bochechas e nos lábios e o brilho escuro dos longos cílios se deviam mais aos cosméticos, aplicados em abundância, do que à natureza. Até mesmo os próprios cílios eram visivelmente falsos. A atenção que ela inspirava, principalmente dos homens na plateia — aplausos, assobios, vaias, reverências cortesãs e beijos soprados das pontas dos dedos —, continha tanta zombaria quanto homenagem genuína. Ou assim parecia ao filho mortificado. Pois ela parecia uma caricatura de uma jovem, em vez de *ser* a coisa real.

E em raras ocasiões, como hoje, ela passeava de carruagem no parque na hora da moda, suntuosamente vestida de branco, com o rosto velado enquanto acenava para conhecidos e até recebia alguns favorecidos na janela aberta. Blanche geralmente estava ao seu lado.

Colin não sabia se era o caso naquele dia. A carruagem passou sem diminuir a velocidade, e ele respirou fundo de alívio.

— Vocês estão completamente afastados? — Elizabeth perguntou.

— Não falamos nem ficamos frente a frente há oito anos. Logo após os convidados deixarem a casa depois do funeral de meu pai, no qual ela estava envolta em preto, ela apareceu na sala de estar em seu habitual branco, exigindo que eu a ajudasse a escrever convites para uma festa em casa. Ela precisava se animar, disse-me quando protestei. E quando perguntei como pareceria se ela realizasse uma de suas festas tão logo após a morte de meu pai, ela acariciou minha bochecha como se eu ainda fosse uma criança e disse que eu era um doce inocente. Era o que todos esperariam dela, disse-me. Decerto ela não ia perder um ano de sua vida e sua juventude vestida de preto e andando por aí com um rosto sombrio e vivendo em uma casa silenciosa. Tentei impor a lei, mas a lei, ao que parecia, não estava do meu lado. Eu era Lorde Hodges de Roxingley, possuidor de tudo que acompanhava o título, mas também era menor de idade. Três tutores garantiriam que pelos três anos seguintes eu vivesse minha vida com sabedoria... de acordo com o que minha mãe considerava sábio, como entendi. Então fiz o que um jovem de dezoito anos faria. Lavei minhas mãos de tudo e deixei o lar, para nunca mais voltar.

— Exceto que agora você pretende fazer exatamente isso — disse ela enquanto atravessavam a rua e seguiam pela South Audley Street.

— Não será fácil.

— Quer entrar? — ela perguntou quando chegaram a sua casa.

— Não, obrigado. Já tomei muito do seu tempo. Desculpe se a perturbei ao remexer em velhas memórias. E não é uma questão de "se", há? É uma *certeza*. Desculpe tê-la perturbado. E desculpe por ter cometido o erro de pensar que sua serenidade indicava uma mulher que nunca conhecera grandes transtornos na vida. Tenho muito a aprender. Como você suporta minha presença?

Ela colocou a mão na dele, que a levou aos lábios.

— Suporto porque você se importa. Você poderia facilmente se tornar arrogante, Colin. Tem todos os fatores que costumam provocar a arrogância, mas se importa com os outros. Até, eu acho, com sua mãe. Você não pode simplesmente passar por cima dela e impor sua vontade agora que é capaz, pode? Em vez disso, busca uma solução que atenda a todos, incluindo sua mãe e sua futura esposa.

— Suponho que seja um sonho impossível, não é? — ele disse com pesar. — Será que alguns problemas simplesmente não têm solução, Elizabeth?

— Não sei — ela respondeu. — Essa é uma pergunta muito difícil. Obrigada pelo passeio. Obrigada por ouvir. Colin... — Ela hesitou. — Escolha alguém por quem você possa *realmente* se importar. Alguém que você possa amar. Não apenas alguém que você acredita capaz de preencher o papel de baronesa.

— E ainda assim — ele prosseguiu, sorrindo para ela —, você escolheria apenas com a mente, sem nenhuma referência ao seu coração.

— Meu caso é diferente do seu.

— Porque você é idosa e já passou da idade para o amor e para o romance? — insistiu ele.

Ela riu de leve.

— Algo assim.

— Você pode ser tão tola às vezes... apesar de sua experiência e sabedoria superiores. Você não é idosa ou sequer está perto disso. E foi feita para o amor. E provavelmente até mesmo para o romance.

— E para o riso e para a alegria? — indagou ela, e ele se lembrou de ter usado essas duas palavras com ela no baile dos Dunmore.

— Sim, e isso também — confirmou ele. — Por favor, não faça algo de que vá se arrepender para sempre só porque acredita que sua vida já passou.

Certamente ela se arrependeria de se casar com Codaire. Ele era um velho seco, para dizer o mínimo. Embora talvez fosse o homem perfeito para ela. O que ele sabia? Tudo o que sabia era que queria que ela encontrasse e experimentasse todas as coisas boas que a vida tinha para oferecer. Se *ele* fosse Codaire, espalharia a lua e as estrelas e tudo o que era brilhante no universo aos pés dela.

Ele beijou novamente as costas da mão dela e se despediu. Esperou até que ela fosse admitida na casa e então fez seu caminho de volta pela rua. Se Overfield ainda estivesse vivo, Colin pensou, seria um grande prazer confrontá-lo. Seu consumo incontrolável de álcool era uma doença, Elizabeth acreditava. Talvez fosse, mas ela era muito gentil em seu julgamento. Nada — *nada* — poderia desculpá-lo por seu abuso à esposa. Nada poderia desculpá-lo por matar seus dois filhos enquanto ainda estavam no ventre dela.

Deus todo-poderoso. Elizabeth!

Ele não era digno de beijar a barra das vestes dela.

— Infelizmente, eu estava enganado — disse Lorde Ede, abrindo a tampa de sua caixa de rapé e se preparando para uma pitada. — Errei por um dia.

— Um erro é um erro, Ede — falou Lady Hodges, sua voz doce soando um pouco petulante. — Agora terei que sair dois dias seguidos. É muito inconveniente. E isso será comentado.

— Mas é claro. O *ton* estará em êxtase. Com que frequência você é vista duas vezes em dois dias?

Ela afastou com a mão branca e esguia o leque que um jovem cavalheiro agitava diante de seu rosto.

— Tem certeza de que é amanhã, Ede?

— Absolutamente. Se o tempo permitir, eu ousaria dizer. A deleitável srta. Dunmore. Na hora da moda. No cabriolé dele.

— Ela *é* mesmo deleitável? — ela perguntou. — Absolutamente linda? A mais procurada beldade da Temporada?

— Estão dizendo — afirmou ele, uma das mãos pairando sobre a caixa de rapé enquanto parecia se concentrar em seu conteúdo — que ela é mais linda do que qualquer outra nesta Temporada ou na anterior, ou mesmo em qualquer temporada desde... Quando foi que você fez sua estreia?

— Alguns anos atrás — disse ela.

— Até alguns anos atrás, então — completou ele, antes de pegar uma pitada de rapé no dorso da mão e cheirá-la em cada narina.

— Todos disseram, quando fiz minha estreia, que minha beleza era insuperável na memória viva — prosseguiu ela. — Alguns disseram que permaneceria insuperável por muitos anos.

Lorde Ede espirrou em seu lenço.

— Eles estavam certos — assegurou ele.

O rapaz com o leque e aquele do outro lado de sua cadeira que segurava seu lenço de renda caso ela precisasse haviam murmurado concordância.

— Mas ela é bela, essa srta. Dunmore? — ela insistiu. — E ele foi visto cortejando-a várias vezes? E vai levá-la para passear no parque amanhã? E ele realmente está em busca de uma noiva, Ede?

— Deixe-me ver. Quatro perguntas, todas com a mesma resposta. Um simples *sim*. Eu cometeria um erro ou contaria uma mentira?

— Você estava enganado hoje — ela lembrou a ele. — Ele estava no parque. Eu dei uma olhada nele. Não foi, Blanche? Mas não com ninguém que poderia ser a srta. Dunmore ou qualquer outra jovem elegível. Eu a reconheci. Era aquela criatura desbotada. Irmã de Riverdale. Blanche?

— Lady Overfield, mãe — respondeu Blanche.

— Lady Overfield — Lady Hodges repetiu. — Por que ele desperdiçaria seu tempo assim enquanto está em busca de uma noiva? — Ela tamborilou os dedos perfeitamente manicurados de uma mão no braço de veludo cor-de-rosa de sua poltrona de veludo cor-de-rosa e olhou ao redor de sua sala de estar cor-de-rosa com insatisfação. — Sem companhia hoje quando poderia ter havido, afinal. E agora a reunião de amanhã terá que ser cancelada. Porque meu filho está escolhendo uma noiva e deve ser guiado na direção certa. Ele deve escolher a moçoila mais bela que houver. Não posso permitir menos que isso. Seria muito humilhante. E depois que ele se casar com ela, Blanche, seremos um trio de beldades e teremos corte aqui e em Roxingley. Eu diria que seremos famosas.

— Você deve querer dizer *mais* famosa — disse Lorde Ede. — Se isso for possível.

— Creio que sim — concordou Lady Hodges, docemente. — E imagino que as pessoas vão me bajular, como sempre fazem, e fingir que a srta. Dunmore deve ser minha irmã.

— De fato — falou o lorde.

— Sua irmã *mais velha* — murmurou o jovem com o lenço.

— E meu querido Colin estará de volta ao convívio finalmente — prosseguiu ela, seus olhos sonhadores. — Ele sempre foi mais bonito que Justin, porém mais inconstante. Eu o deixei livre, mas agora ele voltará. Como será adorável. Um casamento no fim da primavera em St. George's e uma grande festa no pavilhão de verão em Roxingley.

— Não são todas grandes? — perguntou Lorde Ede. — Com você presidindo?

— Mais grandiosa. Esta será uma festa da qual todos falarão por anos, Ede, e todos saberão antecipadamente e clamarão por convites.

— Um cavalheiro poderia esperar ser um dos destinatários sem precisar clamar?

— Você não deveria — disse ela, virando os olhos para ele e olhando-o criticamente. — Você está envelhecendo, Ede: rosto marcado, cabelos brancos. Eu gostaria que você pintasse o cabelo e usasse alguns cosméticos discretos. No entanto, você ainda é bonito. *Distinto* é a palavra que as pessoas usam, acredito.

— Nem todos somos eternamente jovens como você — respondeu ele, fazendo-lhe uma reverência zombeteira.

— Verdade. Agora, vá embora. Estou cansada de você. E preciso descansar antes do jantar. Não gostaria de parecer acabada, mesmo que não vá receber convidados esta noite.

— *Acabada?* — O mancebo com o lenço pareceu chocado.

— Impossível — murmurou seu colega com o leque.

Lorde Ede se retirou.

9

Sir Geoffrey Codaire era atencioso sempre que ele e Elizabeth se encontravam. Às vezes era por acaso, como na Bond Street uma tarde em que ela e sua mãe estavam fazendo compras e ele as convenceu a acompanhá-lo para chá e bolos em uma casa de chá próxima. Outras vezes se encontravam por convite, como quando ele a acompanhara a um jantar oferecido por um vizinho do campo que estava na cidade por alguns dias com sua esposa. Ele estava em todos os bailes que ela frequentava e dançava com ela em cada um.

Elizabeth sempre o achava cortês e previsível. Ele nunca se tornava inconveniente. Não deteve a ela e sua mãe por mais de meia hora na casa de chá, sabendo que tinham mais compras a fazer antes de voltarem para casa. Ele a buscou pontualmente na noite do jantar e a devolveu a uma hora apropriada. Nunca pedia uma segunda dança em um baile, embora às vezes viesse para ficar com ela quando ela não estava dançando com outra pessoa. Elizabeth sentia cada vez mais que se casar com ele seria o sensato a fazer se ele pedisse sua mão novamente.

Ela conheceu outra pessoa. Certa noite, tia Lilian, cunhada de sua mãe, a apresentou ao sr. Franck em um concerto privado, e ele sentou-se ao lado dela e a envolveu em conversa entre as apresentações. Ele lhe trouxe refrescos durante o intervalo enquanto a mãe e tia de Elizabeth foram falar com amigas mútuas do outro lado da sala. Ele era viúvo havia três anos, com dois filhos na escola. O mais novo havia se juntado ao irmão lá naquele ano, o que deixara seu pai inquieto. Por isso sua decisão de passar um mês ou dois em Londres, algo que não fazia havia vários anos. Era um homem de aparência agradável, aproximadamente da idade dela, Elizabeth estimou, com uma disposição amigável e uma postura modesta.

Ele a visitou duas tardes depois, no dia seguinte a ela ter saído para caminhar com Colin. O sr. e sra. Latchwick, vizinhos de Kent, estavam lá também, e o sr. Franck se mostrou agradável com todos até que Sir Geoffrey Codaire foi anunciado. Pouco depois disso, o sr. Franck se levantou para se despedir depois de perguntar se Lady Overfield pretendia estar no baile de Lady Arbinger naquela noite e, ao receber resposta afirmativa, se ela teria a honra de reservar a primeira dança para ele.

Sir Geoffrey tomou chá antes de perguntar a Elizabeth se ela gostaria de passear no parque com ele mais tarde, durante a hora da moda. Ela hesitou, pois havia o baile durante a noite e já tinha sido uma tarde um tanto agitada, mas o dia estava lindo novamente e ela não tinha colocado os pés para fora de casa durante todo o dia.

— Seria agradável — respondeu ela. — Obrigada.

Ele retornou pontualmente na hora marcada e a ajudou a subir no cabriolé diante de sua porta.

— Que dia lindo está fazendo — disse ela enquanto partiam para o parque próximo.

— Realmente — ele concordou. — Os Latchwick parecem ser um casal amável.

— São, sim — ela contou-lhe. — Somos muito afortunados com todos os nossos vizinhos em Riddings Park.

— Ter vizinhos amigáveis é realmente importante. Também sou afortunado nesse aspecto. Franck parece ser um sujeito bastante agradável também. Entendo que ele tem estado solitário desde a morte da esposa e que está um pouco fragilizado.

— Fragilizado? — Ela levantou as sobrancelhas.

— É a palavra exata com que ele foi descrito para mim pela esposa de um conhecido meu — ele esclareceu. — Seria lamentável se alguma dama brincasse com seus sentimentos, já que ele considera necessitar de uma nova esposa. A dama que falou dele, no entanto, tem a firme convicção de que ele ainda não está pronto para um novo casamento, se é que algum dia estará, pobre homem. Aparentemente era muito devotado à esposa.

Elizabeth franziu o cenho enquanto seguiam para o Hyde Park e viravam entre os portões. Por que ele tinha dito aquilo? Como um aviso? Para que ela não magoasse o sr. Franck? Para que se guardasse de mágoa que *ele* pudesse lhe causar, já que não tinha um coração inteiro para oferecer? Para que *ela não se casasse com outro homem e o* deixasse desapontado?

Ele virou a cabeça e a olhou intensamente, talvez alertado pelo seu silêncio.

— Acabei de ouvir o eco das minhas próprias palavras — disse ele. — Elas me fizeram parecer um tolo ciumento. Peço desculpas. Eu não sou nada disso. Pelo menos, não sou *ciumento*. A senhora é quem deve decidir se sou um tolo.

— Essa é a última palavra que usaria para descrevê-lo.

— Obrigado. É um alívio ouvir isso.

Ela riu.

Passaram os vinte minutos seguintes locomovendo-se lentamente ao redor do circuito, sempre lotado de carruagens, cavalos e pedestres naquela hora do dia, cumprimentando conhecidos e amigos, parando para trocar mais do que algumas palavras com alguns deles, ouvindo fofocas e notícias. Elizabeth prometeu mais duas danças no baile da noite.

— Se eu não me apressar em falar — disse Sir Geoffrey enquanto afastava seu cabriolé da multidão —, posso descobrir esta noite que seu cartão está muito cheio para me acomodar. Reservará a primeira valsa para mim, Lady Overfield?

Ela hesitou apenas por um momento.

— Receio que já tenha prometido a outra pessoa algum tempo atrás.

— Ah. A segunda, então?

— Sim — confirmou ela. — Certamente reservarei essa para o senhor e aguardarei ansiosa.

Ele suspirou.

— Quem me dera não precisasse sempre vir em segundo lugar, mesmo esperando para dançar com a senhora. Será que é para o jovem Hodges que prometeu a primeira desta noite? Parece que ele gosta de valsar com sua pessoa. Suponho que não haja bastantes jovens damas que tenham recebido permissão de fazê-lo.

Mas ele estava distraído naquele momento, e ela ficou um tanto surpresa ao ver a distintiva carruagem branca com cavalos e cavaleiros se aproximando. Sir Geoffrey teve que afastar a carruagem quase totalmente da estrada. Elizabeth vislumbrou a figura de Lady Hodges, com véu branco. O quê? Dois dias seguidos?

— Por um momento — disse Sir Geoffrey, quando a carruagem e seu cortejo passaram —, pensei que fosse o príncipe regente se aproximando.

— Não. Apenas Lady Hodges.

— Ah. A famosa excêntrica. E mãe de Lady Riverdale. E de Lorde Hodges.

— Sim — confirmou ela.

Ele virou a carruagem para uma avenida mais tranquila, embora ela estivesse um pouco apressada para voltar para casa devido ao baile para o qual deveria se preparar naquela noite. Ele reduziu a velocidade e ela entendeu o que estava por vir. Não tinha certeza se estava pronta, mas quando estaria, se não agora?

— Perguntei-lhe no ano passado se ainda poderia ter esperanças — começou ele. — A senhora não me respondeu naquela época e eu escolhi acreditar que *podia* ter esperanças agora. Diga-me se prefere que eu não continue.

Chegara a hora, então, e não poderia mais adiar. Se de fato dissesse a ele que preferia que não continuasse, também deveria acrescentar que sua resposta nunca mudaria. Não poderia deixá-lo preso na espera para sempre. Seria extremamente injusto. Ele merecia algo melhor.

E ela havia raciocinado isso consigo mesma durante todo o inverno e mais recentemente ali em Londres depois de vê-lo novamente e passar algum tempo em sua companhia. Não poderia conseguir situação melhor. Ele era tudo o que poderia pedir em um marido — exceto que não havia faísca de paixão em seu relacionamento. Nenhum amor romântico. Havia ambos em seu primeiro casamento, mas onde isso a tinha levado?

Você pode ser tão tola às vezes... você foi feita para o amor... não faça algo de que vá se arrepender para sempre. Ela quase conseguia ouvir Colin lhe dizendo aquelas palavras, como se fosse no dia anterior.

— Eu não vou lhe dizer para não continuar — disse ela.

Ele se virou para olhar em seu rosto.

— Posso continuar, então? — perguntou ele. — Você *se casaria* comigo? Tenho sido devotado a você por todos esses longos anos. Permanecerei devotado pelo resto da minha vida.

Ele nunca havia falado de forma tão ardente, e Elizabeth sentiu um momento de pânico, mas havia ido longe demais agora para recuar. E sabia que, quando tivesse tempo para pensar sobre isso mais tarde, ia se sentir satisfeita por ter feito a coisa certa. Seu futuro estaria resolvido. Logo seria uma senhora casada novamente, com sua própria casa e a esperança de um filho. Talvez filhos. A vida estava lhe oferecendo uma segunda chance e ela seria muito tola se não a aproveitasse. E, desta vez, não estaria mergulhando de cabeça em nada, com estrelas nos olhos e tolices no coração — apesar do que Colin dissera.

— Aceito. Seria uma honra ser sua esposa, Sir Geoffrey.

Ele continuou a fitá-la. Era bom que a estrada à frente deles estivesse deserta.

— Você não se arrependerá — prometeu ele. — Você será minha, e eu cuidarei bem de você, Elizabeth. *Posso* ter o privilégio de chamá-la assim?

— Claro. — Ela sorriu para ele. — E eu cuidarei de você... Geoffrey.

— Acredito que devemos retornar a South Audley Street sem demora para buscar a bênção de sua mãe. Acha que ela nos dará sua bênção?

— Acho que sim — afirmou Elizabeth. — Ela pensa bem de você.

— E Riverdale? — perguntou ele. — Ele nos abençoará?

Não tinha certeza se Alex ficaria encantado. Ele tinha uma alma romântica, embora quase tivesse se visto às portas de renunciar a tudo isso um ano antes, quando as circunstâncias pareceram obrigá-lo a buscar uma noiva rica, em detrimento do amor. Felizmente — *muito* felizmente — ele encontrara tanto a riqueza quanto o amor com Wren.

Bem, ela também tivera sua chance de amar e isso não lhe servira bem.

Alex sabia. Ele ficaria contente, Elizabeth acreditava, por ela, desta vez, ter a garantia de ser bem tratada e poder conhecer a segurança e a satisfação.

— Claro que ele dará sua bênção. Ele confiará na sabedoria da minha escolha.

— Então sou o homem mais feliz do mundo — disse Sir Geoffrey, aproveitando a primeira oportunidade para mudar de direção e levá-la para casa. — Mesmo que eu não possa dançar a primeira valsa com você esta noite.

Segundo ela se lembrava, aquilo era o mais próximo de uma piada que ele já tinha dito e tornou-o mais querido para ela.

Mas ela odiava o jeito como seu coração doía um pouco quando pensava no homem com quem compartilharia aquela dança.

Colin acabara de entrar no parque e se juntara ao circuito, com a srta. Dunmore ao seu lado, quando viu o cabriolé de Codaire seguir na direção oposta. Elizabeth estava com ele, e Colin lamentou não ter conseguido prestar seus respeitos a ela. No entanto, se ela estivesse no baile daquela noite, dançaria com ela e descobriria se a havia perturbado seriamente no dia anterior ao extrair aquelas confidências sobre a perda de seus filhos. Decerto, ele próprio estava perturbado. Tivera sonhos estranhos e até pesadelos na noite anterior.

Ele se concentrou no presente para dar atenção à sua companheira. Estavam onde poderiam ver e ser vistos enquanto acenavam e conversavam com amigos e conhecidos, e talvez estivesse um passo mais próximo de fazer sua escolha. Talvez fosse melhor assim. Talvez ele precisasse de um empurrão na direção certa. A única dificuldade... qual era a direção certa?

— Olhe só — disse a srta. Dunmore, apontando para a estrada que Codaire acabara de tomar. — Parece uma carruagem de contos de fadas.

E Colin se viu encurralado. Sua mãe estava passeando pelo parque pelo segundo dia consecutivo, prestes a se juntar à multidão. Seria impossível evitá-la. Mal podia acelerar seus cavalos, pois havia outros veículos e pessoas de montaria próximos a eles. E não haveria como se esconder na multidão. Logo ficou claro para Colin e para algumas dezenas de outras pessoas que a carruagem branca ia avançando deliberadamente em direção ao seu cabriolé. Apesar de seu tamanho e da presença de quatro guardas acompanhando-a — ou talvez por causa desses fatos —, todos abriram caminho para ela. Teria sido bastante extraordinário se não fosse pelo fato de que esse tipo de coisa acontecia o tempo todo com sua mãe.

E assim ele se viu frente a frente com ela pela primeira vez em oito anos. Uma mão esbelta com luvas brancas repousava sobre a janela abaixada. Sua cabeça e seu rosto estavam cobertos por um fino véu de renda branca. Ela estava sozinha na carruagem.

— Meu estimado filho — disse ela na voz doce de menina de que ele se lembrava tão bem. — Que surpresa encantadora encontrar você aqui no parque exatamente no dia em que vim dar um passeio. Pode me apresentar sua jovem dama.

É claro que não era uma surpresa de forma alguma. Ela havia planejado aquilo, mas como sabia? Pergunta tola. Sua mãe sempre sabia de tudo, embora algum engano deva ter ocorrido para tê-la feito sair no dia anterior.

— Srta. Dunmore — falou ele com a maior relutância. — Lady Hodges, minha mãe.

A srta. Dunmore estava corando e de olhos arregalados — parecendo mais encantadora do que nunca — ao tomar consciência da apresentação.

— Muito bonitinha — disse sua mãe, os olhos fixos na garota através do véu. — Uma belezinha delicada, na verdade. E filha de Sir Randolph Dunmore, cuja linhagem é absolutamente impecável, assim como a de sua esposa. Você deve trazer a srta. Dunmore para me visitar, meu estimado. Venha para um chá em breve. É gratificante descobrir que você tem um olho infalível para a beleza, mas é o que eu esperaria do meu filho, é claro.

Meu Deus. Oh, meu Deus. Ele não conseguia pensar em absolutamente nada para dizer. E era claro que as multidões estavam tão concentradas ao redor deles que qualquer pessoa poderia ter ouvido cada palavra — e, com prazer, compartilhado com aqueles que não tinham ouvido. Isso manteria as conversas nas salas de visita animadas pelo próximo dia ou dois.

— Não vou mais prendê-los, meus queridos — declarou ela quando nem ele nem a srta. Dunmore falaram. — Casais jovens devem ficar sozinhos. — Ela bateu a mão contra o lado de fora da carruagem, que se afastou, um caminho se abrindo como que por mágica à sua frente, com um pouco de ajuda dos batedores.

Colin fechou os olhos brevemente. Sua mãe tinha vindo àquele local muito público, então, para colocar seu selo de aprovação na corte de Colin pela srta. Dunmore. Para pressioná-lo. Para aumentar as expectativas no coração dela e no de sua mãe, a sra. Dunmore, quando o incidente fosse relatado. Sua mãe sempre fora especialista em manipular pessoas em quem tinha certo interesse, e agora estava fazendo justamente isso, depois de aparentemente ter vivido sem ele por oito anos. Havia decidido se intrometer nos assuntos dele antes que ele pudesse se intrometer nos dela.

— Como ela é bonita — elogiou a srta. Dunmore, parecendo maravilhada enquanto a carruagem desaparecia de vista. — Mas não entendo como ela pode ser sua mãe. Ela deve ter sido muito jovem quando teve você. — Parecia que ela não sabia sobre os quatro irmãos mais velhos de Colin, três deles consideravelmente mais velhos.

Meu estimado filho.

... sua jovem dama.

É gratificante descobrir que você tem um olho infalível para a beleza.

E a voz. Oh, a voz jovem e melíflua.

O número de abertura já havia começado quando Colin chegou ao baile naquela noite. Ele estava atrasado, graças à animada conversa no jantar com amigos no White's. Bem, e talvez houvesse um pouco de evasão de sua parte também. Ele de alguma forma havia conseguido, quando levou a srta. Dunmore para casa mais cedo, não se deixar manipular para solicitar a mão dela para a primeira dança, enviando assim uma mensagem ainda mais direta do que já havia enviado. Ele a deixara animadamente contando para sua mãe sobre o encontro com Lady Hodges.

Ele dançou o segundo número com uma jovem apresentada por Lady Arbinger, e o seguinte com Lady Jessica Archer, que sempre parecia feliz em vê-lo, embora estivesse claro que ela não tinha nenhum interesse romântico por ele — ou por qualquer outra pessoa, na verdade. Ela falou com ele sobre o mercado matrimonial com certo desprezo.

— Aprecio não ser vista como uma mercadoria, Lorde Hodges — disse ela. — E estou imensamente aliviada pelo fato de que o senhor não me vê dessa maneira. Ou a qualquer outra pessoa, pelo que observei. O senhor é um verdadeiro cavalheiro.

A primeira valsa da noite veio em seguida. Tinha visto Elizabeth assim que entrara no salão, usando seu vestido de baile cor de prímula novamente e parecendo tão fresca quanto a primavera, com suas bochechas coradas e seus olhos brilhantes, enquanto dançava com Codaire. Colin sentiu um pouco de vergonha por ter expressado suas dúvidas sobre a escolha dela no dia anterior, quando a havia levado para passear. Realmente não era da sua conta com quem ela se casaria. Como ele poderia saber o quê ou quem a faria feliz?

Ela estava de pé agora perto das janelas francesas com sua mãe e um grupo animado de pessoas que a sra. Westcott lhe apresentou assim que ele se aproximou: eram seu irmão e cunhada, sobrinho e sobrinha, esta com o respectivo marido. Colin já fora apresentado ao sobrinho e ao marido da sobrinha. Elizabeth ainda se mostrava radiante, embora parecesse a Colin que parte de sua animação diminuíra quando ele se virou para ela e perguntou se poderia ter a honra da próxima dança.

Talvez ele realmente a tivesse ofendido.

— Sim — concordou ela. — Seria adorável. Obrigada.

— Esperei por este momento o dia todo — Colin lhe disse, com muita sinceridade, quando pisaram na área de dança.

Ela sorriu para ele, mas... havia um pouco de contenção no sorriso? Ou ele lia algo que não estava presente?

— Eu disse algo que a ofendeu ontem? — ele perguntou a ela. — Perdoe-me se foi o caso. Tenho certeza de que você sabe melhor do que eu o que deve fazer com o resto de sua vida.

— Eu não me ofendi — respondeu ela. — Mas também peço desculpas pelo que eu disse. Você deve escolher com quem deseja se casar, Colin, sem ser assediado por conselhos de alguém que presume saber melhor quem será adequado para você.

— Minha mãe veio ao parque novamente hoje — prosseguiu ele. — Ela veio deliberadamente me ver. E para expressar aos meus ouvidos e aos de um número significativo de membros do *ton* sua aprovação para eu cortejar a srta. Dunmore. — Por sobre o ombro dela, Colin viu que Codaire havia se juntado à sra. Westcott, irmão e cunhada. Presumivelmente ele não pretendia dançar. — Como ela soube sobre nós ou o fato de que estaríamos lá hoje, não faço ideia. Fico imaginando se ela esperava nos encontrar lá ontem também.

— Oh, você esteve lá hoje? — ela perguntou. — Vi Lady Hodges. Eu estava com Sir Geoffrey Codaire.

— Sim. Vocês estavam saindo quando chegamos.

— Mas você *está* cortejando a srta. Dunmore? — ela perguntou.

— Agora temo que sim.

— Você *teme*? — Ela levantou as sobrancelhas.

Mas a orquestra tocou um acorde decisivo naquele momento e Colin a tomou em seus braços e ignorou a pergunta. Pelos minutos seguintes, ele não queria pensar na srta. Dunmore, ou em casamento, ou em seu futuro como um Lorde Hodges mais seguro de sua posição. Então, entraram nos passos da valsa.

— Aguardei por isso desde o último baile — disse ele, depois que um ou dois minutos se passaram. — Posso ousar esperar que você também? — Ele sorria, tentando recuperar a confortável familiaridade que sentia na companhia dela. De alguma forma, ela estava escapando por entre seus dedos. Elizabeth parecia um pouco… distante.

Ela hesitou ligeiramente antes de responder.

— Sim, eu esperei. É adorável dançar com você, Colin.

— E você sentiria falta de nossa dança se por acaso estivesse em um baile e eu não? — ele perguntou, persistindo na tolice.

Houve uma hesitação definitiva agora.

— Colin — disse ela, enquanto ele a girava em um canto do salão de baile —, não é oficial no momento. Nenhum anúncio será feito até Alex e Wren chegarem à cidade, nos próximos dias, e algumas cartas terem sido escritas, mas estou comprometida.

Ele sentiu um pouco como se tivesse recebido uma martelada no coração. Chegou até a perder o fôlego por um momento. Mas é claro que ela estava. Era por isso que ela viera para a cidade na Temporada, e a Temporada já estava em curso havia algumas semanas. Ele sabia. Ele estava esperando por isso.

— Codaire? — perguntou.

— Sir Geoffrey Codaire, sim. Ele pediu minha mão esta tarde e eu disse sim.

Esta tarde.

Ele se forçou a sorrir.

— E você está feliz?

— Sim, estou — respondeu ela. — É o que eu queria.

— Então eu lhe desejo felicidade eterna. Com um homem em quem você pode confiar para cuidar de você como você merece ser cuidada.

— Obrigada. Eu lhe desejo o mesmo, Colin. Com a srta. Dunmore, se for ela quem você escolher. Ou com outra pessoa. Espero que encontre a felicidade que merece.

— Será que sempre recebemos o que merecemos? — ele perguntou a ela antes de puxá-la um pouco mais para perto para evitar uma colisão.

— Não. A vida nem sempre é tão organizada, mas Alex e Wren têm a felicidade que merecem, e agora eu também tenho. Tenho confiança de que você também terá.

— Você é capaz de prever o futuro, então, é?

— Oh, de jeito nenhum — afirmou ela. — Graças a Deus, mas eu sempre tenho esperança pelas pessoas que amo. — Um olhar involuntário tomou suas feições nesse momento, seguido por um evidente constrangimento e um rubor mais profundo nas suas bochechas.

... as pessoas que eu amo.

— Eu amo você, sabia? — disse ela. — Eu não poderia amá-lo mais nem se você realmente fosse meu irmão, Colin.

Ah. Ele sorriu para ela um pouco melancolicamente, e ela sorriu de volta enquanto ficavam em silêncio e aproveitavam o resto da valsa. Estavam determinados a aproveitar. Não aproveitaram de verdade de forma alguma. Talvez fosse a última deles. Ele não estava certo se ela gostaria de repetir a dose. Não estava certo se conseguiria.

Eu não poderia amá-lo mais nem se você realmente fosse meu irmão.

Por que as palavras machucaram um pouco?

Codaire ainda estava com sua mãe e o grupo da família quando a dança terminou. Colin estendeu a mão para ele.

— Entendo que devo parabenizá-lo — disse ele. — Você é um homem de sorte.

Codaire apertou sua mão, mas não devolveu o sorriso.

— De fato sou. Nossa notícia será compartilhada apenas com alguns poucos selecionados, entenda, até que o irmão de Lady Overfield e minha família tenham sido informados.

Tarde demais, Colin percebeu que não deveria ter mencionado o noivado, já que não podia se considerar um dos *poucos selecionados*.

— Seu segredo está seguro comigo — disse ele.

— Lorde Hodges é irmão de Wren — Elizabeth falou, simultaneamente — e, portanto, quase meu irmão também.

Codaire soltou a mão de Colin.

— O anúncio será feito em breve, Lorde Hodges — contou a sra. Westcott. — Mal vejo a hora. Deve haver uma festa de noivado, é claro, e haverá o casamento para planejar. Já informei a Sir Geoffrey que as preferências dele mal serão consultadas. Os preparativos para o casamento pertencem exclusivamente à família da noiva. — Seus olhos brilhavam e, por um momento, ela pareceu-se bastante com sua filha.

— E eu já lhe informei, senhora — respondeu Codaire —, que não ouvirá nenhuma objeção de mim, contanto que Elizabeth seja minha esposa no final de tudo isso.

Colin se sentiu decididamente fora de lugar enquanto os membros da família riam e olhavam carinhosamente de Elizabeth para Codaire e de volta uma vez mais. Ele fez uma reverência e se afastou. Na verdade, não parou de andar até estar fora do salão de baile, e então pausou apenas o suficiente para decidir que não tinha absolutamente nenhum desejo de voltar lá para dentro. Ele seguiu seu caminho escada abaixo, embora ainda fosse cedo, pegou chapéu e capa de um criado e saiu da casa. Ele estava grato por ter vindo a pé e não ter que esperar por uma carruagem.

Então Elizabeth ficara noiva do homem de sua escolha.

Estava feliz por ela.

A srta. Dunmore estava naquele baile. A srta. Madson também. Ele parou na calçada por um momento, mas não, ele não havia solicitado a mão de nenhuma delas antecipadamente para uma dança naquela noite e, portanto, não estava sob nenhuma obrigação de ficar. Havia uma diferença, é claro, entre obrigação e expectativa, e ele não tinha dúvidas de que Lady Dunmore, em particular, esperava que ele dançasse com sua filha depois do que havia acontecido no parque naquela tarde.

Então deveria voltar?

Não havia motivo na terra pelo qual ele não deveria. Elizabeth contara sobre seu noivado porque ele era um parente próximo da família, e era perfeitamente natural que ele parabenizasse Codaire depois que a dança terminasse. A irritação óbvia do homem era compreensível, talvez, mas não algo tão grave a ponto de despachar Colin correndo como se tivesse cometido algum erro social imperdoável.

Então ela estava noiva. Ele estava feliz por ela. Realmente estava.

E ele tinha seus próprios cortejos com que prosseguir. No plural? Ou agora haviam se tornado singular? Que seres poderosos eram as mães — a dele próprio e a de srta. Dunmore.

Sim, ele realmente deveria voltar.

E saiu andando.

10

Alexander e Wren chegaram à cidade no dia seguinte e, por vários minutos, como era de se esperar, toda a atenção se voltou para o bebê, a quem a sra. Westcott não via desde que o pequeno completara uma semana de nascimento e quem Elizabeth não vira de forma alguma. Contudo, afinal, ele foi levado para o berçário para um merecido descanso e Elizabeth pôde contar ao seu irmão e cunhada sobre o noivado.

Wren, que nunca havia conhecido Sir Geoffrey Codaire, declarou com um abraço caloroso em Elizabeth que, se ele havia conquistado seu coração, então ela o amaria como a um irmão, mas Alexander lembrava que sua irmã havia rejeitado Codaire no ano anterior e perguntou por que ela havia mudado de ideia naquele ano.

— Eu não tinha certeza na época se queria me casar de novo — explicou Elizabeth. — Mas pensei cuidadosamente durante o verão e ao longo do inverno, em especial no Natal, quando toda a família estava reunida em Brambledean. E decidi que sim. Eu pensei em Geoffrey então e em suas muitas qualidades. Pensei que não poderia encontrar pessoa melhor; *se* ele renovasse seu pedido este ano, é claro, mas ele havia me dito que talvez renovasse.

— Então estou feliz por você, Lizzie — disse seu irmão, embora ainda não parecesse completamente convencido.

O anúncio oficial do noivado apareceu nos jornais da manhã seguinte e trouxe uma corrente de visitantes durante a tarde — todos da família, exceto o próprio Sir Geoffrey. A tia de Elizabeth, Lilian, e seu tio Richard Radley, cunhado e irmã de sua mãe, vieram com Susan e Alvin Cole, sua filha e genro, embora todos já tivessem ouvido a notícia no baile dos Arbinger. A condessa viúva de Riverdale veio com Lady Matilda Westcott. Assim como Alexander e Wren, elas haviam chegado a Londres apenas no dia anterior. Thomas e Mildred, Lorde e Lady Molenor, vieram — sem seus três filhos, que estavam na escola. E Louise, duquesa viúva de Netherby, com Jessica, e Avery e Anna, duque e duquesa de Netherby.

— Eu o avisei de que a família estaria em peso assim que a notícia se espalhasse — murmurou Elizabeth para Sir Geoffrey quando ele chegou, por último. Seus olhos brilhavam de diversão.

— Isso me agrada — ele lhe disse, mantendo também a voz baixa. — Por seu bem e pelo meu também. Há menos probabilidade de você mudar de ideia outra vez.

Outra vez? Ela havia mudado de ideia antes, então? Supunha que sim. O não do ano anterior havia se transformado no sim daquele ano.

— Tenho sido tão volúvel assim? — ela lhe perguntou.

— Se você foi — falou ele, seus olhos mirando diretamente nos dela —, esses dias felizmente acabaram.

Não foi permitido a eles trocarem mais palavras em particular. A família assumiu o controle, e Elizabeth se sentou para ouvir. Sempre a divertira quando a família Westcott se reunia para planejar e conspirar, como ela mesma descrevia. Tudo começara com Anna, havia três anos, quando ela chegou de Bath, convocada do orfanato onde havia crescido e estudado. Tinha sido recebida com o anúncio, que surpreendera tanto a ela quanto a todo o clã Westcott, simultaneamente, que ela não era apenas filha do falecido Humphrey Westcott, conde de Riverdale, mas também sua única filha legítima. O falecido conde tinha, como todos descobriram, se casado secretamente com a mãe de Anna e depois a abandonado, mas ela ainda estava viva quando ele se casou com Viola. O resto da família ouvira a notícia, ao mesmo tempo que Anna, de que os três filhos de Viola eram, portanto, todos ilegítimos.

Consternação naquela ocasião rapidamente deu lugar a numerosas sessões de planejamento e conspiração, enquanto a família lidava com as duas gigantescas perguntas: o que fazer com Anna e o que fazer com Viola e seus filhos. Avery resolveu o problema de Anna ao se casar com ela, enquanto Viola e seus filhos resolveram — ou resolveriam — seus próprios problemas, mas nada disso impedia a família de se reunir quando algo novo, feliz ou potencialmente catastrófico aparecia no horizonte. Pois, embora talvez não oferecessem soluções reais para ninguém, sua simples reunião parecia oferecer o que todos mais precisavam naquelas situações: apoio mútuo e compreensão.

Agora era a vez de Elizabeth, e o efetivo da família Westcott foi ampliado pelos parentes maternos dela, que também tinham opiniões. Ela se sentou para aguardar os desdobramentos. Não tinha um particular desejo de ter uma festa de noivado, mas também não tinha objeção real. Não tinha um particular desejo por um grande casamento em St. George's, mas se isso fosse o que deixaria todos felizes, então ela estava preparada para lhes dar o que queriam. Um grande casamento não parecia muito apropriado, talvez, quando aquele seria seu segundo casamento, mas ela precisava se lembrar de que seria o primeiro de Geoffrey.

Houve alguma discussão sobre se a festa de noivado seria apenas uma *soirée* ou se incluiria alguma espécie de dança. A sala de visitas não seria grande o suficiente para dançar, observou a prima Susan.

— Mas o salão de baile seria — disse Wren.

— Então não seria uma festa, mas um baile — observou a prima Matilda.

Elizabeth virou a cabeça para trocar um olhar de diversão com Geoffrey. Pelo menos, havia diversão da parte dela. Ele olhou gravemente para ela, e ela se perguntou se ele estava se sentindo um pouco sobrecarregado emocionalmente. Por um breve momento, lamentou que não houvesse algum lampejo de amor romântico entre eles, ou pelo menos aquela compreensão instantânea que às vezes existia entre duas pessoas muito próximas.

Como entre ela e Colin, por exemplo.

Mas pensar em Colin a deixava inexplicavelmente melancólica. Teve a estranha sensação de tê-lo magoado na noite anterior durante a valsa, quando lhe disse que estava noiva, embora isso fosse absurdo, é claro. Por que *magoá-lo*? Ele sabia que ela estava meio que esperando uma proposta e que pretendia aceitá-la. Ele próprio buscava uma esposa e já havia escolhido várias candidatas em potencial. Colin definitivamente ficara constrangido com o descontentamento de Geoffrey por ele saber do noivado quando concordaram em manter segredo, exceto para membros próximos da família, até depois do anúncio oficial. Isso tinha sido culpa dela, é claro.

Os pensamentos de Elizabeth vagaram. Geoffrey sustentou seu olhar novamente, e deu de ombros enquanto ela captava o rumo da conversa.

A celebração do noivado, como era de se esperar, já não era mais uma festa, mas um grande baile. E não seria realizado ali em South Audley Street, embora Alex e Wren parecessem ter apresentado um argumento vigoroso. Eles tinham acabado de chegar à capital, a família apontou. Wren ainda estava se recuperando do confinamento. Teriam o casamento e o café da manhã para planejar, e esses eventos ocupariam todo o tempo e energia deles. O casamento seria realizado em breve. Assim que os proclamas pudessem ser lidos, na verdade.

O baile de noivado seria oferecido por Anna e Avery em Archer House, Hanover Square — um local grandioso, de fato.

— Demos vários bailes lá nos últimos três anos, prima Althea — explicava Avery à mãe de Elizabeth com seu característico tédio suspirante. — Acredito que eu poderia planejar um até dormindo.

— Oh, você não poderia, Avery — disse a duquesa viúva, indignada. — Você levanta uma sobrancelha cansada e seu secretário faz tudo por você, até os menores detalhes. Até mesmo Anna e eu nos tornamos supérfluas diante de sua eficiência.

— Exatamente. Edwin Goddard planeja e executa, e eu durmo.

A prima Louise estalou a língua e balançou a cabeça enquanto olhava com exasperação carinhosa para seu enteado.

— Mas sempre com um olho aguçado semiaberto — falou ela.

— Archer House realmente é o cenário perfeito para um grande baile — opinou Anna. — E eu quero hospedá-lo para você, Elizabeth. Você foi muito gentil comigo quando cheguei a Londres pela primeira vez. Veio morar comigo bem aqui nesta casa, e me impediu de correr de volta para Bath e esconder minha cabeça embaixo da minha mesa de professora na sala de aula de lá.

— Faça como quiser, Anna. — Elizabeth sorriu para ela. — Reconheço que não tenho voz em nada disso. Sou apenas a noiva.

— Como o *senhor* se sente sobre um grande baile, Sir Geoffrey? — perguntou tia Lilian. — Os homens podem ser curiosos a respeito dessas coisas.

O tio Richard resmungou.

— Desde que nenhum ponto ou vírgula do meu acordo com a sra. Westcott seja quebrado, e eu acabe tendo Elizabeth como minha esposa, ficarei feliz em participar de qualquer coisa que seja planejada para nós.

— Ele é um homem em busca do meu próprio coração, Lizzie — disse a tia dela. — Fique com ele.

— Esplêndido! — Anna exclamou, juntando as mãos ao peito. — Será um baile em Archer House, então. Se Alex, Wren e a prima Althea não ficarem terrivelmente ofendidos, é claro.

— Acho que será bastante encantador, Anna — opinou a mãe de Elizabeth. — Poder participar do baile de noivado de minha filha sem ter que planejá-lo também.

E assim ficou decidido. Haveria um baile já na semana seguinte, e o casamento em menos de um mês — em St. George's. E então... E então o resto de sua vida começaria e ela e Geoffrey viveriam felizes para sempre.

Bem, provavelmente não bem assim.

Contentes para sempre, então. Isso pelo menos ela poderia prever. E o contentamento seria suficiente, até preferível à felicidade exuberante, na verdade. A felicidade era efêmera. Havia mais estabilidade no contentamento. E estabilidade era o que ela havia desejado desde que deixara Desmond.

A felicidade — e a esperança de que durasse para sempre — era para os jovens.

Como Colin.

Desejava fervorosamente que ele encontrasse a felicidade com a noiva que escolhesse e se sentiu bastante deprimida outra vez.

Colin estava se sentindo um pouco desanimado quando a data do baile em Archer House chegou. Por um lado, temia que Elizabeth estivesse cometendo um erro e que toda a alegria efervescente e o senso de diversão que ela havia demonstrado em Brambledean no Natal se perdessem na decorosa calmaria do casamento com um homem sem graça. *Não* que fosse da sua conta, mas ele era apegado a ela. Não, mais do que isso: a havia colocado num pedestal no Natal e ela permanecera ali desde então. Ele... Qual era a palavra apropriada? Prezava? Adorava? Idolatrava? Queria muito vê-la feliz em seu segundo casamento, mesmo que o pensamento o deixasse egoisticamente desanimado, pois criaria uma distância entre eles que não existia antes.

Também estava um pouco deprimido com a direção que seus próprios assuntos começavam a tomar. Estava sendo manipulado. Podia sentir isso acontecendo, mas parecia quase impotente para fazer qualquer coisa a respeito. Ele tentou. Acompanhou a srta. Eglington a um concerto uma noite com Ross Parmiter e sua irmã. E levou a srta. Madson para um passeio até os Kew Gardens e um piquenique na grama. A irmã e o cunhado dela os acompanharam.

Mas temia que estivesse destinado a se casar com a srta. Dunmore. Embora *temer* fosse certamente a palavra errada. Ele gostava dela. Ela era bonita, doce, talentosa e parecia ter todas as qualidades que qualquer cavalheiro poderia desejar em uma esposa. Se ele já não soubesse disso, tinha a mãe dela para lhe dizer — frequentemente. E esse era o problema. Deixado para tomar suas próprias decisões, ele poderia muito bem se apaixonar pela moça, fazer-lhe a proposta depois de conversar com o pai dela, casar-se com ela e viver feliz para sempre, mas não estava sendo deixado para tomar suas próprias decisões.

E ela e a mãe pareciam surgir em todos os eventos sociais que ele frequentava. Estavam até mesmo no concerto, e Lady Dunmore parecia muito contrariada enquanto seus olhos demoravam-se sobre a srta. Eglington. Ele quase esperava vê-las também em Kew, mas pelo menos isso não aconteceu. Parecia que sempre se via sentado ao lado da srta. Dunmore, ou trazendo comida ou bebida para ela, virando páginas de partitura para ela, escoltando-a até sua carruagem ou dançando com ela.

E então havia a carta que chegara de sua mãe. Quase não reconheceu a caligrafia. No entanto, reconheceu o perfume que pairava sobre o papel. Ela queria que ele tomasse chá com ela na casa em Curzon Street. Assim que ele marcasse um dia, ela própria escreveria para Lady Dunmore e a convidaria junto com a filha.

A srta. Dunmore é muito encantadora, meu estimado filho. Vocês formam um casal deslumbrante e atraente. Terei que ter muito cuidado para que você não me ofusque, embora várias pessoas estejam dizendo que seria impossível. Eu lhes digo que são apenas bajuladores, mas eles continuam comentando.

Colin respondeu, quebrando um longo silêncio, além daquela breve reunião no parque. Informou que não estava formalmente cortejando a srta. Dunmore ou qualquer outra dama. Seria inapropriado, então, escolher alguém para tomar chá com ele, sua mãe e a dela.

A carta foi breve e, ele esperava, clara, mas não gostou do fato de sua mãe estar se infiltrando de volta em sua vida e tentando fazê-lo em seus próprios termos. Lady Hodges sempre se cercava de beleza — que então procedia a controlar e usar para chamar a atenção para si mesma e para sua própria superior e eterna beleza.

Colin *não* ia permitir que isso acontecesse com ele.

Mas significava que ele deveria parar de considerar a srta. Dunmore como uma noiva? Parecia injusto — para ela e para si mesmo. Ele acreditava que ela o favorecia, e não apenas porque sua mãe o favorecia. E ele ainda pensava ser possível talvez se apaixonar por ela.

Determinado como estava a não ser manipulado, ele ainda descobriu que ia dançar com ela duas vezes no baile de noivado de Elizabeth — o número de abertura a segunda valsa, já que ela recentemente havia recebido aprovação para dançá-la. Sua mãe parecia um pouco chateada por não poder ser a primeira valsa, mas ele explicou que Lady Overfield já havia prometido aquela para ele.

— Ah, bem — disse ela, a contragosto. — Suponho que você esteja arrependido agora que sabe que Lydia está autorizada a valsar.

Ele não estava se sentindo em um humor particularmente alegre quando chegou a Archer House e subiu as escadas até a fila de recepção e ao salão de baile, com John Croft ao seu lado.

Archer House, em Hanover Square, era realmente o cenário perfeito para um grande baile, com um salão amplo, espaçoso e luxuosamente decorado, situado no topo de uma ampla e vasta escadaria. Elizabeth havia frequentado bailes ali antes — por Anna quando ela foi apresentada à sociedade, por Jessica, em sua apresentação no ano anterior, mas aquele baile era para ela.

Ela e Geoffrey ficaram na fila de recepção com Anna e Avery, de um lado mais próximo da porta, e sua mãe, Alex e Wren ficaram do outro. E ela foi atingida pela realidade de tudo aquilo. Os convites haviam sido enviados para quase todos que tivessem qualquer significância social em Londres, e parecia que quase todos tinham vindo — como era de se esperar, é claro, já que o baile era oferecido pelo duque e pela duquesa de Netherby.

Agora seu noivado parecia muito real. Não havia como voltar atrás. Não que houvesse como voltar desde o momento em que ela dissera "sim". E não que ela quisesse uma maneira de voltar.

Estava de pé na linha de recepção, sentindo-se vívida e bastante deslumbrante em seu novo vestido de baile de cintura alta e renda dourada sobre seda bronze, com bordados intrincados e elaborados em escarpas na bainha e na borda das mangas curtas. Ela geralmente favorecia tons pastel, mas Wren e Anna, que a acompanharam à modista na Bond Street para escolher entre tecidos e padrões para o baile e seu casamento, tinham insistido naquela peça para o baile de noivado, e Elizabeth acatara sem objeção.

— Vocês são tão tiranas com minhas roupas quanto mamãe é com os planos do meu casamento — dissera ela.

— A questão é — falara Anna — que não podemos permitir que você desapareça no plano de fundo em seu próprio baile de noivado ou no seu casamento, Elizabeth. Não permitiremos. Não é mesmo, Wren?

— E você é muito boa em se esconder no plano de fundo depois de garantir que todos os outros se destaquem — completara Wren. — Agora é sua vez de se banhar nos raios quentes do sol. Essas cores vão ficar *maravilhosas* em você.

Bem, a *sensação* de vesti-las era maravilhosa, Elizabeth tinha que admitir agora, enquanto trocava mais um aperto de mão e se submetia a mais um beijo na bochecha, à medida que os convidados passavam pela fila, desejavam-lhe bons votos e parabenizavam Geoffrey. Ela virou a cabeça e sorriu para ele. Ele parecia rígido, grande e imponente em suas roupas de noite formais. Havia lhe confidenciado antes que nunca esperara tanto alvoroço público sobre a decisão de se casarem.

De repente, ela desejou muito que o *amasse*, que aquele momento, aquele evento, estivesse colorido com a aura da paixão. Um pensamento tolo. Ela poderia desejar também ter dezoito anos novamente, mas desejar não faria acontecer. De qualquer forma, não ia querer realmente ter dezoito anos outra vez. E não ia querer estar dolorosamente apaixonada novamente. Além disso, havia muitos tipos diferentes de amor. Continuaria a cultivar um respeito afetuoso por Geoffrey, e esse seria um bom tipo de amor. Talvez o melhor.

Ela se virou para cumprimentar o convidado seguinte na fila e encontrou-se olhando para Colin. Por um momento, ele parecia um estranho, e ela viu sua figura alta e esguia e todo o brilho dourado de sua juventude e boa aparência. Então ele era simplesmente Colin novamente, e ela sentiu um fluxo de caloroso afeto ao estender a mão em sua direção.

— Colin — cumprimentou ela. — Estou muito feliz por você ter vindo. — Ela estava meio temerosa de que ele não viesse depois do constrangimento que ele devia ter sentido no baile dos Arbinger, quando Geoffrey mostrara seu desagrado por ela ter contado a Colin sobre o noivado.

Ele pegou sua mão e a levou aos lábios.

— Você está realmente muito bela, Elizabeth. Eu não poderia ter perdido este baile dentre todos os outros, não é? Espero que não esteja comprometida para a primeira valsa.

— Eu a guardei para você — assegurou ela. — Como sempre. — Ah, mas *sempre*, ela supôs, devia terminar depois daquela noite. Talvez devesse ter terminado antes daquela noite. Ele retirou a mão da sua e a estendeu para Geoffrey.

Elizabeth se virou para cumprimentar o sr. Croft, amigo de Colin.

E então, apenas minutos depois, foi hora de começar a dança. Elizabeth e Geoffrey abriram com uma quadrilha antiquada. Ela sorriu para ele e se entregou a um desfrute consciente da noite. Parecia o começo oficial de algo, como de fato era. Era o começo do resto de sua vida, e desta vez ela havia planejado bem e com sabedoria. O bom senso era um guia muito melhor do que... bem, do que a paixão.

— Vou reivindicar a *segunda* valsa da noite, já que a primeira já está ocupada — avisou Geoffrey, quando a dança chegou ao fim. — Pelo menos eu *espero* que a segunda ainda esteja livre.

— Claro que está e será sua. Vou aguardar com expectativa — ela lhe disse com toda sinceridade. — É uma espécie de brincadeira entre mim e Colin, sabe, que começou no Natal. Dançamos juntos em uma festa no dia 26, no que só pode ser descrito incongruentemente como uma alegre valsa. Como ambos planejamos estar em Londres para a Temporada, concordamos em valsar juntos em cada baile a que ambos comparecêssemos.

— Não é necessário justificar, Elizabeth. Você pode dançar com quem escolher.

Ela esperava ver um sorriso no rosto dele, mas não havia nenhum. E isso a atingiu como antes — que ele não sorria frequentemente. Nem ria. Talvez ele fosse sério demais para se permitir um forte senso de humor. Não havia nada de errado com isso. Ele era um bom homem.

Ele ficou ao lado dela até que seu parceiro seguinte veio buscá-la antes de ir reclamar a própria. Colin tinha dançado a quadrilha com a srta. Dunmore, que o observava com um certo ar de propriedade, assim como sua mãe, que vigiava da lateral, suas plumas de cabelo acenando graciosamente na direção deles. Agora ele estava conduzindo a ruiva srta. Madson.

A primeira valsa veio quase uma hora depois. Elizabeth estava parada com Geoffrey, Wren e Sidney Radley, seu primo materno, quando Colin se aproximou.

— Por que você é tão favorecido, Hodges? — Sidney perguntou, soando deliberadamente ressentido. — Cheguei com cinco minutos de antecedência para solicitar a mão de Lizzie, mas ela já havia prometido a valsa a você.

— É minha boa aparência — Colin respondeu com um sorriso. — Sem mencionar o fato de que sou irmão de Wren.

— Lorde Hodges tem a vantagem injusta de ter reservado uma valsa com Elizabeth em todos os bailes da Temporada desde o Natal — disse Geoffrey. — Vejo que terei que ser bastante firme depois que nos casarmos.

Todos riram, exceto o próprio Geoffrey. E Elizabeth, virando a cabeça para olhar para seu rosto, se perguntou se ele *estava* brincando. Decerto ele estava.

— Vou reservar a terceira valsa para você, se desejar — declarou ela. — Dançarei a segunda com Geoffrey. Estou me deliciando com toda a novidade de ser disputada por parceiros em meu baile de noivado. — E ela colocou a mão na manga de Colin e saiu para a área de dança com ele.

— Você está feliz, Elizabeth? — ele indagou enquanto esperavam os outros casais se reunirem ao redor deles, antes que a música começasse.

Ela estava. Ah, sim, ela estava, mas se perguntou novamente se aquela seria a última vez que valsaria com Colin, e o pensamento de que poderia ser a entristeceu. Ele ergueu as sobrancelhas. Ela não tinha respondido à sua pergunta.

— Claro que estou. Mas os começos sempre me deixam um pouco melancólica, pois implicam também fins. O fim do que veio antes.

— Devo esperar vê-la em lágrimas no dia do seu casamento, então?

— Espero sinceramente que não — falou ela com uma risada. — Você estará lá?

— Mas é claro. Já respondi ao meu convite.

— Você já? — Ela não tinha olhado a lista de confirmações fazia alguns dias, mas por que duvidou de que ele viria? E por que ela meio que esperava que ele não viesse? — Vou retribuir o convite e ir ao seu.

— Você vai?

— Se for convidada, é claro — emendou ela.

— Você estará no topo da lista.

— Você está progredindo? — indagou Elizabeth. — A srta. Dunmore é a escolhida? Ela é extremamente bonita. Ou a srta. Madson? Ela parece sensata e... agradável. Ou talvez a srta. Eglington? Ou... outra pessoa?

— Acho que você e eu deveríamos fugir e nos casar às escondidas — disse ele, e ambos riram.

Mas Elizabeth olhou fixamente nos olhos dele. Apesar do riso, ele não parecia exatamente o jovem despreocupado que ela havia conhecido em Brambledean. Então, ele não estava achando fácil fazer as mudanças que decidira serem necessárias em sua vida, mas ela de repente se lembrou da véspera de Natal, da família e dos cantores, e de Colin entre eles, parecendo sombrio. Seu coração havia se conectado ao dele então, como agora.

— Acho que a valsa está prestes a começar — avisou ele. — Vamos aproveitá-la, sim?

Sim, ela a saborearia ao máximo.

Dançaram sem conversar por um tempo, e Elizabeth focou toda a sua atenção no prazer consciente da ocasião, daquela dança específica, daquele parceiro específico. Ele estava sorrindo, os olhos nos dela. E como era precioso, oh, como era completamente precioso esse momento. Esse momento presente.

E como era... desesperador.

— Vou sentir falta de valsar com você — disse ele, ecoando o pensamento dela de alguns minutos antes.

— Você não vai dançar comigo depois desta noite, então?

— Não acredito que Sir Geoffrey aprovaria — respondeu ele.

— Oh, mas ele estava brincando agora há pouco — protestou Elizabeth.

— Estava? — Ele ainda a observava. Os olhos ainda mantinham traços de seu sorriso.

— Sim, claro que estava. Mas talvez você esteja cansado de valsar comigo, o que pode ser até bom, pois em breve serei uma velha casada e você talvez será um... rapaz casado.

— Não é uma possibilidade. É uma impossibilidade definitiva, na verdade. Eu nunca poderia me cansar de valsar com você, Elizabeth. — Ele a girou duas vezes, fazendo com que ambos rissem enquanto ela se concentrava nos passos. Não que fosse necessário. Ele era um parceiro de dança excelente. Deliberadamente começara a se exibir para ela com passos elaborados, puxando-a para si e rindo para o rosto erguido dela. E ela se lembrou, como frequentemente ocorria quando estava com ele, do Dia de Natal e de todas as atividades alegres e despreocupadas ao ar livre a que ele fingira resistir, enquanto ela, de alguma forma, havia sido liberada pela neve para retornar à exuberância da infância.

Ah, foi um bom tempo, um precioso e pequeno momento para durar uma vida, pois nunca poderia ser repetido.

Ela sentiu vontade de chorar.

— Aquela bola de neve *era* destinada ao meu rosto, não era? — perguntou.

Ele pareceu surpreso por um momento e então sorriu em compreensão e riu alto.

— Eu não confessaria um ato tão perverso nem sob tortura — disse ele. — Um cavalheiro deliberadamente atingiria uma dama no rosto com uma bola de neve quando ela nem estava olhando?

— Mas você é um cavalheiro?

Ele respondeu com outro sorriso e algumas mexidas de sobrancelha e a girou novamente.

Ela precisava parar de olhar para trás. Precisava olhar para a frente.

— Você ainda planeja fazer de Roxingley Park seu lar, não é? — perguntou ela.

— É hora de confrontar alguns fantasmas. Talvez, quando eu for para lá, descobrirei que eles não têm substância, afinal.

— Talvez. Mas fantasmas podem exercer uma influência poderosa.

— Não diga isso. — Ele sorriu, mas seus olhos a examinaram. — Você ainda não se livrou completamente dos seus, então, Elizabeth?

— Não sei se alguém se livra totalmente. Aceitamos, fazemos as pazes com eles e paramos de prestar atenção.

Ela ainda não podia acreditar que havia lhe contado sobre seus abortos; ela *nunca* falava sobre isso. Guardava seus pensamentos para que nunca pensasse neles também. Até mesmo seus sonhos haviam sido implacavelmente purgados deles. Mas ela havia despejado tudo para Colin, ou pelo menos o suficiente para ele preencher as lacunas. Seu filho teria sete anos agora; a outra criança, três anos mais velha.

— E como alguém faz as pazes? — perguntou Colin.

— Perdoando a si mesmo — disse ela. Se essa fosse a palavra certa.

— Mesmo quando não se tem culpa alguma pelo que aconteceu? — O sorriso dele se transformou em um franzido perplexo. Sua cabeça se aproximou mais da dela.

— Sim. Pois *sempre* nos culpamos, mesmo quando sabemos que somos inocentes. Em vez de guardar um senso secreto de culpa, é melhor perdoar a si mesmo. E perdoar o culpado também, ou pelo menos reconhecer que, exceto em circunstâncias muito raras, não fomos vítimas de pura maldade, apenas de erros cometidos contra nós por pessoas que estavam machucadas quando nos machucaram. Não quero dizer que devemos desculpar esses erros que nos foram cometidos, apenas que devemos... entender por que foram cometidos e então perdoar. Devemos fazer isso por nossa própria causa. Ressentimento, ódio e rancores são venenos que prejudicam muito mais a pessoa que os abriga do que qualquer outra pessoa.

E, oh, céus — foi só ao terminar de falar que ela percebeu como era inapropriada a súbita guinada que a conversa havia tomado. Em apenas alguns minutos, eles passaram de risos calorosos para... isso. Foi no mesmo momento que ela percebeu que haviam parado de dançar. Todos, na verdade, haviam parado e saído da área, pois a valsa havia terminado, mas os dois ainda estavam um pouco afastados na área de dança, segurando-se na posição de valsa, suas cabeças quase se tocando, totalmente absortos na conversa.

Mas não houve chance de sorrir, nem de rir para aliviar a seriedade. Não houve chance de se afastarem e deixarem a área como todos os outros haviam feito. Uma voz falou logo atrás de Elizabeth, em um tom — decerto não intencionalmente — em um volume que atraiu a atenção instantânea de vários convidados próximos.

— Perdão por interromper um *tête-à-tête tão comovente — disse Geoffrey —, mas você passou tempo suficiente com minha futura* esposa, Hodges. Suficiente para esta noite e para um longo tempo futuro. Agradeceria se a soltasse para que eu possa acompanhá-la ao lugar adequado a ela, ao lado de sua mãe.

11

Bom Deus!

Colin soltou Elizabeth e olhou incrédulo para Sir Geoffrey Codaire, que estava a poucos passos atrás dela, sólido e um bastião da justiça.

— Pelo amor de Deus, fale mais baixo, senhor — pediu ele, suavemente e com urgência, embora tomasse consciência de uma espécie de silêncio caindo sobre as pessoas próximas e alguns sons de "shh" de outras mais distantes. Ele deu um passo para trás enquanto sorria e fazia uma reverência para Elizabeth. — Obrigado por me honrar com uma dança, Lady Overfield.

Colin teria se virado e saído, embora soubesse que um dano considerável já havia sido feito. Dentro de minutos, quase todos no salão de baile teriam ouvido aquela breve altercação. No dia seguinte, seria o assunto das conversas e interminável especulação nas salas de visita. No entanto, ele foi impedido de se afastar quando Sir Geoffrey falou outra vez.

— Devo ser censurado por um mero rapazote por adverti-lo quando ele submeteu minha noiva a uma atenção indesejada? — Sua voz vibrou com uma fúria mal contida. — De fato uma honra lhe foi concedida, Lorde Hodges, uma da qual o senhor abusou ao expor a dama.

— Geoffrey. — Elizabeth havia se virado para colocar uma mão apaziguadora no braço dele. Também falou baixo, mas, a essa altura, já era tarde demais para evitar um grande escândalo. Havia um oceano de silêncio se espalhando ao redor deles, e mais e mais cabeças se viravam para ver o que o havia causado. — Você está envergonhando Lorde Hodges, e está me envergonhando também. Vamos nos juntar à mamãe.

— E não acha que *você* está *me* envergonhando? — perguntou ele, voltando seu olhar fulminante para ela.

Colin viu Elizabeth fechar os olhos e abriu a boca para falar.

— Há algum mal-entendido aqui, pois não? — uma voz lânguida indagou quase suspirando, e toda a atenção se voltou, como sempre acontecia quando ele falava.

O duque de Netherby.

Ele, que estava resplandecente em prata, cinza-pombo e branco, anéis em quase todos os dedos bem-cuidados, um monóculo cravejado de pedras na mão e a caminho do olho. Ele não era nem um homem alto nem corpulento, e Colin nunca o vira levantar a voz ou se agitar com qualquer provocação. Uma vez ouvira um cavalheiro descrever Sua Graça como um homem preguiçoso demais para sair de sua própria sombra, mas ele tinha uma presença mais magnética do que Colin conhecera em qualquer outro. Os três e todos os outros ao alcance do ouvido se viraram para observá-lo.

— Devo confessar — continuou ele — que também pensei que você estava prestes a monopolizar a companhia de Lady Overfield para outra dança, Hodges, e fiquei um pouco chateado, pois a próxima dança é minha, creio eu, não é, Elizabeth?

Ela o encarou por um momento sem compreender.

— Sim, Avery, é — disse ela.

— Exatamente — prosseguiu ele. — Mas claro que percebi meu erro no momento em que pensei nisso. Você estava apenas terminando sua conversa com Lorde Hodges.

— Netherby... — Colin começou.

— Minha noiva... — Codaire interveio.

— Eu estava — concordou Elizabeth. — E...

Todos falaram simultaneamente.

Sua Graça moveu o monóculo um centímetro mais perto do olho. A luz das velas acima piscava na haste cravejada.

— Lizzie? — Alexander também apareceu na cena. — O que...?

— E acredito que minha duquesa está esperando por você para ser o parceiro dela na próxima dança, Hodges — disse Netherby. — Elizabeth, Codaire, vamos esquecer a próxima dança e dar um passeio em um dos salões para tomar uma taça de vinho, sim? Dançar dá sede. Riverdale, você se junta a nós? E sua mãe também, talvez?

E assim ele pôs um fim precipitado a uma cena que estava prestes a se tornar feia. Ou mais feia. Já estava feia. Nem mesmo Netherby podia fazer milagres. Não havia como apagar o que tinha sido visto e ouvido. Nada poderia impedir as fofocas que certamente seguiriam. Ele havia feito um espetáculo de si mesmo durante aquela valsa? Mais importante, havia feito um espetáculo *de Elizabeth*?

Mas mesmo enquanto a convicção crescia nele de que, de fato, devia ter feito, ele lembrou-se dela dizendo que tendíamos a nos culpar por coisas ruins que aconteciam, mesmo quando sabíamos que éramos inocentes. Nenhum dos dois havia feito algo que merecesse o desastroso surto de Codaire.

Colin se virou abruptamente enquanto Elizabeth se afastava no braço do irmão e Codaire a seguia; Netherby se dirigia a uma consternada sra. Westcott e a conduzia na mesma direção. Meu Deus, Colin desejava que um grande buraco aparecesse de repente à sua frente para engoli-lo. Não havia sido convidado a ir também, e supôs que Netherby havia sido sábio ao excluí-lo, mas gostaria muito de acertar um soco em Codaire. Como ousava humilhar Elizabeth tão publicamente?

Quando se virou, deu de cara com uma duquesa sorridente.

— Gostaria que a próxima dança também fosse uma valsa — disse Anna, enquanto deslizava a mão pelo braço dele. — Você dança muito bem, Lorde Hodges.

Ela o afastou lentamente de onde ele se encontrava, e as conversas recomeçaram atrás deles, embora decerto houvesse um zumbido extra de burburinho a esse respeito. Colin sorriu.

— Fui informado por Sua Graça de que reservei a próxima dança com você — falou ele. — Mas você se importaria muito se eu a deixasse sem par, por assim dizer?

— Para sair correndo e nunca mais ser visto? Sim, eu receio que me importaria, Lorde Hodges, a menos que já tenha reservado a dança com outra pessoa. Sir Geoffrey Codaire causou um embaraço terrível para Elizabeth. Não sei o que houve com ele. Parece tão diferente do que ele é. Ciúmes, talvez? Você é um homem muito bonito, sabe, e anos mais jovem que ele. — Os olhos da duquesa riram nos dele. — Vamos. Junte-se a mim na dança Roger de Coverley. Eu insisto. Não ficarei encalhada durante uma dança no meu próprio baile.

Colin dançou com ela. Foi uma das coisas mais difíceis que já teve de fazer, consciente a cada momento dos olhares especulativos sobre ele. Sabia que era difícil para a duquesa também. Aquela era sua casa e seu baile. Seu marido estava naquele momento tentando evitar um possível escândalo, uma impossibilidade até mesmo para ele. Nem ele nem nenhuma das outras quatro pessoas que haviam saído do salão de baile reapareceram.

O que ele tinha feito? *Alguma* parte disso era sua culpa? O que poderia fazer agora para consertar as coisas? Continuar a dançar e sorrir? Sair? Mas ainda não tinha dançado com a srta. Eglington, e dissera tanto a ela quanto a Ross, quando os encontrou naquela manhã em Oxford Street, que dançaria. Mas será que ela ainda queria dançar com ele? Ross gostaria disso? E ele havia reservado a segunda valsa da noite com a srta. Dunmore. A mãe dela ainda queria que ele cumprisse sua promessa? E a srta. Dunmore?

Deus, aquilo tudo era um pesadelo.

E era horrivelmente injusto com Elizabeth. Em algumas semanas, ela *se casaria* com Codaire. E tinha grandes esperanças a esse respeito. Que tipo de casamento seria? Seria melhor do que o primeiro? Seria pior? Se o homem era capaz de perder a paciência e humilhá-la publicamente como acabara de fazer, do que mais ele seria capaz em particular?

Realmente não era da conta de Colin.

Exceto que, de alguma forma, era, sim. Tinha sido o causador involuntário de uma cena que seria discutida e repetida nas salas de visita da alta sociedade nos dias que viriam. E as fofocas já haviam começado. Um único olhar ao redor da sala tornava isso perfeitamente óbvio. Todos evitavam olhar diretamente para ele.

Dançou por instinto, sem prestar atenção consciente aos passos e às figuras. Negligenciou horrivelmente sua parceira de dança. Embora estivesse sorrindo, percebeu quando parou para pensar.

— Obrigada, Lorde Hodges — disse a duquesa, pegando seu braço ao final da dança e conduzindo-o na direção de Wren, que também estava dançando.

Colin fixou os olhos na irmã que amava, alta, bela e elegante, mas quando estava ainda a uma curta distância dela, mudou sua percepção e viu também a marca de nascença arroxeada em todo o lado esquerdo de seu rosto. A maior parte do tempo ele não notava a mancha, assim como acreditava que todos aqueles que a amavam também não. Olhava para ela e via apenas Wren, mas agora se perguntava se ela ainda precisava reunir toda a sua coragem cada vez que saía da segurança de sua própria casa para enfrentar pessoas que poderiam olhar, fazer caretas ou dar-lhe as costas.

Era terrível sentir-se conspícuo.

— Devo ficar? — perguntou ele à irmã depois que a duquesa se afastou.

— Sim, receio que sim — respondeu ela, enlaçando um braço no dele. — E eu também. Leve-me até a mesa de refrescos, Colin.

— Foi culpa minha? Eu a estava envergonhando? Estava expondo-a ao escrutínio público?

— Absolutamente não para as duas primeiras perguntas — assegurou Wren. — Embora eu realmente não estivesse observando. Eu estava valsando com Alexander, mas Elizabeth *está* um espetáculo esta noite, no melhor sentido possível. Esse é o ponto. Este é o baile de noivado dela, e seria estranho se todos os olhos não estivessem sobre ela. Anna e eu a persuadimos a usar o vestido dourado e bronze porque chama a atenção para sua beleza. Agora me pergunto... Colin, é sábio para ela se casar com Sir Geoffrey? Eu estava um pouco preocupada desde que o conheci, devo confessar. Ou talvez *desapontada* seria a palavra certa, pois ele parece ser muito sério e... bem, enfadonho. Eu entendi por que Elizabeth o escolheu, mas pensei que talvez devesse ter escolhido alguém com mais... Qual é a palavra que procuro? Luz? Alegria? Humor? Alguém que pudesse trazer à tona o brilho que existe no âmago de Elizabeth e que raramente se mostra. Pensei que talvez ela estivesse se iludindo ao acreditar que uma vida de decoro tranquilo seria o que mais lhe convém. Só ela sabe o que a fará feliz, claro, mas... mas *agora*, Colin? O que ele pretendia ao ir atrás de você daquele jeito, e tão publicamente?

Ele pegou duas taças de ponche de uma bandeja e entregou uma a ela.

— Não sei — disse ele, mas as palavras de sua irmã apenas sublinhavam sua própria inquietação por Elizabeth. — Mas se Netherby não tivesse chegado na cena quando chegou, eu poderia ter me esquecido das boas maneiras o suficiente para estapear Codaire. Nem quero pensar nisso, não é? Mas ele acusou *Elizabeth* de envergonhá-lo. Como? Sorrindo e até rindo enquanto valsava comigo? Divertindo-se abertamente?

— Estou muito feliz, então, que Avery *tenha* chegado na cena.

A dança havia recomeçado, Colin viu, mas ainda nenhum dos cinco ausentes reaparecera. No entanto, notou que seu amigo Ross estava dançando com a srta. Eglington.

— O que está acontecendo lá, Wren? — perguntou ele. — Devo ir descobrir? Pedir desculpas? Mas a quem? Seria muito difícil para mim pedir desculpas a Codaire, mas se isso facilitar as coisas para Elizabeth, eu...

Mas então ele viu Netherby entrando no salão de baile e parando para olhar languidamente ao seu redor por alguns instantes antes de avançar para se misturar com alguns convidados que não estavam dançando. Alexander apareceu alguns momentos depois, viu-os quase de imediato e veio apressado em direção à mesa de refrescos, sorrindo alegremente.

Não havia sinal nem de Elizabeth nem da sra. Westcott.

Ou de Sir Geoffrey Codaire.

Avery os direcionou para além dos salões que haviam sido abertos para uso dos convidados, e logo desceram para a biblioteca. Dois lacaios apressaram-se para dentro antes deles para acender velas e, em seguida, fecharam a porta ao sair.

Avery ofereceu à mãe de Elizabeth uma das confortáveis poltronas de couro ao lado da lareira antes de atravessar a sala para se sentar no canto mais afastado, como se quisesse se distanciar do confronto que ele havia armado. Alexander se posicionou em frente à lareira apagada. Elizabeth parou na abertura da porta, após balançar a cabeça quando Avery indicou a cadeira oposta à de sua mãe. Sir Geoffrey dirigiu-se ao centro da sala. Ele levantou a mão antes que qualquer outra pessoa pudesse falar.

— Tenho algo a dizer — disse ele. — É para Elizabeth, mas estou feliz em dizer na frente de todos os presentes, já que a sra. Westcott e Riverdale estão pessoalmente envolvidos e esta é a casa de Netherby, e ele e a duquesa foram gentis o suficiente para hospedar este evento em celebração do nosso noivado.

Fez uma pausa, embora ninguém parecesse inclinado a interrompê-lo ou a oferecer-se para deixá-lo a sós com Elizabeth.

— Sinto muitíssimo — pediu ele. — Eu estava preocupado com as aparências e, infelizmente, não percebi que estava falando tão alto que pudesse ser ouvido por outras pessoas além daquela a quem me dirigia.

— E, no entanto — falou a mãe de Elizabeth —, Lorde Hodges pediu para que baixasse a voz, Sir Geoffrey, mas o senhor não o fez.

— Eu estava exasperado, senhora. Mas, seja como for, peço desculpas sinceras a você, Elizabeth. — Ele se virou para olhá-la, uma ruga entre as sobrancelhas. — O que eu disse foi imperdoável, mas imploro que me perdoe.

— Há alguma boa razão para que ela o faça? — questionou Alexander, quando Elizabeth não respondeu de imediato.

Sir Geoffrey esfregou um dos nós dos dedos na testa, como se quisesse apagar a linha de expressão entre as sobrancelhas.

— Nenhuma, absolutamente nenhuma. Tenho a mais profunda consideração por você há muitos anos, Elizabeth. No ano passado, esperava que estivesse preparada para recompensar minha longa paciência. Fiquei amargamente desapontado quando você recusou minha oferta, mas fui encorajado pela sua hesitação quando perguntei se era sua resposta final. Quando ofereci novamente este ano e você disse sim, fiquei muito feliz ao perceber que seria minha, finalmente. Minha esposa. Minha própria posse preciosa, mas a demora até nos casarmos, embora seja apenas o tempo necessário para que os proclamas sejam lidos, tem sido irritante. Receio que esta noite eu tenha tentado reivindicar o que era meu antes de ter direito. Ao fazê-lo, ofendi sua família e causei-lhe angústia e constrangimento. Garanto que isso nunca mais acontecerá, mesmo depois de nos casarmos. Nunca mais a exporei a um espetáculo público.

— Apenas, talvez, a um espetáculo particular? — Avery ponderou tranquilamente do seu canto.

Sir Geoffrey virou-se para encará-lo.

— Você não entendeu, Netherby. Dou grande valor ao decoro adequado. Tento, em todos os momentos, conduzir-me como um cavalheiro deve. Ocasionalmente... raramente, espero... eu falho. E pelo meu fracasso esta noite, peço perdão. A você porque causei uma cena no seu salão de baile, à sra. Westcott porque causei angústia à sua filha, a Riverdale como irmão de Elizabeth, e à Elizabeth por acusá-la de comportamento inadequado enquanto dançava com um homem mais jovem. — Ele se voltou para ela. — Imploro que me perdoe. Se desejar, farei minhas desculpas a Lorde Hodges também, dado que ele é irmão de Lady Riverdale. E se você desejar, ou se Netherby desejar, farei algum tipo de desculpa pública no salão de baile.

Ele estava no meio da biblioteca, seus pés firmemente plantados a poucos centímetros um do outro, suas mãos entrelaçadas atrás das costas, a ruga ainda em sua testa. Ele parecia ter terminado o que tinha a dizer.

— É muito nobre de sua parte, Codaire — disse Avery. Não estava claro se ele falava sério ou se estava sendo irônico.

— Um pedido de desculpas público seria a coisa errada a fazer — ponderou a mãe de Elizabeth. — Apenas causaria desconforto em massa e forneceria muito mais material para fofoca do que já há. A única coisa a fazer é enfrentar com coragem, retornar ao salão sorrindo e continuar a aproveitar a noite como se aquele incidente horrível não tivesse acontecido. Você consegue fazer isso, Lizzie? — Ela também estava franzindo a testa e não parecia nada feliz com sua própria sugestão.

— Elizabeth? — Sir Geoffrey deu um passo em direção a ela, com a mão estendida.

— Eu não voltarei ao salão de baile — respondeu ela. — Sinto muito, Avery, pela ruína do seu baile.

— Não pense mais nisso, prima — pediu ele, acenando uma mão adornada com anéis na direção dela. — Nosso baile será o assunto da Temporada. O que mais qualquer anfitrião poderia desejar? Decerto não haverá outro que o iguale. — Desta vez, ele não parecia estar falando com ironia.

— Elizabeth... — Sir Geoffrey começou.

— Não há mais noivado — declarou ela. — E não haverá casamento.

— Elizabeth? — Ele abaixou o braço e era como se ela houvesse esbofeteado seu rosto. — Por um pequeno erro? Não, perdoe-me. Não foi pequeno, mas ainda assim, apenas um erro. Você causaria o desastre massivo de um baile arruinado, um noivado rompido e um cancelamento de casamento cujos preparativos já estão bem avançados? Tudo por *um* erro?

Ela se sentia muito cansada para entrar em qualquer argumento ou explicação. Não havia nada a dizer. Exceto uma palavra.

— Sim.

— Você ousaria sugerir que *minha irmã* é a causa do desastre desta noite? — indagou Alexander.

O franzido de Sir Geoffrey desapareceu. Sua mandíbula endureceu. Ele não mostrou sinal de ter ouvido.

— Estava tristemente enganado a seu respeito, vejo agora, Elizabeth — disse ele. — Acreditei que, na sua idade, você já houvesse abandonado, há muito tempo, o lado frívolo de sua natureza que levou seu primeiro marido à bebida e também adquirido o nível de maturidade que se deve esperar de uma dama que já passou do primeiro viço da juventude. E talvez do segundo.

Elizabeth não viu seu irmão se mover, mas viu quando ele derrubou Sir Geoffrey com um único golpe no queixo.

Sua mãe abafou um grito.

— Muito bem, Riverdale — elogiou Avery, suavemente.

Elizabeth não se moveu.

Felizmente, não havia móveis que pudessem adicionar perigo à queda de Sir Geoffrey, que, no entanto, foi pesada. Ele ficou deitado no tapete, atordoado por alguns momentos, mas não inconsciente. Passou a mão no queixo e levantou-se desajeitado, ignorando a mão que Alexander estendia para ajudá-lo. Ele balançou a cabeça como se para clareá-la.

— Está em busca de satisfação, Riverdale? — perguntou, rigidamente.

— Já a tive — afirmou Alexander, seco. — É uma pena que esta não seja minha casa. Teria ainda mais satisfação em lhe dizer para sair.

— Esse prazer cabe a mim — avisou Avery, saindo de sua cadeira. — Mas seria inóspito mandar um convidado embora sem seu chapéu, capa e carruagem.

Então, caminhou até a porta, contornando Elizabeth, que parecia incapaz de se mover, e instruiu alguém no corredor a chamar a carruagem de Sir Geoffrey Codaire, se estivesse por perto, ou um cabriolé de aluguel, se não estivesse. Sir Geoffrey também passou por Elizabeth sem olhá-la, em seguida, por Avery, e saiu para o corredor para cuidar de sua própria partida.

Avery fechou a porta.

— É minha vez de me desculpar — disse Alexander. — Não deveria ter feito isso na sua presença, mamãe, ou na sua, Lizzie. Ou na sua biblioteca, Netherby.

— Só fiquei desapontado por você tê-lo atingido antes de mim — respondeu Avery.

A mãe de Elizabeth atravessou a biblioteca às pressas para abraçar sua filha.

— Estou muito feliz, Lizzie — falou ela. — *Muito feliz* que você tenha recusado aceitar o pedido de desculpas dele. Mas, oh, minha pobre menina. Minha querida.

A mente de Elizabeth estava entorpecida. Desde o momento em que ouvira a voz de Geoffrey atrás dela após o fim da valsa, ela não conseguia pensar com clareza. Exceto por um ponto, no qual tinha perfeita clareza desde o primeiro momento. Não seria capaz de se casar com ele, afinal. Não vacilou dessa convicção enquanto ouvia o pedido de desculpas dele, embora não tivesse falado até alguns minutos atrás.

Que desastre espetacular.

No dia seguinte, muito antes de qualquer aviso oficial poder aparecer nos jornais, todos saberiam que seu noivado havia terminado antes mesmo da metade do baile de noivado. Mesmo naquela noite, todos saberiam, ou pelo menos adivinhariam.

Havia se tornado um constrangimento horrível para Anna e Avery, que tinham sido tão gentis com ela. E para sua mãe, Alex e Wren, que estavam tão felizes por ela.

E para Colin.

Evitara pensar nele até aquele momento.

Ele vinha seriamente procurando uma noiva naquela primavera para poder começar a nova fase de sua vida que vinha planejando desde o último Natal e Ano-Novo. Metade do *ton* — pelo menos! — estava presente naquela noite e teria testemunhado o desastre. Ela se perguntava como a história se desenrolaria nos salões elegantes no dia seguinte. Quem teria visto o quê ou ouvido o quê? Esses relatos teriam alguma semelhança com a verdade? Sem absolutamente nenhuma culpa, Colin corria o risco de ser visto como um destruidor impiedoso de um noivado formalmente declarado.

Haviam valsado juntos, talvez de forma um tanto exagerada, com seus passos elaborados e giros amplos, sorrindo um para o outro e rindo, mas o que havia de tão errado nisso? E, no final das contas, estavam conversando tão intensamente um com o outro, suas cabeças quase se tocando, que perderam o final da dança.

Elizabeth não conseguia se lembrar do que haviam conversado, mas como seria interpretada a absorção deles um no outro? Ela seria vista como uma mulher mais velha brincando com os sentimentos de um jovem? Ele seria visto como um jovem provocando deliberadamente um homem mais velho ao flertar com sua noiva? E alguém se lembraria de quem era a mãe dele e decidiria que não estava surpreso com seu comportamento? Alguém de repente pareceria se lembrar de que ela havia levado Desmond à bebida e a uma morte prematura?

Geoffrey havia pensado nisso. Todos esses anos depois, ele ainda pensava.

— Estou bem, mamãe — disse ela, afastando-se dos braços de sua mãe. — Avery, lamento tudo isso mais do que posso expressar.

— Deixe-me ver — falou ele, batendo o monóculo no queixo e olhando para cima. — De qual dos seus muitos pecados você está expressando arrependimento, Elizabeth? Não consigo pensar em nenhum, e sinceramente não tenho desejo de ouvir qualquer confissão de erros imaginários.

— Eu *estava* me comportando de maneira inadequada? — ela perguntou. — *Estava*, mamãe?

— Absolutamente não, Lizzie — assegurou sua mãe. — Todos sabem que você e Lorde Hodges são extremamente afeiçoados um ao outro. Ele é irmão de Wren e o único parente de quem ela é próxima agora que seus tios faleceram. Você não tem nada do que se reprovar. Nada mesmo.

— Estamos fora do salão há muito tempo — avisou Alex, flexionando a mão direita. — Mamãe está absolutamente certa, Lizzie. Você não tem motivo para se envergonhar. Nem Colin.

— Não vou voltar lá para cima — ela disse. — Desculpe, Avery.

— Eu a levarei para casa, Lizzie — decidiu sua mãe, como se Elizabeth fosse uma criança outra vez.

— Vou me juntar aos meus convidados — falou Avery — e enlouquecê-los agindo como se nada de importante tivesse acontecido. Como nada aconteceu que seja da conta de ninguém, exceto da sua, Elizabeth, e de sua família imediata. Riverdale? Você entrará na cova dos leões comigo?

— Vou ver minha mãe e Lizzie partirem primeiro — disse ele.

Mas sua mãe o dispensou assim que ele mandou chamar a carruagem.

— Wren estará ansiosa. Vá até ela, Alex. E creio que Lorde Hodges pode estar com ela. Assegure-o de que nada disso é culpa dele e que ele não deve se martirizar.

Pareceu uma eternidade até a carruagem chegar, e elas receberam ajuda para entrar, as escadas foram levantadas e a porta, fechada para escondê-las na escuridão do interior.

— Lizzie — iniciou sua mãe, segurando-lhe a mão num aperto quente.

— Não consigo falar ainda, mamãe — disse Elizabeth, recostando a cabeça contra a almofada atrás dela e fechando os olhos. — Sinto muito.

A mãe apertou sua mão.

E a verdade a atingiu como uma onda. Não havia mais noivado. Não haveria casamento, nem lar próprio. Nem filhos. Pois ela não se casaria novamente. Como poderia? Escolhera Desmond por amor, e ele amava mais a bebida do que a ela. Escolhera Geoffrey por seu caráter estável, e ele se revelara um homem possessivo e ciumento quase antes mesmo de que a palavra *sim* tivesse saído de seus lábios.

Ele a chamara de *Minha própria posse preciosa*.

Ele a via como uma *posse*.

Afinal, não havia ninguém em quem confiar.

Nem mesmo nela mesma e em seu próprio julgamento.

A solidão a atacou e apertou sua garganta e seu estômago como um golpe mortal. Cada respiração era difícil de inspirar e ainda mais difícil de expirar.

12

A noite foi interminável.

Colin ficou e sorriu sem parar. Respondeu a perguntas. Lady Overfield tinha dor de cabeça e foi para casa com sua mãe. Ele não sabia onde estava Sir Geoffrey Codaire; talvez tivesse acompanhado as damas. Ele dançou. Não com a srta. Madson — quando voltou para reivindicar uma segunda dança com ela, sua irmã mais velha, uma dama de companhia formidável, informou que seu cartão de dança estava cheio pelo resto da noite. O tom implicava que estaria cheio pelo resto da Temporada também. Ele dançou com a srta. Eglington após trocar um olhar medido com Ross Parmiter. Ela se mostrou grave e quieta durante a dança, embora tenha olhado para ele durante um momento quase particular e dito de forma bastante séria que não acreditava em uma palavra de nada daquilo. Ele a agradeceu, embora só pudesse imaginar o que *nada daquilo* seria. E ele valsou com a srta. Dunmore. A mãe dela acenou graciosamente quando ele foi buscar sua parceira, esperando grandemente ser esnobado.

— Foi muito gentil de sua parte, Lorde Hodges — disse ela —, dançar com a cunhada viúva de Lady Riverdale na ocasião de seu noivado. Espero que ela tenha ficado devidamente satisfeita. É de fato muito irritante que o senhor tenha sido envolvido naquela cena vulgar por Sir Geoffrey Codaire, que decerto teria sido insignificante para o senhor, para o conde de Riverdale e para o duque de Netherby se Lady Overfield não estivesse tão desesperada por um marido a ponto de aceitar uma proposta dele. Se alguém tentar insinuar em minha presença que o senhor se comportou com qualquer coisa menos que o mais estrito decoro, eu corrigirei essa pessoa de forma categórica, pode ter certeza. Agora vá com Lydia ou perderá o início da valsa.

Lydia Dunmore, corada e sorridente, estava mais do que feliz por valsar e não fez referência à última valsa que ele havia dançado. Era esbelta, tinha os pés leves e acompanhava a condução de Colin sem nenhum erro. Parecia ter ficado ainda mais bonita desde seu baile de estreia, há algumas semanas.

Sua tez ganhara cor. Seus olhos brilhavam enquanto conversava com ele, mas Colin não conseguia encontrar energia para sentir grande admiração por ela, quanto mais se apaixonar. Seu coração estava pesado com outros assuntos.

O noivado havia acabado — o noivado de Elizabeth. Não conseguia lamentar muito por isso quanto talvez devesse, pois nunca havia gostado de Codaire, mesmo antes do episódio estranho que acontecera ali mais cedo, mas o que seria dela agora? Certamente haveria fofocas. Já havia. Ela tinha trinta e cinco anos. Tudo o que ela queria era contentamento em um casamento com um cavalheiro digno. Não tinha sido um sonho elevado. Agora estava destruído.

... se Lady Overfield não estivesse tão desesperada por um marido a ponto de aceitar uma proposta dele.

Será que ele realmente suportaria ter Lady Dunmore como sogra?

Colin caminhou para casa mais tarde naquela noite com um crescente sentimento de culpa, embora tivesse se assegurado durante as últimas horas de que era isento de culpa, e outros haviam corroborado. Sabia que Codaire não gostava dele e desaprovava que Elizabeth dançasse com ele. Então o que tinha feito? Valsara com ela de qualquer maneira, e com a mesma exuberância com que haviam dançado na festa do dia seguinte ao Natal. Ele riu e se divertiu com ela. E então mergulharam inesperadamente em uma conversa tão intensa que permaneceram na área de dança depois que todos os outros a haviam deixado. Sobre o que, diabos, estavam conversando? Nem conseguia se lembrar.

Como será que ela estava se sentindo agora? Duvidava de que estivesse dormindo. E tudo era tão monstruosamente injusto. Ela estava radiante e feliz. Era a noite dela. E ela não havia feito nada de errado.

Não tinha dúvidas de que as fofocas se transformariam em um escândalo total pela manhã. E fofocas eram sempre, na melhor das hipóteses, uma exageração da verdade; na pior, uma total distorção dela.

Ele gostaria de ficar em casa na manhã seguinte. Escondido. Mas se ele se escondesse agora, seria progressivamente difícil aparecer depois. E as notícias sobre o que estava sendo dito lá fora inevitavelmente chegariam a ele — através de seu valete, através de seus amigos, através das colunas de fofocas dos jornais. Em outras palavras, não havia como se esconder.

Ele foi ao White's Club, a poucos passos de seu apartamento, e encontrou, por pura coincidência, tanto o duque de Netherby quanto Lorde Molenor na soleira. Pelo menos, pensou enquanto entravam e entregavam seus chapéus e luvas a um criado que os aguardava, ele tinha algum apoio moral.

Um grupo de homens reunidos na sala de leitura, como regularmente se reuniam nas manhãs para ler os jornais e trocar notícias e opiniões, estavam ocupados conversando, suas vozes ecoando além das portas abertas da sala.

— ... uma fuga de sorte — alguém estava dizendo.

— Você tem minha mais profunda simpatia — disse outro.

— Eles estavam realmente se abraçando na área de dança depois que todos os outros a deixaram? — um terceiro homem falou, em forma de pergunta. — Certamente nada tão vulgar, Codaire.

Colin aguçou os ouvidos, e seus companheiros ficaram imóveis ao lado dele.

— É tão verdade quanto eu sentado aqui — respondeu Sir Geoffrey Codaire. — Overfield costumava dizer que ela era uma vagabunda e nunca acreditei nele. Deveria ter acreditado. Eu deveria ter dado um tapa de luva na cara daquele rapazote ontem à noite, mas ele na verdade me fez um favor. Em três semanas eu estaria casado com a mulher. É quase impensável.

— Você não teria suportado... — alguém estava dizendo quando Colin parou de ouvir.

O duque de Netherby, armado com seu monóculo e sua maneira mais altiva, havia adentrado a porta. Colin apertou a mão em seu braço e passou à frente dele. Codaire o viu chegar e ergueu uma sobrancelha.

— E falando do diabo — ele afirmou sem muita originalidade.

O grupo de homens, alguns deles idosos, todos certamente mais velhos que Codaire, ficaram boquiabertos.

— Exijo um pedido de desculpas, Codaire — declarou Colin, mantendo a voz baixa em respeito ao propósito da sala, embora duvidasse de que alguém ali estivesse tentando ler. — Pela mentira sobre o que a dama e eu estávamos fazendo depois que a valsa terminou. E pelo insulto à dama.

— Você de repente virou o pai ou o irmão dela, Hodges? — desafiou Codaire.

— Sou o irmão da cunhada dela — afirmou ele. — Mais importante, sou um cavalheiro.

Houve um som coletivo dos outros homens, uma mistura de suspiro e ofego.

— Está insinuando que eu não sou? — questionou Codaire.

— Vou fazer mais do que insinuar. O senhor não é um cavalheiro. E exijo ouvir seu pedido de desculpas.

— Senão...? — Codaire olhou para ele com as sobrancelhas erguidas.

— Ou certamente se espalhará pelos cavalheiros aqui presentes o fato de que o senhor não é um dos nossos. E pedirei que nomeie seus padrinhos. — Mais uma vez aquele suspiro coletivo.

Codaire o encarou. Seu rosto foi tomado por um vermelho opaco.

— Eu não sou um homem violento, Hodges.

— Há uma maneira fácil de evitar a violência — rebateu Colin.

Houve um silêncio bastante longo, durante o qual dois cavalheiros pigarrearam.

— Certamente *parecia* um abraço — retrucou Codaire.

— Não era — Colin devolveu, abrupto.

— Então minhas desculpas — cedeu Codaire. — Embora eu ousasse dizer que não fui o único a ver dessa maneira.

Colin não disse nada. Ele se perguntou se o duque de Netherby e Lorde Molenor haviam entrado na sala atrás dele. Não virou a cabeça para comprovar.

Houve outro silêncio desconfortável, durante o qual as vozes alegres dos recém-chegados puderam ser ouvidas do lado de fora.

— Foi Overfield quem a chamou de vagabunda — contou Codaire. — Eu só repeti o que ele disse. Ele está morto.

Colin aguardou.

— Eu nunca a chamei assim — Codaire acrescentou. — Estes cavalheiros são minhas testemunhas de que eu não fiz isso hoje. Se insinuei...

Ele fez uma pausa, mas ninguém veio ao seu resgate.

— Peço desculpas se pareci insinuar que concordei com essa descrição da dama — ele continuou elegantemente.

— Lady Overfield valsou comigo ontem à noite porque eu solicitei na presença da mãe dela e de outros parentes — afirmou Colin. — Dançamos, conversamos e fomos um pouco mais lentos que os outros dançarinos ao liberar a área porque não havíamos terminado nossa conversa. Esses são os fatos da forma como você os observou, Codaire?

— Acredito...

Colin levantou a mão, interrompendo-o.

— Esses são *os fatos*? — ele insistiu.

— Suponho que sim.

— Você supõe?

— Esses são os fatos — afirmou Codaire. — Mas...

— Mas?

— Mas nada. Acredito que alguns dos cavalheiros nesta sala estão tentando ler.

— Tenho certeza de que eles relatarão os detalhes desta conversa com precisão após saírem daqui. Todos ouvimos coisas, Codaire. A palavra se espalha. Se eu ouvir que você espalhou qualquer outra mentira sobre a noite passada ou sobre Lady Overfield, eu vou encontrá-lo. E da próxima vez, não oferecerei a saída fácil de um pedido de desculpas. Meu conselho para você seria sair da cidade por um tempo; talvez pelo resto da Temporada. Não vou insistir nisso, mas não ficaria satisfeito em encontrá-lo pessoalmente nos próximos meses. Ficaria ainda menos satisfeito em saber que você encontrou Lady Overfield.

Ele se virou para sair da sala. Lorde Molenor estava parado na porta, acenando com a cabeça em aprovação quando captou o olhar de Colin. Netherby estava sentado em uma das cadeiras profundas, não muito longe da porta, parecendo sonolento. Ele se levantou e seguiu Colin para fora.

— Eu estava esperando veementemente não ser nomeado seu padrinho, Hodges — disse ele. — Nunca se sabe exatamente o que vestir em assuntos de honra.

— Meus parabéns — falou Lorde Molenor, enquanto fechava a mão sobre o ombro de Colin e apertava. — Pobre Elizabeth. Ela teve uma fuga muito afortunada, mas será uma decepção horrível para ela. Mildred está reunida com suas irmãs esta manhã. Estão discutindo a estratégia. Sempre é bom manter distância quando as mulheres conspiram e planejam. Venha tomar café da manhã. Fiquei com apetite só de ouvi-lo. Netherby? Vai se juntar a nós?

Colin os precedeu até a sala de jantar, embora ele estivesse com o oposto de um apetite.

— Por Deus — comentou ele —, o homem é um covarde. Deve pesar o dobro de mim e teria a escolha das armas.

— Ah — respondeu o duque de Netherby suavemente —, mas ele não é um homem violento, Hodges.

A família Westcott, ou pelo menos a parte que estava em Londres, fez o que fazia de melhor. Reuniu-se em torno de seus membros em um momento de crise. Reuniu-se para confortar e consolar. E reuniu-se para considerar o problema e oferecer uma solução prática. Veio em massa para a casa em South Audley Street na tarde seguinte ao baile de noivado.

Poderia ter esperado por isso, pensou Elizabeth, quando já era tarde demais para fugir para seu quarto e trancar-se nele. Será que teria feito isso se *tivesse* lhe ocorrido, no entanto? Teria sido muito deselegante. E ingrato. Sabia muito bem que se fosse outro membro da família com problemas, ela estaria entre os primeiros a se mobilizar.

Estava sentada em uma poltrona ao lado da lareira na sala de visitas quando chegaram. E, sim, a lareira estava acesa porque o dia além das janelas parecia apropriadamente cinzento e frio. Era surpreendente que não estivesse chovendo de fato. Estivera sentada ali por algum tempo, recusando as bebidas e comidas que sua mãe e Wren estavam tentando lhe oferecer e assegurando-lhes de que estava muito bem, obrigada, que realmente não havia nada com o que se preocupar, que na verdade estava ansiosa para retornar a Riddings Park no dia seguinte. Pois foi o que ela decidira fazer. Sempre fora feliz lá. Seria feliz novamente. Ninguém precisava *se preocupar* com ela.

Por dentro, sentia-se morta. Ou pelo menos muito cansada para sentir ou pensar. Não queria ser mimada. Não queria simpatia. Não queria os olhares preocupados e persistentes de sua família. Ela só queria ser deixada em paz. Se ao menos tivesse energia, gritaria essa mensagem para eles. Se tivesse energia, teria subido para seu quarto e fechado a porta muito antes de o resto da família chegar.

Mas não encontrou a energia e, por isso, estava presa. Era sua própria culpa. Bem feito. Não deveria ter pensado em se casar de novo. Sua vida estava perfeitamente decente como era. Agora tudo estava arruinado. De novo. Não deveria ter aceitado a oferta de um homem que não apenas não amava, mas de quem nem gostava muito. Era vergonhoso admitir essa verdade agora. Sempre achara Sir Geoffrey Codaire um pouco entediante. Não deveria ter valsado com Colin. Deveria ter terminado aquele arranjo tolo assim que estava noiva. Não deveria ter rido com ele e permitido que ele a rodopiasse pelo salão de baile com tanta falta de restrição. Não deveria ter se envolvido naquela conversa miserável. Ainda não conseguia se lembrar do que se tratava. Algo sobre… perdão? Ela não deveria…

Ela não deveria, ela não deveria, ela não deveria.

Será que não havia nada que *deveria* ter feito? Ou deveria fazer? Apenas porque queria, talvez? Queria gritar e ter um enorme ataque de nervos, mas não tinha energia. Talvez fosse uma sorte para todos que estariam no extremo receptor.

Não foram apenas os Westcott que vieram. Os Radley também chegaram — tio Richard, irmão de sua mãe, e tia Lilian; Susan e Sidney, seus primos; e Alvin Cole, o marido de Susan.

Na semana anterior mesmo eles haviam se reunido ali para o anúncio de seu noivado. Discutiram como o noivado e o casamento seriam celebrados. Ela achou divertido na época e ficou satisfeita em deixá-los falar e fazer do jeito deles. Não queria um baile de noivado, mas permitiu que um fosse organizado — com consequências desastrosas. Não queria um grande casamento em St. George's, mas acatara o plano. Na ocasião, sentira o calor da família, a alegria disso. Agora, seu noivado havia terminado, não haveria casamento, e eles tinham vindo para discutir como evitar que ela fosse destruída pelo escândalo. Tinham vindo porque se importavam.

Era um fardo ser cuidada pelos outros.

Se ao menos ela se importasse também.

Mas *por que* havia um escândalo?

Ela não tinha feito nada de errado. Nem Colin.

Não fazia diferença, é claro. Ela já era um membro adulto do *ton* por tempo suficiente para entender que uma pessoa poderia ser destruída por fofocas mesmo quando havia pouca ou nenhuma verdade nelas. Havia alguma verdade? Teria, de alguma forma, desonrado Geoffrey com seu comportamento? Seu surto fora, de alguma forma, justificado? Mas mesmo que fosse...

Oh, ela estava muito cansada para assumir qualquer culpa ou repudiá-la.

Só queria ir para casa — como queria ir para casa depois da última surra de Desmond e de sua queda acidental pelas escadas e do terrível desfecho de tudo aquilo. Nada mudara em sua vida? Não tinha feito nenhum progresso?

— Precisamos discutir o que deve ser feito — anunciou a prima Eugenia, a condessa viúva de Riverdale, depois de se acomodar na poltrona do lado oposto da lareira em relação a Elizabeth e a todos os outros espalhados pela sala. — Elizabeth está claramente incapaz de decidir qualquer coisa por si mesma. Ela parece bastante atordoada e pálida, pobre querida. E Althea, Alexander e Wren estão muito angustiados por causa dela para terem conseguido oferecer conselhos práticos, eu diria. Então, o resto de nós terá que fazer isso por eles.

— Muito certo, mamãe — disse a prima Louise, a duquesa viúva de Netherby. — Eu diria que Elizabeth quer se retirar para Riddings Park e está planejando fazer isso sem demora. Estou certa, Althea? Isso seria, é claro, exatamente a coisa errada a fazer.

— Então, o que é...

Elizabeth parou de ouvir. Olhou para o fogo enquanto sua mãe se empoleirava no braço da cadeira e lhe dava tapinhas nas costas, como se ao fazer isso pudesse tornar tudo melhor.

Quando Colin chegou à casa do conde de Riverdale na South Audley Street, já era meio da tarde e o tempo ameaçava ficar pior do que já estava. Nuvens cinzentas pairavam baixas e ondulavam pelo céu à mercê de um vento anormalmente frio que usava a rua como um funil. Estava quase, mas não exatamente, chovendo.

Havia nada menos que três carruagens estacionadas em frente à casa, um sinal claro de que os Westcott estavam se reunindo em torno de um dos seus. Ele não hesitou, de qualquer forma. Se não visitasse agora, nunca o faria, e teria que viver para sempre com uma culpa que sabia que não precisava sentir. Infelizmente, nem sempre se podia controlar a culpa. Instalava-se no centro do ser e simplesmente se recusava a sair, mesmo quando era informada de que escolhera hospedar-se na pessoa errada.

Eles estavam todos na sala de estar — todos os que se encontravam na capital, de qualquer maneira. A condessa viúva de Riverdale estava sentada a um lado do fogo que havia sido aceso contra o frio do dia, com Lady Matilda Westcott previsivelmente pairando sobre ela, uma garrafa de algo na mão — provavelmente sais aromáticos prontos para serem usados, caso sua mãe fizesse algo tão pouco característico quanto sucumbir a um ataque de nervos. Lorde e Lady Molenor estavam sentados lado a lado em um sofá.

A duquesa viúva de Netherby ocupava um sofá, Lady Jessica Archer de um lado dela, Wren do outro. A duquesa de Netherby estava sentada em uma cadeira ao lado delas, o duque em uma cadeira no canto mais distante da sala. Alexander estava de pé com as costas para o fogo, os pés ligeiramente afastados, as mãos para trás. Elizabeth podia ser vista sentada na cadeira do outro lado da lareira em relação à condessa viúva, com sua mãe empoleirada no braço, uma das mãos dando tapinhas nas costas da filha. E alguns dos parentes da sra. Westcott também estavam lá — seu irmão e cunhada, seu filho e sua filha com o marido.

Colin não poderia se sentir mais como um estranho nem se tivesse tentado, depois de ter sido anunciado e ter entrado na sala. E ele não tinha certeza se alguém estava feliz em vê-lo, exceto talvez Wren, que imediatamente se levantou e veio em sua direção, ambas as mãos estendidas.

— Colin — disse ela, pegando suas mãos e beijando sua bochecha. — Foi muito gentil da sua parte ter vindo. O tempo está ficando horrível, não está?

— Provavelmente vai começar a chover a qualquer momento — falou ele, apertando as mãos dela antes de soltá-las. Elizabeth, depois de um breve olhar desinteressado, não estava olhando para ele nem para ninguém. Sentava-se com a coluna reta, não tocando exatamente o encosto da cadeira, as mãos cruzadas no colo. Estava vestida de maneira simples e arrumada. O mesmo com seu cabelo. Sua tez era pálida, o rosto sem expressão.

— Sinto muito... — começou ele, mas suas palavras foram recebidas com um coro de protestos.

— Você foi uma das vítimas daquele episódio chocante ontem à noite, Lorde Hodges — disse a duquesa viúva. — Não tem *nada* pelo que se desculpar.

— Todos concordamos com isso muito antes de você chegar — contou a irmã dela, Lady Molenor. — Você não fez nada de errado.

— Mas foi realmente gentil da sua parte ter vindo hoje, Lorde Hodges — acrescentou Lady Matilda. — Eu disse que você viria. *Marquem minhas palavras*, eu disse, *Lorde Hodges fará a coisa correta e cortês.*

— Ninguém discordou de você, Matilda — retrucou sua mãe, abruptamente. — Suponho, meu rapaz, que você esteja se culpando por ter valsado com Elizabeth. Que coisa chocante de se fazer em um baile. Eu só gostaria que alguém tivesse inventado essa dança quando eu era jovem.

— Codaire se comportou muito mal, Hodges — disse o sr. Radley, tio materno de Elizabeth. — E não hesito em dizer isso em voz alta na presença de Lizzie, já que ela rompeu o noivado com ele e, sem dúvida, concorda comigo. E Molenor nos contou o que aconteceu no White's Club esta manhã. Dou-lhe meus parabéns.

— *Todos* concordamos com o senhor, papai — assegurou-lhe a filha de Radley. — Mas a pobre Lizzie está sofrendo mesmo assim. Estamos discutindo o que fazer por ela, Lorde Hodges. Ela está determinada a voltar para casa em Kent, para Riddings Park, mas todos nós acreditamos que essa é a pior coisa que ela poderia fazer, quase como se estivesse admitindo ter cometido algum erro imperdoável, quando na realidade é a parte injustiçada, como qualquer pessoa sensata pode ver. Ela faria muito melhor em ficar na capital e seguir sua vida normalmente, com a cabeça erguida. Não é como se ela fosse ser obrigada a fazer isso sozinha. Estaremos todos ao seu lado. *Ambos* os lados de sua família.

— Nem todos nós concordamos completamente com a solução, Susan — declarou a sra. Westcott. — Eu entendo o desejo de Lizzie de ir para casa por um tempo. Não é por causa do escândalo, que, é claro, não é culpa dela de forma alguma, mas porque seu coraçao está machucado.

— Venha sentar aqui, Lorde Hodges — pediu a duquesa de Netherby para Colin, enquanto se levantava. — Eu vou me sentar perto de Avery. Realmente não deve se culpar, sabe, embora eu tenha certeza de que você tem feito isso. Você é *irmão* de Wren, e o que poderia ser mais natural do que dançar com Elizabeth durante o baile de noivado dela? Ninguém em sã consciência pensaria que você é culpado de qualquer coisa além de uma cortesia familiar muito adequada.

— Venha — chamou Wren, passando o braço pelo de Colin para levá-lo até a cadeira que a duquesa havia desocupado.

— Não — objetou ele. — Obrigado. Não vou ficar. Eu vim perguntar à Lady Overfield se ela gostaria de dar um passeio no parque comigo. Você gostaria, Elizabeth?

— Seria muito imprudente. Vai chover a qualquer momento — falou Lady Molenor.

— E está ventando muito lá fora — acrescentou a duquesa viúva.

— Você pegaria um resfriado, Elizabeth — disse a sra. Radley. — Acredito que o senhor tenha vindo a pé, sim? Ninguém ouviu uma carruagem parar do lado de fora.

— Você vai pegar uma pneumonia, Elizabeth — advertiu Lady Matilda. — Se é que já não pegou na noite passada. Você não está nada bem hoje. Não que possa ser culpada por isso sob as circunstâncias.

— Lizzie precisa descansar, Lorde Hodges — avisou sua mãe, gentilmente, dando um tapinha no ombro dela. — Toda essa atenção está sendo demais para ela, por mais que ela aprecie todos terem vindo mostrar sua simpatia e seu apoio. Vou levá-la para cima...

— Parece-me — iniciou o duque de Netherby suavemente, e todos se calaram para ouvir o que ele tinha a dizer — que a pergunta foi dirigida a Elizabeth.

— E a família de Elizabeth tem todo o direito de responder por ela quando ela não está em condições de fazê-lo, Avery — respondeu-lhe a condessa viúva. — Sim, Althea, subam com ela. Nós daremos licença a vocês duas.

— Obrigada, Lorde Hodges. — Elizabeth ergueu os olhos para Colin, ainda sem nenhuma expressão no rosto. — Vou buscar minhas coisas para sair.

— Elizabeth — protestou Lady Matilda. — Você realmente acha que deveria?

— Meu amor... — disse a sra. Westcott.

— Leve um guarda-chuva — aconselhou Alexander.

13

Caminharam em silêncio até o Hyde Park, embora Elizabeth tivesse pegado no braço de Colin quando ele ofereceu. Ela havia se sentido muito tentada a permitir que a família gerenciasse sua vida, pelo menos naquela tarde, e a pusesse para dormir na cama e a cobrisse para ficar quente e segura. Como se ainda fosse uma criança. Às vezes ela desejava ser, mas planejavam voltar para Kent no dia seguinte ou no próximo, ela e sua mãe, e, se dependesse dela, nunca mais sairiam de lá. Ou pelo menos ela não sairia. Parecia justo, então, permitir que Colin desse uma palavra em particular com ela, já que ele fora terrível e injustamente envolvido no que acontecera na noite anterior. Ele fora decente e corajoso o bastante para entrar na casa naquela tarde, mesmo que devesse ter sido óbvio para ele, enquanto vinha pela rua, que não era o único visitante. Não devia ter sido fácil.

O vento estava atrás deles enquanto caminhavam pela rua. Foram atingidos de lado ao atravessar a estrada e virar para entrar no parque. Era o que seu pai costumava descrever como um vento preguiçoso — tão preguiçoso que não dava a volta em uma pessoa, mas soprava diretamente através das roupas, pele e os ossos até sair do outro lado. Era um ditado dele que sempre a divertira. Não naquele dia, porém. Era um dia cinzento e sem vida, que combinava perfeitamente com seu humor.

O parque parecia quase deserto quando entraram, ao contrário do dia em que haviam passeado perto do Serpentine, ela lhe contara sobre os abortos e tinham visto a carruagem de sua mãe passar. Naquela tarde, não havia outro pedestre à vista e a maioria dos veículos na avenida principal eram carruagens fechadas. A chuva ameaçava, embora ainda não tivesse começado a cair de fato. Dobraram na estrada para caminhar na diagonal pela grama em direção a uma linha distante de árvores.

— Elizabeth — disse ele, finalmente lhe dirigindo a palavra —, eu sinto muito...

— Não — ela o interrompeu. — Você não fez nada de errado, Colin. *Nada*. Não vou deixar você se culpar. E se parte da sua preocupação é pelo fato de eu não me casar mais com Sir Geoffrey Codaire, então está enganado. Só estou grata por ter descoberto uma verdade pertinente sobre ele enquanto ainda estava noiva, não depois de nos casarmos. Ele não é o homem que eu pensava que fosse. Não me arrependo nem um pouco de Alex tê-lo derrubado com um soco.

— Ele *fez* isso? — Colin virou bruscamente a cabeça na direção dela. — Eu queria ter feito o mesmo, mas o salão de baile não era o lugar certo, era? Eu não podia suportar a forma como ele a insultou e humilhou diante de tanta gente.

— Você teria duelado com ele. O primo Thomas nos contou sobre isso de manhã. Estou muito feliz que não tenha acontecido. Quanto ao que ocorreu, é melhor esquecer. — Palavras tolas. Nenhum dos dois provavelmente esqueceria. Nunca.

— Enquanto dançávamos, me vi querendo reviver o espírito daquela valsa absurda na festa do dia após o Natal. Mas não deveria ter feito isso no seu baile de noivado, de todos os lugares. Não deveria ter feito você rir daquele seu jeito alegre de quando está realmente se divertindo, diante dos olhos de seu noivo e de metade da sociedade. Eu simplesmente não *pensei*, e por isso devo me culpar. E, depois, para piorar a situação, entramos naquela conversa intensa... não consigo me lembrar agora do que se tratava. E você? Eu simplesmente não percebi quando a música acabou.

— Colin — ela disse enquanto viravam para caminhar paralelamente às árvores em vez de passar por elas para o caminho na floresta além. — Você realmente *não* deve mais se torturar com essas acusações tolas contra si mesmo. Não foi você quem se comportou mal. *De forma alguma*. Nem fui eu. Foi Sir Geoffrey Codaire. As pessoas deveriam se divertir em um baile. Nós estávamos fazendo isso. Espera-se que sejamos sociáveis e conversemos uns com as outros. Foi o que estávamos fazendo. O incidente todo foi resolvido de forma bastante satisfatória na biblioteca de Avery. Eu terminei nosso noivado, Alex o derrubou quando ele se tornou malicioso e Avery o expulsou da casa, embora não fisicamente. Ele saiu por vontade própria. Haverá um aviso nos jornais amanhã para anunciar o que todos já sabem. Minha mãe e Wren escreveram a todos que foram convidados para o casamento, todos os preparativos foram cancelados, minha mãe e eu retornaremos a Riddings Park amanhã ou depois, e... Bem, é o fim da história. Só espero que tudo isso não tenha repercussões negativas para você, mas não espero que tenha. Homens e mulheres geralmente são julgados por padrões muito diferentes. Imagino que suas perspectivas matrimoniais até tenham sido melhoradas, se isso for possível.

Caminharam em silêncio por um tempo, agora com o vento em seus rostos e uma forte sugestão de umidade no ar. Não era um dia agradável. Mesmo assim, era bom estar do lado de fora e caminhar. Ela admitiu para si mesma com um toque de culpa que era bom estar longe de sua família por um curto período, até mesmo de Wren, Alex e sua mãe.

Mas isso era um adeus para Colin. Ah, não para sempre, supôs ela. Sem dúvida, haveria ocasiões familiares que a afastariam de Riddings em algum momento no futuro — o nascimento de outro filho para Alex e Wren, por exemplo. Ela provavelmente o veria de novo, mas não logo e não com frequência. Nunca mais dançaria com ele — um pensamento absurdamente trivial que lhe trouxe um aperto na garganta e um engasgo que disfarçou ao engolir.

— Nem todos os homens são como Codaire — ele disse. — Ou como seu primeiro marido foi.

Ela virou-se para olhá-lo, alto, bonito e muito sério.

— Está sugerindo que eu tente mais uma vez? — ela lhe perguntou. — Sei que nem todos os homens são vilões. Ou todos os maridos. Existem Alex e Avery e meu tio Richard e Joel Cunningham e... e Alvin Cole para refutar qualquer noção boba dessas. O problema não é com todos os homens, mas com os homens que escolho como maridos. Eu estava certa de que Desmond era o certo para mim. Eu o amava com todo o meu coração, mas ele era fraco, doente e algo nele me odiava e transformou esse ódio em maldade. Todos esses anos depois, eu estava certa de que Geoffrey era o homem certo para mim: sólido, estável, leal, paciente e uma série de outras coisas boas, mas ele é possessivo, autocrático e ciumento, e algo nele me odiou todos esses anos; talvez por eu ter sido frívola o suficiente para escolher Desmond em vez dele quando era jovem, e então levar meu marido ao álcool.

— Se ele disse isso ontem à noite, então mereceu o sopapo.

— Não é nos homens que não confio, mas em mim mesma — prosseguiu ela. — Obviamente, sou uma péssima juíza de caráter. E há algo em mim que... que os homens odeiam.

— Eu não a odeio, Elizabeth — disse ele, parecendo quase irritado. Ela percebeu que haviam parado de caminhar. — Eu gosto de você, eu a respeito, admiro e honro.

— Eu falei como se estivesse com pena de mim mesma quase ao ponto da histeria, não falei? — Elizabeth sorriu com tristeza para ele. Seus lábios pareciam um pouco rígidos, como se não tivessem sorrido por muito tempo. — Mas obrigada, Colin. Você é gentil. E foi bondade da sua parte ter vindo hoje, quando sei que não deve ter sido fácil, e até mesmo por manobrar as coisas para que você pudesse ter essa conversa particular comigo. Sou grata.

Ele se virou ligeiramente para levantar o grande guarda-chuva preto de Alex que pegara no vestíbulo. Ela percebeu que começara a garoar de leve. Ele o ergueu sobre suas cabeças, mas não fez movimento para continuar caminhando.

— Você confia *em mim*? — ele perguntou.

— Claro que sim. — Ela sorriu mais uma vez. — Mas não estou considerando me casar com você, Colin.

— Pensei que talvez você pudesse, se eu pedisse.

E ela percebeu com um tumulto de consternação do que tudo aquilo se tratava — aquela visita à casa, aquele convite para passear, aquele desejo de falar em particular com ela. Elizabeth colocou a mão em seu braço e deu meio passo para mais perto dele.

— Por causa da noite passada? — indagou ela. — Porque você ainda teme que de alguma forma tenha me comprometido e me deve casamento? Oh, não, Colin, mas eu agradeço sinceramente.

— Porque você precisa de alguém em quem confiar, e acho que sou esse homem. Nós dois sabemos que não sou sólido e firmemente estabelecido na vida. Você sabe que tenho problemas para resolver, uma identidade para estabelecer, um futuro para construir, mudanças para fazer... eu poderia continuar. Não sou alguém que você já tenha considerado como marido, mas pela sua própria admissão suas escolhas não deram certo. Você *pode* confiar em mim, Elizabeth, e posso oferecer a segurança de nome e fortuna. Eu nunca a decepcionaria. Eu sempre cuidaria de você. Não. Deixe-me reformular. Você *sempre* seria importante para mim. Eu nunca me comportaria como se a possuísse, não importa o que a igreja e o Estado digam. Sempre a respeitaria e nutriria meu afeto por você. Sempre buscaria sua companhia. Você *confiaria* em mim? Você se *casaria* comigo?

Elizabeth piscou várias vezes. Se o guarda-chuva não estivesse firme sobre suas cabeças e inclinado ligeiramente para o vento, ela teria escolhido acreditar que era a chuva umedecendo suas bochechas.

— Não chore — Colin pediu, baixinho. — Eu a fiz chorar?

— Colin. — Ela pousou a palma da mão contra seu peito. — Meu querido. Você tem demonstrado interesse por várias jovens com quem poderia se casar. Talvez até tenha escolhido uma como favorita. A srta. Dunmore, quem sabe? Não seria surpreendente se tivesse se apaixonado por ela, e ela seria uma excelente escolha.

— Não. O número ainda é plural, decerto um indicativo de que não estou apaixonado por nenhuma delas, seja lá o que signifique apaixonar-se. Eu realmente não entendo o termo. Eu me importo mais com você do que com qualquer outra pessoa que conheci nesta primavera.

— Você é muito gentil — Elizabeth disse novamente com um suspiro. — Mas, Colin, eu tenho quase dez anos a mais que você.

— Sempre volta a isso, não é? Codaire é mais velho que você, Elizabeth. Isso é perfeitamente óbvio. Quanto mais velho?

Ele lhe dissera no dia em que a pediu em casamento e ela aceitou. A ironia já a tinha atingido naquele momento.

— Nove anos. Ele tem quarenta e quatro anos.

— E quando você aceitou o pedido de casamento dele, protestou que era quase dez anos mais nova?

— Não.

— Nem sequer lhe ocorreu fazer isso? — ele perguntou. — Você sentiu algum desconforto com a diferença de idade?

— Não, mas...

— *Eu não sinto nenhum desconforto com a diferença de idade entre nós. Sinto ainda menos agora do que no Natal. Naquela época, achei que sua serenidade era profunda, de ossos ou de alma. Achei que você tinha alcançado aquele ápice de maturidade que imagino que todos sonhamos alcançar, mas nunca realmente conseguimos. Pensei que você estava além do meu alcance, para ser admirada, até adorada à distância, mas suponho que sempre há mais mudanças às quais nos ajustarmos, mais crescimento para obtermos, mais dúvidas e inseguranças para enfrentarmos. Você ainda está em uma jornada para algum lugar, não está, Elizabeth? Assim como eu? Assim como todos? Talvez... não, provavelmente... aquele lugar não exista de fato. Pelo menos não nesta vida. Embora se espere que possamos adquirir alguma sabedoria ao longo do caminho. Como você adquiriu. E como eu talvez tenha começado a adquirir, mas não estamos tão distantes um do outro como eu pensava. Apenas algumas milhas ou quilômetros, na verdade.*

— Nove milhas? — ela sugeriu.

— Não é tão longe assim. Não é? Nove milhas, treze quilômetros, é a distância entre Brambledean e Withington. Pode ser percorrida apenas para tomar um chá. Nove anos são tudo o que nos separa. Certamente não são uma barreira insuperável. A menos que eu lhe pareça tão jovem e desajeitado que seja completamente insignificante.

— Colin. — Ela bateu a mão contra o peito dele e fitou-o nos olhos sombreados pela aba de seu chapéu, pelo guarda-chuva e pelas nuvens pesadas. Seus olhos encararam firmemente os dela. E ela se sentiu terrivelmente tentada. Estava cansada e queria encostar a bochecha no ombro dele e... se render.

Quase parecia um desejo de morte. Um abandono de si mesma porque estava cansada até as profundezas. Cansada de viver, de se debater, de esperar, de cometer erros terríveis, de perder a esperança. E a confiança. Em algum lugar, no entanto, encontrou um fio de força.

— Não permitirei que você faça isso. Algo tão… monumental precisaria de consideração longa e cuidadosa, mesmo que devesse ser considerado de uma forma ou de outra. Não pode ser feito apenas porque você é um homem gentil, bondoso e consciente.

— Meu Deus, Elizabeth — disse ele e, de repente, seus olhos a fulminavam e sua voz estava afiada de raiva. — Você não entende, não é? Não me conhece de verdade. Você *pensa* que sou um menino inseguro e inexperiente. Acha que devo ser protegido de minha própria fraqueza e fragilidade. Posso ter nove anos a menos que você, mas sou um homem.

E seu braço livre veio forte ao redor da cintura de Elizabeth e a puxou contra si. Mesmo com as mãos dela se espalmando sobre seu peito para se firmar, ele baixou a cabeça e a beijou — um beijo urgente, sem gentileza, de boca aberta, com toda a paixão com que ele a beijara no Dia de Natal, exceto que esse beijo não terminou após alguns breves segundos. Ao contrário, suavizou e se aprofundou enquanto ela deslizava as mãos para lhe segurar os ombros, e abria a boca para admitir sua língua. Ela se inclinou para ele, sentindo os músculos da coxa dura contra os seus, assim como a firmeza do corpo masculino pressionado ao dela. Tudo era calor em contraste com o frio do tempo lá fora. E anseio. E um desejo que era ao mesmo tempo dor e prazer.

Deviam estar à vista da entrada das carruagens, Elizabeth percebeu quando o pensamento racional começou a voltar a ela e sentiu a chuva no rosto. Ele ainda segurava o guarda-chuva, mas o tinha inclinado para um lado, a borda inferior quase tocando o chão agora, mas ela não conseguia ouvir muito tráfego, apenas o distante *clop-clop* de um único conjunto de cascos.

Colin fitava então os olhos dela, o braço ainda em volta de sua cintura, o guarda-chuva sobre suas cabeças uma vez mais. Ele ainda parecia tenso e zangado, a contar por sua mandíbula um tanto rígida. Mais velho do que o habitual, a abertura e juventude em seu rosto agora ausentes. Ela nunca o tinha visto assim antes. Parecia que o tinha ofendido ao usar sua juventude e bom humor contra ele mesmo, embora não tivesse a intenção de diminuí-lo, apenas de apontar que ela era uma escolha de noiva totalmente inadequada para ele. Em especial quando essa escolha lhe estava sendo imposta pelas circunstâncias — ou assim ele parecia acreditar. Era horrivelmente injusto.

Ele se mostrara sorridente e feliz na noite anterior enquanto dançava com a srta. Dunmore. Formavam um casal deslumbrante e atraente.

Elizabeth deu batidinhas com as palmas no peito dele.

— Não perguntei por impulso, Elizabeth. Já pedi sua mão mais de uma vez antes.

— Ah. Mas sempre como uma brincadeira.

— Talvez para você. Não para mim.

Ela inclinou ligeiramente a cabeça para um lado. Era verdade? Mas não, ele estava se enganando. Ele gostava dela como ela gostava dele, mas nunca a tinha considerado seriamente como esposa. Mesmo aquele beijo no Natal... Ah, aquele beijo. Às vezes, ela o revivia em seus sonhos quando não conseguia controlar a memória e — sim, poderia muito bem ser honesta — ela o revivia com muita frequência também em seus devaneios diurnos, quando estava no controle. E agora ele a tinha beijado mais uma vez, com verdadeira paixão. No entanto, paixão não era amor. Na verdade, parecia ter surgido mais da raiva.

Ela não conseguia suportar...

— Colin...

— Poderíamos substituir todas as fofocas vis de hoje por algo ainda mais sensacionalista, mas muito mais alegre — disse ele. — Poderíamos nos casar amanhã, Elizabeth. Ou poderíamos anunciar nosso noivado amanhã e planejar nosso casamento com mais cuidado. Poderíamos nos casar em Roxingley, se você quisesse, ou em Brambledean ou em Riddings Park. Ou aqui. Permita que nos casemos. Talvez aquele incidente horrível de ontem à noite tenha acontecido por um propósito. Por esse propósito exato. Vamos continuar a não nos levarmos a sério apenas por causa de nove anos?

Era mais do que isso. Ah, decerto era. Ele viera a Londres procurando uma noiva, e ele estava procurando — entre as jovens senhoritas que haviam acabado de ser liberadas da sala de aula. Colin era um grande favorito delas. Poderia ter quase qualquer uma que escolhesse. E todas elas tinham pelo menos quinze anos a menos que Elizabeth. Esse era um fato avassalador, mas enquanto ela olhava nos olhos dele, era horrivelmente tentada a não pensar demais nessa decisão, a não trazer o bom senso para o caso. O bom senso nunca tinha funcionado muito bem em nenhuma das decisões importantes de sua vida. Talvez fosse hora de dar uma chance ao impulso. Era uma maneira horrivelmente perigosa e irresponsável de tomar uma decisão grandiosa e que mudaria a vida, é claro, mas... Talvez fosse hora de fazer o que ela queria fazer em vez do que deveria fazer.

Tinha passado todo o último verão, inverno e começo da primavera pensando em sua decisão muito sábia e sensata de se casar com Geoffrey.

Contudo, talvez ainda estivesse desequilibrada após o beijo com Colin. Talvez, se desse mais alguns minutos para se recuperar e pensar claramente...

— Não. Não, Colin. Eu agradeço e aprecio o que está tentando fazer, mas não posso permitir. Eu me importo demais com você.

Ele endureceu a mandíbula novamente e a observou por um longo tempo sem falar.

— Você se importa comigo — ele disse por fim. — Mas não o suficiente para se casar comigo.

— Eu me importo com você demais para me casar com você.

— Isso é um absurdo. É um absurdo, Elizabeth. Você aceitou a proposta de um homem de quem não gostava em absoluto, mas rejeitou a minha.

Não havia resposta que não os levasse apenas em círculos. Ela respirou devagar.

— Sim — confirmou.

Colin assentiu, seus olhos nunca deixando os dela.

— Eu pensei... Que você confiaria em mim.

Como se a confiança pudesse resolver tudo. Ou alguma coisa. Como se pudesse consertar um coração partido. Só o amor poderia fazê-lo. Talvez.

A chuva — agora não mais uma garoa — martelava no guarda-chuva. Uma rajada de vento frio soprou e cortou entre eles.

Colin não voltaria para dentro da casa com ela. Também não levaria o guarda-chuva consigo, mesmo que a chuva estivesse caindo pesado. Ele ficou observando enquanto ela subia os degraus, batia à porta e entrava quase imediatamente quando esta se abriu, mas então houve um impasse. Elizabeth fechou o guarda-chuva e ficou olhando para Colin na calçada. Ele virou-se e partiu a passos largos, água já pingando da aba de seu chapéu.

Ela o observou ir embora até que ele quase sumisse de vista, mesmo que estivesse sendo parcialmente molhada pela chuva. E seu coração doía. Queria chamá-lo de volta. Queria correr atrás dele, mas não fez nada disso. Ele era um jovem com os sonhos de um jovem, e ela... Ela já passara dos sonhos. Já passara até mesmo dos planos práticos para seu próprio futuro. Suportaria. Já o fizera antes e o faria novamente, mas sentia agora que nunca seria feliz, que não *tinha como*. E não o arrastaria consigo apenas porque ele era gentil e galante e se persuadira de que realmente queria fazer o que sua consciência o instigava a fazer. Ela estava tentada a simplesmente seguir direto para seu quarto sem sequer passar pela sala de visitas. Ficou parada por um momento diante das portas, respirou fundo, sorriu e entrou.

— Os céus se abriram — disse ela, tirando o *bonnet* e sacudindo o cabelo, embora estivesse realmente bastante molhada na frente.

— Colin não entrou com você? — perguntou Wren, claramente desapontada.

— Não. Acho que ele sentiu que estava muito molhado. Ele segurou o guarda-chuva mais sobre mim do que sobre ele, e não quis levá-lo consigo. — Ela atravessou a sala para aquecer as mãos no fogo. Houve um breve silêncio atrás dela.

— Foi gentil da parte dele vir aqui e mostrar alguma preocupação por você — disse tia Lilian.

— Sim — confirmou Elizabeth, e acrescentou o que não tinha a intenção de dizer. — Ele me ofereceu casamento. Foi extremamente gentil da parte dele. Eu disse não.

— Bem, é claro que ele ofereceu — respondeu a prima Louise. — E, claro, *você* disse não.

— Ele se sentiria obrigado a lhe fazer uma oferta — concordou a prima Mildred —, especialmente depois do que aconteceu no White's esta manhã, mas teria sido absurdo, para dizer o mínimo. Lorde Hodges fez a coisa certa e você também, Elizabeth.

— Sinto muitíssimo, Elizabeth — falou a condessa viúva —, que os dois tenham sido colocados em uma situação tão desconfortável por Sir Geoffrey Codaire, que realmente deveria ter a cabeça no lugar. O jovem Lorde Hodges gosta de você, assim como você gosta dele. Eu observei isso no Natal. Só espero que nenhum dos dois permita que os eventos das últimas vinte e quatro horas, nem mesmo por esse tempo, nublem sua amizade. Vocês são, afinal, praticamente irmãos.

— Nada disso vai acontecer, eu lhe garanto — assegurou Elizabeth, sorrindo novamente enquanto se afastava do fogo e sentava na cadeira ao lado.

Seus olhos encontraram os de prima Matilda, que estava sempre pairando ligeiramente atrás da cadeira de sua mãe, do outro lado da lareira. Matilda a fitava, e uma compreensão inesperada foi transmitida entre elas. Era muito comum descartar Matilda como uma espécie de caricatura da solteirona envelhecida que dedicara sua vida ao cuidado da mãe, mas a tradição familiar dizia que, quando jovem, ela havia recusado vários pretendentes elegíveis escolhidos por seu pai porque tinha um afeto romântico por um filho mais novo de um cavalheiro sem importância especial e sem fortuna. Elizabeth não sabia a verdade da história, mas algo na expressão de Matilda a inclinava a acreditar.

Matilda serviu uma xícara de chá, adicionou duas colheres de açúcar e o trouxe para Elizabeth.

— Matilda — chamou sua mãe. — Esse chá já está frio agora.

— Lizzie não coloca açúcar no chá, Matilda — disse a mãe de Elizabeth.

Elizabeth pegou a xícara e o pires e sorriu.

— Está perfeito — elogiou — e exatamente o que eu precisava depois de ficar gelada até os ossos lá fora. Obrigada, Matilda.

— Mamãe insiste que você vai querer ir para Riddings, Lizzie — falou Alexander. — Mas se preferir, pode ir para Brambledean e nós nos encontraremos com você no verão.

— Adoraríamos ter você conosco — acrescentou Wren.

— Eu não vou a lugar algum — avisou Elizabeth, depois de tomar um gole do chá e controlar seu rosto para não mostrar o desgosto com a bebida excessivamente doce e fria. — Vou ficar aqui mesmo. E amanhã retomarei minha vida normal. Por que não deveria? Os fofoqueiros podem fazer muito alarde sobre mim por um ou dois dias, mas logo vão se cansar de notícias antigas.

— Oh, Elizabeth — disse Anna, juntando as mãos ao peito —, isso é *exatamente* o que eu esperaria de você. Posso lhe fazer uma visita de manhã e vamos fazer compras juntas?

— Suponho — iniciou Avery, parecendo levemente aflito — que estou prestes a receber uma conta por outro *bonnet*, não é, meu amor?

— *Você não receberá nada, Avery* — retrucou a prima Louise com acidez. — Seu secretário é que vai.

— Exato — concordou ele, de maneira agradável.

— Posso ir também? — perguntou Jessica. — Se você vai ter que pagar por um *bonnet*, Avery, pode muito bem ser por dois.

— Estou orgulhoso de você, Lizzie — disse tio Richard com um piscar de olhos.

Eu pensei... Que você confiaria em mim.

Havia um mundo de dor em sua voz. Como se ela o tivesse rejeitado porque não confiava em suas intenções, em sua capacidade de conhecer a própria mente ou em sua devoção constante a ela se eles se casassem.

Havia verdade no que ele dissera? Ele não poderia querer se casar com ela. Não era possível que fosse feliz com ela. Não a longo prazo. Ele precisava de alguém...

Mas o que ela sabia das necessidades de Colin?

Talvez ele estivesse certo. Talvez ela realmente não confiasse nele.

Ou talvez ela simplesmente quisesse a felicidade dele mais do que desejava a sua própria.

14

Quando Lorde Ede chegou à casa na Curzon Street, usava roupas secas — havia se encharcado até os ossos durante a cavalgada solitária pelo Hyde Park, a chuva chegara antes do esperado e caía com mais força do que ele previra. O valete havia esfregado o cabelo grisalho com uma toalha até ficar praticamente seco. No momento, secara por completo.

Subiu as escadas e entrou nos aposentos de Lady Hodges sem ser anunciado. Era o único homem com permissão de fazer tal coisa, embora todas as vezes a própria dama se queixasse de sua presunção enquanto o pequeno exército de criadas, fabricantes de perucas e de mântuas, manicures e maquiadores corriam por lá ou se lançavam à tarefa de deixá-la apresentável para a noite, que traria um grupo de convidados escolhidos a dedo e os proveria com música, poesia, conversa e lisonjas.

— Ede — disse ela, depois de lhe transmitir a reprimenda esperada com sua doce voz de menina —, o que você descobriu? Não haverá repercussões depois daquela ridícula ameaça de duelo esta manhã, posso assim esperar? E quanto a Lady Dunmore e a filha? Elas não o rejeitaram? Embora seja pouquíssimo provável, já que ele é um par tão bom para a filha, e ela recebeu permissão para valsar com ele depois daquela cena ridícula dentre as mais ridículas. Como é possível que acreditem, mesmo um tolo como Sir Geoffrey Codaire, que meu filho está flertando com uma velha viúva?

— Não faz nem uma hora ele estava em um abraço bem íntimo com a velha viúva lá no parque — Lorde Ede contou a ela.

— *Como?* — Ela puxou a mão de uma jovem que cuidava de suas unhas e virou a cabeça com tanta força que a peruca escorregou ligeiramente, de modo que o peruqueiro fez uma pausa antes de reposicioná-la com cuidado e seguir com a tarefa de criar o cacho que se curvaria com perfeição no pescoço de milady.

— Deseja detalhes?

— Ele é um tolo — disse ela, depois de encará-lo por alguns instantes. — Na certa acredita que lhe deve casamento depois de chamar atenção para ela na área de dança ontem à noite. Ou depois que *ela* chamou atenção para *ele*. Pode acreditar que foi o caso, e quem pode acusá-la de tentar quando ela pensa que sua única opção é se unir a um fazendeiro corpulento e enfadonho? Mas como ela ousa, Ede? *Como ela ousa?*

— Acalme-se, meu amor — pediu o cavalheiro, abrindo a caixa de rapé com o polegar e examinando o conteúdo antes de inalar. — Ouso dizer que ele não será parvo o bastante para se casar com aquela mulher.

— *Casar?* — ela praticamente guinchou. — Não será permitido. Não quando estou tão perto de tê-lo de volta depois de todo o esforço que fiz para lhe arranjar uma noiva bela e dócil. Decerto não permitirei que se case com uma viúva feia e velha apenas porque sente obrigação de ser galante. O que sabemos sobre ela, Ede?

— Só o que todo mundo sabe — relatou ele. — Ela era casada com um bêbado e o deixou depois de ter levado muitas surras. Ele morreu em uma briga de taverna cerca de um ano depois. E ela tem levado uma vida enfadonha e inocente desde então. Claro, Codaire mencionou no White's essa manhã que o primeiro marido a chamava de vagabunda. E que algo ou alguém o levou a beber. E que ela rompeu os laços do casamento de um modo deveras escandaloso ao fugir para a casa da mãe e se recusar a voltar para ele. Mas todo mundo sabe dessas coisas.

— E todos também devem ter esquecido boa parte dessa história ou ela toda. Provavelmente aconteceu há anos.

— Sempre é possível refrescar memórias. E a alta sociedade sempre está a postos para ouvir histórias excitantes sobre a viúva que dançava e ria com tanta indiscrição no próprio baile de noivado, com um homem muito mais novo, e até mesmo tentou atraí-lo para um abraço em público quando a dança acabou.

— Na verdade, *chegou* a abraçá-lo hoje em público — disse ela. — Como ela ousa, Ede? Oh, como ela *ousa*? Você cuidará disso?

Ele guardou o rapé no bolso e foi até a penteadeira onde estavam as joias que ela usaria naquela noite. Cutucou o colar de diamante que lhe dera em algum aniversário esquecido.

— Considere feito.

— E o que posso fazer para resgatar meu estimado Colin? — perguntou ela. Mas não esperou pela sugestão. — Meu coração diz que a srta. Dunmore é perfeita para ele. Onde está Blanche? — Ela olhou para uma das criadas. — Vá chamar Lady Elwood. — A criada saiu correndo do quarto. — Pedirei que ela envie um convite para o chá amanhã. Não. Pedirei que ela envie convites para as duas damas para um passeio de *barouche* amanhã no parque, desde que o tempo esteja melhor do que hoje, claro. E Blanche convidará Colin para nos acompanhar. Não. Lady Dunmore o convidará. Crê que o sol vá brilhar?

— Para você? — indagou ele, fitando-a com um olhar langoroso. — Por você, até mesmo o sol pode ser persuadido a brilhar.

— Bem, que assim seja. Usarei minha mantilha de renda chantili. É deslumbrante. Claro que dirão que ela não é mais deslumbrante que quem a usa, mas estou acostumada com tais lisonjas. Não acredito em metade do que dizem.

Colin passou a manhã seguinte na Câmara dos Lordes, tentando se afundar nos assuntos da nação em vez de se debruçar nos próprios. Não foi fácil.

Havia visto a nota concisa do fim do noivado de Elizabeth, Lady Overfield, com Sir Geoffrey Codaire no jornal da manhã e descobriu que estava sentindo mais pena de si mesmo do que dela. Por que ela havia aceitado Codaire e o recusado? *Eu me importo com você demais para me casar com você*, dissera ela, e lhe pareceu um descalabro tão grande naquele momento como tinha sido na hora. Talvez fosse verdade que ele pedira a mão dela porque não tinha sido capaz de afastar a convicção de que a havia comprometido e, portanto, devia-lhe um pedido de casamento. Mas a questão era que ele também *queria* casar-se com ela. Pensar em realmente se casar com Elizabeth o deixava um tanto atordoado. Para não dizer ofuscado.

Doeu quando ela dissera não.

Ele voltou para seu apartamento no início daquela tarde e encontrou a pilha de correspondências de sempre, outras cartas e mais uma missiva de

Lady Dunmore, que havia sido entregue em mãos. Ele franziu a testa antes de romper o selo. Sim, ainda havia *isso*, sua busca por uma noiva, que agora ele estava livre para retomar. Se conseguisse reunir coragem para isso, é claro. Mas a vida devia continuar. Ele rompeu o selo.

Era um convite para tomar chá com a família e alguns amigos. Naquele dia. Ele olhou para o relógio na lareira. Dali a uma hora e meia. *A família. Alguns amigos.* Pareceu um pouco ameaçador, como se ele estivesse sendo admitido em algum círculo exclusivo. Queria algo assim? A srta. Dunmore era uma dama jovem, meiga e muito bonita também, embora o fato não fosse de suma importância para a sua escolha. Não havia ninguém de que gostasse mais. Exceto... não. Não havia ninguém de quem gostasse mais.

Ah, Elizabeth. Ele se perguntou se ela havia voltado para Riddings Park. Era um desalento saber que ela talvez preferisse se encarcerar a se casar com ele.

Ele chegou à casa dos Dunmore na hora marcada e descobriu que a família e os amigos a que ela se referia no convite pareciam ser Lady Dunmore e a filha. Estavam sozinhas na sala de visitas quando ele foi anunciado. Lady Dunmore se levantou com graciosidade, e a srta. Dunmore ficou de pé em seguida para lhe fazer uma mesura.

— Lorde Hodges — disse Lady Dunmore —, hoje o dia está tão belo depois do vento e da chuva de ontem que me pareceu um pecado desperdiçar a tarde sentada dentro de casa tomando chá. Quando Lydia e eu recebemos um convite para irmos até o parque em uma carruagem aberta, decidimos aceitar e enviar missivas aos nossos amigos para que esperassem até amanhã.

— Não posso julgá-la — respondeu Colin, perguntando-se se a missiva dele havia sido desviada. — Não as reterei, senhora. Se me dão licença, voltarei amanhã com os outros convidados.

— Oh, mas o convite se estende ao senhor. Será um grandessíssimo prazer passear pelo parque com o senhor e Lady Hodges.

Colin sentiu um leve zumbido na cabeça.

— Com a minha mãe? — perguntou ele. Mas não abrigava esperanças de que ouvira mal. Era exatamente assim que sua mãe manipulava as pessoas, e estava claro que ela havia decidido ser hora de ele voltar para o curral com uma noiva que se tornaria um ornamento para seu mundo de juventude e beleza.

— Ela chegará em... cinco minutos — disse Lady Dunmore, olhando para o relógio da lareira. — Talvez seja melhor o senhor nos acompanhar até lá embaixo, Lorde Hodges, assim poderemos colocar nossos *bonnets* e as luvas para estarmos prontas para sair tão logo a *barouche* chegar.

Não tinha escolha, pensou Colin. E se perguntou se sequer havia um chá planejado com família e amigos ou se Lady Dunmore havia recebido ordens de sua mãe, disfarçadas de sugestões gentis. O que ele deveria fazer, claro, era sair daquela casa e sumir rua abaixo antes de ela aparecer. Deveria declarar desde já que não seria manipulado, que tomaria posse de seu mundo de direito no próprio tempo e conforme achasse melhor.

Mas aquilo não era apenas entre ele e a mãe, como ela muito bem sabia. Havia mais duas damas envolvidas, e uma delas era uma menina doce e inocente.

Ele ofereceu o braço a Lady Dunmore e sorriu para a filha ao saírem da sala e descerem as escadas que ele havia subido com toda a inocência apenas alguns minutos antes.

A mãe estava vestida de branco, como sempre, com uma mantilha de renda deslumbrante decorando a aba do chapéu e lhe cobrindo o rosto. Ela estava sentada na *barouche* branca e dourada puxada por cavalos brancos que também eram usados para a sua carruagem fechada. Parecia jovem, frágil e dona de um encanto etéreo. Os quatro batedores trajados de preto estavam reunidos a uma distância discreta do veículo. Era uma cena bastante extraordinária, e tremendamente embaraçosa, Colin pensou ao sair com as damas, que olhavam para o quadro vivo com olhares idênticos de fascínio.

— Mãe — disse ele, assentindo na direção dela.

— Meu estimado filho. — Ela se moveu no assento e deu uma batidinha. — Lady Dunmore, sente-se comigo, os jovens podem compartilhar o outro assento. Não está fazendo um belo dia?

Colin ajudou as damas a entrar e depois ele mesmo subiu após um instante de hesitação, durante o qual cogitou a possibilidade de fechar a porta e sair andando. Mas não poderia humilhar a srta. Dunmore, que o fitava com olhos arregalados e bochechas coradas.

E, assim, ele enfrentou uma hora de passeio pelo Hyde Park, sendo observado por todo o mundo elegante, e uma boa parte do deselegante também, enquanto a mãe acenava com a mão enluvada de branco como se fosse uma rainha reconhecendo seus súditos. Ela falava também, elogiando a beleza da srta. Dunmore, dizendo o quanto ela amaria Roxingley, incitando Lady Dunmore a ir tomar chá com ela uma tarde dessas, congratulando Colin por sua boa aparência, bom gosto e por sua bondade em dançar com a *idosa Lady Overfield* no baile de noivado da dama.

— Uma pena Sir Geoffrey ter ficado com ciúmes de você — disse ela. — E uma vergonha para ela, já que o homem a rejeitou e é pouco provável que em sua idade ela vá encontrar outra pessoa. Mas entendo, de fato, que *você não estava flertando com ela*, estimado filho. Não que precisassem me dizer. A ideia em si é risível, tamanho o seu absurdo.

Colin notou a ênfase em certas palavras, insinuando que Elizabeth havia flertado com ele.

— Lorde Hodges *não* estava flertando, senhora — assegurou Lady Dunmore. — Teria sido um despautério. Vi tudo se desdobrar com meus próprios olhos e foi justamente o contrário. Ontem à noite, ouvi que Lady Overfield tem um histórico de flertar tão logo creia que prendeu um homem, seja por casamento ou noivado. Foi uma pena para ela Sir Geoffrey não estar disposto a enfrentar suas excentricidades e preferir confrontá-la. No entanto, não é a minha intenção espalhar fofocas. Não me importei com o acontecido, decerto, tão logo notei que não estavam espalhando falsos rumores sobre Lorde Hodges, que se comportou com perfeito decoro.

Bom Deus. Oh, bom Deus.

Ontem à noite ouvi... Ele estivera perfeitamente ciente de que a fofoca se espalhara pelo maldito salão de baile, e havia esperado exageros e distorções da verdade. Mas a culpa estava sendo posta apenas em Elizabeth, ao passo que Codaire e ele estavam sendo eximidos?

E... *Lady Overfield tem um histórico de flertar*. Quem diabos estava revirando o passado dela e saindo com acusações tão absurdas? *Codaire?*

— Deve-se mencionar — disse ele — que foi Lady Overfield quem rompeu o noivado com Sir Geoffrey Codaire. E que em momento nenhum durante o contato que tivemos ela *flertou* comigo. Nem com ninguém até onde sei. Eu a tenho em profunda estima.

— E isso é crédito seu, Lorde Hodges — assegurou-lhe Lady Dunmore. — Pois o irmão da dama é casado com a sua irmã, e lealdade para com os familiares e suas relações é sempre digna de admiração.

Ele poderia discutir, fazer declarações, justificativas, perder a compostura, corrigir equívocos ou as inverdades absolutas, mas qual seria o sentido? Rumores e fofocas, uma vez começados, eram como um incêndio descontrolado, e a pessoa que começara aquele decerto entendia isso. Deveria ter estapeado Codaire com uma luva depois da manhã do dia anterior, pensou Colin. Poderia muito bem ir procurá-lo se tais assuntos perdurassem.

Mal tinha consciência da sensação que estavam causando, ainda mais depois que se aproximaram do circuito onde o desfile diário de carruagens, cavaleiros e pedestres se reunia todas as tardes durante a Temporada. Ali estava Lorde Hodges, em uma carruagem aberta, sentado lado a lado com a srta. Dunmore, com as mães de ambos de frente para eles, assentindo graciosamente para os arredores, conversando com a maior amabilidade uns com os outros e sorrindo de modo benevolente para o quadro deslumbrante que as crias apresentavam ao mundo.

Só tinha ciência, enquanto se comportava de maneira agradável com a srta. Dunmore, que ele estava fervilhando com uma fúria impotente e a sensação de estar tão indefeso quanto como quando tinha dezoito anos e a mãe havia planejado uma de suas festas grandiosas para ocorrer no dia seguinte ao funeral do pai. Sentia que estava sendo sugado para as teias da mãe, não fosse essa uma metáfora irremediavelmente confusa.

Quando a *barouche* enfim voltou para a casa dos Dunmore, Colin desceu e ajudou as duas damas a sair, mas recusou o convite de Lady Dunmore para acompanhá-las.

— Não, senhora, obrigado — disse ele. — Acompanharei minha mãe até em casa.

— Como um bom filho deveria fazer — falou ela, sorrindo em aprovação.

— Que bondade a sua, estimado filho — murmurou a mãe.

Ele se sentou ao lado dela durante o trajeto até a Curzon Street e conversou amenidades quando ela tentou atraí-lo para falar dos encantos da srta. Dunmore. Não se envolveria em tal conversa com a mãe, quando havia cinco pares de ouvidos por perto — o do cocheiro e dos quatro batedores.

Ajudou a mãe a descer da carruagem tão logo ela parou à porta de sua casa e ele entrou lá pela primeira vez em muitos anos. Esperou no corredor enquanto ela erguia a mantilha do rosto, removia o chapéu com lento cuidado e se virava para segurar o braço dele enquanto subiam as escadas até a sala de visitas. Sem a mantilha, o rosto dela se revelou habilmente maquiado. Combinado com a peruca loira enrolada com esmero, aquilo de certa forma a afastava da realidade: mais parecia uma boneca em tamanho real do que uma mulher viva.

Entraram na sala de visitas, e Blanche se levantou da cadeira e veio na direção deles enquanto Sir Nelson Elwood, o marido dela, deixava o livro de lado e se levantava devagar.

— Blanche? — Colin pegou a mão da irmã e fez uma reverência. Ela ainda era muito bonita, pensou, com o rosto sem cosméticos, impecável, embora não mais jovem, com os cabelos loiros bastos e saudáveis. Linda, mas lhe faltava animação.

— Colin — disse ela.

Nelson ajudava a mãe deles a se sentar do outro lado do cômodo em uma poltrona impressionante, toda de veludo cor-de-rosa em uma sala cor-de-rosa na qual toda a luz do dia era impiedosamente repelida por cortinas cor-de-rosa que filtravam a luz de um modo lisonjeiro para a senhora da casa. Sua poltrona era mais alta que as outras, e dois degraus serviam de apoio para seus pés quando ela se sentava. Dava a ela a vantagem de parecer dominar o cômodo e todos nele.

Os quatro batedores, tendo se despojado do traje de uso externo, entraram correndo no cômodo para servi-la.

— Saiam! — ordenou Colin, apontando para eles e indicando a porta às suas costas com o polegar.

Todos os presentes congelaram e o olharam como se tivesse brotado outra cabeça nele. Todos, exceto a mãe, que estava sentada em sua poltrona e o avaliava com um meio-sorriso nos lábios. Os quatro homens, todos jovens, todos lindos, viraram o olhar inquisidor para ela.

— Devo lembrar aos senhores — disse Colin — que estão na minha casa a meu dispor. Podem esperar em outro lugar até a presença de vocês ser requisitada.

— O mestre da casa falou, meus queridos — declarou a mãe, parecendo achar graça, e os quatro homens se retiraram, passando perto de Colin ao sair, olhando-o como se quisessem intimidá-lo.

— Mãe — começou ele ao ouvir a porta se fechar —, ouso dizer que as notícias de que pretendo procurar uma esposa se espalharam. Conheci várias damas desde que voltei a Londres este ano, e me interessei por algumas delas. Talvez algumas tenham interesse em mim. Ainda não tomei a minha decisão. E creio que não estou nem perto disso. Até lá, terei cuidado ao não levantar suspeitas em que elas possam não ser correspondidas ou dar atenção em casos que possam levar a mágoas. A srta. Dunmore é uma jovem afável. Seria muito estranho se eu não desfrutasse de sua companhia e se não tivesse passado pela minha cabeça que ela talvez pudesse ser uma boa esposa para mim. Não sei o que ela pensa do assunto. Não a conheço bem para perguntar e ela é uma dama bem-criada que não tem as emoções à flor da pele. Lady Dunmore, por outro lado, obviamente tem ambições, pelo que ela não pode ser culpada, já que tem várias filhas para casar. Hoje minha vida ficou consideravelmente mais difícil, apesar de as esperanças da mãe terem aumentado e a filha ter se tornado mais vulnerável. Eu me ressinto do fato de que, sem nenhum convite, a senhora escolheu intervir nos meus assuntos e passar por casamenteira. Isso deve e vai parar.

— Colin — censurou-o Blanche.

Nelson voltou para a própria poltrona, pegou o livro e começou a ler.

— Que comportamento autoritário, estimado filho — disse a mãe. — Eu sabia que você se transformaria em um jovem decente assim como seria extraordinariamente bonito. Mas, às vezes, jovens rapazes, assim como as jovens damas, não sabem o que querem e desperdiçam a vida com indecisões e procrastinações, a menos que recebam uma ajudinha. A srta. Dunmore é claramente a mulher certa para você. Ela é a mais encantadora da safra de jovens este ano, e meu filho não pode se dignar a escolher nada além do melhor. Que vergonha seria se alguém mais decisivo a roubasse bem debaixo do seu nariz, assim como seu pai fez comigo. Eu tinha outras perspectivas, como bem sabe, muitas, na verdade, e vários teriam me levado a uniões mais deslumbrantes que a que fiz. Mas bastou seu pai olhar uma única vez para mim e saber o tesouro que estava ao seu alcance. Ele se agarrou a isso sem esperar que alguém o impedisse.

— Eu não sou o meu pai — rebateu Colin. — E não tenho nenhum direito sobre a srta. Dunmore, por mais encantadora que ela seja. Se ela escolher encorajar outra pessoa, terá a minha bênção. Não serei forçado a nada, mãe. Não com ela nem com ninguém. Não permitirei que a senhora assuma a minha vida e a organize conforme seus interesses. Eu me casarei quando estiver pronto, e me casarei com uma mulher que eu mesmo vou escolher. Eu a levarei para Roxingley, e ela será a senhora de lá. A propriedade será cuidada como ela e eu bem entendermos. Espero que a senhora compreenda. Não quero dissabores entre nós. Também não quero distanciamento total. Mas sou mais do que apenas seu filho. Sou um homem crescido. E uma pessoa. Eu sou Lorde Hodges.

— Querido — disse ela, ao pegar um leque de penas de avestruz na mesa ao seu lado e abanar o rosto —, sente-se e converse tranquilamente comigo. Já faz tanto tempo. Tempo demais. Blanche, toque a sineta e peça o chá.

— Não vou ficar, mãe — recusou ele. — Tenho outro compromisso.

Não era verdade, mas não poderia ficar mais tempo naquela luz fraca e feminina.

— Deve voltar em outro momento, então — falou ela, ao estender a mão.

Ele atravessou o cômodo e pegou-lhe a mão para dar um beijo no dorso, sentindo a sensação curiosa de que era um cortesão ao qual a rainha concedia um favor especial.

— Mande meus homens entrarem quando sair, estimado filho. É cansativo ter que abanar o meu próprio rosto. Ouviu Lady Dunmore me dizer o quanto você é bem apessoado e o quanto se parece comigo? Talvez não tenha ouvido. Você estava conversando com a srta. Dunmore na hora. E a mãe adicionou que estava convencida de que você era meu irmão em vez de meu filho. As pessoas são tão bajuladoras, não? Crê que eu tenha idade suficiente para ser sua mãe?

— Eu sei que a senhora *é* minha mãe — disse ele, virando-se e se despedindo brevemente de Blanche e Nelson, que ergueu o olhar do livro e assentiu para ele.

Cerca de um minuto ou mais havia se passado e ele já se apressava pela Curzon Street, tentando caminhar mais rápido que as lembranças que tinha daquela tarde. *Sua mãe*. Aquela exibição muito pública de um cortejo aparentemente bem encaminhado. *Sua mãe*. A mãe da srta. Dunmore. A própria srta. Dunmore, meiga, encantadora e possivelmente na expectativa diária de ele fazer uma visita formal ao pai dela. *Sua mãe*. A voz da mãe. A vaidade infinita da mãe. O jeito da mãe de manipular pessoas e eventos a seu bel-prazer.

Elizabeth.

A crueldade dos rumores e das fofocas o eximiam de culpa, ao que parecia. E também a Codaire. Em vez disso, estava concentrada toda em Elizabeth. Sua aparência vívida e seu comportamento exuberante no baile, particularmente durante a valsa, estavam sendo usados contra ela. O passado, real e imaginado, estava sendo revirado e usado contra ela. Será que a sociedade estava satisfeita com a maldade que tinham feito circular no dia anterior? Se ela tivesse ido para Riddings Park, será que tudo morreria agora por falta de combustível?

Será que ela *tinha* ido embora?

Londres sem Elizabeth se tornaria um lugar sombrio.

Pensou no beijo do dia anterior no parque, e sua tristeza se aprofundou. Seria fácil se apaixonar por ela. Talvez já tivesse se apaixonado de certa forma. Mas não era uma inclinação que poderia satisfazer. Ela não era para ele. Ainda assim...

Eu me importo demais com você para me casar com você.

Oh, não, Elizabeth. Se você se importasse, teria dito sim.

15

O dia de Elizabeth começou com o anúncio do fim do noivado nos jornais matutinos. Aquilo fez seu estômago se revirar ligeiramente e roubou o pouco apetite que lhe restava. Era tudo muito público e embaraçoso. Ainda assim, não foi tão perturbador quanto havia esperado quando viu tudo impresso de modo tão nítido. Havia sido um grandessíssimo erro aceitar a proposta de um homem por quem não sentia nada além de gratidão. Ela quase merecia a vergonha.

No entanto, haveria mais do que esperava. Uma carta de Viola, marquesa de Dorchester, chegou com a correspondência da manhã. Ela escrevera de sua casa em Redcliffe Court, Northamptonshire, primeiro para felicitar Elizabeth pelo noivado com Sir Geoffrey Codaire, a quem ela conhecia de passagem já havia alguns anos. Ela se lembrava dele como um homem digno de caráter firme e desejou felicidades a Elizabeth. Contudo, a carta seguiu além das felicitações. Estava, na verdade, transbordando de uma felicidade exuberante, pois não apenas Viola soubera, assim como toda a Grã-Bretanha àquela altura, que Napoleão Bonaparte havia sido capturado e enviado para o exílio na ilha de Elba, pondo, assim, fim à longa guerra, mas ela também descobrira no dia anterior que Harry havia sobrevivido à última grande batalha sangrenta em Toulouse, no sul da França. Ela cedera à insistência de Marcel e ia para Londres comemorar as maravilhosas notícias ao comparecer ao casamento de Elizabeth.

Escrevera:

Você mais do que ninguém na família Westcott merece ser feliz, Elizabeth. Como eu poderia não ir celebrar o grande dia ao seu lado quando você me ajudou a celebrar o meu na véspera de Natal?

Ah, minha nossa. Sem dúvida nenhuma seria tarde demais, mesmo ela tendo escrito com um dia de atraso, para impedir Viola de vir, e, ao que tudo indicava, Marcel também e Abigail e os gêmeos de Marcel. Teria que encontrar outra forma de comemorar.

A manhã seguiu quando Alexander se juntou a ela e à mãe para o desjejum e perguntou a Elizabeth se ela havia lido o jornal.

— A nota do meu noivado? Sim. Fico feliz que esteja aí para quem quiser ver, embora todos já soubessem, é claro. Agora a fofoca, que tenho certeza de que foi abundante no dia de ontem, terá a chance de descansar.

— Não a nota — disse ele, ao colocar o jornal ao lado do prato dela. Estava dobrado para mostrar uma coluna das páginas sociais. — Creio que terei de trocar mais algumas palavrinhas com Codaire.

Ela o pegou e leu. Uma fonte confiável havia relatado que, na noite anterior, Lady Overfield estava visivelmente ausente de certa *soirée* muito bem-frequentada, envergonhada demais, sem dúvida, de se mostrar depois de humilhar o noivo e deixar horrorizados os expoentes mais respeitáveis do *ton* quando cometeu o ultraje de perseguir um homem muito mais jovem, que permaneceria anônimo em respeito ao seu bom nome. O noivo, o leitor ficará contente em saber, pusera fim ao noivado sem mais delongas.

Ah. Bem, sabia que não seria nada bom. A natureza da fofoca em si era cruel e muitas vezes lhe faltava exatidão.

— Por favor, não confronte Geoffrey — pediu ela. — Só vai piorar as coisas, Alex, e prolongar todo esse episódio ridículo. Eu, sem dúvida, sobreviverei à injustiça.

— Deseja mudar de ideia e ir para Riddings ou para Brambledean? — perguntou ele. — Darei as ordens, se você quiser.

— Talvez seja melhor, Lizzie — opinou a mãe. — Viola vai entender.

— Não — respondeu Elizabeth. — Eu vou ficar. E é melhor eu ir me arrumar. Anna e Jessica chegarão em breve, e Anna nunca se atrasa.

Ficou óbvio para que lado o vento soprava, claro, e assim continuaria por um tempo. Como em tantos casos de escândalo, a mulher era a culpada, e o homem seguia imaculado. No caso de Colin, era bom. No de Geoffrey, não. Mas talvez ele se sentisse vingado ao ser retratado como um herói injustamente martirizado. Ela só poderia esperar a fofoca morrer, como inevitavelmente aconteceria depois de uns poucos dias.

Nesse ínterim, ela tinha uma missão a cumprir. Precisava encontrar aquele *bonnet* na Bond Street ao qual não seria capaz de resistir.

Na manhã seguinte, mais histórias sobre Elizabeth haviam sido desenterradas de algum lugar do reino da fantasia e embelezadas com rumores, meias-verdades e mentiras deslavadas à medida que eram divulgadas em praticamente todas as salas de visitas, os salões de baile e clubes de cavalheiros de Londres. Muitos membros da alta sociedade, embora não todos, estavam felicíssimos em esquecer que, poucos dias antes, tinham Lady Overfield na mais alta estima, sendo ela uma viúva digna, modesta e amável. Alguns até mesmo alegaram recordar que haviam aceitado o convite para seu baile de noivado com certa apreensão, já que se lembravam de seus muitos flertes durante o primeiro casamento e temiam que ela fosse de algum modo se exibir de forma indecorosa no baile. Alguns confessaram desconforto semelhante ao aceitar o convite para o casamento, convencidos de que o pobre e respeitável Sir Geoffrey Codaire quase certamente lamentaria aquele dia antes de o verão chegar ao fim.

Havia aqueles que ficaram bem felizes ao se lembrar de que Lady Overfield havia feito um papel ridículo após o casamento do irmão no ano anterior ao manifestar interesse pelo irmão muito mais novo da cunhada, numa demonstração bastante indecorosa de flerte. Tinha sido ela, corria à boca miúda, quem havia insistido que ele passasse o Natal em Brambledean quando todos os outros convidados eram da família Westcott. E que tinha sido ela quem manipulara os acontecimentos daquela primavera para que o amável, resignado e belíssimo Lorde Hodges valsasse com ela em cada baile. Uma fonte anônima até mesmo declarou ter visto a própria dama no dia seguinte ao desastroso baile de noivado atirando-se nele no Hyde Park, onde o persuadira a caminhar com ela na chuva. O cavalheiro tinha sido muito afortunado ao não pegar um resfriado. E havia repelido seus avanços, é claro.

Colin ouviu tudo de um jeito ou de outro durante o desenrolar da manhã e ficou abismado. No entanto, o problema com as fofocas e a difamação é que era quase impossível pôr fim a elas depois que começavam. Sentiu todo o desamparo de sua situação. Cogitou sair por aí negando tudo o que dizia respeito a ela, mas sabia que tal atitude não faria bem nenhum. Meramente jogaria lenha na fogueira.

O fato de que a coisa toda era ridícula e que o assunto em breve morreria e seria esquecido em questão de semanas não ajudou a aplacar sua agitação. Ele esperava que ela tivesse ido para casa, para Riddings Park, e que não ouvisse o pior do que estava sendo dito dela, mas isso também não aconteceu. Alexander lhe disse quando se encontraram na Câmara dos Lordes que ela havia decidido não ir, mas seguir com a vida como se nada a estivesse perturbando.

— Acho tudo difícil de acreditar — disse Alexander. — Todos já nos deparamos com a fofoca. Pode ser revoltante, mas não me lembro de nada ter sido tão cruel e implacável quanto esta. De onde estão vindo essas coisas?

— Codaire? — sugeriu Colin, de lábios franzidos. — Vou procurá-lo. Já basta.

— Poupe-se — pediu Alexander. — Ele saiu da cidade no mesmo dia em que você o confrontou no White's.

Colin ficou se perguntando se havia algo que *pudesse* fazer. Ela se recusara a se casar com ele. Não tinha direito de oferecer-lhe qualquer proteção.

Foi quando algo diferente aconteceu.

Ele voltou aos seus aposentos no início da tarde e foi informado por seu desaprovador valete de que dois visitantes o esperavam na sala de estar e um deles era *uma dama*. O valete deu a impressão de que não teria permitido a entrada dela no que eram aposentos estritamente para um homem solteiro se ela não estivesse acompanhada do marido e se por acaso não fosse a irmã de Lorde Hodges. Eles já estavam lá havia mais de uma hora.

Blanche? E Nelson? Ali? Mas que diabos?

Colin seguiu para a sala de estar e fechou a porta.

A irmã estava sentada na pontinha de uma poltrona de respaldo alto, com as mãos dobradas no colo. Nelson estava de pé perto da janela. Ele devia ter visto a chegada de Colin.

— Blanche? Nelson? A que devo a honra? Já lhes serviram alguma coisa?

— Não quisemos — disse Blanche, ao ficar de pé. — E não vamos ficar aqui por mais de um ou dois minutos. Há algo de que você precisa saber, Colin, e eu vim lhe dizer. Nossa mãe enviou uma nota para ser publicada nos jornais de amanhã. É o anúncio de seu noivado com a srta. Lydia Dunmore.

— *O quê?* — Ele a encarou, sem entender nada.

— Você ouviu direito — confirmou ela. — É tudo o que tenho a dizer. Vamos, Nelson.

— Esperem. — Colin estendeu a mão. — Meu noivado? Mas não há um. Não pedi a mão da srta. Dunmore. Eu nem sequer... espere... Foi nossa mãe que a mandou aqui? Ela sabe que você está aqui?

— É claro que ela não sabe — respondeu Blanche. — Nelson?

O cunhado se aproximou, cumprimentou Colin com a cabeça ao passar e abriu a porta para a esposa. Blanche saiu sem dizer mais nada, e Colin se viu encarando a porta fechada.

Mas que diabos?

Até poucos dias, havia oito anos que não trocava uma única palavra com Blanche. Nunca tinham sido próximos. A diferença de doze anos entre eles havia parecido intransponível quando Colin era pequeno. Ela nunca pareceu gostar dele, e ele não podia fingir que sentia qualquer carinho por ela. Por razões dela mesma, a irmã escolhera seguir leal à mãe e ser sua sombra mesmo depois de se casar com Nelson. Ela não tinha filhos nem senso de humor — estranho que essas duas coisas parecessem seguir juntas em sua mente. Mas, no momento, do mais absoluto nada, ela escolhera ir até ali, onde a presença de damas não era bem-vista, para avisá-lo de que a mãe estava lançando mão de seus truques manipuladores — e era um particularmente ultrajante até mesmo para ela. A mãe estava prestes a anunciar seu noivado e tornar praticamente impossível para Colin retirar a proposta.

Bom Deus!

Será que Lady Dunmore sabia? Mas parecia improvável que a mãe tivesse ido tão longe sem que a dama pelo menos soubesse por alto o que estava acontecendo. A srta. Dunmore sabia? E aprovava? Mas Colin tinha a sensação de que a jovem não costumava ser consultada sobre o próprio futuro.

Que diabos ele ia fazer?

E por que Blanche rompera o silêncio de anos e a indiferença de uma vida toda para vir lhe dar o aviso? Ele *presumia* ter sido um aviso. Será que a mãe enfim fizera algo que havia ultrajado até mesmo Blanche? Ela não queria ter que competir com uma cunhada mais nova, mais encantadora e que tiraria a atenção que ela tinha? Ainda assim, jamais sentira qualquer vaidade verdadeira em Blanche.

Mas importavam suas razões?

A nota sairia nos jornais do dia seguinte? Era tarde demais para impedir? Decerto que não, mas...

Ele deu voltas na sala. E, no momento, havia parado no meio do espaço, com as mãos entrelaçadas às costas e os olhos fechados. De repente, sentiu-se sobrecarregado. Tudo havia fugido do seu alcance. Suas decisões de poucos meses atrás estavam aos farrapos; os sonhos haviam se transformado em pesadelos. Decidira assumir o controle da própria vida, decidira fazer algo significativo com ela, forjar sua identidade adulta, tornar-se o homem que teria orgulho de ser. Esperara que fosse um pouco feliz ao longo do caminho. Talvez até mesmo muito feliz.

Deveria saber que seria impossível. Deveria ter imaginado que a mãe, se tivesse a menor das oportunidades, moldaria sua vida como ela bem entendesse — algo que lançaria uma luz favorável sobre ela, algo que ela poderia controlar e fazer orbitar em torno dela.

Só que... ele deixou cair os braços e cerrou os punhos. Seus olhos ainda estavam fechados.

Só que não deixaria isso acontecer.

Até onde ele sabia, ninguém jamais havia enfrentado sua mãe e vencido. Havia alguma razão para supor que ele seria a única exceção?

Havia algo que levava a acreditar que não seria o caso?

Ao mesmo tempo, sabia muito bem o que estava acontecendo com Elizabeth — ou, mais precisamente, com a reputação dela. Talvez Colin tivesse suspeitado desde o princípio e sabido com alguma certeza, tão logo descobriu por Alexander que Sir Geoffrey Codaire saíra da capital no mesmo dia do confronto no White's. Agora tinha plena certeza.

Ele cairia sem pelo menos lutar?

Permitiria que Elizabeth sofresse aquele assassinato cruel de caráter contra o qual era praticamente impossível lutar, porque estava sendo orquestrado por uma especialista que não perdia nunca?

Não, não ia. Por Deus, ele não ia!

Elizabeth saiu pela manhã quando Wren a convidou para ver a nova exposição dos cristais Heyden na loja que os vendia.

Ela ficou contente com o passeio. Apesar das decisões que tomara no dia anterior e no anterior àquele, sentia-se incomodada com a ferocidade das histórias que estavam sendo contadas a seu respeito. E impressionada também. Por que aquilo estava acontecendo? Quem poderia odiá-la a tal ponto? *Geoffrey?* Mas apesar do ciúme inesperado e do despeito com que se dirigira a ela na biblioteca de Avery, não conseguia acreditar que ele seria tão incansável ao manchar o nome dela e tornar impossível para ela permanecer em Londres.

Não saía desde a manhã anterior, quando ela e Anna haviam comprado um *bonnet* cada uma, e Jessica havia comprado dois. Elas olharam, admiraram e foram muito bem atendidas pelo dono da loja — pelo menos, Wren foi. Ele lhe assegurou que as peças dela eram mais procuradas por seus clientes do que quaisquer outras. Não se encontraram com ninguém que Elizabeth reconhecesse. Chegaram em casa tarde para o almoço e quase atrasadas para a amamentação de Nathan.

— Ele estava começando a ficar contrariado — disse Alexander ao embalar o bebê encaixado na curva de seu braço. Ele beijou Wren no nariz enquanto ela pegava Nathan em seus braços e o levava para o berçário. Alexander se virou para Elizabeth e franziu o cenho.

— O que foi? — perguntou ela. — Há mais, suponho.

— Não faço ideia de onde essa criatura tira informações — falou ele, com os lábios franzidos. — Toda sorte de histórias dos anos do seu casamento com Overfield. Histórias do último ano, deste ano, e até mesmo do Natal. Algumas delas são até mesmo reconhecíveis. Alguém está descobrindo essas histórias e distorcendo-as de um jeito bastante malicioso.

— Eu não quero ouvir mais nada. Estou cansada de tudo isso. A pior coisa que já fiz na vida foi aceitar o pedido de casamento de Geoffrey.

— Não é ele — informou Alexander. — Ele saiu da cidade logo depois do baile.

Então ela estava certa. Mas aquilo era obra de *quem*? Ou era um grupo de pessoas que alimentavam umas às outras com tanta crueldade? E *por quê*?

— Creio que devemos esperar uma reunião de família esta tarde — disse ela.

— Não me surpreenderia — respondeu Alexander.

Logo depois do almoço, antes que qualquer familiar fosse até South Audley Street, Colin foi anunciado.

Elizabeth estava na sala matinal, explicando em uma carta para Araminta Scott, a amiga que perdera o pai recentemente, que não estava mais noiva e que se sentia muito feliz por estar solteira de novo. Largou a pena com certa pressa e ficou de pé. Colin era a última pessoa que desejava ver no momento. Suas emoções já estavam em frangalhos sem ter que confrontar seus sentimentos dolorosos por ele.

E Colin não parecia feliz. Nem infantil. Apenas muito bonito e atraente, além de tudo. Queria que ele fosse embora.

— Perdão — pediu ela, sorrindo para ele e batendo as mãos na cintura.

— Ouso dizer que veio ver Wren. Creio que ela esteja no berçário com Alex.

— Não. Vim ver você.

— É mesmo? Suponho que tenha ouvido as fofocas. Seria estranho não ter ouvido, quando o resto do mundo deve estar a par. Não precisa se preocupar comigo, Colin, se é o que andou fazendo. Talvez alguém faça a gentileza de assassinar a própria avó e então haverá outro assunto para distraí-los de mim. Nesse ínterim, não vou fugir. Eu me recuso terminantemente. E você *não* deve se preocupar comigo.

— Sinto muito, Elizabeth — falou ele, e, pela primeira vez, ela notou o quanto ele estava pálido. — É tudo culpa minha. Pelo menos, é tudo por minha causa. Não é Codaire. É minha mãe. Tem que ser. Só ela faria algo assim.

Elizabeth o fitou sem entender do que aquilo se tratava.

— *Lady Hodges?* — perguntou ela. — Mas que absurdo. *Por quê?*

— Há algo que você precisa saber sobre minha mãe — disse ele, passando os dedos de uma das mãos pelo cabelo e se afastando dela para que não precisasse olhar em seus olhos. — As coisas sempre têm que ser do jeito dela. Custe o que custar. E ela sempre consegue. Não há como fazer frente a ela. Embora eu pretenda fazer exatamente isso. Mas o que acontece agora é que ela ficou sabendo que estou em busca de uma esposa este ano, e enfiou na cabeça que devo me casar com a srta. Dunmore, a quem ela considera a mais bela das damas elegíveis que estão debutando esse ano. Minha mãe sempre se rodeou com beleza e decidiu adicionar minha esposa à sua corte, e a mim também. Ela não vai ceder agora que se decidiu. Devo explicar a ela que ainda não escolhi ninguém e que quando o fizer será alguém que me convenha. Depois do que aconteceu há poucas noites, ela obviamente teme que eu me case com você. Está fazendo tudo a seu alcance para impedir. E ela tem um poder considerável. Nunca entendi bem por quê, mas ela tem.

Elizabeth o encarou, horrorizada.

— Ela me vê como uma ameaça? — perguntou.

Ele virou a cabeça para olhá-la.

— Mas ela está certa. Eu realmente pedi você em casamento. E, assim, eu a sujeitei a *isso*. — Ele gesticulou com a mão, como se toda a fofoca pairasse sobre os dois. — Não basta para ela me empurrar na direção que ela quer, nem mesmo me enganar. Ela precisa destruir você para ter certeza absoluta.

Elizabeth lambeu os lábios repentinamente secos.

— Você só pode estar exagerando. Está falando de sua mãe, Colin.

— E um filho não deve falar mal da própria mãe — disse ele, ao caminhar pela sala até parar à janela e olhar lá para fora. — Pensa que é fácil para mim dizer tais coisas para você ou até mesmo *pensar* nelas? Ela optou pela própria campanha e está levando a cabo de modo impiedoso, sem, no entanto, envolver-se pessoalmente. Ninguém jamais seria capaz de acusá-la de espalhar mesmo que apenas uma única palavra da fofoca. Ninguém jamais encontrará provas de que ela está por trás disso. Mas sei, tão certo quanto estou de pé aqui, que ela *está* por trás do que aconteceu a você nesses últimos dias.

— Mas como ela saberia sobre as coisas que aconteceram no meu primeiro casamento?

— Oh, ela saberia — respondeu ele, ao virar a cabeça para olhar por sobre o ombro. — E o que não sabe, inventa. Verdades e mentiras são a mesma coisa para ela. Há uma única verdade indiscutível no mundo dela. Ela é o centro dele, e tudo e todos só existem para elogiá-la e adorá-la. Apenas os jovens e mais belos têm autorização para orbitar o seu círculo íntimo.

Ele virou a cabeça bruscamente e a inclinou para trás. Elizabeth imaginou que ele tivesse fechado os olhos e que talvez tentasse segurar as lágrimas. Sentiu um pouco como se tivesse entrado no pesadelo de outra pessoa. Mas era tudo tão *ridículo*.

— De uma coisa ela obviamente não sabe. É que você me pediu em casamento e eu recusei. Ela poderia ter se poupado o aborrecimento se tivesse descoberto isso. Talvez eu devesse lhe enviar uma carta relatando.

— Bom Deus, não! — exclamou ele, virando-se da janela.

Ela se aproximou.

— O que vai fazer quanto à corte da srta. Dunmore? — perguntou a ele. — Você *deseja* se casar com ela, Colin?

Ele reduziu a distância entre os dois e pegou as duas mãos dela. Segurou-as com força, quase causando dor.

— Minha mãe, provavelmente com certo aval de Lady Dunmore, enviou uma nota para os jornais matutinos falando de nosso noivado — contou ele. — Para ser publicada amanhã.

— Oh — reagiu ela, e seu coração despencou para algum lugar em suas sapatilhas. Mas... a *mãe* dele enviara a nota?

— Blanche me esperava em meus aposentos quando voltei da Câmara dos Lordes hoje mais cedo — relatou. — Ela foi me avisar. Ela nunca fez nada para me ajudar. Não sei por que o fez hoje. Talvez não queira competir com o que a srta. Dunmore poderia representar para ela. Ou talvez eu esteja sendo injusto. Talvez ela tenha pensado que dessa vez nossa mãe estava passando dos limites.

— Você será forçado a se casar com ela, então? Oh, Colin. Tem certeza de que é o que você deseja?

— Tenho plena certeza de que *não* é o que eu quero — declarou ele. — E que é hora de pôr um fim a isso. O que farei em breve. Mas o que realmente quero, Elizabeth, é enviar outra nota para os jornais em lugar dessa. Quero anunciar o *nosso* noivado.

Ele apertou suas mãos com ainda mais força.

— Nosso? — Ela o encarou sem entender nada. — O seu e o meu?

— Sim — disse ele. — É o único jeito, Elizabeth. Você precisa entender. Apenas se casando comigo você colocará um ponto final nas mentiras e nas fofocas. Apenas me casando com você é que eu poderia protegê-la conforme deveria.

Ela franziu a testa.

— Não preciso da proteção de homem nenhum.

— Eu sei — afirmou Colin. — Mas sinto a necessidade de lhe oferecer a proteção do meu nome. E apenas me casando com você é que posso evitar as armadilhas matrimoniais que minha mãe vai continuar armando até eu me casar com uma mulher de sua escolha e ser arrastado para a sua teia de influência. Se eu me casar com você, estarei livre dela e romperei o padrão de uma vida inteira. Fugi dele por oito anos, mas este é o único jeito de realmente escapar.

Ele a fitou de modo intenso e ansioso. Colin queria se casar com ela para se ver livre do despeito da mãe e assim poder se libertar dela e de sua determinação de lhe escolher uma esposa e dominar sua vida.

Ele tinha medo, percebeu Elizabeth. E ela poderia resgatá-lo. Eles poderiam resgatar um ao outro. Oh, essa *não* era uma boa base para um casamento. Da parte de nenhum deles.

Não houve menção de carinho nem de amor.

Mas Elizabeth sabia que ele *sentia* carinho por ela. E ela, que Deus a acudisse, sentia muito mais do que apenas carinho por ele. Não poderia fazer algo assim. Poderia?

Precisava *pensar*. Mas havia pensado e pensado sobre sua decisão de se casar com Geoffrey. Passara meses pensando. E onde pensar a levara?

— Eu coloquei essa expressão em seu rosto mais uma vez — disse ele, baixinho. — Você parece aflita, Elizabeth. Não quer mesmo, *em hipótese alguma*, casar-se comigo? Por eu ser jovem? Por ser imaturo? *Pela minha mãe?*

— Oh, Colin — falou ela, e precisou piscar para que pudesse vê-lo com clareza.

Ele soltou as mãos dela para poder puxá-la para seus braços, esmagando-a junto a si, como já fizera antes. Apoiando sua cabeça no ombro dele, virou o rosto para o seu pescoço.

— Não posso *suportar* o sofrimento que estão lhe causando — afirmou ele, com o fôlego quente na lateral do seu rosto. — Não posso suportar que seja tudo por minha causa. Isso não me faz ser nada melhor do que Codaire. Perdoe-me, Elizabeth. Por favor, perdoe-me.

— Colin — disse ela em seu pescoço. — Oh, não faça isso a si mesmo.

Não há o que perdoar. Não precisa sacrificar o resto da sua vida para se desculpar comigo.

— É o que você pensa? — Ele a segurou pelos ombros e a afastou um pouco dele. — Que eu a vejo como algo quebrado que só poderá ser consertado se eu me casar com você? Não sei se você partiu seu coração durante o casamento com Overfield ou depois que o deixou. Suspeito que sim. Mas você fez o incrível e consertou-o, e agora será golpeada por todos os lados e sofrerá, mas não ficará aos cacos. Isso se mostrou evidente nos últimos dias. E agora você continuará insistindo em enfrentar sozinha a fúria e o despeito de minha mãe só porque não quer ser vista se apoiando em mim de modo algum. Eu a admiro e honro mais do que jamais poderei expressar. Mas quero ficar ao seu lado. Não diante de você para protegê-la como se fosse um escudo, apesar do que eu possa ter insinuado há poucos minutos. Quero estar *ao seu lado*, Elizabeth.

Ela conseguia sentir a dor de Colin como se houvesse uma aura ao redor dele, engolindo-a. Sabia que ele se importava. Sabia que ele a respeitava como alguém que poderia enfrentar tudo sozinha se preciso fosse. Ela sabia...

Oh, ela sabia que poderia confiar nele.

Mas...

— Elizabeth — disse ele, e os olhos de Colin pareceram muito azuis enquanto fitava os dela a poucos centímetros de distância —, *aceita* se casar comigo? Não por nenhuma outra razão além de você querer? Assim como quero me casar com você?

E ele falou justamente as palavras que derrubaram todas as suas defesas.

... por nenhuma outra razão além de você querer? Assim como quero...

— Aceito, então — respondeu ela, e viu os olhos dele brilharem com as lágrimas.

— Obrigado. — Ela viu os lábios de Colin formarem as palavras enquanto as mãos apertavam-lhe os ombros, mas não ouviu som nenhum.

Que Deus a acudisse, o que havia feito?

— Aceito — repetiu. — Eu me casarei com você, Colin. Porque eu quero.

16

Parecia familiar demais, Elizabeth pensou poucos minutos mais tarde, enquanto estava de pé do lado de fora da porta da sala de visitas, perguntando-se se deveria entrar ou fugir para o próprio quarto. Precisava de tempo para pensar. Ou ao menos para se acovardar. Era tarde demais para pensar, se por *pensar* ela queria dizer debruçar-se sobre alguma questão para poder tomar uma decisão ponderada. Tarde demais, de fato. E não havia razão para esperar que Wren, Alex e sua mãe estivessem lá em cima no berçário com Nathan. Conseguia ouvir vozes lá dentro. Quantos deles tinham vindo? A família toda? Não estariam cansados de lidar com os problemas dela?

Anna e Avery estavam lá, e a prima Louise e Jessica. Deviam ter vindo todos juntos. E Josephine também, sentada no colo de Wren, brincando com o colar dela.

— Elizabeth! — exclamou Anna, vindo em sua direção com os braços abertos. — Viemos animá-la, se for possível, e assegurar que são apenas disparates. Tudo isso. Não consigo *acreditar* no que está acontecendo. E logo com você, que é a bondade em pessoa e tudo a que aspiro a ser como uma dama. — Ela abraçou Elizabeth e derramou algumas lágrimas.

— Um trabalho maravilhoso que você está fazendo para animá-la, meu amor — comentou Avery. — Trouxemos Josephine conosco, Elizabeth, para você balançá-la nos joelhos e esquecer todas as suas feridas.

— Vamos organizar um grupo para ir ao Vauxhall uma noite dessas — anunciou Jessica. — Quando houver música, dança e fogos e que nos fará acreditar que estamos na terra das fadas. Bem, ouso dizer que mamãe e Anna vão organizar. E o secretário de Avery. Em boa parte, o sr. Goddard, na verdade. Mas você irá conosco, e qualquer outra pessoa que você queira que convidemos. Abby, Estelle e Bertrand talvez vão também. Mamãe mencionou que é provável que você queira convidar o sr. Franck. Eu o conheci e gosto dele.

— Meu amor — chamou prima Louise. — Permita que a pobre Elizabeth diga alguma coisa. Mas, sinceramente, Elizabeth, a menos que tenha decidido ir para Riddings, como Althea pensa que você deve fazer, tudo o que pode fazer é seguir como se a vida estivesse normal até ela ficar. E todos a apoiaremos, pode ficar tranquila quanto a isso. Ninguém dirá nada cruel quando eu estiver por perto. E Avery só precisa começar a levar o monóculo ao olho para fazer qualquer fofoqueiro se transformar em uma poça ignominiosa aos pés dele.

— Minha nossa — murmurou Avery. — Espero que não espirrem nas minhas botas. Meu valete não ficaria feliz.

Anna segurou a mão de Elizabeth com força.

— Terminou a carta para a srta. Scott, Elizabeth? — perguntou Wren. — Não deixei ninguém perturbar você, pois sabia o quanto queria escrever para ela hoje.

— Não — respondeu Elizabeth. — Mal comecei. Colin veio.

— Colin? — Wren resgatou o pingente do colar da boca de Josephine. — Ele estava aqui? Enquanto estávamos lá em cima com Nathan? E por que não disse a ele que eu estava ocupada e o mandou subir? E ele se foi sem vir nos ver? Que aborrecido da parte dele.

— Ele tinha assuntos urgentes a resolver e não podia ficar — explicou Elizabeth. Seus lábios começavam a ficar um pouco rígidos.

Antes que pudesse dizer mais qualquer coisa, soou uma batida à porta às suas costas, e o mordomo a abriu para anunciar a chegada da condessa viúva de Riverdale com Lady Matilda Westcott e Lorde e Lady Molenor.

— Chegamos — anunciou a viúva, um tanto quanto desnecessariamente. — Nunca fiquei tão irada na minha vida. Bem, raramente me senti assim, de todo modo. Quem está espalhando essas histórias disparatadas? E logo sobre Elizabeth. Não há ninguém mais digna de respeito e de admiração. Elizabeth, que há tempos tem sido uma rocha de alegria e bondade para toda a família. Pode uma rocha ser animada? Ou bondosa? Não importa. Matilda, se isso que você está tirando da retícula forem sais aromáticos, guarde-os. Quando eu estiver prestes a ter um acesso de raiva, avisarei.

Ela atravessou o cômodo e foi até sua poltrona de sempre enquanto falava e se acomodava. Todos que haviam se levantado para cumprimentar os recém-chegados voltaram a se sentar. Todos, exceto Elizabeth, que ficou em pé ali no meio, sentindo-se muitíssimo em evidência.

— A senhora perdeu a visita de Colin — disse Wren. — Todos perdemos. Ele falou com Elizabeth e saiu correndo para resolver assuntos urgentes. Por que será que ele veio? Ele disse, Elizabeth?

— Sim — respondeu ela. — Ele veio para me persuadir a me casar com ele.

— De novo? — Alexander franziu o cenho. — Ele não consegue aceitar que não é, de modo algum, responsável pelo que está acontecendo? Ele continua se torturando com a convicção de que fez algo para comprometê-la quando dançaram a valsa? Espero que o tenha feito entender dessa vez, Elizabeth.

— Eu aceitei — anunciou ela.

Houve um instante de silêncio no recinto.

— Bem, abençoada seja — disse Matilda, a primeira a rompê-lo. — Você seguiu seu coração, Elizabeth.

— Matilda! — reprovou a prima Louise. — Mas que disparate você acaba de dizer. Deve haver uma diferença de dez anos entre eles.

— Nove — corrigiu Elizabeth.

— Elizabeth. — Wren levou a mão ao coração. Josephine estava no colo do pai, tentando, sem muito sucesso, colocar o monóculo dele na boca. — Oh, não. Não. Consigo entender as razões dele. Mas você não pode... Oh, certamente você não pode ter *aceitado*.

— Meu amor — falou a mãe de Elizabeth, correndo até ela e colocando um braço em torno de sua cintura. — Você está terrivelmente chateada, e eu culpo *exclusivamente* Sir Geoffrey Codaire, tenha ele ou não um dedo nessa horrível campanha contra você. Sinto muitíssimo por Lorde Hodges, pois tudo começou enquanto ele dançava e conversava com você. Mas *casamento*... é um absurdo, como você mesma verá quando estiver mais calma. Você é quatro anos mais velha que Alex, Lizzie, e ele é mais velho que Wren, que é quatro anos mais velha que Lorde Hodges.

Sim. Nove anos.

— Nós pediremos que ele nos visite mais tarde — disse Alexander, ao se levantar e ir até ela. — Resolveremos o assunto de uma vez por todas. Vamos persuadir Colin de que ele *não* lhe deve casamento e, nesse ínterim, vamos assegurar a você, Lizzie, todos nós faremos isso, que tentar aplacar a mente dele com casamento não é resposta para nada. Vocês passariam uma vida inteira enredados em uma união equivocada.

Ele a puxou para os braços e o braço da mãe caiu ao seu lado.

— Sinto muito por tudo isso — ele lhe falou. — Queria poder fazer mais para protegê-la. Às vezes, nós nos sentimos tão desamparados. Mas concordo com...

— Nem *todos nós tentaremos persuadir Elizabeth a mudar de ideia* — retrucou Matilda, interrompendo-o. — Nem todos nós estávamos cegos no Natal nem permanecemos cegos nesta primavera. Nove anos não são nada quando o coração está envolvido.

— O coração! — reagiu a irmã, impaciente. — Tome tento, Matilda. E o que quer dizer com o Natal? Creio que você tenha visto o nascer de um romance que simplesmente não existiu. E não pode romantizar o que está acontecendo aqui. Lorde Hodges e Elizabeth, ambos agindo com a melhor das intenções, estão tentando consolar um ao outro. É bastante admirável da parte deles, mas seria desastroso se tentassem fazer isso *casando-se*. Você não deve ir adiante com isso, Elizabeth.

— Elizabeth. — A voz lânguida de Avery silenciou a todos. Havia entregado à filha o relógio para que brincasse com ele. — Você deve? Você deve se casar com Hodges?

Não era uma recriminação; era uma pergunta.

— Não. Não somos obrigados a nos casar. Concordamos porque era o que ambos queríamos.

— De fato — murmurou ele.

Anna, sentada no braço da poltrona dele, passando a mão pelo cabelo louro de Josephine, sorriu.

— Então tudo já foi dito e não há nada a acrescentar — decidiu ela. — Exceto votos sinceros para a sua felicidade, Elizabeth.

— Não há nada a acrescentar? — reagiu prima Mildred. — Com todo o respeito, Anna, há *tudo* a acrescentar. Você deve considerar, Elizabeth…

Mas outra batida soou à porta, e tia Lilian e tio Richard entraram com Susan e Alvin, e a coisa toda começou de novo.

— Lorde Hodges passou aqui — contou Jessica, antes que qualquer um o fizesse. — E pediu Elizabeth em casamento de novo, e, dessa vez, ela disse sim.

Elizabeth puxou a corda para pedir o chá enquanto a sala explodia em sons ao seu redor e todos ponderavam se ela deveria ou não ir adiante com aquilo. E, no caso dos opositores, o que ela deveria fazer em vez disso e como deveria se livrar da situação sem ferir os sentimentos de Lorde Hodges. Seria uma verdadeira vergonha feri-los, todos concordaram. Ele era um jovem tão agradável com uma consciência tão sensível, embora, claro, não houvesse necessidade para a sensibilidade da sua consciência pelo que estava acontecendo. Ele era tão inocente quanto a própria Elizabeth.

— Chamaremos Colin aqui esta noite, sem dúvida — anunciou Alexander, silenciando as vozes antes de o chá chegar. — Mande a mensagem para os aposentos dele, Wren. Discutiremos o assunto e o convenceremos de que se casar com Lizzie não só será desnecessário, mas também seria o errado a se fazer, para ambos. Não precisa se preocupar, Lizzie, por já ter…

— É tarde demais — interrompeu Elizabeth, e todos voltaram a atenção para ela. — Ele saiu às pressas para se certificar de que a nota do nosso noivado saísse nos jornais matutinos.

Por alguns segundos, apenas duas pessoas se moveram. Josephine, que estava de pé no colo de Avery enquanto ele a segurava com firmeza pela cintura, saltitando e sorrindo para ele, e Matilda, que estava de pé ao lado da poltrona da mãe, uniu as mãos junto ao peito e sorriu para Elizabeth.

Colin chegou a tempo de impedir o anúncio de seu noivado com a srta. Dunmore, mas por pouco. E não foi fácil convencer o editor com quem falou que o anúncio deveria ser retirado quando não fora ele quem pagara a publicação. No entanto, quando Colin explicou que ele é quem pagaria um advogado para processar o jornal por publicar uma informação sabidamente falsa a seu respeito, não houve mais discussão. E seu próprio anúncio foi humildemente aceito em troca.

Ao sair dos escritórios do jornal, não sabia se o que sentia era alívio ou pânico. Talvez um pouco de ambos. Se tudo tivesse progredido dessa forma uma ou duas semanas antes, ele poderia muito bem ter acabado em um matrimônio com a srta. Dunmore e levado uma vida razoavelmente feliz ao seu lado. Mas decerto ele não se sentiria feliz ao ser forçado prematuramente ao casamento por sua mãe e pela dela, ainda mais porque a mãe teria, sem sombra de dúvida, passado a dominá-la.

Mas... seria o seu casamento com Elizabeth menos forçado? Tivesse dado a si mesmo, e a ela, tempo para ponderação, o que fariam? Foi muito bom ter dito a ela com toda a sinceridade que ele pedira sua mão porque queria se casar com ela e por ela ter lhe dito que aceitava porque queria se casar com ele. Mas o que isso queria *dizer*?

Estariam ambos prestes a cometer o maior erro de suas vidas?

Era tarde demais, de todo modo, para fazer algo quanto a isso. E havia certo alívio nisso também. Odiava tomar decisões, as momentâneas que mudavam vidas, quando era impossível saber se a mudança seria para a melhor ou para a pior.

Além do que, o pensamento de *se casar* de fato com Elizabeth era um tanto vertiginoso. Mais que um tanto.

Planejara voltar à casa na South Audley Street ao entardecer, já que havia muito a discutir com Elizabeth — sua *noiva*. Não tinha dúvidas de que a mãe dela, Wren e Alex teriam muito a lhe dizer. Mas Colin se viu sendo levado por seus passos naquele caminho assim que concluiu seus assuntos.

Estava curioso para ver se eles tinham vindo de novo, a família dela, e não ficou nada surpreso ao ver três carruagens paradas lá fora. Os

Westcott e os Radley não eram nada além de previsíveis. Adoráveis, sob muitos aspectos. Eles se importavam de verdade uns com os outros. Não se juntariam para se gabar. Mas para dar conforto, apoio e oferecer soluções.

Pobre Elizabeth. Ele imaginava como estariam reagindo às notícias. Partindo do princípio de que ela tivera coragem de dá-las, claro, mas ele apostava que sim.

Maldição, não deveria ter ido até lá. Mas estava feito, e se consideraria um covarde se não batesse a aldrava. Além disso, essas pessoas o confrontariam mais cedo ou mais tarde. Outro traço dos Westcott e dos Radley era que eles não recuavam.

Dois minutos depois, ele estava sendo anunciado e admitido na sala de visitas. Ao entrar, foi encarado em silêncio por um instante.

— Colin — disse Elizabeth, então, parecendo bastante com o seu velho eu, serena, composta e sorridente ao lhe dar calorosas boas-vindas. Ela atravessou a sala em sua direção e entrelaçou o braço com o dele. — Estou tão contente por você ter conseguido voltar tão rápido. Entre e sente-se. Vou lhe servir uma xícara de chá. Ainda deve estar quente. Todos já *sabem*.

Ele conseguiu enxergar o comportamento de Elizabeth pelo que era: um tipo de armadura que escondia o que possivelmente era uma grandessíssima vulnerabilidade. E se maravilhou por tê-la conhecido tão bem desde o último Natal para entender mais e mais esse traço dela. Sua serenidade era autoimposta e mantida no lugar por pura força de vontade e determinação de não estar à mercê dos próprios sentimentos — ou dos de outras pessoas.

Todos deviam estar recuperados do choque que provavelmente tinham tido. Wren se aproximou e o abraçou sem dizer nada. Alexander apertou a sua mão e o encarou com firmeza enquanto dava suas felicitações. A srta. Westcott o abraçou também e lhe informou de que o chamaria de Colin já que em breve ele seria seu genro de verdade em vez de apenas um honorário. Anna, a duquesa de Netherby, abraçou-o assim como fez, para sua surpresa, Lady Matilda Westcott. Todos os outros ofereceram palavras de felicitações e apertos de mãos, no caso dos homens. Lady Josephine Archer soprou bolinhas para ele.

E Colin se sentou no sofá ao lado de Elizabeth e se perguntou como eles deviam ter reagido quando ela deu a notícia. Foi covardia de sua parte não ter ficado para encarar a situação com ela, embora ele tivesse uma razão muito boa para ter partido.

— A sra. Radley havia acabado de perguntar a Elizabeth quando — disse Lady Molenor. — E onde. Ela não teve a chance de responder antes de você entrar.

Quando e onde?

— O casamento — adicionou ela.

Ah. Se fosse do jeito dele, simplesmente fugiriam e cuidariam do assunto, só os dois, assim como o duque e a duquesa de Netherby aparentemente tinham feito alguns anos atrás, levando apenas Elizabeth e o secretário do duque como testemunhas. Apenas queria se casar com ela. Queria pôr fim àquele disparate de uma vez por todas.

— Não decidimos — respondeu Elizabeth, com a voz calma de sempre. — Colin teve que sair às pressas. Ainda precisamos discutir o assunto. — Em particular, sugeria o seu tom, embora ninguém parecesse notar.

Todos começaram a discutir o assunto. Teria de ser em breve, alguns acreditavam. Assim que os proclamas fossem lidos. Não havia pressa alguma, achavam outros. Seria melhor, de fato, esperar todo o desconforto passar, e lembrar que pioraria no dia seguinte com o anúncio no jornal. E levaria tempo para planejar o tipo de casamento que se desejava.

Ficaram divididos quanto ao onde. Uma igreja tranquila em Londres, Lorde Molenor sugeriu ao passo que outros concordaram, talvez a mesma em que Anna e Avery se tinham se casado três anos antes; Brambledean, Alexander cogitou; Riddings Park, a mãe acreditava; Roxingley, o lar do próprio Lorde Hodges, seria esplêndido de acordo com Lady Matilda.

Colin estava um pouco cansado de receber ordens. De sentir que o controle da própria vida estava escapando de seu alcance.

— Não haverá proclamas — disse ele, e todos pararam de falar para prestar atenção, quase como se tivessem acabado de perceber que o futuro noivo estava entre eles. Ele olhou para Elizabeth ao seu lado. — Nós nos casaremos por meio de uma licença especial daqui a uma ou duas semanas.

— Não em Roxingley. Nem em Brambledean, muito menos em Withington. Ou em Riddings Park. — Aqui em Londres.

— Na igreja de St. George's em Hanover Square — adicionou Elizabeth, quando ele estava prestes a aceitar a sugestão da igrejinha em que os Netherby haviam se casado. Ele olhou para ela com certa surpresa e viu que seu queixo estava um pouco mais erguido que o habitual.

— Oh, minha nossa — reagiu a sra. Radley. — Tem certeza, Lizzie? Não se sentirá muito exposta ao público lá?

— Claro que ela tem certeza — falou a condessa viúva. — Ambos têm. Decerto não querem passar a impressão de que estão fazendo algo clandestino e vergonhoso. Claro que deve ser na igreja de St. George's. E toda a alta sociedade deve ser convidada. Nada mais, nada menos.

Não. Nenhuma das pessoas que estavam se refastelando com as histórias cruéis sobre ela naquela semana.

— *Amigos* serão convidados — disse Colin.

— E família — adicionou Elizabeth. — De ambos os lados.

Os olhos de Colin ainda estavam nela. O queixo dela ainda estava erguido. Havia algo em seu olhar que parecia ser um brilho marcial. Claro que ela não estava pensando em... mas quando virou a cabeça para olhá-lo, Colin soube que ela havia usado o termo *de ambos os lados* de forma intencional.

Seria loucura.

— O café da manhã do casamento será aqui — decidiu Wren. — No salão de baile.

Colin ainda encarava Elizabeth, e ela ainda o encarava também. Ele sorriu de repente. Na verdade, teria gargalhado se estivessem sozinhos.

Ela, obviamente, não sentia tal inibição. Pois riu.

E, de repente, era a Elizabeth do Natal, uma estrela brilhante e feliz, com um brilho de pura malícia nos olhos e rubor nas bochechas.

E ele riu com ela.

— Acabei de pensar algo muito engraçado — falou Lady Jessica Archer. — Tia Viola e o marquês estão a caminho daqui com Abby, Estelle e Bertrand. Eles virão para o casamento da prima Elizabeth. E agora chegarão a tempo para... o casamento da prima Elizabeth. — Ela riu com alegria.

— Ficarão indescritivelmente confusos quando chegarem — declarou Alvin Cole, com uma gargalhada animada. — Vão se perguntar se erraram o nome do noivo. — Um pouco do riso sumiu do rosto de Elizabeth.

Colin tocou as costas da mão dela com a ponta dos dedos e ela sorriu só para ele.

Bom Deus, ele estava noivo. Dessa mulher, a quem respeitava, até mesmo reverenciava acima de todas as outras. Ela seria sua *esposa*. Sua companheira e amiga para a vida toda. Talvez a mãe dos seus filhos.

O que ele havia feito?

Na manhã seguinte, Elizabeth estava sentada à escrivaninha da sala matinal de novo, com a pena na mão, quando anunciaram a presença de Colin. Sua mãe e tia Lilian tinham ido fazer compras, e Wren e Alexander levaram Nathan no carrinho para passear no parque. Ela sorriu, sentindo toda a estranheza do fato de que eles estavam noivos. Era oficial. O anúncio havia saído nos jornais matutinos. Ele atravessou a sala e se curvou para beijá-la nos lábios.

Que encantador, pensou ela. *Absolutamente encantador*. Os olhos azuis de Colin fitaram os dela quando ele ergueu a cabeça. Com cuidado, Elizabeth largou a pena, sem limpar a ponta.

— Você viu? — perguntou ele.

— O anúncio? Sim, vi.

Ele parecia um menino ansioso.

— Estou contente por estar tudo resolvido — disse ele. — Estou contente por você não poder mudar de ideia.

Ou ele estaria contente por *ele não poder? Elizabeth passara metade da noite suando frio por causa do pânico. A única coisa que no fim das contas a acalmara e lhe permitira pelo menos umas poucas horas de sono era o fato de ser tarde demais para mudar de ideia. Ela dificilmente poderia terminar dois noivados em apenas uma semana, não é?*

— O que a diverte? — perguntou ele.

— Pensar que nem mesmo a famigerada Elizabeth Overfield pode cancelar dois noivados em apenas uma semana — relatou.

— Você se sentiu tentada? — inquiriu Colin.

— Sim — confessou. — Decidi que só posso seguir em frente com a convicção de que tomei a decisão certa. E que você também.

— E foi o caso. — Ele assentiu devagar. — O mesmo comigo. Mas eu a interrompi. De novo. Ainda está escrevendo para a mesma pessoa de ontem?

— Araminta Scott? — perguntou ela. — Não, terminei ontem à noite. Ela é a minha amiga mais próxima, uma vizinha de Kent. Eu a convidei para vir a Londres para o nosso casamento. Agora estou escrevendo para Camille para convidar Joel e ela para virem, se puderem reunir a família a tempo e não tiverem outros compromissos. — Ela se lembrou de algo de repente. — Oh, essa manhã recebi uma carta de Sir Geoffrey Codaire.

— Mesmo? — Ele cruzou os braços e se recostou na lateral da escrivaninha, então cruzou um pé calçado com botas sobre o outro. — Um pedido de desculpas?

— Sim. Um bastante completo e humilde. Até mesmo tocante. Ele inclusive admitiu que foram a possessividade e o ciúme que o motivaram naquela noite e me garante que os deixará firme e permanentemente de lado se eu o perdoar e aceitar reatar o noivado. Ele promete fazer tudo o que estiver a seu alcance para restaurar a minha reputação, a qual ele pensa ter maculado de modo injusto.

— *Pensa?* — Ele pegou a carta que ela lhe estendia e passou o olhar.

— Se ele voltou para casa, ouso dizer que não sabe quanto a minha reputação foi maculada.

— Você achou isso *tocante*? — perguntou ele, ao colocar de novo a carta sobre a mesa e voltar a cruzar os braços.

Todo mundo cometia erros. Ninguém era perfeito, mas nem todas as pessoas estavam preparadas para pedir desculpas, para implorar por perdão e pedir mais uma chance. Nem mesmo estavam dispostas a se comprometer a mudar o comportamento e a atitude.

— Eu me sinto mal por ele — confessou Elizabeth. Então se lembrou de que ele a acusara de levar Desmond a beber por causa de seu comportamento frívolo.

— Teme ter agido com um pouco de impulsividade? — perguntou Colin.

— Ao aceitar me casar com você? — devolveu ela. — Na realidade, não. Mesmo se eu não tivesse feito isso, não voltaria para ele. Apesar disso, lamento, de verdade, por ele ter feito algo de que agora se arrepende e que não pode desfazer. Ele não é um homem mau. — Mas tinha havido despeito assim como ciúme. E, ao que parecia, ele andara dizendo coisas aviltantes sobre ela no White's na manhã depois do baile. Elizabeth não chegara a conhecê-lo de verdade, chegara? Um pensamento perturbador, sendo que ela o conhecia há tempos.

— Você acredita — Colin começou — que ele não voltaria a sentir ciúmes se conseguisse uma segunda chance?

— Felizmente, jamais saberemos. — Mas ela *sabia*. Fechou os olhos de repente e se lembrou de Desmond e de todas as vezes que ele jurara que pararia de beber, que nunca mais a maltrataria nem verbal nem fisicamente. As pessoas não mudavam assim tão fácil. — Mas vou responder a carta, se você não se objetar. Prefiro que não haja hostilidades entre nós.

— *Se eu não me objetar?* — Ele a encarou, franzindo o cenho. — Ouça o que está dizendo, Elizabeth. Se eu me objetasse, não seria nada diferente dele. Nenhum homem já *confiou* em você?

— O que confiança tem a ver com isso? — perguntou ela.

— Se você escrevesse para ele sem que eu soubesse e eu descobrisse depois — cogitou Colin —, eu me perguntaria o que você disse a ele? O que teria dito a meu respeito? Eu pensaria que você tivesse agido pelas minhas costas e que repetiria a atitude com coisas ainda mais importantes?

Eu começaria a suspeitar de você, espioná-la e exigir obediência e que me contasse absolutamente tudo? Isso não seria um casamento, Elizabeth. Não haveria confiança. Você pode ou não responder Codaire. Não é assunto meu. É seu. Você não precisa nunca me perguntar a quem pode escrever. Ou com quem pode valsar. Ou conversar. Ou rir. Você será minha esposa, não minha propriedade.

Ele estava com raiva, ela podia ver. Elizabeth estendeu a mão para afagar um de seus braços cruzados.

— Você me faz entender por que eu disse sim ontem — confessou ela. — Escreverei para ele e aceitarei o pedido de desculpas.

Ele descruzou os braços e se inclinou para beijá-la brevemente nos lábios de novo.

— Diga-me — começou Colin. — Pretende ficar escondida até o nosso casamento?

— Creio que não terei permissão para isso — disse ela, rindo. — Prima Eugenia e Matilda vão oferecer um chá da tarde; tia Lilian também. Há a sugestão de uma ida ao teatro com Anna, Avery, Wren e Alex. E talvez uma noite em Vauxhall Gardens com a prima Louise, Jessica e um grupo que elas reunirão. Talvez haja uma *soirée* na casa de prima Mildred e primo Thomas. Haverá, sem dúvida, mais modos de me arrastar daqui para enfrentar um público muito bem escolhido. Nesse ínterim, ouso dizer que farei compras e visitarei uma ou duas galerias com quem quer que deseje minha companhia, de preferência alguém que não creia que eu precise ser *protegida*.

— Amo ver os seus olhos brilharem. Você tem olhos lindos, Elizabeth.

— Mas só quando brilham? — Ela conseguia se sentir corar.

— Você precisa fazer algo muito mais corajoso do que olhar pinturas em alguma galeria — recomendou ele — ou tomar chá com um grupo de matronas e até mesmo beber vinho em uma *soirée*. Precisamos ir a um baile.

— Oh, creio que não — ela tratou de dizer. — Não me sinto muito à vontade com bailes no momento.

— Eu me lembro de aceitar um convite para um certo baile — começou ele. — Que será esta noite, na verdade. Oferecido pelos Ormsbridge. Eles se casaram no verão passado depois de ela ter tido um *début* muito bem-sucedido. Não há títulos na família Ormsbridge, mas ele é muitíssimo rico e vem de uma linhagem impecável. Também é um bom sujeito e amigo meu desde nossos dias em Oxford. Todos concordam que a sra. Ormsbridge se saiu muito bem. E ele é da opinião de que ele mesmo se saiu melhor ainda. Eles organizaram um baile extravagante, pelo que entendi, para mostrar ao mundo como ambos se saíram bem. Dancei com a dama algumas vezes no ano passado e a achei agradável e encantadora. Você aceitou o convite? Ouso dizer que recebeu um. Todo mundo recebeu.

— Colin, não é possível que você esteja sugerindo para nós irmos. *Hoje?*

— Por que não? Além do fato de que você não está se sentindo muito à vontade com bailes no momento, claro.

— *Porque sim* — respondeu ela.

— Humm. — Ele franziu a testa, aparentemente pensativo. — *Porque sim não é resposta. Tente de novo.*

— Colin! — Ela o olhou, exasperada. — Pense em como o último baile terminou. Foi há menos de uma semana.

— Você conheceu a sra. Ormsbridge? — perguntou ele. — Gosta dela?

— Não a conheço pessoalmente, mas me lembro de que foi uma das amigas de Jessica no ano passado quando elas fizeram sua estreia juntas. Eu me lembro dela como uma moça agradável e espontânea. Eu a vi algumas vezes este ano. Ela parece feliz.

— Faça-a ainda mais feliz, então. Faça o baile dela ser o mais bem-sucedido, o mais comentado da Temporada. Está destinado a ser exatamente isso se nós comparecermos. Seremos a sensação do momento, até mesmo da semana. Talvez do mês. Depois do anúncio desta manhã, o *ton* estará irrequieto para nos ver juntos como noivos.

— Minha nossa — disse ela, e mordeu o lábio inferior antes de rir. — Temo que você esteja certo.

— Geralmente estou — respondeu ele, concordando, e sorriu para ela.

— Você tentará se fazer respeitável de novo ao comparecer a chás e *soirées*? Ou vai enfrentar a música e dançar ao som dela?

— Minha nossa — repetiu ela, e o encarou. E teve uma súbita lembrança de quando Viola comparecera ao casamento de Alex no ano anterior e não queria ser vista pelo *ton*. Na época, ela considerava cedo demais depois de seu casamento com o primo Humphrey ter sido exposto como bigamia. E Wren também não queria ser vista pela alta sociedade porque ela havia usado véu praticamente a vida toda e só recentemente começara a tirá-lo em privado, mas as duas haviam desafiado uma à outra e ido ao teatro juntas certa noite, corajosas e desveladas. Se elas tinham conseguido, Elizabeth conseguiria também, sem dúvida.

— Vou escrever para a sra. Ormsbridge e perguntar se ela prefere que eu não vá — disse Elizabeth. — A última coisa que quero é arruinar o baile dela.

Os olhos de Colin sorriram para os dela e ele pareceu odiosamente bonito.

— Isso é loucura — adicionou ela.

— Você reservará a primeira valsa para mim?

17

Os olhos de Lady Hodges brilhavam de alegria quando o último convidado se despediu. Havia sido uma tarde animada durante a qual ela havia entretido várias pessoas, incluindo muitas jovens damas cuja mãe sabia que era melhor permitir que elas fossem a um dos chás sem uma apropriada dama de companhia, e vários jovens cavalheiros que tinham ido prestar suas homenagens à deusa e flertar escandalosamente com Lady Hodges e de modo um pouco mais suave com as outras damas. A conversa tinha sido animada e envolvera muitas risadas dos homens, e rubores e risadinhas das damas. Um jovem poeta, cujo cabelo era longo e desgrenhado demais e cujo casaco estava praticamente puído nos cotovelos, enquanto a camisa murchava devido à pouca goma, tinha lido em voz alta um soneto para o cacho que afagava a bochecha de milady, dizendo em seguida que o compusera ali no local.

— Eu não duvido — murmurara Lorde Ede, ao abrir a caixa do rapé e examinar seu conteúdo.

— Seja bondoso, Ede — respondera Lady Hodges com voz doce, oferecendo a mão para o poeta como se fosse um favor especial e sorrindo graciosamente para ele.

Ela havia tomado parte nas conversas, circulado entre os convidados, sorrido com doçura para as jovens ruborizadas e maliciosamente para os cavalheiros que flertavam com elas. Havia rido de modo ligeiro e se envaidecido e asseverado todos os elogios, lisonjas e declarações de adoração vertidos sobre ela. Batera com o leque no pulso de um dos cavalheiros quando ele recuou e expressou espanto depois de lhe ser revelado que Blanche, Lady Elwood, era filha de milady, não sua irmã mais velha, conforme ele presumira.

— Desculpe-se imediatamente com Lady Elwood por tal insulto — dissera ela. — Embora todos cometam o mesmo erro, ou ao menos finjam, quando a conhecem. Todos são uns lisonjeadores. Venha, admita que ela é um encanto.

Lady Hodges se afundou na poltrona quando enfim ficou sozinha, isto é, separada de sua comitiva habitual. Blanche se sentou perto dela, ao passo que Sir Nelson Elwood, que estivera ausente durante boa parte da festa, postou-se atrás de sua poltrona. Lorde Ede estava perto de uma das janelas, embora não pudesse ver o lado de fora, já que as cortinas cor-de-rosa que as cobriam e lançavam uma luz fraca e lisonjeira no cômodo não deveriam ser tocadas em hipótese alguma. Quatro jovens mancebos, que não moravam na casa e que não eram oficialmente criados, embora também não fossem considerados hóspedes, pairavam perto da poltrona dele, um a cargo do leque de penas de pavão, outro segurando um lenço debruado em renda de que ela pudesse vir a precisar, um terceiro lhe entregava um copo de limonada e o último simplesmente estava por ali, já que não havia mais nada a se fazer no momento. A boa disposição da dama era frágil. Todos os presentes reconheceram o fato e esperavam o arroubo de doçura que inevitavelmente se seguiria.

— Ouso dizer que você viu o anúncio do noivado do meu filho nos jornais matinais, Ede? — perguntou ela.

Mas era uma pergunta retórica. Seria difícil ele *não* saber. Alguém o mencionara mais cedo e felicitara Lady Hodges, que dera um sorriso estonteante para o interlocutor, chamara-o de gentil e dera um toque em sua bochecha com o leque fechado. Qualquer possibilidade de alguém mais se juntar a ele nas felicitações morrera quando os outros convidados notaram a marca vermelha deixada na bochecha do desafortunado cavalheiro.

— Vi — respondeu Lorde Ede. — É uma dama a ser reconhecida. Ela não fugiu para o campo como quase qualquer outra teria feito.

— Estou curiosa. Por que ele está noivo da viúva e não da srta. Dunmore?

— Está evidente que alguém que não deveria ter dito nada acabou falando.

— Talvez — cogitou Lady Hodges —, tenha sido você. Talvez você tenha sido descuidado.

— Eu nunca sou descuidado — informou ele. — Talvez você tenha encontrado uma adversária à altura na viúva.

Ela lhe lançou um olhar longo e firme enquanto um dos jovens abanava seu rosto.

— Veremos. Ela é quantos anos mais velha que Colin?

— Pelo menos dez, milady — respondeu o mancebo que não tinha nada mais a fazer.

Ela transferiu o olhar para ele.

— Você deve estar enganado — disse ela, com doçura. — Eu pensava que fossem pelo menos vinte.

— Pelo menos isso, milady.

— O *ton* deveria ser informado de que foi ela quem colocou aquele anúncio nos jornais. Todos deveriam poder confiar que o que lhes é dito nos jornais é correto e confiável. Ela é esperta. É assim que viúvas sem nenhuma beleza conseguem o segundo marido, suponho. Um tanto quanto patético, não? Mas muitíssimo desonesto. Desonestidade é algo que não posso suportar. Meu pobre e querido Colin. Poderia ele sequer imaginar o que o dia de hoje lhe reservava?

Lorde Ede a encarou e ergueu uma sobrancelha cínica.

— Ele tem valsado com ela nos bailes. Estava valsando *e* rindo com ela durante o baile que pôs fim ao noivado dela. E ele a estava beijando no Hyde Park na tarde seguinte.

— Ela é muito esperta — falou Lady Hodges. — Preciso reconhecer. Lady Dunmore, por outro lado, é muito estúpida e de má estirpe, e estou feliz por dizer que Colin não se casará com a filha dela, uma menina insípida, não acha, Ede? A beleza dela é muito superestimada.

— Ouso dizer que Lady Dunmore estava aborrecida quando lhe escreveu aquela carta — comentou ele.

— E não é de se admirar — complementou a dama —, quando esperava que nos jornais matutinos tivesse saído que a filha dela, a *segunda* filha, devo adicionar, havia angariado o maior prêmio matrimonial da Temporada. Ela foi presunçosa. E culpar a *mim*, Ede, era passar dos limites. Jamais disse nada para encorajar as ambições da mulher. Muito pelo contrário.

Lorde Ede, já acostumado com as mentiras descaradas, mal piscou. Assim como aparentemente acontecia com os outros ali presentes, que também nem chegaram a pestanejar.

— Meu estimado Colin só está noivo da viúva deselegante. Ainda não estão casados. Eu me pergunto…

O mancebo que pairava com o lenço pigarreou e ela virou a atenção para ele.

— Dizem, milady — começou ele —, que Lorde Hodges é amigo do sr. Ormsbridge e que aceitou o convite para o baile desta noite. E também corre à boca miúda de que o evento será um dos grandes sucessos de público da Temporada. Parece possível, e até provável, que ele levasse a noiva com ele.

— Oh, claro que não, milady — disse o mancebo que pegara a limonada, parecendo chocado. — Não quando a dama caiu em tal desgraça em meio ao *ton*.

— Creio — falou Lorde Ede, soando levemente divertido — que a dama tem força de caráter.

— Oh, sim? — reagiu Lady Hodges. — Ela tem o meu respeito, mas será que faria algo tão audacioso? E será que Lady Dunmore e a srta. Lydia Dunmore também irão ao baile? Pareceria mais do que provável, a essa altura da Temporada, e a pobrezinha não tem nenhum pretendente de importância. — Ela virou a cabeça para agraciar a filha, que estava sentada em silêncio ali perto.

— Lady Overfield pode se provar uma oponente digna — opinou Lorde Ede, ao tirar o rapé do bolso novamente e abrir a tampa com o polegar. — Assim também como o Hodges.

— Ele só está sendo teimoso — disse ela com um aceno indiferente da mão. — Está fazendo isso para me desafiar, menino tolo, isso, claro, se ele soubesse do anúncio de antemão. Ele sabe que sempre foi o meu favorito, então sente a necessidade de provar sua independência de mim mesmo se isso significar fazer algo indescritivelmente precipitado, como se comprometer com uma mulher vinte anos mais velha. *Pelo menos* vinte anos. Ele vai voltar atrás. O menino me ama.

Ele fez uma mesura zombeteira para ela e levou um punhadinho de rapé a cada narina.

Lady Hodges estava olhando de novo para a filha, que acabara de ser informada de que não era a preferida da mãe.

— Blanche e Elwood, meus queridos — falou ela —, vocês devem ir a esse baile hoje à noite. O passeio lhes fará bem.

Wren e Alexander, ao retornarem do passeio no parque com o bebê, pensaram que ela havia enlouquecido. E então Wren correu até ela e a abraçou com força e declarou que era *exatamente* o que esperava de Elizabeth.

— Jamais conheci pessoa tão corajosa — declarou ela, esquecendo-se da imensa coragem de que ela precisara no ano anterior, depois de passar a vida como uma ermitã e se tornar a socialmente ativa condessa de Riverdale.

Alexander ainda achava que ela tinha enlouquecido e culpou Colin por uma sugestão tão imprudente.

A mãe de Elizabeth, ao voltar do passeio com tia Lilian, ficou pasma, mas então puxou a filha para um abraço ainda mais apertado que o de Wren.

— É *exatamente* o tipo de atitude que você tomaria — disse ela. — Lizzie, sua tolinha. É melhor avisarmos à família.

Tia Lilian assentiu.

— Richard e eu não pretendíamos ir, apesar de termos aceitado o convite. Devo voltar para casa, Althea, para avisar que iremos. Não sei quanto a Susan e Alvin ou Sidney, mas enviarei recados para eles agora mesmo.

— Ainda é loucura — opinou Alexander. — Nem mesmo a força das nossas duas famílias talvez seja suficiente para salvá-la da profunda humilhação, Lizzie. Colin deveria ter ciência disso. Suponho que tenha sido sugestão dele.

— Foi — confirmou ela, sorrindo para ele. — E ele torceu meu braço às minhas costas até que eu dissesse sim.

Alexander soltou um muxoxo e balançou a cabeça.

— O que foi que eu fiz para merecer uma irmã tão teimosa? — resmungou.

— Ou um cunhado tão temerário? — perguntou Wren, agourenta.

Ele suspirou e balançou a cabeça.

Tia Lilian foi embora sem causar alarde, e a mãe de Elizabeth sumiu para a sala matinal para escrever cartas apressadas.

Poderia esperar um pequeno exército de apoiadores naquela noite, então, pensou Elizabeth. Isso não a impediu de suar frio várias vezes durante aquela tarde, mesmo depois de receber uma curta, mas cálida e gentil missiva da sra. Ormsbridge em resposta à sua, assegurando-lhe de que ela era muito bem-vinda ao baile daquela noite.

Decidiu usar o vestido de noite turquesa para a ocasião. Tinha três anos e tudo na peça indicava simplicidade, em oposição à última moda. A cintura alta estava na moda, era verdade, e o caimento delgado da saia, também. O mesmo acontecia com o decote mais profundo, embora não tão profundo a ponto de chamar a atenção, mas não havia filigranas nem arremates elegantes ou mesmo bordado na barra ou na bainha das mangas curtas. A graça da peça, sempre pensou ela, residia no corte sublime. Abraçava suas curvas até debaixo do busto e fluía pelas suas pernas e seus quadris em dobras suaves enquanto ela se movia. O tecido captava a luz das velas sem exatamente brilhar. A criada penteou seu cabelo no alto com mais cachos do que ela usava durante o dia, mas não muitos mais, e nada de cachinhos ou mechinhas ao redor de suas têmporas e seu pescoço.

Estava satisfeita com a própria aparência, mesmo que a palma das mãos estivesse suada enquanto ela alisava a saia. Um dos medos dessa noite era que todos que a olhassem — e tinha plena certeza de que todos o fariam — buscariam sinais de que ela estivesse tentando parecer mais jovem do que realmente era. Tinha trinta e cinco anos e estava contente em parecer ter cada um deles. Não mais, no entanto. Tomara muito cuidado para não parecer deselegante. Oh, como poderia pensar na aparência como *um* de seus medos como se houvesse apenas dois ou três? Havia tantos que daria um livro. Já havia vários dias que ela vinha sendo retratada como a mais depravada das vilãs. E agora, o pior de tudo, ela havia enredado o solteiro mais cobiçado da Temporada, um cavalheiro que era rico, encantador e lindo além das palavras, e anos mais novo que ela. Formigamento foi adicionado à umidade em suas mãos. Ela parecia não conseguir respirar rápido o bastante para acompanhar as batidas do coração.

Oh, como ela *odiava* tudo aquilo, pensou ao pegar o xale e o leque e ir lá para baixo onde a mãe, Alex e Wren esperavam por ela, parecendo, os três, estarem se preparando para acompanhá-la até a forca. Todos sorriram como se tivessem pegado a deixa logo que a viram descer as escadas. Odiava se sentir tão constrangida como se sentira quando jovem, ao fazer sua estreia na sociedade, mas sabia que aquela noite seria muito pior.

Não, não seria. Tinha trinta e cinco anos, era uma mulher madura e experiente que poderia enfrentar qualquer constrangimento ou ataque direto. Ela era Elizabeth Overfield, e sua consciência estava tranquila. Não havia feito *nada* do que se envergonhar. Oh, haveria aqueles que estariam afoitos para comentar que eles tinham ficado noivos rápido demais, poucos dias depois do baile para comemorar o noivado dela com outro homem. Aquelas pessoas que haviam falado que isso só provava que Sir Geoffrey estava certo sobre os dois, mas eles *não haviam feito nada de errado*. Por que deveria esperar um mês ou dois ou até mesmo um ano antes de fazer o anúncio só para dar a aparência de decoro? As pessoas acreditariam no que quisessem. Se *o ton* estava prestes a lhe dar um corte direto, ou pior, então era problema *deles*. O dela era ir ao baile para o qual fora convidada com o noivo, que pedira a sua mão porque quisera e a quem ela aceitara porque quisera também. Não que tais fatos fossem da conta de alguém. Ela abriu seu sorriso genuíno e suave, embora lhe custasse um grande esforço.

Minutos mais tarde, eles estavam dentro da carruagem a caminho da mansão dos Ormsbridge. Pouco depois disso, a carruagem encostou na frente da casa. Um lacaio abriu a porta e abaixou os degraus, e eles desceram ao tapete vermelho e entraram no saguão, que estava um burburinho só. As pessoas enfileiradas nas escadas para cumprimentar os anfitriões antes de entrarem no salão de baile viraram quase o corpo todo para olhar para os recém-chegados.

Bem, pensou Elizabeth, não era nada que ela não houvesse esperado.

E era tarde demais para mudar de ideia e fugir para casa para se esconder debaixo da maior coberta que ela poderia achar. Em vez disso, sorriu e reuniu toda a sua fonte interna de serenidade.

Colin os aguardava no saguão, parecendo jovem e pernalto, e estava estonteante com seu cabelo dourado e com o traje preto e prateado. Ele avançou, sorriu e pegou a mão de Elizabeth, curvou-se sobre ela e a levou aos lábios. Houve quase um suspiro coletivo vindo das escadas.

— Ainda fico aturdido — disse ele, com a voz baixa — com o fato de que você vai ser minha esposa.

Ela também ficava aturdida.

— Foi um elogio? — perguntou ela, com os olhos brilhando para ele. — Por favor, não responda se não tiver sido.

Ele se endireitou, ainda segurando a mão dela, e não se apressou a responder. Ela talvez tivesse ficado aflita, não fosse pelo sorriso preguiçoso de Colin.

— Como poderei encontrar as palavras corretas? Há algo em você que não só é belo, mas é a beleza em si. Mal posso acreditar na minha boa sorte. Percebo que jamais a teria conquistado nem em um milhão de anos se as circunstâncias não tivessem me permitido arrebatá-la.

Oh. E aquele maldito parecia estar sendo sincero.

— Quanto tempo demorou para ensaiar tais palavras? Foram bastante absurdas.

— Concordo. Aumente para um milhão e meio de anos, então. — Ele inclinou a cabeça para o lado. — Nervosa?

— É uma bênção as saias serem longas. Meus joelhos estão tremendo. E não me diga que você está tão calmo e relaxado quanto parece.

Ele riu baixinho e se virou para beijar a bochecha de Wren, sempre a com a marca de nascença, ela notou, e cumprimentou os outros dois antes de oferecer o braço a Elizabeth e conduzi-la até as escadas.

A muito jovem sra. Ormsbridge estava corada com uma animação muito óbvia, na fila de recepção de seu primeiro baile como anfitriã, mas assim que o mordomo os anunciou, o rosto dela se iluminou com ainda mais satisfação.

— Lady Overfield — disse ela, ao segurar a mão de Elizabeth e começar a falar muito rápido, sem nem parar para respirar. — Michael e eu estávamos no baile da duquesa de Netherby semana passada, e devo lhe dizer que sentimos muito pela senhora. O que aconteceu no dia e o que vem acontecendo desde então é muitíssimo injusto. Espero que saiba que muitas pessoas concordam comigo. As pessoas do outro lado parecem fazer mais barulho, mas elas devem ser ignoradas, até mesmo desprezadas, por todos os outros. Fiquei muitíssimo feliz quando Michael leu para mim o anúncio de seu noivado no jornal desta manhã. Estou feliz pela senhora e por Lorde Hodges, a quem considero um amigo. — Ela sorriu para Colin. — E fiquei tocada ao receber sua missiva esta manhã. Pareceu ser tão do seu feitio, pois sei que a senhora é atenciosa. Os dois farão o meu baile ser o mais comentado da Temporada, o que é um encanto para mim, mas não tanto para a senhora, suponho. Foi muito corajoso de sua parte comparecer, e reconheço isso. Michael, olhe quem está aqui.

O sr. Ormsbridge fez uma mesura para Elizabeth e disse todas as palavras apropriadas enquanto a esposa se virava para Colin e, depois dele, para a mãe de Elizabeth, Alexander e Wren.

E a hora era chegada. Colin ofereceu o braço, e ela o pegou, e os dois foram em direção ao salão de baile, onde o burburinho da conversa mudou de tom — primeiro caiu para quase um sussurro e depois retomou com vigor renovado. Ficou óbvio para Elizabeth que a notícia de sua chegada os precedera no andar de cima, e todos esperavam ansiosamente por esse momento.

Foi, ela pensou, sem dúvida nenhuma, o momento mais aflitivo da sua vida; mas, mesmo enquanto pensava a respeito, sabia o quanto era ridículo. Houvera momentos muito piores. E por que aquele geraria tanta aflição? O que fizera para se sentir assim? Virou a cabeça para Colin e viu que ele a fitava, com os olhos fixos nos dela, muito azuis, sorridentes e cheios de... o quê? Orgulho? O braço dele estava firme sob sua mão.

E ela percebeu algo sobre ele naquele momento. Sabia que ele poderia ter evitado aquilo com muita facilidade. Tudo aquilo. Não precisava pedir a sua mão, nem no dia seguinte ao fim desastroso do seu noivado nem no dia anterior. Ele não fizera nada que a tivesse comprometido, nada que fizesse o sacrifício dele ser necessário. E, mesmo assim, ao pedir a sua mão e ouvir o sim, ele não precisava encarar o *ton* ao lado dela de modo tão público. Não devia ser fácil para ele, afinal de contas, ser visto com a mulher mais infame de Londres, por mais injustas que fossem as acusações. Não podia ser fácil para ele, depois de um anúncio tão abrupto nos jornais daquela manhã, chegar ali para encarar as jovens que deviam esperar que ele as cortejasse. Se a srta. Dunmore ou a mãe tivessem alguma ideia do que teria sido o anúncio daquela manhã e se estivessem ali naquela noite, poderiam dificultar muito as coisas para ele.

Mas ele tinha feito aquilo. Pelo seu próprio bem? Decerto que não. Pelo dela, então. Porque ele era gentil, honrado e uma rocha de estabilidade, retidão e bondade. Quando ele se vira no Natal como um jovem imaturo, estivera enganado. Ela se lembrava do que ele tinha dito na ocasião, que precisava se tornar um homem, mas ele *era* um homem. Um dos melhores. E era muitíssimo confiável. Ela queria, acima de tudo, casar-se com um homem em quem podia confiar e, apesar de si mesma, tinha-o encontrado.

Eles sorriram um para o outro, e se ela estivera resistindo desde o Natal à compreensão de que estava profunda e irrevogavelmente apaixonada por ele, bem, não podia continuar negando. E por que o faria? Ele seria seu marido.

Sua mãe, Wren e Alexander foram se juntar a eles, mas Colin aproximou a cabeça da dela e falou só para que ela ouvisse:

— Os Westcott e os Radley estão prestes a completar as fileiras ao nosso redor e formar um escudo impenetrável — disse ele. — Devemos esperar por eles? Ou prefere caminhar até o outro lado do salão e conversar com um grupo no qual Ross Parmiter está presente?

Ela olhou para o outro lado do salão e viu o amigo de Colin olhando para eles e erguendo a mão para cumprimentá-los. Por que não podiam esperar que *Parmiter* viesse falar com *eles*? Mas não era essa a razão, certo? E quando ela já tivera medo de atravessar um salão de baile?

— Vamos circular, então — decidiu ela.

E assim começou a grande provação da noite. Todos, é claro, plenamente cientes deles a ponto de quase excluir todo o resto, embora muitos fossem educados demais para encarar. Colin costumava se sentir à vontade em grandes multidões, sabendo que não era lá muito fascinante para atrair a atenção alheia. Mesmo naquele ano, depois de ter despertado a atenção no baile dos Dunmore e de terem espalhado rapidamente que ele devia estar em busca de esposa, não se sentiu tão desconfortável. Pois o interesse excessivo significava que sua busca seria mais fácil. Jovens elegíveis lhe tinham sido apresentadas sem que ele precisasse fazer qualquer esforço.

Naquela noite ele se sentia distintamente desconfortável. E evidente.

Ajudava saber que Elizabeth devia estar se sentindo pior e que o foco estava todo nela, não nele. A mão dela estava leve e firme no seu braço, e quando sorriram um para o outro há poucos momentos, encontrara exatamente o que esperava ver: dignidade calma, um sorriso cálido e sociável, um leve brilho em seus olhos, uma mulher perfeitamente à vontade no próprio corpo. E ele havia sentido uma onda de afeto por ela, assim como um arroubo de orgulho por essa mulher ser sua noiva e todo mundo saber disso.

Ele entendia agora, como não entendera no Natal, o quanto ela tivera que se dedicar ao longo dos anos para alcançar aquele aprumo, que não era superficial, pois não havia nada instável nele. No entanto, apesar de tudo isso, havia fragilidade lá no fundo, uma que ele considerava cativante, pois ela não era feita de pedra: era uma mulher que sentia profundamente. Sempre admirara sua serenidade. Agora, em sua fragilidade, ele via a promessa de um relacionamento. De uma Elizabeth perfeita e controlada, ele só poderia tirar. Com a Elizabeth vulnerável, ele também poderia oferecer. A diferença de idade entre eles tinha, de certo modo, diminuído. Não, não existia. Era irrelevante.

Colin se concentrou em oferecer e, assim, perdeu a insegurança.

Pararam algumas vezes enquanto abriam calmamente caminho

pelo salão de baile, indo até onde Ross Parmiter estava com seu grupo, observando-os. Falaram brevemente com os amigos e conhecidos que fizeram questão de cumprimentá-los, parabenizando-o e prestando seus bons votos de felicidade a ela. Ninguém os censurou abertamente, mas ele tinha apostado nisso. Pois apesar de a alta sociedade compartilhar fofocas cruéis entre si, seus membros raramente eram mal-educados em público. Era por isso que as palavras de Codaire no baile de noivado tinham sido tão chocantes. Até mesmo alguns dos mais aguerridos acenaram formalmente para eles com a cabeça enquanto passavam e não dedicaram esforços para evitá-los ou lhes dar um corte direto.

Mas como alguém poderia relegar Elizabeth Overfield ao ostracismo? Vendo-a naquela noite, elegante, digna, sorrindo calorosamente, decerto todos, com a exceção de uma pequena minoria, deviam ter percebido o quanto tinham sido ridículas as histórias que haviam espalhado sobre ela. De fato, a vasta maioria devia ter percebido que haviam sido espalhadas de propósito por alguém que tinha a intenção de causar mal a ela.

Havia, de certo modo, mais desconforto para Colin do que para Elizabeth. A srta. Madson estava no baile, e seu trajeto pelo salão ao lado de Elizabeth os levou a passar por ela. A dama tinha um grupo de parentes, amigos e jovens cavalheiros reunidos de forma protetora ao redor dela, todos com a intenção de deixar perfeitamente claro para ele, e para todos ali presentes, que ela jamais estivera interessada por ele. Colin não ouviu mais do que uns poucos comentários do grupo, mas não foi necessário um grande esforço para entender a intenção de seus membros.

A srta. Dunmore também estava presente e, infelizmente, perto do grupo de Ross Parmiter. Havia um aglomerado ainda maior ao redor dela, reunido por sua mãe, que fez questão de virar de costas quando eles se aproximaram e fez um comentário audível, que o cheiro ruim devia estar vindo das portas francesas, que estavam a certa distância e foram rapidamente fechadas. Outros membros do grupo levantaram a voz apenas o suficiente para ouvirem seus comentários sobre a simplicidade do vestido de *alguém* e do penteado inapropriado, sobre como ela havia levado um marido ao túmulo e decerto não ficaria feliz até fazer igual com o segundo. Houve, também, piadas sobre papa-anjos. E assim por diante, ao passo que a própria srta. Dunmore parecia pálida e corajosamente trágica. Era interessante que estavam todos atacando Elizabeth em vez de a ele. A menos, claro, que o comentário sobre o mau cheiro tivesse sido direcionado a ele.

Pelo menos, Codaire não estava presente.

Ross olhou Colin com curiosidade quando eles se aproximaram, mas fez uma mesura para Elizabeth, deu suas felicitações e reservou algumas danças com ela para mais tarde.

E, então, a dança de abertura foi anunciada, e Colin conduziu Elizabeth para se juntar a uma das fileiras. Ele sorriu para ela ao assumir posição do outro lado, e ela correspondeu ao sorriso. Ninguém os desprezou. Na verdade, a dama ao lado de Elizabeth, uma jovem corpulenta, virou-se para dar suas felicitações e informar, com uma risadinha, que ela era motivo de inveja para todas as jovens solteiras da cidade e muito possivelmente de algumas das casadas também.

Michael Ormsbridge e a esposa se juntaram às pontas das fileiras e a dança começou.

Tinham conseguido, Colin refletiu mais tarde, enquanto ele e Elizabeth chegavam ao início da fila e giravam à medida que os outros se afastavam e batiam palmas. E, por algum milagre, sobreviveram, intactos. Ela estava corada e com os olhos brilhando: parecia que estava se divertindo muitíssimo.

O desejo da sra. Ormsbridge se realizaria. Seu baile, sem dúvida nenhuma, seria declarado o melhor da Temporada até então e um dos mais comentados por toda a primavera. Ela deslumbrava os convidados com sua beleza e seus sorrisos, e Ormsbridge parecia quase estourar de orgulho e felicidade. Eles não precisavam do fascínio adicional de dois convidados famigerados.

Os Radley e os Westcott se prepararam para rodeá-los tão logo a dança de abertura terminasse. Colin estava ciente de Louise, a duquesa viúva de Netherby, imponente em seu traje roxo e plumas imensas no cabelo para adicionar à sua já impressionante altura, avançando até a sra. Westcott e

Wren e Alexander, de um lado, e de Sidney Radley, vindo de outro, com Susan e Alvin Cole, mas Elizabeth, que parecia não ter notado o grupo, pegou o braço dele antes que chegassem à sua mãe e apontou a cabeça para a porta.

— Oh, olhe, Colin — disse ela, e seu semblante se iluminou com um sorriso caloroso.

Pelo segundo dia seguido, ele se viu olhando para Blanche e Nelson. Não conseguia se lembrar de já ter visto a dupla em um baile, ou de ter visto os dois sem a sua mãe por perto até que ela aparecera em seus aposentos no dia anterior. Uma olhada rápida assegurou a Colin que a mãe não estava com eles.

— Vamos até lá cumprimentá-los — falou Elizabeth, ao passar o braço pelo dele. — Devem ter vindo por sua causa.

A irmã e Nelson os observaram se aproximar, ambos impressionantes e elegantes, nenhum deles sorrindo. Colin se perguntou se haviam recebido um convite formal.

— Lady Elwood — cumprimentou Elizabeth, com a voz cálida e acolhedora. — Sir Nelson. Que prazer conhecê-los, enfim. — Ela estendeu a mão direita para Blanche bem quando Colin percebia que elas nunca haviam sido formalmente apresentadas.

— Adorável — murmurou Blanche, com a voz fria. — Nossa mãe disse que a senhora estaria satisfeita.

E, é claro, havia mais ou menos uma dúzia de pessoas perto o bastante para ouvir a breve troca e que estavam afoitas demais para isso, e havia muito mais de uma dúzia com uma visão perfeita do que estava acontecendo: Elizabeth sorrindo com encantada calidez, oferecendo a mão direita; Blanche de expressão fria, ignorando-a; Nelson inexpressivo com as mãos cruzadas às costas; Colin, sem dúvida nenhuma, parecendo um idiota sorridente.

Ele estava *sorrindo*? Ele verificou. Não, na verdade, não estava.

Mas que diabos? Ainda ontem, eles haviam aparecido de modo inesperado, o que era bem fora do comum, para avisar a ele de que a mãe estava prestes a enredá-lo em um noivado com a srta. Dunmore. E tinham aparecido naquela noite... por quê?

Para envergonhá-lo?

Para envergonhar Elizabeth?

18

Elizabeth entendeu quase que imediatamente. É claro que eles não tinham ido para apoiar a escolha de noiva de Colin, como pensara de início quando os vira parados perto da porta do salão de baile. Que ingenuidade a sua. Eles já tinham ido aos aposentos dele no dia anterior, sem que Lady Hodges soubesse, para avisar o modo como estava prestes a ser enredado em um casamento com a srta. Dunmore, mas não significava que tinham ido lá naquela noite para celebrar o noivado com *ela*. Decerto, deviam estar tão horrorizados quanto Lady Hodges.

Naquela noite, eles tinham comparecido como emissários. Tinham ido para causar problemas, muito provavelmente em um esforço para deixar Colin livre para escolher uma noiva mais ao gosto da mãe. Ela estaria sujeita, então, a dois escândalos de salão de baile na mesma semana e a terminar dois noivados... com homens diferentes? Era estranho demais para sequer contemplar. E *estranho* era uma palavra até graciosa. Na verdade, toda a situação seria digna de uma pantomima se não fosse aterrorizante. Como era possível aquilo estar acontecendo com ela? Ela tinha sido tão comum e desinteressante até pouco dias atrás, sua vida não interessava a ninguém exceto a si mesma e à própria família. Até o momento...

Como era possível ter perdido tanto o controle da própria vida... de novo?

Mas o próprio pensamento de perder o controle do que lhe acontecia, como ocorrera quando era muito mais jovem e mais tola, fez Elizabeth empertigar a coluna. Não permitiria. Recusava-se terminantemente a murchar sob o desprezo frio de pessoas que nem sequer a conheciam.

Cada olho no salão de baile estava em cima deles? Normalmente, seria presunção imaginar algo assim, mas as circunstâncias atuais não eram normais. *Claro* que todos estavam observando, mesmo aqueles que passavam por certos apuros para fingir o contrário. A atenção estava neles desde antes da chegada de Sir Nelson e Lady Elwood. Agora devia estar fixada neles. Qual tinha sido a última vez que a dupla comparecera a um evento do *ton*? Não conseguia se lembrar de já ter visto os dois. Será que haviam sido convidados para aquele baile? Devia estar óbvio para o *ton*, assim como tinha sido para ela, que fora o anúncio do noivado de Colin nos jornais matinais que os levará até ali. A única pergunta que restava era qual era sua intenção?

Nossa mãe disse que a senhora estaria satisfeita, acabara de dizer Lady Elwood.

— Lady Hodges tem razão — disse Elizabeth, sorrindo com calidez e recolhendo a mão estendida. — Lady Elwood, venha dar uma volta comigo pelo salão antes de a próxima música começar. Precisamos nos conhecer melhor agora que seremos cunhadas. — Ela deslizou o braço pelo de Lady Elwood, obviamente pegando-a de surpresa, e tratou de conduzi-la em uma caminhada pelo perímetro da área de dança.

Era uma aposta e tanto, claro, pois estava oferecendo à futura cunhada a perfeita oportunidade para fazer o que a levara ali. Lady Elwood precisaria apenas criar uma cena, algo simples como um mero puxão de braço e falar umas poucas palavras atravessadas antes de voltar para o lado do marido. As chamas do escândalo saltariam mais alto que nunca e engoliriam Elizabeth. Mas, ao tomar a iniciativa, ela tinha a vantagem, pelo menos por ora.

Tinham quase a mesma idade, Elizabeth sabia. Eram da mesma altura, também, embora Blanche fosse mais esguia. Ela também era loira e tinha uma beleza clássica, porte ereto e elegante. A dama usava um vestido azul que estava na última moda. Azul-*gelo*, Elizabeth não conseguiu deixar de pensar, para combinar com a mulher que o vestia.

— Lady Hodges não pôde vir? — perguntou Elizabeth, em tom cortês.

— Ela está jantando com Lorde Ede — respondeu Lady Elwood. — Na opinião dela, bailes são insípidos.

Elizabeth conhecia o cavalheiro de passagem. Era um homem mais velho, alto e elegante, de aparência distinta, apesar dos sinais da devassidão.

— Fico feliz pela senhora e Sir Nelson terem vindo — disse Elizabeth. — Não tive a oportunidade de conhecê-la socialmente até então.

— Eu jamais senti qualquer desejo de conhecê-la — comentou

Lady Elwood, fria, com o braço rígido sob o de Elizabeth, como se tivesse começado a perceber que havia sido superada em seu próprio jogo.

Olhos praticamente saltavam em cima delas, e orelhas estavam em riste para ouvi-las enquanto passavam.

— Depois que Wren se casou com o meu irmão — falou Elizabeth —, devo confessar que também não senti nenhum desejo em conhecer a senhora, mas as circunstâncias mudaram. Estou prestes a me casar com Colin. Tenho uma família imensa e calorosa, tanto do lado de minha mãe quanto de meu pai. Colin sonha ter uma família assim, embora menor. Ele e Wren são muito próximos, e ele tem um bom relacionamento com sua irmã, Ruby, e a família dela na Irlanda, embora não tenha a chance de vê-los com a frequência de que gostaria. Sei que ele lamenta não ter nenhuma proximidade com a mãe ou com a senhora e o seu marido. E o que é causa de lamento para ele, também o é para mim. Nada me agradaria mais do que acertar essa situação.

Ela sorriu para a prima Susan e Alvin Cole, que radiavam encorajamento enquanto ela passava.

— Foi ele quem foi embora aos dezoito anos, tão logo nosso pai foi enterrado — respondeu Lady Elwood. — Ninguém o forçou a partir. Nem minha mãe nem eu mandamos ninguém embora.

— Apenas Wren — Elizabeth lembrou a ela, uma imprudência, talvez, mas não poderia deixar aquela inverdade passar sem nenhum comentário.

— Não. Rowena foi *levada* por nossa tia. Ou enviada embora pelo meu pai. O que você preferir. Assim como foi o meu pai que enviou Colin para a escola assim que ele teve idade para ir, e depois para Oxford. Não foi obra de nossa mãe. Foi uma crueldade deliberada para com ela.

Elizabeth virou a cabeça para Blanche. Não sabia quase nada do pai de Colin. Nunca perguntara e ele nunca dera qualquer informação por vontade própria. Havia alguma verdade na última declaração?

Os pares estavam começando a se formar para a próxima dança, ela podia ver. Haviam quase completado o circuito. E agora? Até então, ela havia evitado o desastre, mas bastaria?

— A senhora deve amar Colin — disse ela —, para ter ido aos aposentos dele ontem de manhã e avisar da armadilha que estava prestes a ser lançada para ele. Com a sua ajuda, ele foi capaz de se esquivar dela e se comprometer comigo em vez disso. É possível haver paz entre nós, Blanche? E *poderei* visitá-la agora que seremos cunhadas? Eu gosto muitíssimo do seu irmão. Não sou sua inimiga. Nem da sua mãe.

— A senhora não passa de uma oportunista inteligente — começou Blanche. — Todos sabemos, toda a sociedade educada sabe, por que motivo está prestes a se casar com meu irmão, *Lady Overfield*. E a senhora nada sabe de meus sentimentos por ele ou de minhas razões para visitá-lo ontem. Minha mãe jamais a reconhecerá como esposa de Colin. Se a senhora se casar com ele, ela fará da sua vida um inferno. Não é uma ameaça vã. Minha mãe faz tais coisas superlativamente bem, e ela não gosta da senhora. Isso, na verdade, foi um enorme eufemismo.

As palavras foram frias, mas Elizabeth continuou sorrindo. Colin estava ao lado de Sir Nelson. Tio Richard Radley e o primo Sidney estavam com eles.

— Blanche — cumprimentou-a Colin, estendendo a mão para a irmã quando se aproximaram. — Chegaram bem a tempo de você dançar comigo. Elizabeth deve participar com Nelson.

Elizabeth não sabia bem como os dois haviam planejado causar problemas naquela noite. Provavelmente, pretendiam dar um corte direto bastante público e dizer algo devidamente medonho no campo de audições de um número suficiente de convidados, de tal modo que em poucos minutos todos ficassem sabendo. Não necessitaria de muito esforço. Seu nome já havia sido completamente arrastado na lama. Eles decerto esperavam tornar impossível que ela continuasse com o noivado ou que até mesmo permanecesse em Londres, mas qualquer que tivesse sido a intenção deles, foi frustrada em parte pela presença de espírito de Elizabeth de dar o braço para Blanche e caminhar e conversar com ela antes que a futura cunhada percebesse o que acontecia, e em parte pelo que se seguiu, cortesia dos Westcott e dos Radley. Tão logo a música acabou, Alvin Cole solicitou a dança seguinte a Blanche, e prima Louise, a mãe de Elizabeth e tia Lilian chegaram para conversar com Sir Nelson enquanto Elizabeth dançava com o sr. Parmiter, e Colin, com Jessica.

Blanche Elwood não tinha a mesma habilidade da mãe, pensou Elizabeth, e o marido parecia não ter interesse suficiente para tomar qualquer iniciativa. Ao fim da música, eles foram embora do baile. Ao lado da mãe, Elizabeth observou-os sair e se perguntou como a aparição deles ali naquela noite seria interpretada. Como um selo de aprovação pelo casamento de Colin, talvez, como se estivessem agindo em nome da mãe? Sendo aquilo o exato oposto do que eles pretendiam, não?

— Bem — disse a mãe —, isso foi interessante. Eles vieram lhes dar as felicitações, Lizzie? Mas pobre Wren.

Wren ficou bem longe da irmã. A aparição dos Elwood no baile devia tê-la angustiado muitíssimo. No momento, ela se aproximava com Alexander. Sorrindo.

— Eles vieram causar problemas? — perguntou ela. — Se foi, você lidou de forma esplêndida com a situação, Elizabeth. Assim como Colin. Vamos esperar que eles não causem mais encrenca. Vocês dois tiveram que lidar com coisas desagradáveis o suficiente para uma vida toda. E ainda assim resistiram de forma extraordinária a tudo isso.

— Estou muito determinada — assegurou-lhe Elizabeth — a ter um relacionamento amigável com a sua irmã, Wren, e com a sua mãe também. Eu devo. Pelo bem de Colin, já que a posição dele como chefe da família e proprietário das casas onde a mãe de vocês vive o obriga a tentar viver em paz com eles, mas entendo o quanto isso nos força a ser desleais com você. Se houver algum modo...

Mas ela foi interrompida por um toque em seu ombro, e se virou para encontrar um cavalheiro conhecido.

— Lady Overfield — falou ele. — É demais esperar que esteja livre para dançar a próxima música comigo?

— Obrigada. Eu estou, e será um prazer.

Colin, ela viu, conduzia até a área de dança uma jovem de cujo nome ela não se lembrava.

Poderiam relaxar agora? O pior já tinha passado? Aquela noite *nunca* chegaria ao fim?

O tempo parece ter desacelerado, pensou Colin enquanto o baile prosseguia. Nunca havia vivenciado uma noite tão longa, mas valera a pena ir. Haviam usado o tempo interminável de modo produtivo. Elizabeth empregara o charme e a elegância para mostrar às pessoas que a caricatura de Lady Overfield que lhes fora apresentada nos últimos dias nada mais era que um despropósito. Ela havia passeado, dançado, conversado e sorrido, e em momento algum tinha ficado grudada à família, como ela teria sido desculpada caso fizesse. E ele ficara maravilhado com a forma como ela lidara com Blanche, evitando o que poderia muito bem ter significado um desastre para seu retorno à sociedade.

Ele passara a noite se entrosando com o maior número de pessoas possível, desavergonhadamente encantando as damas e conversando com os homens. Quando alguns de seus amigos expressaram surpresa pelo anúncio daquela manhã, ele riu e disse a eles que desde o Natal vinha tentando persuadir Lady Overfield a se casar com ele, e enfim conseguira. Estava bem perto da verdade. Ele adicionou que era o mais afortunado dos homens, o que era mesmo verdade.

Muito antes de a valsa ser anunciada, no entanto, o desânimo ameaçou se infiltrar em suas defesas. A mãe havia tentado enredá-lo em um casamento ao qual ele explicitamente não consentira, e só porque ela queria a srta. Dunmore como nora e assecla. Tendo falhado, enviara Blanche e Nelson naquela noite para arruinar o noivado que ele havia escolhido e publicamente anunciado naquela manhã. Não importava a ela que isso só seria possível se ela arruinasse Elizabeth, que nada fizera para merecer tal crueldade. A mãe não aprovaria Elizabeth só porque ela tinha trinta e cinco anos e não era linda sob a única perspectiva que lhe importava, e porque ela devia sentir que não poderia dominar Elizabeth como teria feito com a srta. Dunmore ou com a maioria das jovens que buscavam marido. E Blanche, por razões que diziam respeito apenas a ela, que havia desafiado a mãe no dia anterior, fora lá naquela noite para cumprir suas ordens.

Eram *sua mãe* e *sua irmã*.

Pensou na sra. Westcott e em Alexander, a mãe e o irmão de Elizabeth, mas a comparação, ou melhor, o contraste, era doloroso demais para ficar se debruçando sobre o assunto.

Pensou que talvez tivesse que encorajar Elizabeth a voltar para Riddings, seu lar em Kent, até que o escândalo passasse, como inevitavelmente passaria assim que a mãe acreditasse que havia ganhado e não haveria mais necessidade de gastar energia para descobrir verdades e meias-verdades do passado dela que só serviriam para macular seu nome. Talvez não tivesse feito nenhum favor a Elizabeth ao convencê-la a se casar com ele.

Talvez tivesse sido egoísmo de sua parte.

De uma coisa ele tinha certeza: visitaria a mãe no dia seguinte e a confrontaria. Ela era difícil, quase impossível de lidar, como todos que já haviam cruzado seu caminho descobriam. Ela sempre conseguia o que queria, mas não poderia continuar assim. E simplesmente dar as costas para ela e ignorar sua existência não adiantaria mais. No dia seguinte, deixaria bem clara sua posição de uma vez por todas... Bem, sua mente não conseguia pensar no que poderia ser conquistado.

Só iria em frente. Não havia alternativa.

Estava se curvando para Elizabeth enquanto alguns casais seguiam para a área de dança.

— Esta é a minha valsa, acredito eu, Lady Overfield — disse ele.

Ela sorriu daquele jeito cintilante que sempre o aquecia da cabeça aos pés e apoiou a mão nas costas da sua.

— Creio que sim, Lorde Hodges.

Mesmo naquele momento, é claro, eles não conseguiam relaxar. Pois devia haver pouquíssimas pessoas ali no salão de baile que não se lembrariam do que acontecera durante a valsa no baile dos Netherby havia menos de uma semana. Era possível ser um acontecimento tão recente? Parecia ter sido havia uma eternidade.

Eles se encararam na área de dança, e ele a tomou em seus braços quando a música estava prestes a começar.

— Eu jamais esperei ser considerada infame novamente — disse ela, com um suspiro.

Novamente. Aquilo lhe partiu o coração.

— É por isso que viemos hoje — lembrou ele. — Encarar o *ton* em um dos bailes mais lotados da Temporada, para que depois pudéssemos deixar todo esse absurdo para trás. Para que *você* pudesse. Mas para conseguir levar o plano a cabo, devemos dançar a valsa.

Assim o *ton* poderia ver exatamente como eles estavam antes de o escândalo ser deflagrado. Assim poderiam ver o quanto estavam sendo ridículos e triviais.

A música começou, e Colin a conduziu nos primeiros passos da valsa, com os olhos fixos em Elizabeth. Ele a girou em um canto da área de dança. Ela o olhava, sem sorrir.

— O que foi? — perguntou ela.

Colin ergueu as sobrancelhas.

— Você não está sorrindo — esclareceu Elizabeth.

Ah.

— Com tantos olhos nos fitando — revelou ele —, estou contando os passos por medo de tropeçar nos seus pés ou nos meus.

Os olhos dela riam. O coração se aqueceu e os pés de algum modo dançaram por vontade própria, e os dois valsaram, fitando-se.

E a música e dança teceram sua magia e se infiltraram em cada poro do corpo dele, acalmando-lhe a alma, enquanto as cores das flores e dos vestidos e as luzes das inúmeras velas giravam na periferia de sua consciência junto com o burburinho das conversas e das risadas. E ele esqueceu, por uns poucos e abençoados segundos, que estavam em exibição, cada olhar e cada movimento servindo de combustível para mais especulação e censura.

As faces de Elizabeth estavam coradas; os lábios, entreabertos. Os olhos estavam sonhadores. E ela parecia... *Ah, Elizabeth*.

— Posso lhe dizer uma coisa? — indagou ele, e ergueu as sobrancelhas. — Você estava belíssima em seu vestido bronze e dourado na semana passada, com um penteado todo elaborado. Mas, esta noite, neste vestido turquesa com o penteado mais simples, você é... Elizabeth.

Que comentário aparvalhado era aquele?

Os olhos dela sorriram e então riram.

— É um elogio? — perguntou ela.

— Usei *belíssima* para me referir ao outro vestido e me faltaram palavras para um superlativo melhor.

A risada se espalhou para todo o rosto dela.

— Então usei a palavra *Elizabeth*. Um superlativo que supera todos os outros.

Mais risadas.

— Ah, você se saiu bem — disse ela. — Muito bem, de fato.

— Línguas são simplesmente terríveis. Sempre nos falham quando mais precisamos delas.

— Mas a língua não falhou com você desta vez — assegurou-lhe ela. — Talvez eu ficasse contente se você tivesse usado outros superlativos como *deslumbrante*, *gloriosa* ou *incomparável*, mas gosto mais de ser Elizabeth.

— Incomparável, sim. Não pensei nesse, mas jamais poderia esquecer que você o é, Elizabeth. — Ele sorriu para ela, então riu. — Você deve estar se perguntando se são conversas desse tipo que terá de esperar de mim nas próximas décadas.

— É? — indagou ela, arregalando os olhos.

— Bem, você sempre será Elizabeth, como sabe.

— E você dirá isso pelas próximas décadas — comentou ela, baixinho.

— Sim — confirmou Colin, olhando-a nos olhos.

Ela sorriu de novo, e eles valsaram em um mundo que abrangia apenas os dois.

A música terminou rápido demais. Eles pararam de dançar e se olharam. E por causa de um certo grau de familiaridade no momento, ele ficou ciente de novo da atenção que ainda estava voltada para eles de todos os lados do salão. Ele aproximou um pouco a cabeça da dela e ficou muito tentado a beijá-la. Ela não fez menção de se afastar.

— Vamos mostrar a todos que nós *não* nos beijamos, sim? — perguntou ele.

— Vamos. — E havia riso em seu rosto de novo, cor em suas bochechas e brilho em seus olhos.

— Permita-me — pediu ele, dando um passo para trás e estendendo a mão enquanto lhe fazia uma mesura — escoltá-la de volta até a sua mãe.

— Obrigada. — Ela colocou a mão nas costas da dele.

E de modo repentino e bastante inesperado, ele a desejava. Bom Deus, ele a desejava.

19

Elizabeth esperou até quase meio-dia do dia seguinte para sair de casa, embora fosse irritante ter que esperar tanto. Estava com raiva, uma emoção rara para ela. Estava com raiva por si mesma, quem não estaria? Mas com mais raiva ainda por Colin. E por sua família de ambos os lados, todos usando seu tempo na cidade em benefício dela, quando deveria estar descansando e se divertindo.

Não era justo. E não poderia continuar assim. De jeito *nenhum*.

— Não — ela disse a Wren quando a cunhada se ofereceu para acompanhá-la no passeio, embora tivesse sido deliberadamente vaga quanto ao propósito e destino. — Não, obrigada, Wren. É um assunto rápido. Não vou demorar.

— Não — respondeu, quando a mãe perguntou se ela pelo menos levaria uma criada junto. — Não, não é necessário. Sou uma mulher crescida, mamãe, e o tenho sido há vários anos. Não preciso de uma acompanhante me seguindo para toda parte.

Devia ter ofendido a ambas, pensou enquanto a carruagem seguia pela rua. Não era do seu feitio ser tão grossa e deselegante. As duas a olharam com um leve franzir de cenho, como se pretendessem dizer algo, mas não tiveram coragem. Não era do feitio dela estar prestes a perder a paciência. *Aquela* Elizabeth ficara para trás havia muito tempo.

Todos haviam concordado à mesa de desjejum, inclusive Elizabeth, que o baile tinha ido muito bem. Os Ormsbridge os haviam recebido com muito afeto, e a maioria dos convidados ou tinha ficado feliz em vê-los desde o início ou mudara de ideia gradativamente no decorrer da noite. Houvera uns poucos, claro, principalmente Lady Dunmore e o imenso grupo de seguidores que ela havia reunido em torno de si e da filha, mas aquilo era compreensível, e eles não tinham causado nenhuma cena desagradável. A chegada inesperada de Sir Nelson e Lady Elwood sem dúvida nenhuma tinha feito um bem enorme, mesmo o casal sendo aparentemente desprovido de carisma e, decerto, não haviam sorrido nenhuma vez.

— Foi gentileza deles para com Colin terem aparecido — comentara a mãe de Elizabeth, ao estender a mão sobre a mesa e dar um tapinha na sua. — E foi educado da parte de Lady Elwood ter dado aquela volta com você, Lizzie, e de Sir Nelson pela dança. Lady Hodges deve ter visto o anúncio do noivado e os encorajado a ir em pessoa para conhecê-la e dar as felicitações a ele. Jamais a perdoarei pelo que fez a Wren, mas talvez ela tenha qualidades redentoras no fim das contas. As pessoas mudam com o passar dos anos, não é mesmo?

Wren manteve a atenção no próprio prato, e Elizabeth não lhes contou a verdade da aparição surpresa da futura cunhada. Era algo de que ela mesma cuidaria. No entanto, ela havia sido interrompida na noite anterior enquanto falava com Wren, e aquele assunto deveria ser encerrado.

— Colin espera estabelecer um relacionamento civilizado com a mãe e Blanche — dissera ela. — Queremos convidá-las para o casamento. Mas... há você, Wren. Não sei o que aconteceu quando visitou sua mãe no ano passado, depois do seu casamento, mas creio que não tenha sido nada bom. Você achará angustiante...

— O casamento é seu, Elizabeth — Wren a interrompera —, e de Colin. Os dois devem fazer o que bem entenderem sobre minha mãe e Blanche sem se preocuparem comigo, mas se as convidar para o casamento, deverá convidá-las para o café da manhã também.

— Wren. — Alexander estivera franzindo o cenho.

— Não. — Ela erguera a mão. — Eu não sou uma coisinha frágil. Decerto não forçarei Colin e Elizabeth a escolherem entre mim e minha mãe. E não está aberto a debate. Não me olhe assim, Alexander. Nem você, Elizabeth. Nem mais uma palavra.

E nenhuma palavra tinha sido dita sobre o assunto.

Quando a carruagem parou do lado de fora da casa de Curzon Street, Elizabeth estava com raiva, embora não de um modo que ela fosse estourar em uma fúria descontrolada. Era mais de um jeito que a faria passar pela próxima meia hora. Já era mais de meio-dia, então, mas Lady Hodges ainda não estava recebendo visita. Ela esperaria, informou ao mordomo, e atravessou a porta com firmeza, indicando a ele que não seria dissuadida.

— Faça a gentileza de informar à sua senhora de que Lady Overfield a espera — disse.

Ele devia ter reconhecido o nome, pois a acompanhou até a sala de visitas para esperar em vez de deixá-la de pé no vestíbulo. Ela esperou a boa vontade da dama por uma hora. Passava pouco da uma da tarde, de acordo com o relógio Ormolu sobre a lareira, quando a porta se abriu.

Elizabeth havia sido direcionada a um sofá logo que chegou, mas não permaneceu nele após os primeiros quinze minutos. Havia ido primeiro a uma janela para puxar a cortina cor-de-rosa. A luz da sala era fraca apesar do sol brilhando lá fora, e tinha um tom distintamente rosado. O mordomo acendera as velas de um candelabro dourado que ficava ao lado do relógio na lareira, mas por que contar com a luz das velas sendo que passava pouco do meio-dia e havia luz natural por trás das cortinas?

As cortinas não se mexeram. Algo as prendia uma na outra e também pela outra ponta para que não pudessem ser movidas. Extraordinário!

Depois disso, Elizabeth havia vagado pelo cômodo, notando tudo que havia ali, desde o tapete até os estofamentos e o papel de parede, ou era prateado, cinza ou em algum tom de cor-de-rosa. Havia muitas cadeiras, sofás e poltronas, o bastante para acomodar reuniões consideráveis. Era óbvio, no entanto, qual poltrona pertencia a Lady Hodges. Era mais alta que todas as outras e mais larga e suntuosa. Dominava a sala e parecia mais um trono do que qualquer outra coisa. O pensamento talvez tivesse divertido Elizabeth se ela estivesse no humor para isso.

Quando a porta enfim se abriu, ela estava de pé diante da lareira, dando uma olhada no relógio, que era magnífico. Ela se virou.

Lady Hodges estava sozinha. Parecia uma menina frágil e hesitante, parada perto da porta como se não soubesse se tinha autorização para entrar. Como uma menina, estava vestida de branco, com um traje de musselina de cintura alta, decote profundo e mangas curtas, embora Elizabeth pudesse ver que havia um corpete de escumilha bem fino que lhe cobria o busto e terminava com um leve franzido perto da garganta. Havia também mangas do mesmo tecido lhe cobrindo os braços e moldados em um V com leves babados sobre suas mãos. Ela tinha altura mediana e era muito magra. O cabelo loiro havia sido cacheado e penteado com cuidado imaculado. Era uma peruca incrivelmente realista. Os cosméticos em seu rosto eram fáceis de detectar, mas haviam sido muito bem aplicados para dar a ilusão de uma juventude nada natural para uma dama que deveria ter pelo menos sessenta anos. Ela era muito bonita, mas... Bem, mais parecia uma obra de arte do que uma mulher de verdade.

— Lady Overfield. — Ela entrou com delicadeza na sala e uma mão invisível fechou a porta às suas costas. — Que deleite extraordinário ter vindo me visitar apenas um dia depois de seu noivado com o meu filho ser anunciado para o mundo. Permita-me dar uma olhada na senhora. — A voz dela era a de uma menininha. Causou arrepios em Elizabeth.

Ela não a avaliou de imediato. Primeiro, atravessou o cômodo e subiu os dois degraus baixos até sua poltrona. Sentada, ela parecia menor, e mais menina ainda. Havia sido feita para aquele propósito, Elizabeth percebeu. Lady Hodges apoiou os braços nos descansos de veludo, virou o olhar para Elizabeth, e um leve sorriso apareceu em seu rosto. Ela se demorou para avaliá-la da cabeça aos pés.

— Meu estimado Colin — disse ela. — É difícil entender que ele não é mais um menino, embora ainda pareça muito jovem. E extraordinariamente belo. E fácil de se influenciar, ouvi dizer. Ele ainda tem que amadurecer, mas é claro que a senhora o ajudará com isso, sendo a mulher madura que é. *Quantos* anos mesmo disse que tem?

— Eu não disse — respondeu Elizabeth. — Mas a senhora sabe muito bem a minha idade. Sabe muito mais de mim do que apenas isso, e o que não sabe não hesita em inventar. Se tem a intenção de me envergonhar ao me examinar e me fazer admitir que sou significativamente mais velha que o seu filho, não vai conseguir. Não me envergonho com facilidade quando não há motivo para isso.

— Oh, minha querida — começou Lady Hodges ao pegar um monstruoso leque de penas de pavão de uma mesa ao lado para abanar lentamente o seu rosto —, *alguém* está inventando histórias sobre a senhora? Deve estar sendo angustiante. E que malicioso da parte da pessoa. Talvez seja uma inverdade, então, que a senhora é dez anos mais velha que o meu filho? Ou nove anos e cinco meses, para ser mais específica. Espero que tenha sido bem-recebida ontem à noite. Enviei Blanche e Nelson para lhes dar apoio e eles me informaram que a senhora estava se divertindo muitíssimo. Ouso dizer que qualquer dama com um rapaz tão jovem e bonito como noivo o exibiria para o *ton*, ainda mais quando a dita dama o roubou bem debaixo do nariz de muitas jovens inexperientes que foram tolas o bastante para aspirar pela mão dele. Fiquei encantada ao ouvir tudo o que Blanche contou, embora sinta muito por ter sabido que a srta. Dunmore estava lá para estragar um pouco o seu prazer. Ela é um encanto, não é? Diziam à boca miúda que a mãe dela estava tão determinada em casá-la com o meu filho que tentou forçá-lo a isso ao insinuar que já havia um acordo entre eles. Alguns até disseram que ela tentou anunciar o noivado nos jornais, mas não consigo acreditar que ela seria capaz de tamanho engodo. Ela não é, a propósito, uma mulher agradável. Ouso dizer que a senhora não a notou nem à filha, que tem sido descrita como um diamante de primeira água.

Houve vários assuntos que talvez tivessem feito Elizabeth comentar, protestar e se justificar até que ela mais parecesse um cachorro correndo atrás do rabo.

— Não vim para entrar em nenhum joguinho, Lady Hodges — disse ela.

— Fico feliz em saber — respondeu a dama. — Jogos me deixam entediada. Jamais entenderei o que há de tão divertido nas mímicas, na cabra-cega e em todo o resto. — Venha e sente-se no sofá perto de mim, e lhe contarei como pretendo lhe dar as boas-vindas à família com uma festa em Roxingley que durará todo o verão. Já fiz a lista de convidados, gente jovem e animada que se diverte ao ar livre e dentro de casa também, quando as intempéries não permitem. Gostará deles. Eles a farão sentir-se jovem de novo. Ouso dizer que a senhora sente que o seu desafortunado primeiro casamento lhe roubou a juventude e que agora, tantos anos depois, está velha demais para recuperá-la, mas nunca é tarde demais, Lady Overfield, e com o seu segundo casamento, como sabe, vai precisar manter o ritmo, ou os olhos de Colin se desviarão para belezas com as quais ele está acostumado a se rodear. Venha. Sente-se.

Elizabeth permaneceu onde estava. Sentia-se como se tivesse sido apanhada por um redemoinho, inexplicavelmente impedida de escapar dele ou mesmo de se explicar. Só que lá estava a sua raiva, o núcleo de calma no meio da tempestade.

— Não me sentarei, obrigada. Não ficarei por muito tempo. A senhora começou uma campanha contra mim, Lady Hodges, depois que meu noivado com Sir Geoffrey Codaire terminou e a senhora temeu que eu talvez convencesse Colin a ser honrado e pedir a minha mão. Foi o que ele fez, na verdade, e eu recusei. A senhora poderia ter se poupado do problema, mas o efeito dos seus esforços causou o oposto do que pretendia. Eu não fiquei aos farrapos nem fugi para o campo, e Colin voltou e me convenceu não apenas de que eu queria me casar com ele, mas de que ele queria se casar comigo também.

— Alguém vem claramente contando mentiras sobre mim — disse Lady Hodges. — Eu...

— Eu agradeceria se a senhora não me interrompesse. Nós vamos nos casar, Lady Hodges, a senhora queira ou não, se decidir seguir com a sua campanha ou não. Prefiro que não continue, mas estou preparada para lidar com as consequências. Embora eu deva avisar que a fuga não é mais a maneira como reajo à adversidade. Serei Lady Hodges depois do casamento, enquanto a senhora se tornará a viúva. Eu serei a senhora de Roxingley e pretendo fazer da propriedade um lar para Colin, para mim e para quaisquer filhos com os quais sejamos abençoados. A senhora é bem-vinda para continuar fazendo de lá o seu lar, mas haverá lugar para apenas uma senhora, e serei eu. Se houver uma festa durante o verão, como pode muito bem haver, será planejada e organizada por mim e por Colin. A lista de convidadas será compilada e aprovada por nós. Ouso dizer que lhe faremos a cortesia de lhe perguntar se deseja convidar uma ou duas amigas para comparecer.

— Eu me pergunto se meu filho estará tão afoito para se casar com uma mulher mais velha, que, a propósito, não tem nem a qualidade redentora de ter uma beleza extraordinária, quando souber que ela está mostrando as garras — comentou Lady Hodges. — Serei obrigada a avisar a ele, como bem sabe. Ele não vai gostar da perspectiva de não ser o homem da própria casa. Ele era um menino encantador, Lady Overfield. Doce, inocente e o mais belo dos meus filhos, embora todos sejam um encanto.

— Exceto Wren, pelo que ouvi — retrucou Elizabeth.

— Bem. — Lady Hodges fez um gesto de desdém. — A deformação de Rowena foi uma infelicidade e é deveras grotesca. Impossível de se olhar. Ela foi uma sentença para mim, ouso dizer. Embora eu tenha feito maravilhas por ela. Eu a dei para Megan e seu rico admirador, e ele se casou com ela e permitiu que Rowena morasse com eles e depois o homem deixou a fortuna para ela. A menina tem muito pelo que me agradecer, embora tenha se provado uma ingrata até então. Ainda espero ouvir um obrigada da parte dela.

— Creio — começou Elizabeth — que a senhora terá uma longa espera. Embora eu tenha ouvido Wren expressar o quanto era grata pelos tios pelo amor que lhe deram quando a vida que ela levava antes de ser adotada por eles tinha sido tão desprovida de afeto por parte de seus próprios pais. — Mas Elizabeth não desejava se deixar arrastar para tanta raiva e tanto desprezo. Não daria a Lady Hodges a satisfação de fazê-la perder a compostura. — É melhor eu lhe desejar boa tarde, mas antes que eu o faça, vou dizer mais uma coisa. É o desejo do queridíssimo Colin ter uma família para amar e ser amado, assim como eu tenho, tanto do lado de meu pai quanto de minha mãe. E seu desejo mais querido sempre será meu. Espero que a senhora vá ao casamento. Enviaremos convites para a senhora, Sir Nelson e Lady Elwood. Espero que passem uma temporada conosco em Roxingley. Espero que a senhora faça parte da nossa vida e contribua para a nossa felicidade, assim como pretendemos contribuir para a sua.

Lady Hodges fechou o leque e, pela primeira vez, não disse nada.

— Boa tarde, senhora. — Elizabeth inclinou a cabeça educadamente para a futura sogra e saiu do aposento. Quando chegou à porta da casa, menos de um minuto depois, as mãos formigavam, os pensamentos corriam soltos em sua cabeça, e ela estava ofegante, mas ficou de pé nos degraus do lado de fora da casa, calçou as luvas e se recompôs enquanto olhava para a calçada onde a carruagem a esperava. Entretanto, o veículo não estava lá.

Em seu lugar, viu a carruagem de Colin. Ele se encontrava recostado à porta aberta, com os braços cruzados e um pé calçado de bota inclinado na frente do outro.

Colin havia decidido durante o baile da noite anterior que já era hora de confrontar a mãe. Ela havia devastado a vida de muitas pessoas ao longo dos anos, entre as quais a de Wren, Justin e do pai deles. Ele, Colin, havia seguido o caminho mais fácil após a morte do pai e ficara longe dela. Era compreensível. Ele tinha apenas dezoito anos, mas vinha se sentindo incomodado com aquela situação ultimamente, decerto desde que encontrara Wren, viva e crescida, quando por quase vinte anos ele tinha pensado que ela estava morta. Havia planejado fazer algo quanto ao assunto naquele ano e, de fato, havia tentado, chegando a diversos resultados. No entanto, embora um dos melhores tivesse sido seu noivado com Elizabeth, aquele brilho tinha sido coberto pela crueldade do ataque que a mãe perpetrara contra ela e pelo que ela havia tentado na noite anterior quando mandou Blanche e Nelson ao baile. Nesse ínterim, ela, sem dúvida, havia causado ainda mais dano à srta. Dunmore, uma jovem inocente.

Daria um basta naquilo, Colin decidira na noite anterior. Sim, ela era sua mãe e ele sabia que deveria honrar os pais e tratá-los com respeito e deferência, mas havia limites a se considerar, e a mãe os ultrapassara há tempos. E agora ela tinha ido atrás de Elizabeth.

Era em vão visitá-la antes do meio-dia, ele sabia, e mesmo pouco depois. Primeiro foi à casa em South Audley Street, onde perguntou por Wren e foi conduzido até o berçário, onde ela embalava o bebê no colo. Colin fez carinho na cabeça da criança e se inclinou sobre ela para dar um beijo na bochecha da irmã.

— A noite de ontem a deixou terrivelmente transtornada? — perguntou ele.

— O baile? — Ela ergueu as sobrancelhas. — Oh, suponho que se refira à aparição de Blanche. O que foi aquilo, Colin? Para perturbar? Suponho que nossa mãe a tenha mandado para causar problemas, mas a pobre Blanche nunca foi do calibre da nossa mãe. Não, não fiquei transtornada.

— Elizabeth e eu queremos convidá-las para o casamento — disse ele —, e para o café da manhã depois, mas não o faremos se você não quiser. Não... — Ele estendeu a mão quando ela puxou fôlego para falar. — Não precisa dizer o que sei que você pensa que deve dizer, Wren. Diga o que *quer*. Sei que Elizabeth levará seus sentimentos em conta e dará prioridade ao que você deseja, assim como eu.

— Ela já fez isso — a irmã contou. — Ela falou comigo durante o desjejum. É o casamento de vocês, Colin, e deve transcorrer conforme desejarem. Seu relacionamento com a nossa mãe é muito diferente do meu. Posso ignorá-la. Você, não, não se pretende fazer de Roxingley o seu lar e o de Elizabeth e exercer as plenas responsabilidades da sua posição. E nossa mãe é uma delas. Você deve convidá-la para o casamento, mas acha que ela irá?

— Não sei — respondeu ele. — Onde *está* Elizabeth?

— Ela saiu. Ouso dizer que chegará em breve.

— Enquanto isso, posso pegar meu sobrinho no colo? Ele está tão magrinho, não acha? Olhe só essas bochechas.

Ele foi embora antes de Elizabeth voltar. Não desejava chegar muito tarde em Curzon Street, ou encontraria a sala da mãe cheia de visitas e de parasitas. Chegou lá à uma da tarde, e encontrou a carruagem que Elizabeth e a mãe costumavam usar para circular pela cidade parada lá na frente. O cocheiro lhe informara que Lady Overfield havia entrado na casa ao meio-dia, e que, sim, ela estava sozinha.

O primeiro impulso de Colin foi subir os degraus, esmurrar a porta e correr pelas escadas até a sala de visitas e salvar a noiva de ser devorada viva pela mãe. Felizmente, talvez, ele parou para considerar. Ela havia ido lá por vontade própria, e sozinha. E era Elizabeth. Havia lhe garantido mais de uma vez que confiava nela para levar a vida como bem quisesse. Dissera a ela, pelo menos ele esperava ter deixado bem claro, que jamais faria as vezes de marido autoritário e tentaria controlar cada passo dela ou ir correndo ao seu resgate antes que ela lhe pedisse ajuda.

Ela era uma mulher de coragem e talvez, embora não fosse muito provável, páreo para a sua mãe. Deveria ter permissão para fazer o que tinha ido lá fazer, fosse ela encarar o sucesso ou o fracasso.

Às vezes, não era fácil ser homem.

Ele abriu e fechou as mãos ao lado do corpo, mas não havia ninguém para socar, exceto os dois cocheiros, o dela e o dele, que não haviam feito absolutamente nada para provocá-lo, e mesmo se fosse o caso, ele não teria desculpa para recorrer à violência. Então resolveu esperar. Depois de dez minutos, mandou a carruagem dela embora. O cocheiro hesitou, mas Colin ergueu as sobrancelhas e o homem, talvez vendo nos olhos do senhor barão o desejo de ser provocado, decidiu que seria melhor obedecer. Colin esperou dentro da carruagem, depois do lado de fora, com os braços e os pés cruzados, e os olhos fixos na porta, mas ela saiu bem quando ele se distraiu.

Era dificílimo confiar quando o instinto de proteger guerreava com ele. Era bem possível que ela estivesse sendo devorada lá dentro, e como ela pediria sua ajuda se não sabia que ele estava por perto?

Talvez ela tivesse *mesmo* sido devorada, ele pensou dez minutos depois. Quanto mais esperaria antes de invadir o lugar sem nem mesmo parar para bater à porta? Mas enquanto se fazia a pergunta, a porta foi aberta e ela saiu, parecendo calma, composta e no comando de si mesma. Parecendo, na verdade, Elizabeth.

Até que ela notou a mudança de carruagem, no caso, e ele de pé esperando por ela. Não que algo tivesse mudado visivelmente — nada, pelo menos, que alguém que não a conhecesse pudesse ver —, mas ele viu. Ele a conhecia, e *se importava*. Uma grande vulnerabilidade o fitou através dos olhos dela, e ele se endireitou quando ela desceu os degraus, pronto para abrir os braços, puxá-la para si e se comportar como um príncipe de contos de fadas, mas ela se recuperou muito antes de pôr o pé na calçada, e ela pegou a mão que ele estendeu e entrou na carruagem sem dizer nada.

Colin falou baixinho com o cocheiro, entrou na carruagem e se inclinou sobre ela para puxar a cortina antes de fazer o mesmo do seu lado tão logo a porta foi fechada. Ele se acomodou ao lado dela e a puxou para seus braços antes de falar. Colin soltou os laços do *bonnet* dela e o jogou no outro assento.

Inclinou a cabeça de Elizabeth em seu ombro e descansou o queixo sobre ela. Não sabia se ela precisava se reconfortar, mas *ele* precisava.

— Tola. Você é uma tola preciosa, Elizabeth.

— Obrigada — disse ela.

— Eu teria vindo com você.

— Eu sei.

— Eu estava a caminho, de todo modo.

— Não estou surpresa.

Ele suspirou e roçou a bochecha no cabelo dela.

— Você veio sozinha.

— Vim.

— Acredito — começou ele — que ela tenha falado por cima de você, e por baixo, e por todos os lados e por meio de você, e a sua cabeça acabou dando voltas sobre seus ombros.

— Eu disse para ela não me interromper — contou ela.

Aquilo o calou por um momento antes de ele bufar uma risada.

— E deu certo? — perguntou Colin.

— Deu.

Desejou ter sido um espectador invisível daquele particular momento.

— Eu a convidei para o casamento — relatou Elizabeth.

— Oh, é mesmo? Ela irá?

— Ela não disse.

— Porque você não a deixou falar uma palavra do contrário, suponho — disse ele, bufando outra risada, embora não estivesse achando graça nenhuma.

— Se fosse elegante que damas fizessem apostas, eu apostaria que ela irá.

— Oh, é mesmo?

— Ela terá que apontar o que sem dúvida nenhuma vê como o meu blefe. Ela pretendia dar uma festa grandiosa em Roxingley que duraria todo o verão para receber você e dar as boas-vindas à sua noiva. Ficou óbvio que não tinha a mínima intenção de fazer nada disso, pelo menos no que me diz respeito. Talvez ela acredite, ou acreditasse, que mesmo depois das nossas núpcias ela conseguiria me espantar. De todo modo, lembrei a ela que depois de nos casarmos, *eu* serei Lady Hodges e a senhora de Roxingley, e que você e eu planejaremos uma festa na propriedade, se houver alguma, com uma lista de convidados preparada por nós mesmos. Informei que ela poderia ficar à vontade para convidar um par de pessoas da sua preferência. Deixei claro que não contestaria seu direito de considerar Roxingley um lar, mas adicionei que há lugar apenas para uma senhora em qualquer lar e que depois de me casar com você, essa serei eu. Na verdade, usei a palavra *viúva* para lembrar a ela o seu futuro papel.

Ele ainda a segurava com força com um braço enquanto a mão pressionava sua cabeça junto ao ombro. Como se ela, como uma mulher frágil, precisasse do apoio de um homem poderoso.

— Ela não retaliou? — perguntou ele.

— Ela falou, mas não dei ouvidos. Fui lá para fazer uma declaração, e a fiz. Se eu o tiver ofendido por ter falado desse jeito com a sua mãe, sinto muito, mas se *tiver* sido o caso, Colin, então precisarei recusar seu pedido de casamento. Se for para eu ser sua esposa, não vou permitir que sua mãe domine a nenhum de nós dois.

— Você vai romper dois noivados em uma única semana? Você se tornaria a maior infame de todas as eras, Elizabeth. Seria uma das poucas mulheres a aparecer nos anais da história. Boudicca não seria ninguém quando comparada a você.

— Eu o *ofendi*? — ela perguntou, e a voz saiu um tanto quanto estranha, como se ela tivesse dito entre dentes cerrados. Ela os estava impedindo de ranger, ele percebeu. Não estava tão calma quanto tentava aparentar. Talvez seus braços protetores não fossem tão desnecessários no fim das contas.

Ele curvou a cabeça para a dela, afastou seu rosto da garganta e beijou seus lábios antes de recuar e olhá-la nos olhos.

— Não pretendo permitir que ela more em Roxingley — disse ele. — Não depois do modo como ela tratou Wren. Não depois de ela ter tentado destruir você. Não depois de saber que ela vai continuar tentando mesmo quando estivermos casados. Ou talvez a ameaça sobre a festa tenha sido com a intenção de fazer você mudar de ideia quanto a se casar comigo. Na verdade, tenho certeza de que foi isso mesmo, mas ela não a conhece, não é? Nem a mim. Não vou aceitar, Elizabeth. Voltarei mais tarde e retirarei o convite para o casamento. Informarei que ela poderá ficar com a casa aqui da cidade. Eu a entregarei a ela e comprarei outra para nós dois. Foi o que decidi ontem à noite e vim aqui hoje para comunicar.

Ela se desvencilhou de seus braços e se afastou dele para se sentar no canto do banco. Então o avaliou com uma leve careta.

— Não — ela se contrapôs.

— Elizabeth, ela só pode querer nos destruir. É o que faz para que o mundo todo esteja concentrado nela. Ela não vai mudar. É o que é. Você não pode arrastá-la para a nossa vida e simplesmente esperar que ela aja como um ser humano normal. Eu a conheço a vida toda, e o que ela é agora é o que era desde que consigo me lembrar. Ela é narcisista, e narcisistas não podem ser redimidos. Há apenas uma pessoa que importa para eles, e todas as outras devem perceber o fato e lhes prestar homenagem. E ela, por acaso, é a minha mãe.

Algo verdadeiramente pavoroso aconteceu naquela hora. Ele havia fechado a carruagem e dito ao cocheiro para ir adiante até segunda ordem. Havia esperado que Elizabeth estaria chateada e pensado em abraçá-la e reconfortá-la pelo tempo que fosse necessário, mas o jogo havia virado. Ele sentiu um aperto no peito e um nó na garganta. Sentiu lágrimas lhe queimarem os olhos e, desesperado, tentou piscar para dispersá-las. Teria conseguido se uma engolida em seco em particular não tivesse sido retida por um soluço, e depois por outro.

— Maldição! — praguejou ele. — Ah, meu bom Deus. — Ele poderia ter morrido de vergonha bem ali. E então ela voltou até ele, e ele a abraçou de novo enquanto os braços dela o envolviam pela cintura, e ele pranteou com a cabeça em seu ombro. — Ela é minha mãe — disse ele tão logo conseguiu, e então desejou ter ficado de boca fechada. A voz não parecia ser dele.

— É — respondeu Elizabeth.

Ela não disse mais nada enquanto ele se virava para longe dela, secava os olhos com o lenço e assoava o nariz.

— Maldição! — repetiu. — Eu sinto muito.

— Eu também. Lamento ter havido tanta dor na sua vida. Infelizmente, não há nada que eu possa fazer para mudar esses fatos. Você a identificou com perícia, Colin. Sua mãe é narcisista. Deve ser algum tipo de doença, creio eu, assim como a bebedeira de Desmond. Não se luta contra isso. Apenas se aceita. Abandonei Desmond porque ele estava me fazendo mal fisicamente e por ter sido a causa dos meus abortos, mas você não precisa abandonar a sua mãe. Ela não pode nos causar mal nenhum, a não ser que permitamos. E não tenho a intenção de permitir. Não darei a ela tal poder, mas quero que ela faça parte de nossa vida, se for possível. Pelo seu bem.

— Mas por quê? — perguntou ele. — Ainda mais sabendo que ela nunca vai mudar?

— Mas você, sim. Pode perdoar a si mesmo por pensar que conduziu de modo errado a sua vida desde a morte do seu pai. Pode até mesmo perdoar a ela, embora saiba que sua mãe nunca vai mudar. Acredite no que eu digo.

Ele a olhou, preso naquele momento.

— Bom Deus. É isso, Elizabeth. É disso que estávamos falando naquele bendito baile, quando não notamos que a valsa havia terminado.

— Oh. — Ela sorriu para ele. — Então era. Bem, fui sincera na ocasião, e estou sendo agora.

Ele pegou a mão dela e entrelaçou os dedos deles.

— Mas podemos permitir que ela faça parte de nossa vida, de acordo com os seus termos — disse ele. — É algo a que ela jamais se sujeitará.

— Essa escolha deve ser dela. Se uma porta se fechar permanentemente entre você e sua mãe, Colin, deve ser ela a fechá-la. Não sei se ela fechará.

Tudo o que ela fez nesta primavera foi para levar você de volta para ela, com uma noiva do gosto dela, verdade seja dita, e decerto não com a que você escolheu. Ainda assim...

— Elizabeth, ela fez da sua vida um inferno. Por motivo nenhum a não ser as expectativas que tinha para o meu futuro.

— E se eu procurar me vingar, o que me tornarei? — indagou ela. Colin levou sua mão aos lábios. — Além do mais, eu me importo com você. E obrigada por despachar a minha carruagem e me acompanhar até em casa. E onde ela está, a propósito? Não me lembrava de ser tão distante.

— Eu disse para o cocheiro seguir sem rumo — respondeu ele. — Pensei que você precisaria ser reconfortada.

— E precisava, e você me reconfortou.

— Ao encharcar seu ombro com as minhas lágrimas? — perguntou ele.

— Ora, que exagero — disse ela, ao passar a mão sobre o ombro. — Mal está úmido. Vamos convidar Sir Nelson e Lady Elwood para o casamento também.

— E suponho, que se fosse decente uma dama fazer apostas, você apostaria na presença deles.

— Exatamente.

Ele tinha poucas razões para sentir carinho pela irmã mais velha, mas ela o salvara de um casamento indesejado com a srta. Dunmore. Porém... Bem, ela *era* sua irmã, e a mãe *era* a mãe. E não haveria tempo suficiente para escrever a Ruby e Sean na Irlanda para que eles chegassem a tempo para o casamento. Em comparação, havia vários Westcott e Radley em Londres no momento, e o marquês e a marquesa de Dorchester estavam a caminho, trazendo Abigail Westcott junto. A irmã dela e a família haviam sido convidadas para virem de Bath.

Ele só tinha Wren.

— Mas eu quero Blanche e Nelson lá? — perguntou ele. — E minha mãe?

— Quer — respondeu ela. — Quer, sim.

Ele riu, e já que as cortinas os mantinham invisíveis lá dentro, ele a puxou para os braços e a beijou mais uma vez. Lenta e completamente dessa vez. E ele a desejou. Desejou que o casamento acontecesse já, no dia seguinte, no outro. Em breve. Ele queria que tudo o que fosse Elizabeth em sua vida permanecesse.

20

Respostas, todas positivas, chegaram para os convites de casamento enviados a uns poucos membros do *ton*, amigos e conhecidos próximos. A igreja só estaria cheia pela metade, mas eles saberiam que todos ali desejavam a felicidade deles, e o que mais um casal poderia querer no próprio casamento?

Não chegou resposta de Lady Hodges nem da irmã mais velha e do cunhado. Colin poderia ter interpretado o silêncio como a porta fechada a que Elizabeth se referira. Se não aceitassem o convite nem fossem ao casamento, teriam feito sua escolha. Colin, no entanto, não conseguia aceitar tal fim. Decidira visitar a mãe no dia seguinte ao baile dos Ormsbridge, mas foi frustrado ao descobrir que Elizabeth chegara antes dele. Dessa vez, deveria ir sozinho.

Foi na tarde antes do casamento. A mãe estava, como ele meio que esperava, recebendo visitas. Ele se curvou para ela e para a irmã e o cunhado quando foi levado à sala de visitas e cumprimentou Lorde Ede com um aceno de cabeça distraído. Ignorou os quatro jovens cavalheiros visitantes e as três jovens damas assim como o grupo que costumava pairar em torno do trono da mãe. Ela não tentou fazer apresentações, acenou para que todos saíssem com a explicação de que desejava falar com o filho. Houve, é claro, os já esperados protestos de surpresa de dois jovens que declararam que Colin não poderia ser filho de Lady Hodges, mas sem dúvida nenhuma o irmão mais novo da dama. Dentro de um ou dois minutos, no entanto, o cômodo se esvaziou, deixando apenas Colin, a mãe, Blanche e Nelson.

Enquanto esperava, Colin pensou no sonho que tivera no Natal quando começou a traçar objetivos para o ano, o sonho de formar a própria família e trazer para perto os membros da antiga. Parte do sonho se concretizara. Estava prestes a se casar. Ruby e Sean haviam enviado uma resposta apressada para a carta que ele mandara anunciando as bodas iminentes e convidando-os para pelo menos passarem parte do verão em Roxingley. Eles iriam e levariam os quatro filhos. O resto do sonho talvez jamais chegasse a se realizar. A mãe não mudaria nunca.

— Mãe — começou ele —, a senhora irá ao meu casamento amanhã? Eu tenho a esperança, assim como Elizabeth, de que vá.

Ela pegou o enorme leque na mesa ao seu lado e refrescou o rosto com ele.

— Você estava corretíssimo ao rejeitar a srta. Dunmore, meu querido — disse ela. — Ela é uma senhorita sem graça e jamais pensei que fosse mais do que toleravelmente bem-apessoada. Com o tipo de beleza que não vai durar. Antes de dez anos se passarem, ela vai ficar igual à mãe, o que será uma desgraça para ela, mas ponha fim a esse disparate com a viúva inexpressiva. Não é tarde demais. Mande-a embora. Pague-a, se assim preferir. Ou eu enviarei Ede, se você desejar. Eu o ajudarei a escolher a noiva perfeita.

— Já fiz isso sozinho, mãe. Lady Overfield será Lady Hodges amanhã, e eu serei o mais feliz dos homens. — Foi um clichê pavoroso, mas felizmente verdadeiro.

Ela fez um gesto de desdém.

— Ora, sente-se. Você parece uma mola retesada.

Colin ficou onde estava.

— Que engraçado será se você insistir em se casar com uma mulher tão mais velha e deselegante, querido — prosseguiu ela. — As pessoas nos veriam juntos e pensariam que você, Blanche e eu somos irmãos. Nós os deslumbraríamos. Pensariam que a viúva é nossa mãe. E você teria que se rebaixar ao corrigi-las.

Colin cruzou as mãos às costas e a encarou. Não lhe daria a satisfação de responder tal provocação.

— A senhora irá ao casamento amanhã? — perguntou depois de um breve silêncio, durante o qual ela abanou o rosto devagar, e Blanche e Nelson fizeram uma boa imitação de estátuas. — A senhora é minha mãe. Não tenho um pai para comparecer.

— Eu estava muito aborrecida com o seu pai — disse ela, ao apoiar o leque no colo. — Ele me privou dos meus dois filhos mais novos. Primeiro, ao insinuar que eu era incapaz de cuidar da minha pequena Rowena quando mandou Megan levá-la embora e dar a ela um lar com aquele homem velho e terrivelmente enfadonho que deixou para Rowena uma fortuna que ela não fez por merecer, sendo que ele deveria tê-la divido entre todos os meus filhos. Ouso dizer que *você* ficou desgostoso. Sei que Blanche ficou, e não me surpreendo.

— A senhora está enganada, mãe — retrucou Blanche, por fim.

A mãe fez um aceno de desdém.

— E ele o mandou para a escola, meu querido, quando implorei para ele não fazer isso, pois me partiria o coração. E seu pai o fez por essa razão. Seu pai era um homem vingativo, que Deus o tenha.

— Eu pedi que ele me mandasse para a escola, mãe — Colin contou.

— Ora, você meramente fez o que ele pretendia. Ele estava determinado a mandá-lo embora.

Era verdade?, Colin se perguntou. Talvez lhe dar o que ele havia pedido não tivesse sido um ato de amor por parte do pai. Talvez a intenção inicial tivesse sido magoar a mãe. E tia Megan havia sido chamada especificamente para levar Wren embora? Para sempre? Devia ter sido planejado assim ou não teriam dito a Colin pouco depois que ela havia morrido. No entanto, aquilo, sem dúvida nenhuma, não poderia ter sido feito para atingir sua mãe. Ela nunca suportara sequer olhar para Wren. Nunca permitira que a menina saísse do andar do quarto das crianças.

— Seu pai era um homem difícil, mas ele me adorava. Insistiu para se casar comigo, apesar de meu querido pai não ter lhe oferecido um dote. Ele sempre me disse que eu valia mais do que a maior fortuna do mundo. Claro que eu poderia ter me saído melhor e não ter me casado com um mero barão, mas ele teria ficado de coração partido se eu tivesse recusado, e ele sempre teve o coração tão bom.

Colin foi embora logo depois disso, já que ficou claro que não receberia uma resposta para a pergunta que fora fazer. Ainda não sabia se a mãe estaria em seu casamento no dia seguinte, nem se Blanche e Nelson iriam. Quando perguntou, ao partir, recebeu um dar de ombros de Blanche e a explicação de que não sabia quais seriam seus planos para o dia seguinte.

Quem sabia o que o futuro traria? A mãe escolheria passar o ano inteiro em Londres, na casa da Curzon Street? Ele passaria a propriedade para ela e aceitaria o que conseguisse da mãe? Ela decidiria continuar morando em Roxingley durante o verão e o inverno e até esperaria continuar organizando festas lá? Ele se sentiria compelido a construir um chalé da viúva para ela em algum lugar da propriedade? Mesmo aquilo seria manejável? Como Elizabeth lidaria com a proximidade? Enfrentaria o problema de cabeça erguida? Insistiria para que a sogra fosse banida de Roxingley de uma vez por todas? Por alguma razão, não a via fazendo isso. Nem perdendo a guerra contra a futura sogra. Sem dúvida não apostaria contra Elizabeth, mas era com a *mãe* dele que ela teria de lidar, e ninguém ainda tinha sido capaz de fazer frente a ela.

Todos os homens se sentiam mal do estômago na véspera do próprio casamento?

Ross Parmiter e John Croft estavam organizando uma despedida de solteiro para ele naquela noite, e Elizabeth ia jantar com alguns parentes. Àquela hora no dia seguinte, estariam casados. Reconfortou-se com esse pensamento.

Elizabeth Overfield seria *sua esposa*. Se alguém tivesse lhe dito isso seis meses atrás, mesmo um mês atrás, ele não teria considerado digno de comentário.

Mas, no dia seguinte, ela seria a sua esposa.

Viola e Marcel, os marqueses de Dorchester, chegaram a Londres a tempo para o casamento, mas eles, de fato, ficaram perplexos ao descobrir que não só a cerimônia tinha sido antecipada, mas que o noivo também havia mudado.

— Então você trocou Codaire por um modelo mais novo de masculinidade, não foi, Elizabeth? — disse Marcel, quando ela chegou à sua casa na noite anterior.

Viola soltou um muxoxo, e os mais jovens que haviam ido até o saguão para cumprimentar os visitantes irromperam em vivas.

— Um modelo muitíssimo mais novo — concordou Elizabeth. — Dezoito anos, na verdade.

— Tenho permissão para abraçar a noiva feliz? — perguntou ele.

— Só amanhã que serei uma noiva — corrigiu-o ela. — Esta noite, você pode abraçar a futura noiva.

Viola a abraçou também.

— Daria para ter me derrubado com uma pena — falou ela. — Eu estava muitíssimo preparada para ficar feliz por você, Elizabeth, pois me lembrava de Sir Geoffrey Codaire como um cavalheiro bastante digno...

— E seco feito pó — interrompeu Marcel. — Você teria acessos de tosse a cada vez que ele se movesse, Elizabeth.

— ... mas não como um homem em posse de atrações óbvias — continuou a esposa com um olhar expressivo na direção dele. — Agora, Lorde Hodges! Bem, minha querida, eu não preveria esse desenrolar em hipótese alguma.

— Eu lhe disse, mamãe — comentou Abigail com um sorriso e um abraço em Elizabeth —, eu disse, sim. Enquanto Jessica, Estelle e eu admirávamos Lorde Hodges por sua boa aparência e seu belo sorriso, fiquei completamente ciente de que ele buscava a companhia da prima Elizabeth sempre que tinha a oportunidade. E se lembra do quanto eles ficaram lindos quando valsaram no dia após o Natal?

— Creio que sua mãe estivesse ocupadíssima na ocasião, notando o quanto eu ficava lindo valsando com *ela*, Abby — respondeu Marcel, e Viola olhou para o teto, ignorando o sorriso dele.

— Estou muito feliz pela senhora, Lady Overfield — declarou Estelle Lamarr, estendendo a mão para Elizabeth. — E creio ter sido bastante rancoroso da parte do homem de quem a senhora estava noiva envergonhá-la daquele modo ao acusá-la em público de estar se comportando de modo indecoroso. Não consigo imaginar alguém menos capaz de se comportar de modo indecoroso.

— Obrigada — disse Elizabeth, sorrindo para a menina.

— Parabéns, senhora — desejou o irmão dela, Bertrand, ao apertar a mão de Elizabeth.

— Venha até o quarto das crianças — chamou Abigail, ao passar a mão pelo braço de Elizabeth. — Camille e Joel estão lá com as crianças. Não devem ter ouvido a sua carruagem chegar. Sabia que agora há outra criança além de Winifred, Sarah e Jacob? Eles adotaram Robbie recentemente, do orfanato. Ele tem quatro anos e tinha um comportamento terrível, mas Joel se recusou a acreditar que o menino era um caso perdido, então Camille também se recusou, e agora o estão vencendo pelo amor, com uma boa ajuda de Winifred, que segue dizendo a ele que *não*, sob nenhuma circunstância, o chamará de terrivelmente atentado, mesmo se ele continuar revirando os olhos para ela por toda a eternidade e mostrando a língua enquanto puxa as laterais da boca.

— Minha nossa — reagiu Elizabeth.

— Um amor de criança, meu mais novo neto — falou Viola. — E eles seguiram adiante com a adoção semana passada, mesmo Camille tendo descoberto estar grávida novamente. Quem teria pensado em tal destino, e logo para Camille, Elizabeth?

Lady Camille Westcott havia sido uma das defensoras mais ferrenhas dos bons costumes, com o menor senso de humor possível, antes de ser descoberto que o casamento dos pais era bigamia e, por isso, ela era ilegítima. O mundo dela havia se estilhaçado, ainda mais por isso ter incluído o fim de seu noivado, mas ela tinha mudado, por pura determinação, Elizabeth sempre pensara, até que, no último Natal, ela se tornara uma jovem matrona, com três filhos, dois deles adotados, sempre um pouco desgrenhada, ligeiramente acima do peso, completamente apaixonada pela família, em especial pelo marido, Joel, e tão feliz quanto um dia de primavera, quando o sol estava brilhando.

E a mãe dela, Viola... O mundo de dignidade séria e silenciosa como a esposa de um canalha a quem todos desprezavam havia mudado a ponto de ficar irreconhecível. Sua casa agora, embora ela tivesse a desculpa de que haviam chegado recentemente, parecia barulhenta, um pouco desorganizada e repleta de aconchego familiar, afeto e felicidade. Quem poderia ter imaginado tal desfecho poucos anos atrás? E *que* família. Incluía os filhos de Viola, os filhos de Marcel, as crianças adotadas, bem como as que haviam nascido de um ou outro familiar.

Mesmo a filha mais nova de Viola, Abby, parecia mais feliz do que havia sido nos últimos três anos.

Crianças vieram em disparada e engatinhando na direção deles quando chegaram ao berçário, falando todos de uma vez, mas Elizabeth notou uma única criança no canto mais afastado do cômodo, deitada de costas e batendo os calcanhares no chão enquanto Joel estava sentado de pernas cruzadas ao lado do menino, falando com calma e despreocupação. Ele acenou animado para Elizabeth.

Que jeito maravilhoso de passar a véspera das bodas, pensou Elizabeth, sem um traço de ironia, embora tivesse ficado óbvio que o horário do jantar que lhe fora informado havia sido uma estimativa imprecisa, de fato.

Ela a passaria com a família. Apenas uma parte, claro, mas uma parte muito valiosa. E o resto deles ficara ocupado por metade da primavera, ao que parecia, tramando, planejando e maquinando em benefício dela, porque era um deles.

— Teve notícias de Harry? — ela perguntou a Viola.

— O regimento dele foi enviado para a América, mas, de alguma forma, ele não conseguiu ir junto. Não sei a razão. Suspeito de que talvez tenha sido ferido em Toulouse e ainda não me contou, mas Marcel não para de me lembrar que mesmo que tenha sido isso, ele obviamente não está às portas da morte. Está em Paris. Oh, Elizabeth, espero de verdade que a guerra esteja real e definitivamente acabada. Torço para que essa última tenha sido a que acabará com todas as guerras. Acha que será o caso? Não haverá mais guerras? Mais nenhuma mãe, esposa ou filho terá de passar pelo que eu e tantas outras estão passando? Mas basta disso. Ele está vivo em Paris. Você não deveria ter me engajado nesse tema em particular. Conte-me do cortejo e do pedido de casamento. Foi de joelhos? Com rosas?

— Foi... encantador — respondeu Elizabeth.

Mas Sarah queria mostrar algo a avó, Winifred queria dizer algo a Elizabeth, e Camille estava vindo na direção delas, com o garotinho batedor de calcanhar no colo, franzindo o cenho para Winifred, cujas notícias eram de que ela tinha um novo irmão a quem *ela nunca deixaria de amar não importava o quanto ele dificultasse a sua decisão*.

— Pois família é mais importante do que *qualquer outra coisa* no mundo inteiro, prima Elizabeth — disse ela. — Não é?

— É, sim — concordou Elizabeth.

E deu as felicitações a Winifred, sorriu para Robbie e pegou a mão que Joel lhe estendia.

No dia seguinte, seria seu casamento, pensou. Mal poderia esperar para ver Colin de novo.

Para se casar com ele.

Para o casamento, Elizabeth usou um novo vestido de passeio de cintura alta, na cor creme. Foi combinado com um *bonnet* de palha, cuja aba tinha sido enfeitada com prímulas artificiais e atado debaixo do queixo com fitas de seda combinando. Os sapatos e as luvas eram cor de mostarda. Nenhuma das peças era elaborada, e ninguém influenciara a sua escolha, embora Wren e a mãe tivessem tentado quando foram fazer compras com ela. Queria se sentir confortável. Queria se sentir como *si mesma*, como não acontecera em seu noivado com Sir Geoffrey Codaire, quando havia usado aquele vestido bronze e dourado deslumbrante e feito um penteado mais elaborado do que gostava de usar. Desta vez, pedira à criada para pentear seu cabelo em um coque simples ao pescoço para que o *bonnet* se encaixasse com facilidade.

Pegou a retícula, deu uma última olhada no espelho, verificou as horas. Estava um pouco adiantada, embora não muito, e desceu as escadas.

Era o dia do seu casamento, pensou, como se só então tivesse percebido o fato.

Foi inundada por lembranças. De Anna, naquela mesma casa, não muito depois de seu retorno de Bath, ainda se acostumando com seu papel como a riquíssima Lady Anastasia Westcott, recém-comprometida com Avery, perplexa e consternada enquanto a família planejava um casamento grandioso para eles na St. George. E de certa manhã, com Avery chegando enquanto Elizabeth estava com Anna na sala de estar, e dele se inclinando sobre a poltrona de Anna para convidá-la a ir embora imediatamente com ele, para que se casassem com tranquilidade por meio de uma licença especial. O secretário os encontraria na igreja, ele havia explicado, e Elizabeth tinha sido convidada para ir como segunda testemunha.

Por um momento, desejou que o casamento fosse daquele mesmo jeito, mas não podia. Tinham uma declaração a fazer. Além do mais, deviam isso à família dela — não poderia simplesmente escapar para se casar em privado.

E se lembrou do casamento de Alexander e Wren no ano anterior. Wren havia ido para a igreja, também a St. George's, saindo daquela mesma casa, enquanto Alex havia passado a noite na residência do primo Sidney. Viola, Abigail e Harry tinham ficado ali.

Agora era a vez de Elizabeth. Sua mãe e Wren iriam para a igreja com ela, a seu pedido. E Alex também, é claro. Ele a levaria ao altar. Estavam esperando por ela no saguão, e os três olharam para cima para vê-la descer as escadas.

— Você está muito bem, Elizabeth — elogiou Wren, quando ela estava a meio caminho de lá —, e sua mãe e eu estávamos enganadas. Você está tão linda quanto a própria simplicidade. Você se sai melhor nisso do que qualquer outra pessoa.

— Você tem mesmo um estilo próprio, Lizzie — admitiu a mãe —, e foi sábia ao insistir em mantê-lo.

— Creio, Lizzie — disse Alexander —, que, apesar da minha reação tépida ao anúncio do seu noivado, estou feliz com ele. Creio que vocês dois vão se dar bem, e Wren concorda comigo.

— Concordo. — Wren estava com os olhos marejados. — Desejo o melhor para Colin, e também para você, Elizabeth. Por que não conseguiriam isso juntos? Faz perfeito sentido que consigam.

— Se me fizerem chorar antes de eu sequer chegar à igreja — avisou Elizabeth ao se juntar a eles no saguão —, passarei um mês sem falar com os dois.

O sol irrompeu em meio às nuvens no que a carruagem se aproximava de Hanover Square e parava diante da St. George's. Não era, sob hipótese nenhuma, a maior e mais magnífica igreja de Londres, mas era a preferida para os casamentos da sociedade durante a Temporada e sempre atraía pequenas multidões de curiosos, que vinham ver a chegada da noiva e, um pouco mais tarde, ver os recém-casados partirem para passar o resto da vida juntos.

— Cinco minutos de atraso — anunciou Alexander enquanto a ajudava a descer e olhava o relógio de bolso. — Talvez quatro e meio. Perfeito. Mamãe, Wren, nós lhes daremos tempo para entrarem primeiro.

Elizabeth conseguia ouvir o coração batendo nos ouvidos enquanto as observava subir os degraus e sumirem igreja adentro.

— Nervosa? — perguntou Alexander.

— Mas é claro — disse ela, ao sorrir para ele e segurar o seu braço. — Você não estava no ano passado?

— Claro. — Ele sorriu para ela. — E não me arrependo de nada desde então. Desejo o mesmo para você, Lizzie.

— Obrigada. Não estou me casando com Colin só por pensar que deveria, saiba.

— Eu sei — respondeu ele, cobrindo a mão dela em seu braço com a sua. E subiram os degraus juntos para entrar na igreja.

Dúvidas a assolaram no momento mais importuno possível. E se *tivesse* aceitado só porque os planos que fizera haviam sido frustrados e o futuro lhe parecera sem vida? E se *ele* tivesse lhe pedido a mão porque acreditava que a comprometera, provocando, assim, a ira da mãe dele para com ela? E se a diferença de idade *realmente* fizesse diferença e tornasse a felicidade impossível? E se...

Mas a chegada da mãe e da cunhada devia ter sido um sinal, e o grande órgão tinha começado a tocar, os presentes, muitos mais do que havia esperado, ficaram de pé e se viraram para assistir ao seu progresso ao longo da nave, de braços dados com Alex. Ela viu amigos, conhecidos e familiares, todos sorrindo, encorajando-a. E... Ah! Viu Lady Hodges, toda vestida em um branco deslumbrante com um véu delicado cobrindo-lhe o rosto, Lady Elwood ao seu lado com Sir Nelson, e Lorde Ede do outro lado de Lady Hodges, perto do corredor.

Eles tinham vindo.

E ela viu Colin, de pé diante do banco vazio na frente da mãe e da irmã, resplandecente em tons de castanho e dourado envelhecido, esguio, ágil e bonito, observando-a se aproximar. Ele parecia aflito e um pouco pálido, e então seus olhos se encontraram e ele sorriu, mas como ela sabia disso sendo que ainda estava longe e o resto do rosto dele não sorria? Mas sabia. Os olhos dele sorriam, e os dela sorriam para ele também.

E, de repente, tudo pareceu certo e ela se esqueceu das dúvidas quanto ao passado e dos temores para o futuro, e tudo se tornou o *aqui* e tudo se tornou o *agora*. Era pura magia, embora essa devesse ser a palavra errada para se referir à solenidade conduzida dentro de uma igreja consagrada. *Místico*, então. Era tudo místico: cálido, íntimo, maravilhoso e a coisa mais certa que já tinha feito na vida.

A mesma convicção a fitou através dos olhos dele. Alexander a entregou, e ela e Colin ficaram diante do pároco trajado com suas vestes formais, e eles foram casados. Simples assim. No que pareceu um breve segundo, mas que carregava uma eternidade de consequências.

Eram marido e mulher.

Ora, claro, pensou ela, tinham feito a coisa certa. Ele se casara com ela porque queria, foi o que ele dissera, e ela acreditava. E ela se casara com ele também porque queria. Foi o que dissera a ele, e ele podia confiar nela. O que seria mais perfeito?

Estavam casados.

O rosto de Colin sorria para ela, apesar de ele não estar realmente sorrindo. Ela sorria para ele com todo o poder da sua convicção de que aquilo era certo, aquilo que acabavam de fazer.

Era o momento de ir até a sacristia assinar o registro, e Wren e Alexander se levantaram para acompanhá-los. Elizabeth assinou como Elizabeth Overfield pela última vez, e Wren a abraçou primeiro e depois foi a vez de Alex enquanto Colin assinava. Wren o abraçou com força e o segurou por vários segundos antes de liberá-lo para o aperto de mão firme e o tapa no ombro de Alex.

E então ficaram frente a frente de novo, como marido e mulher, e ele lhe ofereceu o braço para conduzi-la da sacristia até a igreja e então para a nave. Eles se curvaram e sorriram para a família, os amigos e todos que tinham ido celebrar o dia com eles, todos, exceto a mãe dele e Lorde Ede, que haviam ido embora, ao que parecia. Sir Nelson e Lady Elwood ficaram, no entanto, mas ainda estavam sentados no segundo banco da frente. Momentos depois, eles saíram para o sol e os aplausos das pessoas reunidas lá fora. E para uns poucos rostos familiares, os do sr. Parmiter, do sr. Croft e do sr. Ormsbridge, assim como o do primo Sidney, Bertrand, Estelle Lamarr e Winifred Cunningham.

— Eles saíram antes com um propósito — avisou Colin, virando o rosto sorridente para ela. — Vamos nos apressar em direção ao que nos aguarda?

— Eles ficariam decepcionados se não o fizéssemos — respondeu Elizabeth, ao colocar a mão em seu braço e descer correndo os degraus com ele enquanto eram banhados por uma verdadeira chuva de pétalas de flores e a multidão aplaudiu de novo e riu. Alguns assoviaram.

Ambos riam ofegantes quando chegaram à carruagem, embora aquele não fosse nenhum santuário. Era uma carruagem aberta. Colin estendeu a mão para ela e se acomodou ao seu lado momentos antes de o veículo se sacudir sobre as molas e partir.

Os sinos da igreja se dobravam felizes atrás deles, mas o som foi afogado pelo pavoroso chacoalhar metálico e pelo guincho dos metais que haviam sido atados ao fundo da carruagem. Saíram da Hanover Square em meio ao barulho, de mãos dadas: eles mesmos, os assentos da carruagem, a escolta a cavalo e o cocheiro em seu libré imaculado, todos salpicados com pétalas coloridas.

— Se parecermos impassíveis — gritou Colin —, crê que ninguém perceberá que acabamos de nos casar? — Eles riram nos olhos um do outro e ela se maravilhou de novo com a realidade. *Seu* casamento. O casamento deles.

Estavam casados.

— Lady Hodges — disse ele.

— Sim.

E ele se inclinou para ela e a beijou nos lábios logo antes de a carruagem virar o quarteirão e sumir da vista daqueles de pé nos degraus e saindo da igreja para a praça.

Não conseguiam ouvir os vivas e os aplausos. Nem mesmo os assovios.

21

A expressão *café da manhã* de casamento aplicada ao banquete que se seguia à cerimônia sempre tinha sido um termo errôneo. Em primeiro lugar, a comida servida não era nada do que se esperaria no desjejum. Em segundo, as comemorações se estendiam por todo o dia, por várias horas no salão de baile enquanto se faziam brindes e discursos durante a refeição, e então, por algumas horas mais, na sala de visitas, com um público mais reduzido.

Foi durante a troca de um cômodo a outro que Colin ficou a sós com a irmã, quem ele pressentiu estar prestes a ir embora com Nelson.

— Blanche — chamou, tocando-a pelo cotovelo —, aceita caminhar um pouco comigo pelo jardim?

Ela olhou pela janela do salão de baile, mas não encontrou nenhuma desculpa para dar. O sol ainda brilhava em um céu sem nuvens, e ar quente era soprado através das portas francesas. Nelson havia sido envolvido em uma conversa com John Croft e Sidney Radley. Elizabeth estava sendo escoltada até a sala de visitas pela amiga srta. Scott, de um lado, e pela duquesa viúva de Netherby, do outro.

— Por pouco tempo, então — concordou Blanche, ao pegar o braço que ele oferecia. — Somos esperados em casa.

— Fiquei muitíssimo contente por você ter ido à igreja — disse a ela ao saírem. — E nossa mãe. E até mesmo Lorde Ede. E obrigado por vir ao café da manhã também. Creio que não tenha sido fácil para você.

Pois aquela, no fim das contas, era a casa de Wren, e as duas irmãs não tiveram contato desde que Wren deixara Roxingley, aos dez anos. Fazia quase vinte anos.

— Não — respondeu ela, depois de uma breve hesitação —, não foi. Teria sido melhor, Colin, se eu não tivesse lhe avisado sobre o anúncio e você tivesse se casado com a srta. Dunmore? Por acaso eu o levei a contrair esse matrimônio apenas para que você desafiasse a nossa mãe?

— Há duas coisas que não consigo imaginar — disse ele. — Uma é o desejo de *desafiar* a nossa mãe. Eu gostaria de ter um relacionamento com ela, mesmo que nunca fosse próximo. A outra é que eu dificilmente me casaria só para desafiar terceiros. Casamento é para a vida toda, e eu espero que o meu seja feliz. Não, Blanche. Você fez algo pelo qual sempre terei uma dívida de gratidão. E me casei com Elizabeth porque queria. Porque tenho esperança de ser feliz com ela.

— Ela tem a *minha* idade, ou próximo disso — rebateu ela.

— Isso mesmo — confirmou Colin. — E a valorizo e estimo mais do que a outra mulher que já conheci. Achei que ela estivesse longe do meu alcance, mas Elizabeth me assegurou de que ela queria este casamento também. E eu acredito nela. — Colin fez uma pausa. — Mas não era disso que eu queria falar com você. Tenho algo a lhe perguntar. Blanche, por que você ficou com a nossa mãe todos esses anos? Por que Nelson ficou?

— Alguém precisava ficar. Rowena se foi e Ruby casou-se escondido e fugiu para a Irlanda quando tinha apenas dezessete anos. Justin se matou e você cortou laços por completo com a nossa mãe. Ela precisava de nós. De todos nós. Mas, de repente, eu fui a única que restava. E eu era a única com senso de responsabilidade. Sou a mais velha.

— Ela *precisava* de nós? — perguntou ele, puxando-a para se sentar ao seu lado em um banco rústico debaixo de um salgueiro, que os protegeria do sol.

— Claro. Ela sempre precisa de outras pessoas, Colin, e acima de tudo da família. O sonho dela era que nós a envolvêssemos com amor, e com a nossa beleza, pelo resto da vida dela.

Ele a encarou, sentindo-se um pouco perplexo.

— Nelson… me ama — adicionou ela.

— Fico feliz por você ter a ele.

— Você acha que sou cega à verdade — disse Blanche, encarando-o pela primeira vez, com dois pontos de cor nas bochechas. — Eu sou *a mais velha*, e ainda assim sempre houve alguém mais favorecido que eu. Você, principalmente. Ninguém mais existiu para ela depois que você nasceu. Mas, primeiro, nosso pai a tratou com crueldade e o enviou para a escola, depois você foi embora por vontade própria logo que ele morreu, e a nossa mãe havia planejado uma festa grandiosa para dar boas-vindas ao novo barão Hodges. *Eu fiquei*. Fui a única de nós que ficou. Abdiquei da minha vida por ela. Mas, ainda assim, você é o favorito.

A voz de Blanche saiu bastante fria e inexpressiva, mas ele notou a dor. Ela jamais se sentira amada? E ainda esperava por isso? Com que diferença ela via o mundo deles. Teria ele deixado tudo passar despercebido por ser jovem e estar na escola na maior parte do tempo? Teria ele fugido em vez de tentar ficar e entender? Era tarde demais para tentar agora? Era o que vinha dizendo a si mesmo desde o Natal: precisava tentar. E Elizabeth não parecia pensar que era tarde demais.

— Blanche. — Ele cobriu a mão dela com a sua. — Você aceita ser minha irmã?

— Bem, eu já sou — disse ela, e teria arrancado a mão da sua se ele não tivesse fechado os dedos ao redor.

— Não sei quais são seus planos para o verão — prosseguiu ele. — Suponho que geralmente você o passe com a nossa mãe em Roxingley, quando ela está lá. Talvez tema que não será bem-vinda este ano, quando Elizabeth e eu assumirmos a residência, mas nós dois queremos você lá. Ruby, Sean e as crianças estão vindo da Irlanda, e nós vamos convidar todos os Westcott e os Radley. É tão importante para Elizabeth quanto é para mim que minha família esteja lá assim como a dela. Não simplesmente *estar lá, mas... quero que sejamos uma família*, Blanche. Admiro sua devoção à nossa mãe, e peço perdão por forçá-la a fazer tudo sozinha. Isso vai mudar. Perdoe-me. Deixe-me ser seu irmão. Permita que Elizabeth seja sua cunhada.

Ela ficou em silêncio por um tempo.

— Estou aqui, não estou? — indagou, fria.

Ele apertou a mão dela e a soltou.

— Percebo que há muito que eu não entendia — disse ele. — Espero que você me ajude. Por que diz que o nosso pai era cruel? Eu pedi para ele me mandar para a escola, e ele mandou. Ele fez isso porque me amava? Ou porque me odiava? E por que ele pediu a tia Megan para levar Wren embora? Eu nem sequer sabia do fato até que nossa mãe o mencionou ontem. Ele fez isso porque amava Wren? Ou porque a odiava?

Ela o olhou com cautela.

— Eu não sei. Como saberia?

Colin se sentiu um pouco tolo por dar voz às perguntas. Não tinha sido sua intenção.

— Por que ele odiaria você? Só porque nossa mãe o amava?

— Não sei. Acabo de perceber que há muito sobre nós que não entendo. — Ele balançou a cabeça. — É hora de eu me juntar a Elizabeth e aos convidados na sala de visitas. Você vai ficar?

— Não. Temos que ir. Mamãe está a nossa espera.

— E você passará o verão em Roxingley? — perguntou.

— Falarei com Nelson. Mas espero que sim. Mamãe com certeza estará lá, e ela precisará de mim.

A resposta dela teria que servir. Queria que ela dissesse que iria por ele e por Elizabeth, e porque Ruby e Sean iriam, e Wren também, ele esperava. Mas... *O que* foi mesmo que a condessa viúva dc Riverdale dissera no Natal sobre as reformas em Brambledean? *Roma não foi construída em um dia*. Sim, era isso.

Teria que ser paciente. Blanche se via claramente como uma mulher injustiçada. E talvez, sob certo ponto de vista, ela estivesse certa. Era ela quem tinham ficado.

Talvez ele tivesse mais a aprender sobre a própria família do que pensava.

Era início da noite quando os últimos convidados foram embora. Àquela altura, eram apenas familiares, que tinham ido embora fazendo bastante algazarra, dando muitos abraços, beijos, apertos de mão, tapinhas nas costas e risadas. A casa parecia muito silenciosa quando a porta se fechou. Colin se sentia exausto. Elizabeth, de pé no saguão ao lado dele, fitou-o com os olhos brilhantes.

— Bem-vindo à família — disse ela.

Ele riu.

— E que recepção foi. Pronta para ir?

Houvera uma discussão aquecida poucos dias antes quanto a onde eles passariam a noite de núpcias. Iriam, é claro, passá-la naquela casa, tanto Alexander quanto Wren insistiram, assim como *eles* tinham passado no ano anterior, quando todos foram se hospedar em outro lugar para que os recém-casados ficassem sozinhos. Os muitos parentes de Elizabeth, de ambos os lados, juntaram-se, assegurando a Colin de que eles estavam ansiosos para receber a sra. Westcott, Alexander, Wren e o bebê para passarem a noite. De fato, eles estavam competindo para ver quem teria o prazer.

Colin permanecera firme, e toda a discussão cessara quando Elizabeth garantiu a todos que era o que ela queria também. Iriam para o hotel Mivart, onde Colin reservara uma suíte. Ele tinha feito isso para que pudessem estar a sós na noite de núpcias. Completamente a sós em um lugar desconhecido aos dois, sendo atendidos por criados que nenhum deles conhecia.

Quinze minutos depois de todos terem partido, a carruagem de Colin, fechada dessa vez, parou em frente à porta, e cinco minutos depois ela se pôs em movimento, tendo recebido acenos das chorosas Wren e sra. Westcott e de um Alexander mais estoico.

Ficaram sozinhos, enfim.

Ele pegou a mão de Elizabeth e se recostou nas almofadas enquanto se permitia absorver a realidade daquele dia. Não moraria mais no apartamento para solteiro que havia sido para ele um lar, com exceção do último verão e do inverno, desde que voltara de Oxford, aos vinte e um anos. Nunca mais moraria sozinho. Era agora parte de um casal. Era um choque de realidade.

Era um homem casado.

Elizabeth era *sua esposa*.

— É estranho, não é? — disse ela como se lesse seus pensamentos, e

Colin virou a cabeça para sorrir para ela.

— Sim — respondeu, e apertou a mão dela. Muito estranho. Ele sempre valorizara a privacidade que seus aposentos lhe davam. Também tinha amado Withington. Não haveria mais isso. Elizabeth sempre estaria com ele dali em diante.

Ele a beijou brevemente, e eles seguiram em silêncio pelo resto do caminho.

A suíte do hotel era composta por dois quartos enormes, ambos luxuosamente mobiliados, cada um com um quarto de vestir espaçoso e a sala de estar entre eles. Fogo ardia na lareira para combater o frio da noite depois do dia quente, e velas tinham sido acesas nas arandelas.

— Que lugar confortável e aconchegante — falou ela depois de olhar cada quarto e pegar uma almofada no sofá para afofá-la desnecessariamente. — Estou feliz por termos vindo para cá, Colin.

Ele pedira para que o valete dele e a criada pessoal dela fossem chamados e que vinho e biscoitos doces fossem levados para a sala de estar.

— Vamos nos refrescar antes de nos acomodarmos? — sugeriu ele. Ainda usavam os trajes do casamento.

— Claro. — Ela sorriu antes de entrar no quarto à esquerda e fechar a porta. Era a Elizabeth calma e composta, notara ele, e, de alguma forma, eliminara qualquer constrangimento que pudesse haver na situação.

Era estranho estar casado.

Ele seguiu para o quarto de vestir do outro cômodo e se despiu antes de se sentar para esperar que o criado o barbeasse. Então vestiu um roupão de seda brocada por cima da camisa de dormir antes de dispensar o criado e voltar para a sala de estar.

Elizabeth já estava lá, servindo vinho em duas taças. Ela usava um longo robe azul de veludo um pouco surrado, como se fosse seu favorito há muito tempo. O cabelo estava solto e escorria por suas costas.

Ela estava linda.

Ele pegou duas taças e entregou uma depois que ela se sentou no sofá.

Ele ofereceu doces também, mas ela fez que não. Colin se sentou ao lado da esposa e estendeu a taça na direção da dela.

— Fizeram muitos brindes hoje — começou ele. — Mas vamos fazer um a sós, sim? Só para nós dois. A um futuro longo e feliz. E à confiança mútua.

— À confiança mútua e felicidade — disse ela, tocando a taça na dele antes de levá-la aos lábios.

E foi quando ele percebeu que as palavras eram fáceis de dizer, mas que levaria toda uma vida para honrá-las. Uma vida de esforço e consciência constantes. Já era bastante difícil fazer jus aos próprios sonhos e ideais, mas quando se considerava também o de outra pessoa? Seria ao menos possível?

Levaria uma vida para descobrir. Bem, o resto da vida era exatamente o que ele tinha pela frente.

— Que dia perfeito foi esse — declarou ele.

— Foi, sim — concordou Elizabeth. — E uma das melhores partes foi que a sua mãe compareceu ao casamento. Você deve ter ficado muitíssimo satisfeito.

— Fiquei. Mesmo ela tendo saído da igreja antes de nós, fiquei satisfeito.

— Blanche e Sir Nelson foram ao café da manhã também. Você e ela conversaram por um tempo.

— Sim — disse ele, e contou parte do que conversaram. — Creio que ela irá a Roxingley para a grande festa em família que estamos planejando. Ela irá porque crê que nossa mãe pretende estar lá, e ela vê como um dever estar no mesmo lugar que a nossa mãe. Se vai se permitir ter um relacionamento com Ruby, Wren ou comigo ainda está por se descobrir. Ou mesmo com você, mas vou tentar. Creio que ela esteja amargurada porque todos nós acabamos escapando, e ela, por ser a mais velha, ficou com a responsabilidade de dar apoio à nossa mãe e servir como a audiência que ela necessita. Ela me disse que Nelson fica porque a ama.

— Espero que ela esteja certa. Tenho esperança de conhecê-los melhor durante o verão. Tenho muito a agradecer. Eles foram avisá-lo sobre o anúncio. Foram ao baile dos Ormsbridge, mas não fizeram grandes esforços para fazer o que foram enviados lá para fazer. Vieram ao nosso casamento hoje, mas não foram embora tão logo terminou.

Eles sorriram um para o outro.

— Conte-me sobre o seu pai — pediu ela.

Colin a encarou.

— Você nunca fala dele.

Ele engoliu em seco.

— Não há muito a dizer.

Ela bebericou o vinho e inclinou a cabeça para o lado. Esperando que ele desenvolvesse, percebeu, mas Elizabeth falou antes que ele pudesse.

— Se preferir não dizer nada, tudo bem. Não se espera que tenhamos o direito de devassar a alma do outro só porque estamos casados.

Algo estranho a se dizer. Era verdade? Ele franziu o cenho.

— Ele nos sustentava, mas não se interessa por nós. Raramente subia para nos ver. Suponho que se arrependesse do casamento. Minha mãe era, segundo relatos, extraordinariamente bonita quando jovem, e era muito requisitada. Ouso dizer que ele se apaixonou perdidamente por ela e se casou sem nem conhecê-la. Quando o fez, já era tarde demais. Ele passava muito tempo ao ar livre. Quando estava em casa, acabava enfurnado na biblioteca.

Ela deixou a taça sobre a mesa antes de se recostar e pegar a almofada que havia afofado mais cedo e a segurou junto ao peito com ambos os braços.

— Ele parecia ter controlado o pior dos excessos dela — contou. — Além disso, permitia que ela fizesse o que desejasse. Creio que ele não pudesse fazer muito mais. Às vezes, eu pensava nele como um homem fraco. Talvez ele fosse… como andei sendo fraco desde a morte dele. Ele evitava confrontos tanto quanto eu, mas creio que minha mãe seja única no sentido de que é praticamente impossível controlá-la.

— Você o amava? — perguntou ela, depois que ele se calou por um tempo.

— Sim — respondeu Colin, hesitante. — Às vezes, especialmente depois que Wren foi mandada embora e aparentemente morreu, eu costumava escapar do quarto das crianças e ia até a biblioteca para me sentar debaixo da mesa ou no assento da janela com a cortina puxada o suficiente para me esconder. Vez ou outra, eu lia, mas na maior parte do tempo simplesmente me sentava e sentia o cheiro do couro dos livros e da presença dele. Ele devia saber que eu estava lá, mas nunca reconheceu a minha presença nem me mandou embora. Às vezes, eu o seguia quando ele estava lá fora. Eu me lembro de uma vez ter visto com ele a tosa das ovelhas. Nunca pedi sua permissão, e ele quase nunca falava comigo, mas também não me mandava embora. Imagino que ele me amava do seu próprio jeito.

— Imagina? — Ela estendeu a mão para afagar o braço dele.

— Pensei que ele tivesse provado isso quando aceitou me mandar para a escola. Ele não tinha permitido que nenhum dos outros fosse, embora eu saiba que Justin havia implorado para ir. Eu supunha que ele me deixou ir porque acreditava ter cometido um erro ao manter Justin em casa e desencadeado a trilha de infelicidade que, por fim, levou meu irmão a tirar a própria vida, embora meu pai não soubesse de tal desenlace na época, claro. No entanto, foi isso, ele me deixou ir, mesmo minha mãe tendo sido veementemente contra. Foi a única vez que eu soube que ele não cedeu a ela. Pensei que ele tivesse feito isso porque me amava.

— *Pensou*?

— Creio que fez isso para puni-la. E para me tirar de suas vistas. Assim como mandou chamar nossa tia para levar Wren embora.

Ela deu um tapinha no braço dele, e Colin franziu a testa diante dos olhos dela.

— Quando Justin morreu — contou ele. — Eu fui mandado para casa para o funeral. Fui até a biblioteca e me encolhi no assento da janela, mesmo já tendo quinze anos. Foi meu primeiro encontro próximo com a morte, e por suicídio, embora tenha se passado por um acidente. Eu nunca tinha sentido muito carinho por Justin, em parte, suponho, por ele ser dez anos mais velho que eu, mas ele *era* meu irmão. E estivera infeliz o suficiente para tirar a própria vida. Eu não entendia a razão. Era jovem, e tinha sido mandado para a escola. Mas, ainda assim, estava fragilizado, embora não demonstrasse. Meu pai entrou na biblioteca enquanto eu estava lá. Tinha levado o vigário junto. Ao que parecia, ele queria mostrar ao homem a miniatura de Justin que ele mantinha na mesa. Pela primeira vez, ele com certeza não sabia que eu estava lá. Enquanto o vigário olhava a pintura, meu pai disse as palavras que me assombraram por muito tempo depois disso. Creio que ainda assombram.

Ele fez uma pausa, e ela o olhou com expectativa.

— Não — disse ele. — Não consigo pronunciá-las. Sinto muito.

Ela deixou a almofada de lado, pegou a taça da mão dele e a colocou sobre a mesa, ao lado da sua. Aproximou-se mais e se aconchegou no ombro dele enquanto lhe espalmava o peito.

— E sinto muito por, mesmo que inadvertidamente, eu tenha abordado um assunto que lhe é doloroso — falou ela. — Você não me deve nenhuma informação. Não vamos nos permitir arruinar nosso dia perfeito. Foi um encanto na igreja, não foi, estarmos rodeados por amigos e família?

Suas emoções estavam dolorosamente à flor da pele. Lembranças que ele havia guardado por muito tempo, depois de terem sido explicadas de diversas maneiras, haviam sido desenterradas nos últimos dias para deixá-lo ciente de que a ferida sempre estivera lá, e que tinha sido piorada pelo fato de que ele nunca se permitira reconhecer aquela presença. E não poderia compartilhá-la com Elizabeth, mesmo que, não fazia muito tempo, ela tivesse lhe contado a dor profunda da história por trás da perda de seus dois filhos não nascidos.

Talvez, no fim das contas, lhe faltasse confiança.

Mas, no momento, devia a ela um dia perfeito. E também o devia a si mesmo. Jamais poderiam reviver aquele dia. O que acontecesse seria parte dele por toda a eternidade, uma lembrança que guardariam pelo resto da vida.

— Eu sou terrivelmente indigno de você — disse ele, ao erguer a mão e afagar a bochecha dela com as costas dos dedos.

— Você precisa me tirar desse pedestal que construiu para mim. Eu não sou nenhum ser superior digno de admiração e adoração. Sou uma pessoa. Uma mulher. Quero que você goste de mim, não que me adore.

— Ah, eu gosto.

— É algo muito bom de ouvir no dia do meu casamento, mesmo que *eu* o tenha encorajado — respondeu ela, com os olhos brilhando na sua direção.

— Eu amo essa expressão. Esse sorriso nos seus olhos. Você foi feita para a felicidade e para as risadas. Amei ouvir sua risada no Natal e amei provocá-la. Pretendo que ela nunca se cale, saiba. Você não teria rido muito com *ele*, Elizabeth. Teriam esperado que você fosse eternamente digna. Você também teria esperado o mesmo. Não abrigo tal expectativa. Quero que seja você mesma. Sempre. Todo dia. Quero que ria e seja feliz.

— Poderíamos nos sair bem pior do que passar a vida rindo — disse ela, com os olhos incongruentemente marejados.

— E sendo amigos — complementou ele, ao ficar de pé e estender a mão para ajudá-la a se levantar. — Nós somos amigos, não somos? Sempre fomos e com certeza sempre seremos. Amigos podem fazer amor, Elizabeth? Chegou a hora de descobrir?

— Sim, chegou — respondeu ela, e segurou sua mão.

22

Nós somos amigos, não somos? Amigos podem fazer amor?

As palavras pareceram uma dose fria de realidade, mas eles *eram* amigos. Tinham um relacionamento próximo e precioso. Se ela ansiava por mais, então só poderia culpar a si mesma. Embora, na realidade, *houvesse* mais, mesmo que ele não percebesse. Colin sentia profundo afeto por ela. Tinha certeza. Mais profundo do que se sentia por um mero amigo. Seria suficiente. Ela faria ser.

Ela o seguiu até o quarto que escolhera para si e se virou quando ele fechou a porta que dava para a sala de estar. Colin a puxou para os braços e a beijou, e ela se inclinou para ele, muito ciente de que não usava mais o espartilho e que ele não vestia as camadas de roupas pesadas de sempre. Conseguia sentir todos os músculos quentes e firmes do corpo masculino pressionado em seus seios, no abdômen, nas coxas.

Ele se afastou por alguns instantes, para lhe desabotoar o robe. Ele o tirou e o jogou em uma das poltronas enquanto os olhos se moviam pela camisola branca de algodão. Apesar dos debruados de renda, era uma peça muito simples e modesta, feita mais para o conforto do que para a sensualidade. Havia se recusado a comprar algo mais digno de uma noiva. Ele segurou a camisola de cada lado dos seus quadris e a levantou enquanto ela erguia os braços. Ele a jogou junto do robe sem afastar os olhos dela.

Ah, minha nossa! Tinha sido pega de surpresa, e as velas bruxuleantes de repente pareceram muito brilhantes, mas não ficaria envergonhada. Era a mulher dele, e essa era quem ela era. Era assim que ela era. Engoliu em seco.

— Você é extremamente linda, Elizabeth — disse ele, com a voz rouca.

E sem se aproximar mais dela, Colin a explorou de leve com a ponta dos dedos. Ela mal os sentia, ainda assim o toque fez sua pele se arrepiar de consciência, deixou seus mamilos rijos e enviou pontadas de desejo desde o seu útero até a parte interna das suas coxas. Os olhos seguiam o movimento das mãos, e ele se curvou para dar um beijo leve feito pena no alto do decote. Ele ergueu a cabeça, dando um passo para a frente até ela sentir o brocado de seda do roupão dele roçar seus seios e barriga, então abriu a mão na sua nuca, inclinou a própria cabeça e lhe deu um beijo leve e demorado nos lábios, até ela ansiar por mais, mas ele não aprofundou o beijo. Moveu a cabeça para trás para que os lábios só roçassem os dela, e a olhou dentro dos olhos.

— Para mim, você é a mulher mais linda do mundo, pois sua beleza vem de dentro e brilha como uma aura ao seu redor. E você me permitiu entrar nessa luz.

E *isso* era *amizade*? Oh, Colin.

Os olhos dele de repente riram nos dela.

— Mas não é só interesse espiritual que sinto por você esta noite — disse ele. — Eu quero você. Na cama.

Oh, mas ela o queria também. De um jeito impessoal, porque havia negado e enterrado suas necessidades por mais de sete anos. De um modo muito mais pessoal, porque ele era Colin e era seu marido, e também atraente ao ponto de fazer os joelhos fraquejarem.

— Sim — respondeu ela.

Ele apagou as velas na penteadeira quando ela se deitou, e Elizabeth o ouviu tirar as roupas de dormir antes de se juntar a ela na cama. Ela se virou para ele. E ele fez amor com ela de um jeito que lhe pareceu bem típico de Colin como tinha vindo a conhecê-lo. Ele foi tanto gentil quanto meticuloso. Parecia saber do que ela gostava, fosse por instinto, fosse por experiência, não importa qual, e ele não se apressou. Fez sons lentos e de apreço quando ela o acariciou com a ponta dos dedos macios e a palma leve. E quando ele enfim se moveu para cobri-la e entrar nela, havia todo o calor da paixão lenta queimando entre eles, se essas duas palavras não entrassem em contradição, mas ela não estava pensando com palavras. Na verdade, não estava pensando, pois havia apenas sensação, prazer, dor/prazer e a busca ao que estava além.

Ele a reivindicou sem pressa, sem exigência, movendo-se ritmicamente até que ela se contraiu ao seu redor e então relaxou no doce abandono que havia além do prazer. E ele se moveu até se segurar lá no fundo e ela sentir o jorro quente de sua libertação enquanto ele suspirava o fôlego quente na orelha dela e relaxava seu peso sobre ela.

Ficaram assim por um tempo, enquanto Elizabeth brincava com os dedos no cabelo dele, e ela desejou que ele não se movesse ainda. Fazia tanto tempo, e ele tinha sido um amante tão carinhoso, *seu marido*.

Ela verbalizou a palavra em sua mente.

Ele era seu *marido*, esse homem lindo, jovem, afoito, bondoso e obstinado. Ele era seu marido, e ela o amava. E ela percebeu por que o ato tinha sido tão bom. Porque a cada momento, mesmo que ele não tivesse dado voz a isso, ele estivera fazendo amor *com ela*. Não só com uma mulher ou com a esposa, mas com ela, Elizabeth. Não sabia como sabia. Não estava analisando os próprios pensamentos, só permitindo que eles voassem pela sua mente.

Depois de um minuto ou dois, ele murmurou algo, saiu de dentro dela e se moveu para o seu lado.

— Perdão — pediu ele. — Eu devo pesar uma tonelada.

— Só meia — respondeu ela, sentindo-se leve e com um pouco de frio agora que o peso dele não estava mais lá. Colin estendeu a mão e puxou as cobertas sobre os dois antes de se virar de lado, pegar a mão dela e entrelaçar os dedos com os dela.

— Viu? — disse ele, e havia humor em sua voz. — *É* possível amigos fazerem amor.

— Decerto — concordou ela, rindo baixinho, pois sentia que tinha um segredo de que ele não sabia ainda, mas saberia em breve. — É também possível para marido e mulher.

— Parece um tanto irreal, não?

— Que sejamos marido e mulher? — devolveu ela. — Espero que não. Eu estaria vivendo em pecado.

— Ah, mas eu agiria com decência e faria de você uma mulher honesta ao amanhecer.

— Bem, isso é tranquilizador.

Ele apertou a mão dela.

— Espera-se que eu me retire para o outro quarto? — perguntou ele.

— *Espera-se?* — Ela se virou para ele. Não conseguia vê-lo claramente, mesmo os olhos tendo se acostumado com a escuridão. — E que ser impessoal poderia esperar algo assim? *Eu* espero que você se retire? Não. *Desejo* que você vá? Não.

Ele a beijou brevemente nos lábios.

— Acontece que — começou ele, ainda com humor na voz — talvez eu a queira de novo durante a noite. E você pode não...

— Ou, por outro lado, eu posso — interrompeu ela.

Ele riu.

— Não fui um completo fracasso, então?

Presumiu que a pergunta fosse retórica. Sorriu, apoiou a bochecha no ombro dele e dormiu.

Colin acordou quando o alvorecer começava a lançar uma luz cinza na janela. Seus dedos ainda estavam entrelaçados e a cabeça dela continuava em seu ombro. Parte do cabelo de Elizabeth fazia cócegas em seu rosto. Talvez fosse o que o havia acordado, mas não deu importância. Na verdade, não queria dormir. Queria saborear a maravilha do que havia acontecido com ele em menos de vinte e quatro horas.

Primeiro, a euforia do casamento. A sensação o pegara um pouco de surpresa, na verdade. Ross Parmiter, o padrinho, perguntara se ele estava nervoso, se estava pronto para correr milhões de quilômetros sem parar, se temia que ele derrubasse o anel quando Ross o entregasse, se o desjejum havia caído mal, se o nó do lenço ao redor do pescoço parecia enforcá-lo. A resposta para todas as perguntas tinha sido não. Estava em êxtase em vez disso, e impaciente para o casamento começar. Mesmo a igreja e o número de convidados que começou a se reunir, de certo modo mais do que parecia que haviam convidado, não o acovardara. A chegada da mãe quase o levara às lágrimas. E no momento que seus olhos pousaram nela...

Bem. Não havia palavras.

O resto do dia se passou em uma bruma feliz com todos os abraços, beijos, tapinhas nas costas, discursos, brindes... e Elizabeth, como o centro da serenidade, no meio de tudo aquilo.

Sua esposa.

Mesmo a chegada no hotel tinha sido parte de um dia memorável e maravilhoso. Enquanto a porta da suíte se fechava atrás deles, sentiu que estava em casa, que eles estavam. Que qualquer lugar em que estivessem juntos seria um lar. Foi um momento de percepção que lhe aquecera o coração.

Desejava não a ter chamado de amiga como havia feito quando sugerira que era hora de fazerem amor. Não era uma palavra muito romântica para usar em tal ocasião, não é? *Eram* amigos, ainda mais quando ela insistira para que ele a tirasse do pedestal que havia criado para ela e a visse como uma pessoa igual, mas claro que eram mais que amigos.

Claro que sim. Eram amantes, mas mesmo antes disso, quando ainda estavam na sala de estar... mesmo lá ele a tinha amado. E parecia-lhe que ela o amava um pouco também.

Parecia incrível pensar que Elizabeth poderia *amá-lo*. Poderia? *Daquele* jeito que era para a vida toda? Daquele jeito de ver alguém do outro lado do salão e simplesmente saber? Ele sorriu.

Era como a amava. Era como a amava desde a véspera do Natal.

Mas, inevitavelmente, lembrou-se de outra coisa. Algo que afastara de forma inclemente da consciência por mais de dez anos. Viera à tona recentemente e irrompido na sua mente na noite anterior.

Conte-me sobre o seu pai.

Palavras inocentes. E ele tinha começado a dizer... até que não conseguiu mais. Fora incapaz de dizer a ela ou mesmo, talvez, a si mesmo. Pois ele sempre dissera a si mesmo, sempre acreditara, que era a mãe a fonte principal de dor na sua vida. E era uma verdade o suficiente para ser acreditada, que Deus o ajudasse, mas o pai...

Você o amava?

Sim, ele amava. Ele tinha amado Wren primeiro e acima de tudo, depois o pai. Depois de Wren ter ido embora e supostamente morrido, ele havia direcionado o amor para o pai e creditado a falta de reação dele à sua reserva natural. Havia interpretado sua ida para a escola como um ato de amor.

E talvez estivesse certo. Talvez estivesse certo quanto a tudo. E se era verdade que o pai havia mandado chamar tia Megan para levar Wren embora, talvez ele também tivesse feito aquilo movido por algum tipo de amor.

Ou talvez ele estivesse errado quanto a tudo aquilo. Aquelas palavras ditas ao vigário depois do funeral de Justin...

Não pensaria nelas. Precisava pensar nelas. Precisava confrontar a mãe com suas perguntas não respondidas. Ou...

Ou a outra pessoa.

Pensaria nisso no dia seguinte. Ou naquele dia mais tarde, ele supôs. Nesse ínterim, apesar de não ser mais o dia do seu casamento, ainda era a sua noite de núpcias.

Tinha havido pura alegria na primeira parte dela, ao se despir, fazer amor e dormir com a certeza de que haviam traçado um padrão que duraria pelo resto dos seus dias, e noites. Haviam se tornado a família um do outro no dia anterior e na noite anterior. Era responsabilidade deles fazer dessa uma família feliz, mesmo que fossem só os dois para todo o sempre.

Ele a desejava de novo, descobriu, assim como avisara quando se ofereceu para ir para o outro quarto. *Ou, por outro lado, eu posso*, ela dissera quando ele avisou de que talvez fosse querer repetir o que tinham feito caso ele ficasse na cama dela. E ele tinha a impressão de que ela havia sido sincera.

Colin moveu o cabelo dela para longe do rosto e pontilhou beijos desde sua testa até o queixo. Ela resmungou, se remexeu e virou a cabeça até a boca deles se encontrar.

— Humm — disse ela, e se espreguiçou, com o corpo contra o dele. Ela tinha um corpo lindo, esguio, curvilíneo e de proporção perfeita.

— Humm de fato — murmurou ele na lateral de seu pescoço, logo abaixo do ouvido, e a sentiu despertar.

Ele avançou sobre ela e a montou. Ela era calorosa, complacente, ardente e relaxada em suas profundezas. Ele a amou com estocadas fortes e rápidas enquanto ela despertava para o ritmo e o correspondia com os músculos internos e os movimentos dos quadris. E quando Colin se aliviou dentro dela, soube que ela estivera com ele no auge e no clímax.

Colin se moveu para o lado, deslizou um braço sob seu pescoço e a virou para si enquanto os cobria.

— Eu avisei que talvez fosse incomodá-la de novo.

— Foi um incômodo excelente — respondeu ela, rindo baixinho e com calidez no espaço entre seu ombro e pescoço, fazendo-o tremer de contentamento.

E apesar de sua decisão de continuar acordado para saborear a descoberta do amor e da família, ele suspirou e se entregou ao sono.

Estava muito feliz por ele ter sido irredutível quanto à suíte no hotel em vez de concordar em passar a noite na casa de South Audley. E ficou feliz por ter lhe dado apoio quando o resto da família tentou fazê-los mudar de ideia.

Tomar o desjejum juntos na mesinha da sala de estar foi aconchegante. Era como estar em casa, mesmo que aquela não fosse uma casa. Eles se acomodaram depois de terem ficado conversando na cama tão logo acordaram. E comeram com calma e pediram mais café para prolongar o momento enquanto conversavam e riam de frivolidades. Deixaram de lado a emoção maravilhosa e intensa do dia anterior e simplesmente aproveitaram o fato de estarem juntos sem qualquer restrição de tempo ou possibilidade de serem interrompidos pelo retorno dos parentes — dos parentes *dela*.

— Preciso sair — anunciou ele, por fim. — Devo fazer uma visita.

— Eu também — disse ela, notando, sem qualquer culpa, que metade da manhã já havia se passado; ainda assim estavam sentados àquela mesa, ainda em trajes de dormir. — Quero passar cerca de uma hora com Araminta antes que ela vá e deixe a casa dos primos para voltar a Kent. Vou agora, já que você tem compromisso.

Ele se levantou e se curvou para beijá-la, um gesto tão simples, mas cheio de afeto.

— Vai visitar sua mãe? — perguntou Elizabeth. — Não quer que eu vá junto?

— Não. É melhor eu ir sozinho.

Covarde que era, ela ficou feliz por Colin não querer companhia. Teria que visitar a sogra, é claro, antes de saírem de Londres, como pretendiam fazer dali a alguns dias. Precisavam ir o mais breve possível para Roxingley, a fim de preparar a propriedade para o batalhão de convidados que receberiam. Fazia oito anos que Colin não ia lá, e mesmo na ocasião tinha sido apenas uma visita breve para o funeral do pai. Ela nunca estivera lá. Era possível que houvesse muito a fazer. De fato, a julgar pela sala de visitas da casa na Curzon Street, haveria muita coisa para organizar a fim de deixar Roxingley pronta para ser deles — sua e de Colin, mas estava ansiosa pelo desafio.

Exceto pelo problema iminente do que fariam com Lady Hodges, não, a Lady Hodges *viúva*, se ela decidisse voltar para Roxingley no verão. Colin mencionara a possibilidade de construir uma casa de viúva, mas isso levaria tempo.

Saíram do hotel e foram juntos na carruagem de Colin até a casa em que Araminta Scott estava hospedada. Ele entrou rapidamente para cumprimentar a amiga e então seguiu para a casa da mãe, e mandaria a carruagem de volta para ela, avisara.

— Oh, Lizzie — disse a amiga com um suspiro propositalmente exagerado quando a porta se fechou às costas dele —, ele é muitíssimo delicioso. Onde posso encontrar um igual, se me permite perguntar?

— Ele é único — respondeu Elizabeth, rindo —, e é meu. Pois bem, diga-me o que pretende fazer da sua vida agora que teve tempo para pensar no assunto. — Araminta Scott era um ano mais nova que ela, mas nunca havia se casado, principalmente, Elizabeth estava convencida, porque o pai estivera decidido a mantê-la em casa para servi-lo. Agora a amiga estava livre para viver um pouco. Talvez para viver muito.

Elas se lançaram em uma conversa agradável.

Colin não havia mentido descaradamente para Elizabeth, embora não tivesse corrigido seu equívoco. Não era à mãe que visitaria. Era outra pessoa. Esperava que o homem estivesse em casa. Teria que voltar se não estivesse. Era hora de obter respostas.

Por acaso, Lorde Ede estava em casa, embora tivesse levado quase uma hora para aparecer na pequena sala de visitas anexa ao saguão em que Colin estivera esperando.

Lorde Ede entrou no cômodo e esperou até o mordomo fechar a porta ao sair. Era alto e estava impecavelmente vestido. O cabelo grisalho lhe dava um ar distinto, embora os traços bonitos tivessem, de certo modo, sido um tanto quanto devastados pelo tempo e pela vida de excessos. Ele ficou parado ligeiramente perto da porta, com um leve sorriso zombeteiro nos lábios, uma sobrancelha parcialmente erguida enquanto avaliava a visita.

— Bem, meu garoto — disse ele, baixinho —, que prazer inesperado. Estimo que tenha deixado Lady Hodges de bom humor essa manhã.

— Eu *sou*? — Colin perguntou a ele. — Eu *sou* o seu garoto?

— Minha nossa — murmurou Lorde Ede, e ambas as sobrancelhas se ergueram para olhá-lo com arrogância. — De onde tirou tal ideia?

— E Wren? Ela é sua?

Lorde Ede se demorou ao tirar uma caixa de rapé elaboradamente laqueada do bolso e a abriu com o polegar. Então examinou o que havia lá dentro.

— Posso perguntar o que pôs uma ideia tão extraordinária na sua cabeça?

— Minha mãe sempre chamou a marca de nascença de Wren de um julgamento sobre ela mesma — disse Colin. — Meu pai mandou Wren embora e se certificou de que ela estivesse morta para a família. Ele me mandou para a escola quando eu tinha onze anos e para Oxford depois disso. Ele não fez o mesmo por Justin, embora fosse o filho mais velho. E eu sempre fui o favorito da minha mãe.

Lorde Ede fechou a caixa de rapé sem fazer uso de seu conteúdo. Ele olhou para Colin por alguns instantes através de olhos entreabertos.

— Talvez, meu garoto, você devesse ter essa conversa com a sua mãe.

— Estou tendo com o senhor — respondeu Colin.

O meio-sorriso brincou nos lábios de Lorde Ede outra vez.

— É preciso duas pessoas para formar uma discussão.

— Não vai responder minhas perguntas, então? — indagou Colin. — Mas não vai negar que é meu pai?

— Ah — disse Lorde Ede —, mas também não vou confirmar. Suas evidências são bastante frágeis. Seu pai não renegou nem você nem Rowena. Talvez a tenha mandado embora para seu próprio bem. Se foi o caso, então ele fez um favor a ela. Talvez o tenha mandado para a escola porque você pediu, e ele desejou agradar o filho. Você era uma criança linda e agradável, e o mais novo, naturalmente, o preferido da mãe. Suas evidências são bastante frágeis de fato... meu garoto.

— Se o senhor *for* nosso pai, então creio que seja hora de tomar uma atitude honrada. Não podia na época, porque sua esposa ainda estava viva e lhe dando filhos. E o marido de minha mãe ainda estava vivo.

Lorde Ede o avaliou com franca diversão.

— Você crê — falou ele, baixinho. — Continue crendo, meu garoto. É a sua alegria, seu otimismo e o traço adicional de honra e teimosia que sempre agradou a sua mãe. E a mim, como amigo íntimo dela.

Colin assentiu devagar. Obviamente não chegaria a lugar nenhum com aquele homem, que sempre pairara em torno da sua vida, ao que lhe parecia. Talvez fosse seu pai. Talvez não.

Era provável que ele nunca fosse saber com certeza.

Não perguntaria à mãe.

Talvez não importasse. Talvez a mera menção a tais perguntas fosse enfim aliviar o fardo da sua mente.

Talvez simplesmente não importasse.

— Passar bem, senhor — disse ele, ao inclinar a cabeça e ir até a porta. Lorde Ede deu um passo ao lado para deixá-lo sair.

— Mande meus cumprimentos a Lady Hodges. Creio que você tenha se saído muito bem, meu garoto. Apesar da diferença de idade, creio que ela seja a mulher certa para você. Meus parabéns.

Colin parou por um instante, mas não olhou para Lorde Ede nem respondeu. Ele seguiu caminho para fora daquela sala e para fora daquela casa.

23

Elizabeth passou uma hora com Araminta e depois fez uma breve visita à casa de South Audley Street para ver a mãe e Wren, que estava no quarto das crianças com Nathan. Quando voltou ao hotel, encontrou Colin lá e foi direto para os braços do marido quando ele se levantou para recebê-la.

— É como chegar em casa — disse ela, rindo, quando se afastou do beijo para tirar o *bonnet* e colocá-lo de lado com as luvas e a retícula.

— Agora parece — concordou ele, sorrindo para ela. — Foi boa a visita à srta. Scott? Ela parece uma dama muito simpática.

— Ela é, e foi — respondeu Elizabeth. — Agradeceu à sua mãe por ter ido ao casamento ontem e disse o quanto o gesto significou para você? E para mim? Perguntou se ela pretende ir a Roxingley?

— Eu não a visitei, Elizabeth. Nunca tive tal intenção, sinto muito. Fui ver Lorde Ede.

— Oh? — Ela o fitou com certa surpresa.

— Eu precisava fazer uma pergunta a ele. — Colin examinou as costas das mãos por um instante e curvou os dedos antes de batê-los algumas vezes nas coxas. — É melhor eu terminar de lhe contar o que comecei ontem — disse ele. — Quando meu pai estava na biblioteca com o vigário no dia do funeral de Justin e mostrou a ele a miniatura sobre sua mesa, ele falou três palavras que me assombram há onze anos, embora certas vezes eu as tenha enterrado o suficiente para quase me esquecer delas. *Meu único filho*. Foi o que ele disse. Ele parecia estar chorando.

Colin tinha quinze anos na época. Havia sido trazido da escola porque o irmão tirara a própria vida. Estivera no assento da janela, onde sempre ficava quando criança, tirando conforto da presença do pai. A cortina estivera meio puxada, então ele estava oculto dos olhos do pai e do vigário quando entraram na biblioteca. E o pai, assolado pelo luto, não havia escolhido as palavras com cuidado.

— Você era jovem, Colin — disse ela, ao colocar a mão em seu braço. As juntas dos dedos dele estavam brancas, Elizabeth podia ver. — Ainda estava na escola. Deve ter parecido ao seu pai no momento que o único filho adulto e preparado para assumir como seu herdeiro havia partido. Sem dúvida ele não estava sendo literal naquele momento.

— Foi o que eu disse a mim mesmo mais vezes do que posso contar — confessou ele. — E é claro que o vigário lembrou-lhe de que tinha outro filho, que era um bom rapaz e que seria um herdeiro digno.

— O que o seu pai disse? — perguntou ela.

— *Sim* — respondeu ele. — Ele disse sim. Nada mais.

Por que Colin fora ver Lorde Ede? Ela não tinha certeza se queria saber.

— Meu pai cuidou para mandar Wren embora — prosseguiu ele. — Mandou chamar a nossa tia. Ela não apareceu por acaso. Fiquei sabendo há pouco tempo. E ele aceitou tão de bom grado me mandar para a escola que quase pareceu que pretendesse fazer exatamente isso. Fiquei tão feliz, que essa possibilidade jamais passou pela minha cabeça. Sempre que eu escrevia perguntando se podia passar os feriados com amigos, temendo que ele não fosse consentir, ele sempre dizia sim. Ele garantiu que eu fosse para Oxford antes mesmo de eu pedir. Pensei que ele tivesse feito isso porque me amava.

— Oh, Colin. — Ela se inclinou um pouco para ele. — Tem certeza de que não foi essa a razão?

Ele também poderia ter feito isso para resgatar o filho mais novo das garras da mãe.

— Não — respondeu ele. — Não tenho certeza, mas ele também podia ter feito isso porque me odiava. E a Wren. Ou pelo menos porque nos queria longe de suas vistas. Não tenho certeza de que ele fosse capaz de odiar. Assim como não tenho certeza de que ele era capaz de amar.

— Então você deve pensar o melhor dele — disse Elizabeth. — Não se torture com suspeitas que não podem ser provadas. — Estava óbvio quais eram suas suspeitas. E igualmente óbvio que não poderia confiar que sua mãe lhe diria a verdade.

Enfim ele virou a cabeça para olhá-la. Seus olhos estavam muito azuis e muito tempestuosos.

— Minha mãe frequentemente dizia que a marca de nascença de Wren era uma condenação para ela — contou. — Para minha mãe, no caso, mas por qual motivo? E eu sempre fui o favorito dela.

— Você era o mais novo.

— E o mais bonito? — acrescentou ele com um sorriso fugaz. — Fui ver Lorde Ede essa manhã. Perguntei se ele era meu pai. E de Wren.

A mão de Elizabeth apertou seu braço.

— E?

— Ele não respondeu — relatou, balançando a cabeça. — Ele não quis nem negar nem confirmar. Simplesmente me olhava daquele jeito inescrutável dele, meio sorrindo, meio zombando, e continuou me chamando de "meu garoto". Por que ele foi ao nosso casamento, Elizabeth?

— Ele é amigo da sua mãe.

— *Amigo* — repetiu ele, baixinho.

— Colin, por que importa? Quero dizer, *realmente* importa? — Era tolice perguntar. *É claro* que importava muito para ele saber quem era o pai. — Você é quem você é. Cresceu e virou um homem de princípios, um homem bondoso. Aprendeu a se defender sozinho e ainda assim não se privou do sonho de ter uma família e de ter amor. Impôs a si mesmo a tarefa de construir pontes, emendar cercas e qual mais for a analogia que eu possa a vir a citar. E com bastante sucesso. Ruby e a família estão vindo para passar o verão conosco. Assim como Blanche e Nelson. E provavelmente a sua mãe. E toda a minha família. Tudo por sua causa. Parta de hoje e esqueça os percalços do passado.

Falar era fácil, claro.

Ele a olhou.

— Prefiro partir de ontem.

— Do nosso casamento? — Ela sorriu para ele. — Vamos construir um futuro feliz, Colin. E vamos começar a viver felizes no presente sempre que pudermos. Estamos juntos aqui nestes aposentos que mais parecem um lar porque foi o que fizemos deles ontem à noite. O que poderíamos pedir além disso? Você é o homem que escolhi, e acreditei quando você me disse que sou a mulher que você escolheu. Eu amo você, saiba. De todo o meu coração.

Por que *não* ser a primeira a confessar? Por que não se permitir ser vulnerável ao desnudar o coração para ele? Confiava nele. Confiara a própria pessoa a ele, e seu coração fazia parte dessa pessoa. Ele não a machucaria.

Colin se moveu para puxá-la para seus braços e apoiou a cabeça de Elizabeth no ombro. Ela o ouviu suspirar.

— Eu me lembro de ter dito a você no primeiro baile da Temporada a que ambos fomos — começou Colin — que a única vez que olhei para o outro lado de um salão de baile e me vi encarando alguém especial, essa pessoa era você. Você riu, acreditando ter sido piada. Eu ri também, porque pensei ter sido isso. Ou, melhor, pensei que a verdade seria inapropriada e, assim sendo, preferi fazer pouco caso dela. E, assim, segui buscando outra esposa, e você tratou de deixar o caminho livre para Codaire pedir sua mão de novo, mas eu fui sincero, Elizabeth. De todo o meu coração, eu quis dizer aquilo, mesmo fingindo para mim mesmo que não.

— Oh, Colin — disse ela, suspirando em seu pescoço. — E eu soube quando o vi na fila de recepção, mas me recusava a aceitar.

— Quase permitimos que nove anos nos separassem. Quando você olha para mim, Elizabeth, vê um homem nove anos mais novo que você?

Ela afastou a cabeça e o mirou.

— Não — confessou, ao levar a mão à sua bochecha. — Eu vejo Colin. O homem que eu amo.

— E eu vejo Elizabeth — respondeu ele. — A mulher que eu adoro.

— Mas não porque estou em um pedestal.

— Que pedestal? — Ele a encarou, inexpressivo, até os olhos se enrugarem nos cantos.

Colin a beijou, então, e eles se abraçaram como se o mundo se afastasse deles, e só tivessem um ao outro em quem se ancorar.

— Eu amo você — murmurou ele em seus lábios depois de alguns instantes. — Posso também *fazer amor* com você? Ou está fora de cogitação fazer isso durante o dia?

— Em algum lugar do mundo já é de noite.

— Ah. Bem lembrado.

E então ele arrancou um gritinho agudo dela quando um de seus braços surgiu sob seus joelhos, e ele se levantou e a carregou até o quarto que haviam usado na noite anterior.

Ela ria quando ele conseguiu abrir a porta, entrou com ela e a fechou com um chute do pé calçado com bota.

Passaram mais quatro dias em Londres antes de seguirem para Roxingley. Colin via a ida com ansiedade e receio. Não morava lá desde os onze anos e não ia à propriedade desde os dezoito. Não havia dúvidas de que muitos desafios esperavam por eles. Não havia como saber quais mudanças a mãe fizera na casa e no terreno durante os anos para melhor acomodar as festas que dava com tanta frequência. As cartas de reclamação que recebera de um dos vizinhos lhe garantiram isso, e esse era apenas o homem que tivera a coragem de escrever. Devia haver mais uma dúzia que gostariam de ter seguido o exemplo.

Mas manteve em mente o conselho de Elizabeth de pensar no presente em vez de ser assolado pelo passado. A suíte deles no Hotel Mivart realmente já parecia um lar, por mais absurdo que soasse, mas Roxingley seria um lar *de verdade*. Era onde eles morariam pelo resto da vida. Era onde criariam os filhos com que fossem abençoados. Colocariam marcas da própria personalidade na propriedade, o próprio trabalho duro e otimismo, amor e senso de família.

A mãe talvez decidisse morar lá também, claro, o que abalava um pouco o seu ânimo, mas ela somente poderia dominar a vida deles se permitissem. Não permitir não era tão simples quanto parecia, não com a mãe, mas aquele era um desafio que estava preparado para enfrentar — com Elizabeth ao seu lado. Se realmente mandasse construir a casa da viúva em Roxingley, o problema seria parcialmente resolvido. Enquanto isso, havia aposentos pouco usados tanto na ala leste quanto na oeste — pelo menos tinham sido pouco usados na sua época, e ele não podia imaginar que isso havia mudado. Elizabeth sugeriu que preparassem a maior e mais luxuosa suíte de uma das alas para uso exclusivo de sua mãe.

A esposa, ele sabia, estava muitíssimo animada com a mudança. Seria a senhora da própria casa de novo depois de inúmeros anos vivendo na propriedade do irmão, em Kent, com a mãe. E, pelas estimativas de Colin, ela havia administrado a própria casa e família. A aura de paz, serenidade e competência que notara quando a conheceu havia se abalado por um tempo, mas jamais ruíra. Havia retornado nos dias que se seguiram ao casamento até o envolverem também e o deixarem mais contente que sonhara. Jamais admitiria para ela, mas, na sua mente, ainda a mantinha em um pedestal.

Seu anjo resplandecente e maravilhoso.

Mas quando tentou dar voz aos sentimentos por ela, apenas se envergonhara terrivelmente e ficou agradecido por não os ter dito em voz alta.

Houve pequenas tarefas a cumprir naqueles quatro dias, cartas a escrever e toda uma lista de convidados a visitar. Ele havia fechado os aposentos que haviam sido seu lar por cinco anos e passado algumas horas com seu administrador. Elizabeth escreveu para a mãe dele e para Blanche para agradecer a presença delas no casamento e por fazerem o dia ainda mais memorável para os dois. Garantiu a elas que estava ansiosa para vê-la em Roxingley tão logo a Temporada terminasse e para testemunhar a reunião de toda a família Handrich — afinal, Wren, sendo uma das mulheres mais corajosas que Colin conhecia, havia aceitado ir com Alexander.

Eles chamaram toda a família dela, para agradecer àqueles que tinham vindo de longe para celebrar as núpcias, para agradecer aos outros por todo o amor e apoio que haviam demonstrado nas últimas semanas. Todos aceitaram passar algumas semanas em Roxingley no verão, mas ainda havia despedidas a se fazer.

Visitaram a casa na Curzon Street no dia anterior ao da partida, mas sua mãe não estava. Não era do feitio dela sair, ainda mais no início da tarde, e ocorreu a Colin que ela simplesmente preferira não os receber, mas não tocou no assunto. Voltariam no dia seguinte, quando estivessem de partida de Londres. Blanche respondera à carta de Elizabeth para informar que ela e Nelson iriam a Roxingley, pois havia muitos anos que não via Ruby ou o marido e gostaria de revê-los e também de conhecer os filhos deles.

— Ela está cedendo — disse Elizabeth ao mostrar a carta a ele, uma nota breve e um tanto fria. — Vamos dar tempo a ela, Colin. Quanto ela precisar. E precisamos nos esforçar com Nelson também. Um homem estranho, o mais calado que já conheci, mas suspeito de que ele goste de verdade de Blanche. Vamos dar tempo aos dois. Você ainda terá a sua grande família. Prevejo tal fato com grande confiança.

— Oh, é mesmo? — perguntou ele, ao se curvar para a escrivaninha à que ela estava sentada e lhe dar um beijo na nuca. Ela o fitou com um brilho no olhar, a expressão favorita de Colin. Ou talvez uma outra favorita, junto com várias outras.

— Sim — respondeu ela. — Consultei a minha bola de cristal.

Não poderiam sair de fininho na manhã escolhida. Para começar, não havia sentido em chegar cedo demais a Curzon Street. Sempre levava várias horas para a mãe se preparar para o dia, mesmo há anos, quando ela era naturalmente jovem e linda. E ela nunca tinha sido de acordar cedo. E também, Wren havia insistido que eles tomassem o desjejum na South Audley, e vários Westcott prometeram passar lá para vê-los antes de irem.

— Suponho — disse ele a Elizabeth — que podemos esperar uma despedida grandiosa.

— É um tanto absurdo, não é, quando se passaram apenas cinco dias do nosso casamento, mas não se pode esperar menos dos Westcott, como sabe. Não ficaria surpresa se alguns Radley aparecessem também.

— Eu amo a sua família, de verdade — falou ele, sorrindo. — Os vizinhos de Alexander indubitavelmente farão queixas oficiais devido ao barulho.

— Sem contar as várias carruagens congestionando a rua — adicionou ela.

Tudo aconteceu praticamente como eles haviam previsto até que, no fim da manhã da partida, a rua em frente à casa de Alexander estava cheia de carruagens e o passeio diante da porta, lotado de pessoas falando ao mesmo tempo e todas insistindo em dar um beijo em Elizabeth e apertar a mão de Colin.

— E aí vem mais alguém — anunciou Jessica de repente, por cima do rebuliço. — Ah... minha nossa.

— Oh, olhe, mamãe — gritou Winifred. — Olhe, papai. Veja, Sarah. Uma carruagem de fadas.

O veículo branco puxado por quatro cavalos da mesma cor avançou devagar pela rua e parou bem no meio dela enquanto a família permanecia mais ou menos em silêncio para poder olhar.

— Deve ser a sua mãe, Colin — disse a sogra, sem necessidade.

Bem, finalmente, Colin pensou, ao passar o braço pelo de Elizabeth e se afastar do passeio para se aproximar da carruagem. Não iam mais precisar adiar a partida ao parar na Curzon Street.

O lacaio de libré branco e dourado que estivera sentado ao lado do cocheiro havia saltado com perícia de seu lugar para poder abrir a porta do veículo e abaixar os degraus. A mãe sairia, então, não?

Mas foi Lorde Ede quem desceu primeiro e olhou sem pressa alguma para Colin e Elizabeth antes de se virar para estender a mão para a mãe de Colin, jovem e resplandecente como sempre, usando seu deslumbrante véu de renda que caía pela aba do chapéu. Ela parou ao lado dele e olhou com benevolência para os recém-casados.

— Meu estimado filho — disse ela — e minha querida Lady Hodges. Devem entender que eu não poderia suportar ser conhecida como a Lady Hodges *viúva*. Um título tão rebaixante e deselegante. Ele me faria me sentir muitíssimo velha, e todos ririam e diriam o quanto tal noção era ridícula, e então perguntariam qual das duas Lady Hodges era a viúva. Seria cansativo para nós duas. Então mudei meu nome. E meu lar. Ouso dizer que vocês planejaram me enfiar em uma ala remota de Roxingley e tentariam me convencer de que seria um grandessíssimo favor. Ora!

— Sua mãe se casou comigo ontem, com uma licença especial, meu garoto — anunciou Lorde Ede, olhando de forma muito direta para Colin, com um sorriso insinuando-se em seus lábios.

— Sim. Eu sou Lady Ede — confirmou a mãe de Colin. — Claro, todos ficarão maravilhados por eu ter escolhido um homem mais velho e vão sussurrar que devo ter me casado com Lorde Ede por causa de seu dinheiro, mas seria um absurdo, pois seu pai me deixou uma atribuição muito generosa, estimado filho, mas casar-me com um homem mais velho é, talvez, melhor do que fazer o contrário, embora um sem-fim de jovens tenha me cortejado nos últimos oito anos. Sempre preferi a experiência à juventude.

O rebuliço recomeçou subitamente enquanto todos, ao que parecia, sentiram a necessidade de dar as felicitações aos recém-casados.

— Mãe. — Elizabeth deu um passo à frente com ambas as mãos estendidas. — Estou muito feliz pela senhora. Desejo-lhe toda a felicidade.

— Sim — respondeu Lady Ede. — Ouso dizer que deseja mesmo.

Colin olhava para Lorde Ede, que por sua vez o olhava também, uma sobrancelha zombeteira erguida.

— Suponho — disse Colin, baixinho, ao estender a mão direita — que essa não seja necessariamente uma resposta à minha pergunta?

— Não necessariamente — concordou Lorde Ede. — Mas eu lhe direi uma coisa, meu filho. Se eu tivesse que ter outro filho, saiba que já tenho dois, como sabe, não poderia pedir ninguém melhor que você.

Eles trocaram um aperto de mãos. Pai dele?, Colin se perguntou. Ou não? Talvez jamais saberia, mas Elizabeth estava certa, ele descobriu. O passado não deveria ter permissão para lançar nuvens sobre o presente nem obscurecer o futuro. Aquilo não era terrivelmente importante. O homem a quem sempre chamou de pai jamais lhe demonstrou muito amor nem lhe deu muita atenção; mas, no fim das contas, ele havia lhe feito bem. E tinha feito por Wren também. Ele com certeza sabia que ela teria mais chances de levar uma vida decente indo viver com uma figura materna amorosa como tia Megan do que ficar em Roxingley.

Wren estava de pé perto da porta da casa com Alexander. Ela meio que sorria, embora não tivesse feito menção de se aproximar, ou de se esconder dentro de casa. Ela era uma mulher que sem dúvida nenhuma sempre firmava posição.

Colin pegou a mão enluvada da mãe e se inclinou para dar um beijo na bochecha dela através do véu.

— Eu lhe desejo tudo de bom, mãe — disse ele. — Não devemos nos afastar.

— Oh, dificilmente. Você sempre foi o meu preferido, estimado filho. E deve saber que é o favorito de Ede também. Mas que travessura essa sua ter suspeitado de que fui infiel ao seu pai enquanto ele ainda estava vivo...

— Não é verdade, então? — perguntou ele.

— Claro que não. Eu mentiria para você? Abomino as mentiras acima de todas as coisas. — Ela olhou ao redor, uma rainha avaliando sua corte. — Obrigada a todos. Vocês são muito gentis, mas Ede e eu devemos seguir caminho. Estamos bloqueando a rua e todos já dizem que eu paro o tráfego aonde quer que vá.

Lorde Ede estendeu a mão para ela voltar à carruagem e a seguiu. O lacaio fechou a porta e assumiu seu lugar na boleia ao lado do cocheiro; então, a carruagem seguiu pela rua.

— Ora — disse a duquesa viúva de Riverdale. — Ora.

— Fada — falou Sarah, apontando para a carruagem.

— Não é uma fada, sua boba — retrucou Robbie, que estava montado nos ombros de Joel Cunningham. — Era só uma velha.

Lady Jessica Archer e Lady Stelle Lamarr riram alto antes de Viola calá-las e lançar um olhar de reprovação para o marquês de Dorchester, seu marido, cujos lábios se contorciam.

— Minha nossa — reagiu Lady Matilda Westcott. — O que foi feito da velha regra que dizia que crianças deveriam ser vistas, não ouvidas?

Colin pegou a mão de Elizabeth.

— Pronta para ir? — perguntou.

— Para casa em Roxingley? Oh, de fato, Colin. Estou mais do que pronta.

Mais dez minutos se passaram até a carruagem enfim parar afastada do passeio, e mesmo então os dois tiveram que se inclinar perto da janela para acenar para a família, que poderia muito bem estar despachando-os ao fim do mundo por toda a eternidade, ou algo assim, a julgar pelos acenos e os lenços esvoaçantes e até mesmo algumas lágrimas.

E então eles ficaram sozinhos. E se puseram a caminho. Lar.

Colin se virou para olhar Elizabeth e pegou a mão dela de novo, entrelaçando seus dedos. Ela o mirava com olhos brilhantes e cintilantes.

— A farsa ao fim do drama? — perguntou ele.

O brilho foi muito parecido com uma risada.

— O casamento de sua mãe com Lorde Ede? — respondeu ela. — E seu encantador senso de oportunidade ao chegar no exato momento? Seria cruel chamar de farsa.

Ele sorriu para ela.

E ambos riram até não aguentar mais.

Teria a mãe mentido? Bem, claro que era uma possibilidade. Importava? Ela era quem era, e o pai, quem quer que o homem fosse, era *quem* era. Nesse ínterim, *ele* era Colin Handrich, Lorde Hodges, e estava indo para casa com a nova esposa.

Cujo rosto estava cheio de riso e alegria, assim como o dele devia estar.

Ele a amava, e ela dissera que o amava também.

Acreditava nela, e ela sabia que podia acreditar nele.

A vida, ao menos naquele precioso momento, era muito, muito boa.

FIM